우아한 동조

우아한 독종 2

초판 1쇄 찍은 날 | 2020년 10월 6일
초판 1쇄 펴낸 날 | 2020년 10월 30일

지은이 | 요안나
펴낸이 | 예경원

편집 | 박수희 · 주승아

펴낸곳 | 예원북스
등록번호 | 제396-2012-000132호
등록일자 | 2012. 7. 25
YRN | 제1-0264호

주소 | 경기도 고양시 일산동구 호수로 646-24 위너스 21-Ⅱ 206A호 (우) 10401
전화 | 031-819-9431 팩스 | 031-817-9432
http://cafe.naver.com/yewonromance
E-mail | yewonbooks@naver.com

ⓒ 요안나, 2020

ISBN 979-11-4259-5 04810
ISBN 979-11-4257-1 (세트)

너는 나한테
여신이면서 마녀고, 천사이면서 악녀고, 성녀이면서 요녀고.
나의 전부이자, 내 자신이지.

우아한 독종

2

요안나 장편 소설
Goldline Romance Story

LINC GOLD

C • O • N • T • E • N • T • S

9. 시든 화분에 꽃이 피었다

축축하게 젖은 길고 좁은 입구를 카를이 음란하게 핥아 올렸다. 벌써 수차례 몸을 섞은 뒤였고, 정액과 애액이 뒤범벅되어 질구는 빨갛게 부어 올라 있었다.

"카를!"

갑작스러운 흡입력에 루나는 눈을 번쩍 뜨며 그의 이름을 불렀다. 그는 루나의 입술에 그러는 것처럼 질구를 핥고, 혀로 쑤시고, 빨아먹었다.

"하으웃, 아아!"

부드러운 머리카락을 어루만지며 고개를 뒤로 젖혔다. 눈이 사르륵 감기고 또다시 한계치 이상의 절정이 밀려들었다. 카를은 빅터의 집에서 돌아오는 차 안에서부터 새벽녘이 가까워져 오는 지금까지 루나의 몸을 끊임없이 올라탔다.

껍질을 벗긴 포도알처럼 달콤하게 부풀어 오른 클리토리스를 엄지로 짓이기듯 문질렀다.

"아흑."

더는 신음을 내지르는 것도 힘들었다. 목소리는 완전히 쉬어 버렸고, 처음에는 흥분감에 사로잡혀 들썩거리던 골반도 힘을 잃고 흐느적거렸다.

"카를."

흐느낌이 흘러나왔다.

"미아."

그가 손등으로 번들거리는 입술과 턱 아래를 닦으며 다시금 위로 올라탔다.

"흐으읏."

울음을 터뜨리면서도 그를 거부할 수가 없었다.

"너무 아름다워."

여러 차례의 관계로 더욱 풍만해진 가슴을 카를이 양손으로 부드럽게 움켜잡았다. 단단해진 유두를 쭉 빨아 삼킨 그는 눈을 치뜨고 루나를 바라보았다. 그 눈빛이 너무 야해서 시선을 마주하는 것만으로 신음이 샜다.

"흐응."

카를이 미소 띤 얼굴로 감탄했다.

"너무 달아. 미치도록 예뻐. 온종일 입에 물고 있고 싶어."

"아아!"

술을 한 방울도 마시지 않았는데도 그는 취한 듯한 어조로 내뱉으며 예민해진 살점에 두툼한 귀두를 비벼 댔다. 살갗이 다 헐어 버리는 것을 아닐까 하는 염려가 들었지만, 그는 거칠 것 없이 좁은 물길을 미끄러져 들어왔다.

"하으응!"

지쳤다고 생각했었는데, 그의 침입이 반가운 듯 질 벽이 올올이 일어나 그에게 찰싹 달라붙었다.

"아아! 으으응!"

카를이 느릿하게 허리를 움직이며 거대한 물건을 쑤셔 박았다가 길게 빼내기를 반복했다. 간지러운 곳만 찾아서 긁고 들어오는 몸짓에는 입이 저절로 벌어졌고, 야속하게 빠져나갈 때는 아쉬워서 다리가 모아졌다.

그는 여전히 젖무덤을 핥고, 가슴 끝을 깨물고 있었다.

"으응."

그의 머리를 팔로 꽉 끌어안은 순간, 몸이 붕 떠올랐다. 흐트러진 머리카락이 등 뒤로 떨어지며 살갗을 예민하게 간지럽혔다. 아주 작은 자극에도 예리하게 반응하는 몸은 달아오를 대로 달아올라 있었다.

"흐윽."

루나는 무릎을 꿇고 있는 그의 허벅다리 위에 주저앉은 꼴이 되었다. 속살 결이 내려오며 삽입은 더욱 깊어졌다. 내장 깊숙한 곳까지 그가 닿는 것처럼 음험하고 그악한 침범이었다.

"하아아. 아앗! 아으응. 아앙!"

몸이 마구잡이로 흔들렸다. 고개를 뒤로 젖히자 자연스레 가슴이 앞으로 내밀어졌다. 그는 츕츕 소리가 나도록 유두와 유륜을 크게 물고 빨아 삼켰다.

"카르을!"

숨이 턱 막혀 버릴 것처럼 끓는 소리가 흘러나왔다.

"미아."

"흐으윽."

대답 대신 흐느꼈다.

"우리 아이가 여길 빨아 삼키는 날이 오겠지?"

카를의 숨결이 가슴골을 따라 아슬아슬하게 흘러내렸다.

"어쩌지? 아이가 당신 가슴을 빨고 있는 걸 보면, 나도 빨고 싶어질 것 같은데?"

야한 말을 내뱉는 그의 목소리는 믿기 힘들 정도로 근사하기만 했다.

"지금도 이렇게 단맛이 나는데, 여기서 뭐가 나오면 얼마나 달콤할까?"

가슴 끝이 거세게 빨려 들어갔다.

"아아!"

숨을 내뱉을 수가 없었다. 전신을 에워싼 극도의 쾌감이 모든 신체 활동의 스위치를 내려 버린 것만 같았다. 오직 쾌락을 느끼는 기관만이 살아 있는 듯 루나는 눈앞이 캄캄해지고, 귀가 멍해지며, 숨이 막히는 것을 느꼈다. 생이 멈춰 버린 것 같았다.

이렇듯 모든 질서를 정지시키고, 그의 품에 숨어 버린다면 얼마나 버틸 수 있을까? 1년? 한 달?

동화 속 주인공이 된 것처럼 삶을 살아가는 것은 얼마만큼이나 가능한 이야기일까?

우려 가득한 목소리가 귓가에 들려왔다.

"미아? 미아!"

그가 루나를 침대에 바로 눕힌 채로 머리카락을 쓸어 넘기며 내려다보고 있었다.

"이제, 못 하겠어."

루나는 있는 힘을 다해 겨우 목소리를 짜냈다. 그가 루나를 얇은 이불로 감싼 뒤 품에 안았다. 등을 토닥여 주는 손길이 다정하고 따뜻했다.

루나는 광막한 세계를 향한 고민을 뒤로한 채 죽음과도 같은 잠에 빠져들었다.

점심때가 다 되어서야 일어났을 때, 그는 곁에 없었다. 새벽에 몸을 닦였는지 살갗과 아래가 깨끗했고 부드러운 면 잠옷도 입혀져 있었다.

"일어나셨어요? 물부터 드릴까요?"

언제부터 그곳에 있었는지 모를 위니가 말을 걸어왔다.

"그래 주면 고맙고요."

위니가 가져온 미지근한 물을 한 잔 마시자, 껄끄러웠던 목이 조금 부드러워졌다.

"식사 준비하라고 할까요?"

"그래 줄래요?"

사실 눈을 떴을 때만 해도 목구멍이 말라비틀어진 듯 식욕이 돌지 않았다. 물 한 잔을 마시고 나니 이제야 허기가 조금씩 밀려왔다.

"간단하게 먹었으면 좋겠어요. 따뜻한 스프에 토스트 정도면 될 것 같아요. 과일이나 샐러드는 필요 없고요."

위니는 알겠다며 고개를 끄덕이고는 방 밖으로 나갔다.

방문에서 시선을 길게 끌어온 루나는 오랜만에 개인 이메일 계정에 접속했다. 가족과 연락을 주고받을 때 사용하는 이메일 계정도 당연히 본부 보안을 거쳐 루나에게 전달되었지만, 특별한 경우가 아닌 이상 내용까지

검열당하지는 않았다.

[언니, 나야. 유나.]

무소식이 희소식이라고, 가족과의 연락은 뜸한 편이었다. 또 이번 작전은 중요한 일이라고만 했을 뿐 행선지를 밝히지 않았다. 오랜만에 유나가 보낸 이메일을 보는 순간, 가슴 한구석이 지르르 울렸다.

카를하인츠 로젠쉴트의 곁에서 미아 콴으로 살아가야 한다는 것은 낳아 주신 부모님과 유일한 자매인 유나를 보지 못할 수도 있다는 이야기와 같았다. 카를이 무슨 생각을 하는 건지 알 수 없지만, 지금 그는 루나의 정체가 밝혀지는 것을 꺼렸다. 그렇게 되면 루나가 떠날 것이라는 사실을 직감한 탓이었다.

여전히 일은 풀리지 않고 답보 상태인데, 스티브의 상황이 좋지 않은 건지 아직 접촉을 희망하는 기미가 없었다.

[잘 지내는 거지? 이번에는 연락이 너무 없으니까 좀 걱정이 되네. 부모님은 잘 지내셔. 아, 맞다. 얼마 전에 집에 남자 친구가 왔었어. 그래서 다 같이 식사도 하고, 원카드도 했어. 언니도 같이 있었으면 좋았을걸. 내 남자 친구 어떤 사람인지 궁금하지? 벌써 언니 잔소리 여기까지 들리는 것 같아. 무지 자상하고, 착해. 나한테 미쳐 있는 게 보여서 내가 정말 돌아 버릴 지경이라니까.]

유나의 말투가 고스란히 묻어나는 이메일을 마주하고 있으려니 웃음이 났다.

어떤 남자가 우리 유나한테 그렇게 미쳐 있으려나?

궁금증을 자아내며 이메일 스크롤을 아래로 내렸다.

[잘생겼지? 우리 집에 왔을 때, 다 같이 식탁 앞에서 찍은 사진이야.]

환히 웃고 있는 부모님 뒤로 남자의 품에 안기다시피 한 유나의 모습이 눈에 들어왔다.

"이런 개자식이!"

루나는 침대를 박차고 일어났다. 사진 속에서 동생 유나의 어깨를 끌어안고 그녀의 이마에 입을 맞추고 있는 남자는 하쉬 클레인이었다. 심장이 걷잡을 수 없이 빠르게 뛰기 시작했다. 루나는 방을 빠져나와 안가를 뒤지기 시작했다. 지금쯤이면 듀이가 교대 시간을 맞아 휴식을 취하고 있을 터였다.

아니나 다를까, 커피가 그득 담긴 머그잔을 들고 나오는 듀이의 모습이 다이닝룸 입구에서 보였다.

"듀이!"

루나는 목소리를 낮춰 듀이를 불렀다. 듀이가 흠칫 놀란 눈빛으로 루나를 바라보았다. 하지만 그는 주변에서 이상한 낌새를 눈치채지 못하도록 걸음 속도에는 변화를 두지 않았다. 턱짓으로 계단 아래에 있는 창고를 가리켰다. 창고 안은 깨끗하게 비어 있었지만, 먼지가 자욱했다. 루나는 헛기침을 한 번 하고는 안쪽에 섰다. 이윽고 듀이가 창고 안으로 몸을 숨겼다.

"무슨 일이야?"

듀이가 심각하게 미간을 찌푸렸다.

"하쉬 클레인. 그자와 연락할 수 있는 방법을 찾아."

"뭐? 하쉬 클레인?"

듀이의 눈동자에 이채가 어리는 듯했지만, 허공을 바라보고 있던 루나는 알아차리지 못했다.

"파키스탄 변절자 말이야? 너 진짜 미쳤어? 너는 스티브를 믿는다고 했지만, 나는 여전히 못 믿어. 자기 자리를 지키기 위해서 너를 충분히 곤경에 빠뜨릴 수도 있다고! 근데 지금 CIA 변절자에게 연락하겠다고? 그것도 파키스탄 정보부에 있는 놈한테?"

루나가 한숨을 들이마시며 핸드폰을 듀이에게 내밀었다.

"이게 뭔데?"

"동생이 집에 남자 친구를 데려왔다면서 보낸 사진이야."

듀이는 눈을 가늘게 뜨고 화면 속을 들여다보았다.

"하쉬…… 클레인? 이 자식 지금 수배 중이잖아."

"수배가 우스워지는 게 어디 한두 번이야?"

듀이가 거칠게 머리카락을 쓸어 넘겼다.

"사실 얼마 전에 하쉬 클레인이 나한테 접촉해 왔어."

"대체 언제?"

그걸 왜 이제야 이야기하느냐는 듯이 듀이는 분노한 얼굴이었다.

"ISI에서 하미드 모사드를 찾고 있다고 했어. 나한테 하미드 모사드를 넘기라는 말도 했고."

듀이는 약간은 멍해진 얼굴로 루나를 바라보았다.

"그래서?"

"그래서는, 무슨 그래서야. 당연히 거절했지. 미쳤다고 헤즈볼라 최고 사령관 아들을 파키스탄에 넘겨?"

"아니, 내 말은."

두 눈을 꾹 감으며 듀이가 속삭였다.

"그래서 네가 하미드를 넘기지 않을 걸 아니까, 네 동생과 가족에게 접근했다는 거잖아."

"안타깝게도."

분위기가 삽시간에 침울해졌다. 더는 카를의 곁에서 지체할 시간이 없었다. 그리고 하쉬 클레인을 한 번 더 만날 필요가 있었다.

"하쉬 클레인의 연락처를 알아봐 줘."

듀이는 알겠다며 고개를 끄덕거렸다.

"본부에 너희 가족을 보호 프로그램 안에 넣을 수 있는지도 문의해 볼게."

가능성이 적은 일이었다. 만약 하쉬 클레인이 유나에게 접근했다는 사실이 밝혀진다면, 루나를 변절자로 몰고 스티브의 약점을 잡으려는 상원의원 무리에게 힘을 실어 주는 꼴이 되어 버린다.

"미아!"

밖에서 위니가 다급한 음성으로 루나를 찾기 시작했다.

"무슨 일이야?"

카를이 묻는 말이 먼 곳에서 들려왔다. 안가에서는 보안을 위해 최소한의 인원만 움직였고, 외부를 지키고 있는 인력이 더 많았다.

"미아가 사라졌어요. 아무도 밖에 나가는 걸 보지 못했다는데……."

위니는 계단 끝에 서 있는 듯했다.

"미아가 사라져?"

아슬아슬하게 꺼질 듯한 카를의 목소리가 이어졌다. 낭패감 어린 루나의 시선과 호전적인 듀이의 시선이 허공에서 마주쳤다.

듀이가 순식간에 창고 문을 열고 나가 버렸다. 막을 새가 없었다.

"여기 있습니다."

대체 듀이가 무슨 의도로 저렇게 대책 없이 지껄이는 건지 모르겠단 생각이 들었다.

이쪽으로 성큼성큼 다가오는 구둣발 소리가 곧바로 이어졌다. 루나는 얼른 태연하게 표정을 단속했다. 입구를 막아선 듀이가 다가온 그에게 고개를 한 번 까딱하고는 비켜섰다. 험상궂은 표정의 카를이 루나의 복장을 기가 막힌다는 눈빛으로 훑었다. 루나는 무구한 미소를 활짝 머금었다. 거리낄 게 없다는 듯이 웃어서인지 그가 잠시 멈칫하는 게 느껴졌다.

"미스 콴에게 잠시 상의할 문제가 있었습니다."

듀이가 밖에서 나직하게 읊조렸다.

"닥쳐."

카를이 루나를 뚫어져라 바라보며 꾹 다문 잇새로 말을 씹어 뱉었다. 삽시간에 긴장감이 공기 중에 동심원을 그리며 번져 나갔다. 여기서 삐끗하면 문제가 이상하게 꼬일 것이다. 루나는 듀이가 '미스 콴'에게 상의할 문제가 대체 뭐가 있을지 열심히 머리를 굴렸다.

"그렇죠. 그런 문제는 여자랑 상의하는 게 좋은데, 이 집안에 여자는 나와 위니 둘뿐이니까요."

요사스럽게 내지른 말의 의도를 파악하려는 듯이 카를이 한쪽 눈썹을 치떴다.

"미아?"

의문문처럼 끝을 올리는 부름에 루나는 생긋 웃으며 한쪽 눈을 찡긋했다. 카를이 어이가 없다는 듯이 헛웃음을 흘렸다. 그가 천장을 올려다보며 한숨을 내뱉는 사이 긴장감이 조금 옅어졌다.

"나는 사람을 죽이는 고약한 취미는 없다고 분명히 말해 뒀던 것 같은데?"

"그 말이 지금은 굉장히 역설적으로 들린다는 거 알아요? 당신 눈빛은 지금 날 잡아먹고도 남을 것처럼 무섭거든요."

루나는 일부러 몸을 부르르 떠는 시늉까지 해 댔다.

"꼭 누구 하나 죽일 것 같은 경고음처럼 들려요. 설마 그 대상이 내가 되는 건 아니죠?"

나긋나긋한 미소를 머금으며 그의 곁으로 성큼 다가섰다. 말랑말랑한 가슴을 단단한 상체 위에 바짝 붙였다. 드레스 셔츠와 면 잠옷을 사이에 두고 풍만한 가슴이 부드럽게 뭉개졌다. 루나는 다리를 살짝 들어 올리고는 허벅지로 카를의 가랑이 사이를 지그시 눌렀다.

화가 나서 흥분한 탓인지 아니면 루나를 볼 때마다 당연하듯 일어나는 동물적 본능인 건지, 그의 페니스는 왼쪽 골반을 향해 길게 누운 채로 단단하게 발기해 있었다.

루나가 발꿈치를 살짝 들어 올려 그의 귓가에 속삭였다.

"대체 그 좁은 슈트 팬츠 안에 이걸 다 어떻게 담고 있는 거예요?"

야하게 속삭인 말에 그가 억눌린 욕설을 내뱉고는 목소리를 높였다.

"위니!"

그가 불러야 할 이름은 '미아'인데, 카를은 다른 여자의 이름을 외쳐댔다. 그리고 욕을 하는 것도 처음 보는 것 같은데, 이런 상황에 절제된 욕설을 내뱉는 남자는 섹시해 보이기까지 했다.

"지금 당장 미스 콴을 침실로 안내해!"

"네, 로젠쉴트 씨!"

위니가 경직된 음성으로 대답하는 소리가 멀찍이서 들려왔다.

"지금 이 상태로 날 앞에 두고 다른 여자의 이름을 부른 거예요?"

루나는 조금 더 세게 그를 밀어붙여 보기로 했다. 그의 정신을 쏙 빼놓을 작정이었다. 일종의 인지 편향 전략이었다.

카를에게 듀이와의 대화는 모호했지만, 루나의 성적 자극은 그 무엇보다 명확한 자극이었다. 모호한 것보다 분명한 것에 더 끌리는 것은 심각한 오류일 때가 있었지만, 극한의 상황에서는 기가 막히게 통하기도 했다.

"지금 이 상태로 이 좁은 공간에 다른 남자와 있었던 여자가 할 말은 아닌 것 같은데?"

카를이 루나의 어조를 그대로 따라 하며 되물었다. 이미 카를의 목소리는 루나를 침대로 넘어뜨리기 직전처럼 탁하게 쉬어 있었다. 여체가 흘리는 물기를 향한 갈증과 집어삼키고 싶어 하는 허기가 고스란히 전해졌다.

루나는 어쩔 수 없다는 듯이 망연자실한 얼굴로 어깨를 축 늘어뜨렸다. 이건 또 무슨 반응이냐는 듯이 마주 선 남자의 눈빛에 이채가 어린다.

그녀가 고개를 푹 수그리며 문밖까지 들릴 만한 크기의 목소리로 읊조렸다.

"미안해요, 듀이."

루나가 아슬아슬하게 내뱉은 이름 때문에 맞붙어 선 카를의 몸이 움찔하는 게 선명하게 느껴졌다.

"나와 당신 사이의 비밀을 더는 지켜 줄 수 없겠네요."

카를의 커다란 손이 루나의 팔뚝을 꽉 움켜잡았다. 그는 경고하는 기색이 역력한 눈빛으로 루나를 바라보고 있었다. 지금 모든 일을 터뜨리고 떠날 생각일랑 하지 말라는 듯이 고압적인 눈빛이었다. 그에 따르는 갑작스러운 두려움이 엄습한 듯 잘생긴 얼굴은 희게 질려 가기까지 했다.

미련한 사람. 이렇게까지 한 여자를 사랑해서 본인이 얻는 게 대체 뭐라고.

지극한 감정을 지닌 그를 얕은수로 속여야 한다는 죄책감이 일은 탓인지, 루나는 의도했던 것보다 더 힘없이 속삭였다.

"듀이가…… 좋아한대요."

"뭐?"

카를이 못 들었다는 듯이 되물었다. 일부러 긴장감을 높이기 위해 말허리를 흐린 탓이었다.

"듀이가 저 말고, 다른 여자를 좋아한다고요."

밖에 서 있어서 안쪽을 들여다볼 수 없는 위니를 눈짓으로 가리키는 시늉을 하며 목소리를 낮춰 말했다.

"미스 콴……."

듀이가 애절하게 읍소하는 음성으로 적절하게 끼어들었다.

어두운 눈동자가 잠시 망설이는 듯했다. 뻔한 거짓말인 것을 알면서도 이렇게까지 속아 줘야 하는 건지 고민하는 기색이 역력했다.

"난 또 뭐라고."

하지만 그의 고민은 길지 않았다.

카를이 단숨에 얼굴색을 바꾸며 웃었다. 그의 눈빛과 미소가 너무도 다정해서 잠시 어안이 벙벙해질 정도였다. 당치 않은 거짓말에 속아 줄 만큼 그는 루나가 저지르고 있는 짓을 무한히 용인하고 있었다.

"그만 올라갈까요?"

기민하게 정신을 가다듬은 루나는 고개를 비스듬히 기울이며 태연하게 물었다. 커다란 손이 등허리를 부드럽게 감싸 안았다. 그의 손길이 움직이는 방향으로 소름이 죄스럽게 퍼져 나갔다.

계단 밑 창고에서 벗어난 이후로 날이 어둡도록 그에게 시달렸다. 식사를 하면서도, 카를은 집요한 손길로 루나의 살점을 주물러 댔을 정도였다.

"어디 가요?"

피곤할 만도 한데 침대에 누워서 올려다보는 그의 얼굴은 허술한 틈 없이 완벽했다.

침대 옆에 앉아서 잠깐 잠이 들었던 루나의 얼굴을 내려다보고 있던 그의 복장은 평소보다 훨씬 더 신경 쓴 것처럼 보였다. 하이패션 그룹을 지닌 경영인답게 그의 착장은 늘 완벽했는데, 지금은 마치 그의 슈트가 전장에 나서는 전투복처럼 느껴졌다.

은은한 윤기가 흐르는 검은색 슈트와 짙은 보라색 넥타이는 세상을 발 아래 둔 고압적인 권위 의식이 농축된 색감이었다.

"착하게 있어. 오늘은 못 들어올 수도 있으니까."

카를의 목소리가 어린아이를 달래는 것처럼 부드러웠다.

"어딜 가는데요?"

루나는 팔꿈치를 매트리스에 기대며 상체를 살짝 일으켰다.

"결혼 전에 거쳐야 하는 통과의례를 치르러."

카를은 애틋한 손길로 그녀의 옆 이마를 흐르는 머리카락을 귀 뒤로 넘겨 주었다.

"다녀올게."

그는 긴 설명 없이 루나의 뺨에 가볍게 입을 맞추었다. 더 이상 접촉하면 큰일이라도 날 것처럼 그의 입맞춤은 금욕적이었다. 루나를 혼자 두고 가고 싶지 않은 그의 안타까운 마음도 선명하게 전해졌다.

카를은 어쩌면 오늘 밤 무슨 일이 일어날지도 모른다고 직감적으로 알아차린 것일지도.

"조심히 다녀와요. 난 좀 푹 자야겠어요."

루나는 베개에 머리를 기대며 나른하게 읊조렸다. 그는 한쪽 입꼬리만

비스듬히 들어 올려 웃고는 방을 나섰다.

심장이 쿵쿵 뛰기 시작했다. 정부 자리를 차지하고 난 뒤, 그의 곁을 벗어나기란 쉽지 않은 일이었다. 오늘 밤에 일어나는 무슨 일이든 그 실마리가 될 것 같은 예감이 들었다.

어둠이 사방에 깔린 칠흑 같은 밤. 방문이 조심스럽게 열리는 소리에 루나는 촉각을 곤두세웠다. 분명 카를은 아니었다.

"자는 거야?"

어둠 속에서 묻는 인영의 정체는 듀이였다.

"아니. 그럴 리가."

"하쉬 클레인의 연락처와 은신처를 찾아냈어. 어떻게 할래?"

루나의 심장이 오랜만에 익숙한 감각으로 뛰기 시작했다.

"잠깐 뒤돌아 서 있어. 옷부터 갈아입게."

빠르게 내뱉은 그녀는 활동이 수월한 검은색 레깅스에 짙은 색 블루종을 꿰입었다.

"뭘 하려고?"

듀이가 다급한 목소리로 물었다.

"지금 당장 하쉬 클레인의 은신처로 갈 거야. 이 방에서 빠져나갈 방법은 알고 있겠지?"

"너 지금 말투가 꼭 카를 같은 거 알아?"

듀이가 소름 돋는다는 듯이 물었다. 루나는 시답잖은 질문에 대꾸하고 싶지 않다는 듯이 되물었다.

"알아, 몰라?"

하지만 속으로는 루나 자신도 카를을 닮아 가고 있음에 놀라고 있었다.

"알아."

나직한 듀이의 대꾸에 루나는 어둠 속에 서서 고개를 까딱거렸다.

"정문으로 걸어가면 되지, 뭐. 우리 능력을 시험하려는 건지, 놀랍게도 이 집 보안에는 빈틈이 없거든. 보안용 카메라만 조금 손봐 놨어."

듀이가 능청스럽게 웃었다. 두 사람이 지금 안가를 빠져나간다고 해도 어딘가에 녹화될 일은 없다는 의미였다.

침실 문을 조용히 열었다. 그러고는 발소리를 낮춰 어두운 복도를 걷기 시작했다. 순찰하는 경호원을 본능에 따라 움직이며 따돌렸다. 사실 루틴대로 움직이는 보안 인력을 훈련받은 요원이 따돌리는 것은 그리 어려운 일이 아니었다.

안가 뒷문을 통해 오솔길로 들어선 두 사람은 말없이 뛰기 시작했다. 무작정 달릴 생각은 아니었다. 어둠 속에서 빛을 발하고, 엔진 소음을 내는 차를 모는 것만큼이나 정체를 드러내기 쉬운 방법은 없었다.

대략 5km를 달린 지점에서 두 사람은 각각 다른 택시에 나눠 탔다. 누군가 두 사람의 뒤를 쫓는다면 함께 움직일 것을 가정하고 찾을 게 뻔했기에 따로 움직였다.

하쉬 클레인의 은신처로부터 한두 블록 떨어진 곳에서 하차한 두 사람은 목적지 근처 골목에서 만났다.

"지금 그 새끼가 여기 있는 건 확실한 거지?"

루나가 목소리를 낮춰 물었다. 듀이는 고개를 끄덕이며 그녀에게 소음기를 낀 권총을 건넸다. 허리춤에 총신을 꽂아 넣고 루나는 먼저 걸음을 옮겼다.

하쉬 클레인의 집에 침입하는 것은 어려운 일이 아니었다. 건물 입구에는 특별한 보안 장치가 없었고, 그의 집 현관문은 해체가 간단한 구식

도어록이었다. 그악한 협박을 해 대던 옛 동료의 은신처는 단출했다. 루나는 깊은 잠에 빠진 듯 보이는 동료의 간이침대 곁으로 거침없이 다가갔다.

어둠 속에서 안광이 희번덕였다. 본능적인 감각에 하쉬가 눈을 떴지만, 때는 이미 늦었다. 루나의 손에 들린 총의 입구가 그의 주름진 미간에 닿아 있었다.

"하쉬, 이렇게 또 보니 반갑네."

루나가 부드럽게 속삭였다.

"루나?"

하쉬가 잠기운이 가득한 목소리로 이름을 불렀다.

"감히 내 가족에게 접근해? 그것도 내 동생한테?"

루나가 화를 억누르며 거칠게 씹어 뱉었다. 손에 힘이 잔뜩 들어간 나머지 총구는 하쉬의 미간을 짓누르고 있었다.

"이것 좀 치우고 이야기해. 그러다 쏘겠어."

특유의 능글거리는 목소리를 낸 하쉬가 손을 뻗어 협탁 위에 있는 전등을 켜려고 했다. 루나는 퍽 소리가 나도록 그의 팔을 향해 발길질을 했다.

"으윽!"

하쉬가 고통스럽게 신음하며 몸을 비틀었다. 어둠 속에서도 이상하게 꺾인 그의 팔의 형태를 보니 부러진 모양이다.

"겨우 팔 하나 부러졌다고 엄살이야?"

"루나, 말로 해."

"꼼짝도 하지 말고, 내가 하는 말 잘 들어. 너는 이제 유나에게 접근 못해. 알겠어? 그리고 다른 수를 써서 내 가족을 위협하려 든다면 이슬라마바드에 있는 너희 가족도 무사하진 못할 거야. 내가 허튼 일에 시간 낭비하는 거 본 적 있어?"

하쉬는 대답이 없었다.

"너는 구질구질하게 접근해서 유나랑 연애질이라도 했나 본데."

루나는 스스로 말하면서 가슴에 차가운 바람이 이는 것을 느꼈다. 카를의 곁에 구질구질하게 접근해서 정부가 된 자신의 처지를 일깨우는 말이기도 했다. 카를의 정부로 들어간 자신과 유나에게 접근한 하쉬는 다를 게 없어 보였다.

정보전을 위해 물불 가리지 않는 이들.

하쉬와 루나 둘 다 그렇게 얻어 낸 정보로 정치적 잇속을 차리는 집단에 속한 일개 조직원일 뿐이었다. 옅은 회의감이 안개처럼 뿌옇게 밀려들기 시작했다.

"왜 말을 하다가 말아? 뭐 찔리는 거라도 있어?"

눈치 빠른 하쉬가 빈정거리는 목소리로 끼어들었다.

"아니, 시체가 된 너희 가족을 짐승의 먹이가 되도록 버리는 게 좋을지, 길바닥에 두고 구경거리를 만드는 게 좋을지 고민하느라."

루나가 웃음기를 머금은 목소리로 내뱉은 말에 하쉬가 항의하듯 몸을 움찔했다.

"하쉬. 하쉬?"

성난 하쉬를 달래듯 부드러운 목소리로 불렀지만, 동시에 달칵하는 장전 소리가 이어졌다. 어둠 속에서 하쉬의 전신이 긴장감으로 굳어 가는 게 눈에 들어왔다.

"그래, 그렇게 얌전히 있어야지. 네 이마에 대고 있는 게 장난감은 아니잖아?"

하쉬가 한숨을 내쉬었다. 루나가 마음만 먹으면 무슨 짓이든 저지를 수 있다는 것을 하쉬도 알고 있을 터였다.

"사실 내가 요즘 좀 조용히 사느라 심심했거든. 감히 로젠쉴트 정부를 누가 건드리겠어? 세상이 이렇게 평온하게 돌아갈 수도 있다는 게, 새삼스럽게 신기하더라고. 근데 겁도 없이 그새를 못 참고 건드리는 놈도 있더라?"

루나는 빙글거리며 말을 이었다.

"원래 계속 일이 터지면 매너리즘에 빠지는 법이야. 이 일이 그 일 같고, 그 일이 저 일 같고. 그렇거든?"

총구로 미간을 리드미컬하게 툭툭 두드렸다.

"하쉬 혹시 연못에 사는 물고기한테 먹이를 던져 본 적 있어?"

"무슨 말이 하고 싶은 거야? 죽일 거면 그냥 빨리 죽여. 아, 맞다. 유나가 좀 침대에서 과격한 스타일인 거 알아?"

루나는 하마터면 검지를 움직여 총을 발사할 뻔했다.

"축하해, 하쉬. 두 번째 죽음의 고비를 넘긴 거. 사실 이 집 안에 들어올 때부터 잠든 너를 쏴 버리고 싶었거든. 그리고 지금 또 쏘고 싶은 충동을 느꼈는데."

"그럼, 쏴. 어서."

하쉬가 의기양양하게 읊조렸다.

"어떡하지, 하쉬? 나는 너를 그렇게 편안히 보내 줄 생각이 없어. 자다가 죽는 건 너한테 너무 편안한 죽음이고, 이마에 총을 맞고 한 방에 죽는 건 너무 호사스럽지."

루나는 상체를 기울여 하쉬의 귓가에 속삭였다.

"자, 너는 이제 굶주린 물고기가 가득한 연못에 던져진 먹이가 되는 거야. 얼마나 처참하게 뜯길지, 어떻게 죽을지는."

루나는 손목에 찬 시계를 한 번 확인하고는 하쉬의 귓가에 조용히 읊조렸다.

"곧 알게 될 거야."

쾅 하는 소리와 함께 하쉬의 집 문이 열렸다. 대략 16명의 무장된 FBI 요원이 집 안으로 순식간에 들이닥쳤다. 창공을 울리는 소음과 함께 유리창으로 환한 조명이 새어 들어왔다. 근처에서 헬기 여러 대가 날고 있었다.

"하쉬 클레인, 너를 국가보안법 위반으로 체포한다. 너는 묵비권을 행사할 수 있고……."

미란다 원칙을 읊는 건조한 목소리가 이어지며, 하쉬 클레인이 집 밖으로 끌려 나갔다.

"우리가 올 때까지 시간을 끌어 줘서 고마워."

연방수사국 소속 요원이자, 루나와 친분이 있는 알렉시스였다. 루나는 이곳으로 오는 택시 안에서 알렉시스를 호출했고, 그는 기꺼이 이번 수사에 협조해 주었다.

"고맙기는. 급하게 연락했는데, 바로 와 줘서 내가 고맙지."

"우리 지부 10대 수배범 중에 하난데 바로 와야지."

알렉시스는 안면이 전혀 없는 듀이와 눈인사를 하고는 함께 건물 밖으로 걸어 나왔다.

"이제 랭글리로 복귀해?"

루나의 잠입 사실을 알 리 없는 알렉시스가 편안한 어조로 물었다.

"어, 일단 요기부터 좀 하고."

아무 일도 없는 것처럼 루나는 태연하게 미소 지었다.

"그리고, 알렉시스."

"응?"

심각하게 이름을 불러서인지 알렉시스의 미간에 미세한 주름이 잡혔다.

"상부에 보고할 땐, 우리는 거론하지 말고."

알렉시스는 의심 없이 환한 미소를 머금었다. CIA의 정보 제공으로 인한 체포가 아닌, FBI의 단독 수사 결과물이라는 보고가 더욱 흡족할 터였다.

"고마워. 이 은혜 잊지 않을게."

전형적인 인사를 하고 멀어지는 알렉시스의 뒷모습을 바라보는데, 듀이가 귓속말을 해 왔다.

"루나, 지금 당장 가야 할 것 같아."

루나는 의문이 가득한 눈길로 듀이를 바라보았다.

"K가 방금 젠틀맨스 클럽 파티에서 빠져나왔다는 소식이야."

루나가 듀이에게 시선을 고정한 채로 목소리를 높였다.

"알렉시스!"

"어?"

알렉시스가 무슨 부탁이든 들어줄 것 같은 호의 가득한 시선으로 루나를 바라보았다.

"차 좀 한 대 빌릴 수 있을까? 추적 안 되고, 버려도 상관없는 거로."

"지금?"

알렉시스가 눈썹을 치뜨며 물었다.

"어, 지금 당장. 아니면 입 무거운 기사를 하나 딸려 보내도 좋고."

"그건 어렵지 않지."

알렉시스가 대기 중이던 요원 하나에게 손짓했다. 그는 알렉시스가 소리 낮춰 명령하는 소리를 들은 뒤 의미심장하게 고개를 끄덕거리고는 루나와 듀이가 서 있는 쪽을 바라보았다.

"가시죠. 이쪽입니다."

루나가 고개를 끄덕이며 먼저 걸음을 옮겼다.

"루나, 괜찮겠어?"

듀이가 루나의 팔을 슬며시 붙잡아 세웠다.

"괜찮아. 알렉시스는 믿을 만한 사람이야. 그리고 아까 우리가 택시 잡아탔던 지점보다 좀 더 가까운 곳에서 내리면 안가까지 들어가는 데 무리는 없을 거야."

"그리고 알렉시스!"

"또 뭐야, 루나."

그는 루나가 어려운 부탁을 할 거라는 사실을 이미 눈치챈 듯했다.

"은혜는 잊어버리기 전에 갚는 게 맞는 것 같아. 내 부탁 좀 하나 더 들어줄래?"

루나가 하도 뻔뻔하게 물어서 듀이와 알렉시스는 서로를 바라보며, 루나의 곁에서 고생이 많다는 듯한 눈짓을 주고받는 눈치였다.

"그런 감정 표현은 내가 없는 데서 해 줄래?"

기민한 루나의 물음에 알렉시스는 혀를 내둘렀다.

"알았어. 대체 뭔데 그래?"

루나는 알렉시스에게 카를이 타고 있는 차량의 번호와 차종을 건네주었다.

"이 차가 워싱턴 D.C를 빠져나가려고 할 때, 시간을 좀 벌어 줘. 그거면 돼."

"얼마나?"

알렉시스는 해당 차량에 누가 타고 있는지, 왜 그래야 하는지 묻지 않았다.

안가에서 나올 때처럼 어둠 속을 달려야 한다고 가정하고, 들어가서 아무 일도 없었던 것처럼 옷을 갈아입고 침실에 대기해야 하는 시간까지 가정했을 때.

"대략 20분?"

알렉시스는 알겠다며 고개를 끄덕거렸다. 루나는 듀이와 함께 곧바로 FBI 요원이 모는 차에 탑승했다.

차는 빠르게 달려 안가 전방 4km 지점에 다다랐다. 차에서 내린 두 사람은 아무런 대화도 나누지 않고 달리기 시작했다. 안가에서 나오는 흐린 불빛이 눈앞에 어른거리기 시작할 때쯤이었다.

"루나."

3km를 넘게 달렸는데도 듀이는 흐트러짐 없는 목소리를 냈다.

"어."

호흡이 안정적이기는 루나도 마찬가지였다.

"카를과 결혼할 생각이야?"

도망치려면 지금이 적당하다는 의미를 담은 물음이었다. 루나는 잠시 걸음을 멈췄다.

달릴 때는 모른다. 심박동이 얼마나 빨라졌는지, 호흡이 얼마나 가빠졌는지, 얼마나 갈증에 시달리고 있었는지.

루나는 심장이 터질 듯이 뛰고, 호흡이 빠르게 흐트러지고 있음을 느꼈다. 그리고 그를 향한 갈증이 불현듯 본능 속에 살아났다.

"듀이."

"응."

듀이는 심각하게 대꾸했다. 지금 당장 루나가 결정을 내린다면 어디로
든 함께 숨을 수 있다는 눈빛이었다.

"나는 내게 주어진 임무에서 절대로 도망치지 않아."

속으로는 그에게서 멀어질 준비를 하고 있었다. 하지만 지금은 때가
아니었다. 떠나려면 임무를 완벽히 마무리 지을 수 있는 순간이어야 할
것이다. 카를하인츠 로젠쉴트가 미국의 적성 인물이 아니라는 사실이 명
확해지는 순간 말이다. 스티브의 명령이 있을 때까지 기다려야 했다.

하지만 그 시기가 오면 정치적 입장은 명확해질 테지만, 카를과 루나
의 관계는 어떻게 될지 아무도 장담할 수 없었다.

"루나."

듀이가 안타깝다는 듯이 이름을 불렀다.

"가자, 듀이. 방금 하쉬 클레인을 잡아 넘기고도 느낀 게 없어? 나는 지
금 임무 중이야. 알겠어?"

그렇게 말하면서도 카를의 품이 미치도록 그리웠다. 루나는 일부러 전
력을 다해 달렸다. 심장이 터져 나가고, 숨이 턱까지 차오르고, 사점(死點)
에 다다르기 직전까지 몸을 밀어붙였다.

안가에 들어갈 때도 빠져나올 때와 마찬가지로 대범한 방법을 택했다.
루나는 아무런 방해도 받지 않고 무사히 침실로 되돌아올 수 있었다.

"듀이."

루나가 침실을 빠져나가려는 듀이를 붙잡았다. 듀이는 대답 없이 루나
를 바라보기만 했다.

"오늘 고마워."

듀이는 하쉬 클레인이 체포당하는 순간까지도 놀랍도록 조용했다. 마

치 이런 상황이 익숙한 사람처럼 고요하고 적요하게 루나의 곁을 지켰다.

"그런데 듀이."

현장이 익숙하지 않은 듀이의 자연스러운 행동이 조금 의심스러웠다.

"아니야. 옷 갈아입게 얼른 나가."

불러 놓고 엉뚱한 말만 하고 있다는 듯이 듀이는 루나를 나무라듯 보고는 침실을 빠져나갔다.

루나는 얼른 아까 벗어 놓았던 슬립을 집어 들었다. 빠끔히 열린 창문으로 차바퀴가 돌밭을 구르는 소리가 들려온 것도 그때였다.

카를이 돌아왔다. 루나는 얼른 옷을 홀딱 벗고, 잠옷을 꿰입은 뒤 침대에 누웠다.

심장은 조금 전 사점에 닿았을 때보다 더 빠르게 뛰는 듯했다. 둔한 소음과 함께 침실 문이 열렸다. 그가 성큼성큼 다가오는 발걸음 소리가 느껴졌다. 이마를 쓸어내리는 손길이 부드럽다.

"나쁜 꿈이라도 꾸나. 이마가 젖었네."

낮게 읊조리는 음성에는 심장 떨리는 애정이 가득했다. 카를의 손가락 끝이 유려한 얼굴선을 따라 섬세하게 움직였다. 잠이 든 척 시치미를 뚝 떼고 있었지만, 살갗 위로 그의 손길이 흐를 때마다 차츰 열이 올랐다.

뺨을 어루만지던 뜨거운 손이 귓바퀴를 가만가만 훑고 귓불을 조심스럽게 비벼 댔다. 겨우 손가락 한 마디 안에 들어가는 둥그런 살점일 뿐인데, 결정적인 성감대를 만지는 것처럼 그의 손끝이 음란하게 느껴졌다.

"흐음."

루나는 참지 못하고 신음 같은 한숨을 내쉬며 몸을 돌려 누웠다. 마치 지금 막 잠에서 깨어난 것처럼 느릿하게 눈꺼풀을 들어 올리며 태연하게 굴었다.

"카를?"

잠시 입을 다물고 있었던 덕분인지, 다행스럽게도 푹 잠긴 목소리가 흘러나왔다.

"그래."

그의 짧은 대꾸에서 웃음기가 흘렀다.

"악몽을 꿨나 보지?"

루나는 베개 밑으로 손을 집어넣으며 몸을 잔뜩 웅크렸다.

"웨딩드레스를 입고 달리는 꿈을 꿨어요."

카를이 루나의 곁으로 바짝 다가앉았다. 사위가 어두웠지만, 밖에서 들어오는 불빛이 어린 그의 표정만큼은 분명하게 보였다. 어슴푸레 찌푸린 얼굴은 루나가 꾼 꿈이 못마땅한 눈치다.

"결혼식 날 도망가는 꿈이라도 꿨나 보지?"

카를이 낮게 깔린 음성으로 물었다. 음색이 차가운 이유는 꿈에서라도 그런 상황은 달갑지 않다는 반응일 터.

"내 웨딩드레스가 예뻐서 빼앗으려고 쫓아온 건가? 좀비 떼한테 쫓긴 것 같기도 하고."

루나는 새침한 어조로 대답했다. 카를이 상체를 기울여 그녀의 입가에 가만히 입을 맞추며 웃었다.

"재미있어?"

"뭐가요?"

"사람을 손바닥 위에 올려놓고 쥐락펴락하는 거. 재미있냐고."

카를은 엄중한 어조로 나무라는 듯했지만, 목소리의 절반은 웃음기로 물들어 있었다.

"제가 감히 로젠쉴트 씨를요?"

루나는 일부러 과장되게 되물으며 눈을 동그랗게 뜨고 놀란 척했다.

그가 환히 웃으며 루나의 입술을 사랑스럽다는 듯이 깨물었다.

"잠들지 말고 기다리고 있어. 씻고 올 테니까."

그의 입술이 멀어지려는 순간, 루나는 양손으로 그의 목덜미를 와락 끌어안았다.

"같이 씻을까요? 악몽 때문인지 땀을 좀 흘려서 씻고 싶어."

야밤에 바깥 공기를 쐬며 달린 탓에 루나의 머리칼에서 숲의 냄새가 날 게 뻔했다.

후각은 생각보다 예민해서 변화를 빠르게 인지하는 법. 외출에서 바로 돌아온 그가 루나에게서 바깥 냄새를 인지하기란 어렵다. 하지만 샤워를 마치고 나오면, 이미 제 몸에서 씻어 낸 외부의 냄새는 생경한 것이 된다. 샤워하고 나온 그가 루나에게서 이상한 낌새를 알아차릴 수도 있다는 뜻.

"그럴까?"

그는 아무런 의심 없이 루나의 손을 잡고 일으켜 세웠다. 갑작스럽게 몸을 일으킨 탓인지 심장이 쿵쿵 날뛰었다. 티 나지 않게 마른침을 끊임없이 삼켰다. 침대에 눕기 전 복장을 단속하기는 했지만, 미처 생각지 못한 허점이 있으면 어쩌나 하는 생각에 속이 탔다.

침을 하도 삼켜서 목구멍이 뻐근하게 아파 올 무렵 카를이 루나의 가슴께에 있는 잠옷 끝을 쭉 잡아당겼다. 목둘레가 헐거워지며, 천 자락이 아래로 떨어져 발등 위에 고였다.

"미아."

카를은 아직까지 넥타이도 풀지 않은 완벽한 슈트 차림이었다. 그가 옆으로 살짝 비어져 나온 머리카락을 손바닥으로 쓸어 넘기며 고개를 비스듬히 기울였다. 뜨거운 입술이 크게 벌어졌고, 분홍빛 유륜과 유두가 한꺼번에 빨려 들어갔다. 정점에서 느껴지는 찌릿한 감각은 순식간에 가슴속까지 이어졌다.

"흐읏."

신음을 흘리며 고개를 돌린 곳에는 벽을 가득 채우고 있는 욕실 거울이 있었다.

지독하게 외설적인 모습. 잠에서 깬 여자의 알몸을 탐하며, 젖가슴을 쭉쭉 빨고 있는 남자는 완벽한 신사의 모습이었다. 슈트 재킷 벤트에 주름 하나 없었고, 그의 슈트 팬츠도 칼 주름을 유지하며 고아하게 떨어졌다.

"아아!"

그는 사람의 본성을 이상하게 자극하는 남자였다.

"망가뜨리고 싶어."

루나는 무언가에 홀린 듯 혼잣말처럼 읊조렸다. 카를이 젖꼭지를 입술 사이에 문 채로 시선만 들어 올려 그녀를 바라보았다. 그의 눈가에 순진하고 무구한 웃음기가 어렸다.

질구에서 맑은 애액이 주룩 흘러내리는 게 느껴졌다. 정중한 인사를 건네는 자세처럼 등 뒤로 감춘 그의 손을 끌어왔다. 카를은 루나가 하는 대로 순순히 움직이며 호기심이 동한 눈빛을 짙게 빛냈다.

그의 마른 손을 젖은 입구에 가져다 댔다. 뜨거운 손바닥은 흐르는 애액이 아깝다는 듯 질구를 애틋하게 감싸 줬다.

"흐으응."

가벼운 접촉에도 농도 짙은 신음이 울컥 흘렀다. 젖은 눈으로 바라본 그의 표정은 여전히 빈틈이 없었다. 눈빛이 조금 어두워졌고, 그래서 더 음란해 보일 뿐 여전히 완벽했다.

“어떻게 망가뜨려 줄 생각이야?”

가슴에서 입을 뗀 그가 혀를 내밀어 아랫입술을 매끄럽게 핥으며 물었다. 루나는 대꾸 없이 보라색 넥타이 매듭을 끄집어 당겼다.

“겨우?”

카를은 루나의 유혹을 얕잡아 보듯이 물었다. 그는 한숨 한 번 내쉬지 않고 일정한 호흡을 유지했다. 마치 대단한 심리전이라도 하는 것처럼 쉽게 무너지지 않으려고 하는 남자 때문에 약이 올랐다.

“함께 샤워하자고 한 건 나지만, 먼저 옷을 벗기고 가슴부터 빨아 댄 건 당신이었어요.”

루나는 그의 드레스 셔츠 단추를 느리게 풀어 내려갔다.

“아, 그쪽은 샤워만 하자고 했는데, 내가 먼저 건드렸다. 이건가?”

카를이 빙글거리며 되물었다.

“그러면서 건방지게 벗기기 힘든 옷을 입고 버티시네요.”

“가슴에 키스만 가볍게 했을 뿐인데, 다리 사이로 먼저 손을 끌어간 건 누구더라?”

상황이 재미있게 돌아간다는 듯이 그는 즐기는 눈치였다. 루나의 이마를 적시고 있던 땀과 이상했던 악몽 따위는 완전히 잊은 얼굴이다.

루나는 그의 드레스 셔츠와 조끼, 재킷을 한꺼번에 어깨 뒤로 넘겨 버렸다.

“좀 벗어 볼래요?”

옷을 어깨에 걸친 채로 버티는 남자를 삐딱하게 올려다보았다.

“그래, 씻으려면 옷을 벗기는 해야지.”

그가 마침내 더운 숨을 몰아쉬며 상의를 벗어 옆으로 던졌다. 마치 샤워 외에는 별생각이 없는 것처럼 천연덕스럽게 굴려고 노력하는 듯 보였지만, 그의 숨결은 차츰 거칠어지고 있었다.

더운 숨을 내뱉을 때마다 그의 흉근과 복근이 조화롭게 꿈틀거렸다. 섬세한 조각처럼 보이는 그의 상체 근육이 발휘하는 질긴 힘을 떠올리며, 루나는 그의 벨트 버클을 풀고 바지를 내렸다. 허리춤을 잡고 아래로 잡아당기며 발등에 고여 있던 잠옷 더미 위로 무릎을 꿇었다.

카를이 손가락으로 루나의 턱을 잡아 올렸다. 그의 눈초리는 이미 붉었다. 야하게 젖은 눈빛으로 내려다보고 있으면서 끝까지 갈 생각은 없다는 듯이 이상한 거드름을 피우는 남자를 끝내 무너뜨리고 싶은 정복욕이 가슴을 꽉 메웠다.

"뭘 하려는 생각이지?"

그가 겁을 주는 듯 매서운 음성으로 읊조렸다.

"그걸 알려 주면 재미가 없죠."

루나는 눈을 가늘게 뜨고 환히 웃었다. 그러고는 검은색 드로어즈 허리 밴드를 천천히 잡아 내렸다. 굵고 길게 발기한 페니스가 속옷 밖으로 흘러나오자 본능적으로 꺼떡거렸다.

"미아."

카를이 꾹 다문 잇새로 이름을 씹어 뱉듯 했다. 경고조의 음성은 루나의 정복욕을 자극할 뿐이었다. 루나는 그를 올려다보며 기둥의 중간쯤을 손으로 움켜잡았다.

"으음."

그가 오른손으로 이마를 거칠게 쓸어 넘기며 신음을 내뱉었다.

"겨우?"

루나는 조금 전에 그가 했던 되물음을 그대로 건네주며 웃었다. 그러고는 선단에 맺힌 이슬을 말랑말랑한 뺨에 슬쩍 문질렀다.

그 모습을 내려다보던 남자의 시선은 더욱 깊어졌다. 마치 공격 대상을 앞에 두고 동공이 커지는 고양잇과 동물처럼 그의 눈동자가 오묘한 빛을 띠는 게 눈에 보일 정도였다.

루나는 입을 크게 벌려 막대 사탕을 입에 넣듯 귀두를 머금었다. 생각했던 것보다 훨씬 부드럽고 얇은 살갗이었다. 조심스럽게 빨아야 한다는 보호 본능이 일 정도였다.

"아아. 너 정말."

카를이 욕설을 뱉으며 루나의 머리카락을 움켜잡았다. 목 끝에 닿을 듯이 빨아 당겨 물었다가, 천천히 입에 힘을 풀기를 반복했다. 단단한 허벅지가 단숨에 굳는 게 눈앞에서 보였다.

카를은 전신으로 뻗치는 힘을 주체하지 못하고 연신 더운 숨을 내쉬었다.

"하아, 미아."

그가 가쁜 숨을 내뱉으며 애원하듯 이름을 불렀다. 루나는 그의 물건 끝에 있는 작은 구멍을 혀끝으로 쑤시듯 어루만졌다.

"흐읏."

카를이 억눌린 신음을 내뱉으며 루나의 머리를 애처롭게 쓸어 넘겼다. 물건 뿌리가 꺼떡거리며 더욱 비대해지는 게 느껴졌다. 루나가 혀를 내밀어 그의 물건을 아이스크림 핥듯이 핥아 올리려던 순간이었다.

"그래, 내가 졌어."

그가 순순히 패배를 인정하며 순식간에 루나를 일으켜 세웠다.

"하고 싶은 대로 다 해, 욕심 많은 마녀."

카를이 루나를 대리석 세면대 위에 앉히며 웃었다. 입술이 닿을락 말락 한 거리에서 루나는 미간을 찌푸리며 물었다.

"나 지금 여신에서 마녀로 강등당한 거예요?"

새초롬하게 물은 말에 그는 재미있다는 듯이 웃으며 선단을 입구에 맞춰 왔다.

"흐음."

루나는 눈을 지그시 감으며 신음했다. 허벅지 사이를 깊게 파고드는 감각이 생생했다.

"너는 나한테."

카를이 거칠어진 숨을 억누르며 귓가에 다정하게 속삭였다.

"여신이면서 마녀고, 천사이면서 악녀고, 성녀이면서 요녀고."

그의 허리가 뒤로 멀찍이 물러났다가 단숨에 깊게 다가왔다.

"하읏."

루나는 거친 신음을 흘리며 그의 어깨를 와락 끌어안았다.

"나의 전부이자, 내 자신이지."

감당하는 것조차 버거운 고백에 애액이 주르륵 흘러내렸다. 흥건한 애액 때문에 엉덩이 아래가 미끌미끌했다. 대리석 위에서 자세가 잡히지 않아서 그의 허리에 다리를 휘감으며 매달리다시피 해야만 했다.

"미아."

"응."

그가 루나의 젖은 이마에 입을 맞췄다.

"꿈에서라도 도망가지 마."

깜빡 잊고 있을 거라 여겼는데, 그는 당부하듯 조용조용 말을 이었다.

"너를 잃고 나면, 내가 어떻게 미칠지 나도 몰라. 그러니."

마지막은 분명한 경고조였다.

"곁에 있어."

실은 듀이가 도망가자고 했을 때, 루나는 날카로운 칼에 가슴을 찔린 것과 같은 통증에 휩싸였다. 물리적인 충격을 받은 것도 아닌데, 고통은 절망적일 정도였다.

임무 핑계를 대면서 마다했지만, 어쩌면 아까 밖으로 나갔던 타이밍은 카를의 곁을 벗어날 절호의 기회였을 것.

깊어지려는 마음과 관계를 접어 두고 홀연히 떠나서 어딘가에 은신하며 스티브의 추가 명령을 기다렸어도 될 일이었다.

하지만 루나는 그러지 못했다.

이 남자의 곁을 떠난다고?

가슴의 일부가 아니, 심장의 전부가 되어 버린 남자를 두고 떠나는 일은 불가능했다. 이기적인 생각임이 분명한 것을 알면서도.

진정으로 카를을 위한다면 그와의 결혼은 피하는 게 맞다. 하지만 명령이 떨어지는 순간까지 그의 곁을 지키고 싶은 바람은 독한 마음을 먹게 했다.

끝의 끝까지.

이 남자의 곁을 지키리라.

"카를, 나는 도망치지 않아요."

루나는 가소로운 말을 잘도 내뱉었다.

"흐읏!"

이를 악문 카를이 루나의 거짓 고백을 나무라듯 허리를 거세게 쳐올렸다.

"아아!"

루나는 그의 단단한 목덜미를 끌어안고 너른 어깨에 얼굴을 기댔다.

"카를."

그의 이름을 흐느꼈다. 단순한 부르짖음이 아니었다. 그의 이름은 루나의 가슴속에서 사랑이었다가, 통한이었다가, 후회였다가, 죄의식이었다가, 끝내는 놓지 못한 탐욕이었다.

"미아."

카를이 안타깝다는 듯이 이름을 부르며 루나의 마른 등을 쓸어내렸다. 그의 손길이 닿을 때마다 억장이 무너져 내렸다.

"곁에, 있어."

루나의 결심을 거듭 확인하듯 그는 사정 속에 몸을 부르르 떨면서도 곁에 있으란 말을 애절하게 내뱉었다. 그와의 관계에서 단 한 번도 절정에 오르지 않은 날이 없었다. 그런데 마치 지금은 쾌감조차 죄의식 속에 결여된 듯 본능적인 감각에 빠지는 것을 거부했다.

"흐윽."

울음이 입 밖으로 툭 흘러나왔다. 루나의 서글픔을 집어삼키듯 카를이 젖은 입술을 빨아 물었다. 루나가 지독한 전율에 몸을 떨지 않았음을 그도 눈치챈 듯, 키스는 그 어느 때보다 집요하고 섬세했다.

입안을 샅샅이 훑고 깊게 빨아들였다가 혀를 거칠게 비비고 연한 살을 간질이는 완급 조절은 늘 루나의 정신을 쏙 빼놓곤 했었다.

그런데 지금은.

그 무엇에도 집중할 수가 없었다.

그를 속여 왔고, 상처받을 것을 뻔히 알면서도 이기적으로 굴고 있다는 죄책감을 사랑으로 무마하기엔…….

카를의 사랑은 너무도 지극했고, 그의 사랑 앞에 루나의 죄는 가혹하도록 깊었다.

❖

결혼식은 캐피털 홀의 가장 화려한 호텔에서 진행되었다. 미국의 내로라하는 정·재계 인사들이 그들의 결혼식에 참석하기 위해 캐피털 홀로 몰려왔다. 하지만 일체의 언론 보도가 없었고, 삼엄한 경비 속에서 얌전한 척하길 좋아하는 무리가 참석자의 대부분을 차지하고 있어서 결혼식은 조용히 치러졌다.

"결혼 축하해요."

피로연 파티. 루나는 저에게 달콤한 축하 인사를 건네는 상원 의원 무리와 마주 섰다.

"감사합니다, 드푸아 의원님. 의원님 덕분에 결혼식을 무사히 치를 수 있었습니다."

드푸아 상원 의원은 스티브의 몰락에 패를 걸고 있는 인물 중 하나였다. 드푸아의 곁에는 그보다 더 여우같은 제레미 해밀턴 상원 의원이 모호한 표정을 지은 채로 서 있었다. 그는 그저 흥미롭다는 눈빛으로 루나를 바라보기만 할 뿐이었다.

"이렇게 아름다운 분인 줄 미처 몰랐습니다, 미스 콴."

그는 샴페인 잔을 들고 부딪치는 시늉을 해 대며 웃었다. 마치 로젠쉴트의 아내가 될 자격이 없다는 듯이 드푸아는 로젠쉴트의 성을 따르기로 한 '미아'를 굳이 미스 콴이라 불렀다.

가소로운 새끼.

더 이상의 잔악한 전쟁을 반대하는 세력이 CIA를 장악하는 것을 막기 위해, 그는 스티브를 끌어내리려고 했다.

"요즘 중국이 인도와 치열하게 맞붙고 있다죠? 어떻게 생각하십니까,

미스 콴? 조국의 소식에 더 민감하실 테죠?"

드푸아는 중국 출신이라는 결혼식의 주인공을 걱정하는 척했지만, 다분히 깔보는 어조였다.

"죄송하지만, 의원님. 의원님께서는 프랑스의 관용 정신에 대해 어떻게 생각하십니까?"

루나는 깍듯한 예의를 갖춰서 질문했다. 그의 성은 프랑스에서 넘어온 것이었다.

"이런. 미아 콴 양이 미국에서 배워야 할 게 많은 것처럼 보이는군요. 저는 미국의 상원 의원이고, 제 조국은 미국입니다만."

"이것 참 재미있네요, 드푸아 씨. 저도 제 조국은 미국이며, 저는 투표권을 갖고 있지요. 중국의 외교 관계에 대해서는 말을 아끼겠습니다. 제 말 한마디가 무기 회사를 운영하는 남편의 사업에 영향을 미치는 것은 원치 않거든요."

루나는 상원 의원 앞에서 투표권을 논하며 한 방 먹이고, 전 세계 전쟁의 향방을 손에 쥐고 있는 로젠쉴트 가문에 자신의 말 한마디가 주효하게 작용할 수도 있다는 사실을 그에게 인지시켰다.

"그리고 드푸아 씨, 저는 더 이상 미스 콴이 아닌데, 어쩌죠? 설마 저한테 사심이 있어서 계속 미스라는 호칭을 입에 올리시는 건가요?"

오만하기 짝이 없는 그를 일부러 드푸아 씨라고 호칭했다. 전쟁이 무슨 놀음인 줄 아는 그에게 상원 의원님(Senator)이라는 호칭은 낭비였다.

"다음에 또 볼 기회가 있었으면 좋겠군요, 로젠쉴트 부인."

드푸아는 노골적인 반감은 드러내지 못하고 뜨뜻미지근한 어조로 인사를 하고 돌아섰다. 곁에 조용히 서 있던 제레미 해밀턴 의원은 제법이라는 듯이 묘한 미소를 머금었다. 해밀턴은 로젠쉴트 가문에 선을 대기 위해 혈안이 되어 있었고, 함부로 입을 놀리는 실수는 절대 하지 않았다.

루나는 속으로 이를 갈며 욕심이 득실득실 들러붙은 드푸아의 뒷모습을 바라보았다. 때마침 카를이 루나의 손을 잡아 빙그르 돌려세웠다. 그의 손길은 잘록한 허리에 닿아 있었다.

"미아."

카를은 사랑을 주체하지 못하는 눈빛으로 루나를 내려다보았다.

"내가 말실수라도 했나요? 무슨 일을 저지르든 용서해 주겠다는 듯이 너그러운 눈빛이네요?"

"아니."

카를이 고개를 비스듬히 내려서 루나의 뺨에 가볍게 입을 맞췄다. 그의 숨결이 살갗을 타고 흐르는 것만으로 심장이 두근거렸다.

"나도 마음에 안 드는 놈이었거든. 우아하게 잘 먹이던데?"

루나는 저도 모르게 피식 웃음을 터뜨렸다.

"로젠쉴트 씨."

이제 막 부부가 된 연인의 사이에 끼어든 이는 수석 비서 레이먼드였다.

"그래, 레이."

"이제 파티 2부가 시작될 시간입니다."

1부가 조금 자유로운 분위기였다면, 2부에서는 두 사람이 모두의 집중을 받으며 결혼에 관한 소회를 간단히 풀어야 하는 자리였다.

"로젠쉴트 부인께서 드레스를 갈아입으셔야 해서요. 로젠쉴트 씨께서도 환복을 하셔야 하고요."

평소 이름을 편하게 부르던 레이가 오늘만큼은 깍듯한 경어를 올려붙였다.

"고마워요, 레이."

카를이 턱 끝을 까딱거렸다. 작은 동작에서도 남다른 기품이 흘렀다. 그는 루나를 파티가 열리는 연회장 옆에 있는 임시 드레스 룸으로 에스코트했다.

스타일리스트와 경호원이 즐비한데도 카를은 그게 무슨 상관이냐는 듯이 루나에게 입을 부딪쳐 왔다. 그는 이 와중에도 놀라울 만큼의 보호 본능을 발휘했다. 양손으로 그녀의 뺨과 턱을 감싸고 입술이 섞이는 예민한 부분은 다른 이들이 볼 수 없도록 가리면서 진한 키스를 퍼붓고 있었다.

그 누구에게도 그녀의 은밀한 본능을 내보일 수 없다는 듯이 굴면서도 키스는 참지 못하는 남자는 지독하게 사랑스러웠다.

"카를."

간신히 입술이 떨어지자마자, 그의 이름이 한숨처럼 흘러나왔다.

"조금 이따가."

그가 낮고 깊은 음성으로 대꾸했다. 드레스를 갈아입는 동안 곁에서 떼 놔야 한다는 사실이 끔찍하게 싫은 눈치였다.

"알겠어요. 얼른 갈아입을게."

루나의 대답에 카를이 흡족하게 웃으며 그녀의 이마에 여러 번 입을 맞추고는 미적거렸다. 결국, 레이가 재촉하는 소리를 듣고 겨우 드레스 룸을 빠져나갔다.

루나는 열기로 차오른 가슴을 가라앉히려 천천히 심호흡했다.

"로젠쉴트 부인, 환복을 도와 드리겠습니다."

정부에서 부인으로 신분이 바뀐 순간, 그녀를 대하는 모든 이들의 태도에 한층 더 높은 격의가 묻어났다.

하얀 머메이드 라인의 드레스에서 진초록색 드레스로 갈아입었다. 색이 좀 다를 뿐 마치 영화 '티파니에서 아침을'에서 오드리 헵번이 입었던 것과 비슷한 형태의 칵테일 드레스였다. 루나는 오드리 헵번처럼 헤어스타일을 바꾸고, 그녀가 그랬던 거처럼 긴 실크 장갑을 손에 꼈다.

장갑을 손에 끼운 순간, 루나는 속으로 잠시 멈칫했다. 오른쪽 손바닥 쪽에서 이물감이 느껴졌다.

"연회장으로 가기 전에 잠깐 화장실을 들르고 싶은데요."

"이쪽입니다, 로젠쉴트 부인."

그녀를 안내하는 위니의 얼굴은 평상시와 같았다. 루나는 주목받는 파티에서 긴장을 풀려고 일부러 여유를 부리는 사람처럼 사위를 둘러보았다. 결혼식을 위해 충원된 스타일리스트와 경호원 중에 이상한 낌새를 내비치는 인물은 없었다.

루나는 화장실에 홀로 들어가서 실크 장갑을 힘겹게 벗었다. 장갑을 뒤집자 안쪽에 딱 붙어 있는 얇은 종이쪽지가 눈에 들어왔다.

[시든 화분에 꽃이 피었다.]

루나를 불러들이는 본부의 소환 메시지였다. 정확히는 스티브가 보낸 것이다. 심장이 쿵쿵 울렸다.

"로젠쉴트 부인, 잠시 들어가도 되겠습니까? 드레스 라인을 다시 잡아 드리려고 하는데요."

루나는 서둘러 쪽지를 변기에 버리고 물을 내려 버렸다.

"1분만요."

거울을 들여다보며 손을 씻고 거칠어지는 호흡을 가다듬었다. 눈길을 단속하고, 떨리는 입매를 얼얼하도록 깨물었다.

"들어와요."

다행히 평범을 가장한 목소리는 자연스럽게 흘러나왔다. 호화로운 화장실의 문을 닫은 여자가 기민한 얼굴로 천천히 다가왔다.

"일주일 내로 다시 연락할 예정입니다. 세이셸에서의 실종으로 처리될 겁니다."

낮은 목소리에서 단호함과 영민함이 동시에 느껴졌다. 새로 온 스타일리스트 중의 한 명이 랭글리 사람이었나 보다.

"고마워요. 기다리죠."

"그럼, 이제 나가시죠?"

루나가 고개를 끄덕거리고는 스타일리스트가 열어 주는 문밖으로 한 발짝 발을 내디뎠을 때였다.

쾅, 하는 굉음과 함께 몸이 공중으로 부웅 떠올라 뒤로 넘어갔다. 몸이 날아오르면서 순식간에 폭발에 의한 현상임을 알아차렸다. 그리고 폭발은 파티장이 아닌 이곳, 루나가 사용 중인 드레스룸 안에서 일어났다.

힘을 잃은 몸이 바닥으로 철퍼덕 널브러졌다. 눈앞에 뿌연 먼지가 일고, 매캐한 공기가 주변을 에워쌌다.

심장이 느릿하고 묵직하게 뛰었다. 귀가 멍했고, 고개조차 돌릴 수 없을 만큼 끔찍한 통증이 밀려들었다.

카를, 얼굴을 보여 줘요.

마치 마지막 소원처럼 루나는 속으로 간절하게 읊조렸다.

"로젠쉴트 부인께서는 진초록색 칵테일 드레스를 입으셨습니다. 그래서 로젠쉴츠 씨께는 진초록색에 잔 도트 무늬가 들어간 보우 타이와 포켓 치프를⋯⋯."

그다지 중요한 내용이 아니기에 스타일리스트가 하는 말을 흘려듣고 있을 때였다. 쾅, 하는 소리와 함께 천장에 달린 샹들리에와 건물 내벽이 흔들릴 정도의 진동이 일었다.

카를의 불안한 시선이 경호책임자 루터와 마주쳤다. 둘은 누가 먼저랄 것도 없이 루나가 옷을 갈아입고 있는 드레스룸으로 향했다. 굉음이 들려온 방향은 연회장 쪽이 아닌 드레스룸 쪽이었다. 심장이 불안하게 뛰었다. 이미 복도에는 폭발음을 듣고 나온 하객들이 어지러이 뒤엉켜 있었다.

경호원들은 2차 사고를 방지하고자 질서 정연한 대피를 위해 노력하고 있었지만, 인사불성이 된 사람들은 비명을 지르며 비상구를 향해 달려 나갔다. 넘어지고, 부딪치고, 싸우고. 전쟁터를 방불케 했다.

루터가 드레스룸 문을 열어젖혔다. 안쪽에서 뿌옇고 매캐한 연기가 뿜어져 나왔다.

"미아!"

천장에 매달려 있던 크리스털 샹들리에는 바닥으로 곤두박질쳐서 산산조각이 나 있었다. 연분홍색 카펫이 붉은 피에 젖어 질척거렸다.

"미아!"

한 치 앞이 보이질 않았다. 분명 드레스룸 안에 있을 텐데, 그녀가 어디에 있는지 찾는 게 쉽지 않았다.

"미아, 어딨어?"

콜록콜록, 화약 연기가 입안으로 훅 끼쳐 들어왔다. 카를은 포켓 치프를 뽑아 입을 가리고 주위를 두리번거렸다. 눈이 매워서 눈물이 줄줄 흘러내렸다.

루나, 제발.

카를은 기침을 거칠게 토해 내며 속으로 간절히 빌었다. 걸음을 크게 옮긴 순간 발밑에 사람의 형체가 걸렸다.

"로……젠쉴트…… 씨."

옆머리에 피를 흘리며 쓰러져 있는 사람은 위니였다.

"위니!"

또다시 기침이 쏟아져 나왔다.

"루터! 여기 위니가!"

카를은 안간힘을 다해 목소리를 짜냈다.

"위니, 미아는? 응? 미아는 어디 있지?"

위니가 가슴에 올리고 있던 손끝을 간신히 움직여 한 방향을 가리켰다.

"고마워, 위니. 곧 병원으로 이송될 거야. 정신 잃지 말고."

"위니!"

루터와 듀이가 달려와 위니의 상태를 살피는 동안 카를은 거침없이 걸음을 옮겼다. 위니가 가리킨 방향은 드레스룸의 화장실 방향이었다. 지금 상황에서는 사치스러울 수밖에 없는 가정이 떠올랐다.

기민한 그녀가 화장실로 피했기를.

그래서 그녀만큼은 무사하기를.

제발, 제발…….

연기 속에서 반짝거리는 화장실 금색 문고리가 먼저 눈에 들어왔다. 그리고 믿을 수 없을 정도로 처참한 광경이 눈에 들어왔다.

"미아!"

카를은 그녀의 이름을 울부짖으며 바닥에 주저앉았다. 그녀는 눈꺼풀조차 제대로 깜빡거리지 못하고 숨을 몰아쉬고 있었다.

"카를."

그녀가 입모양으로만 중얼거리듯 그의 이름을 불렀다. 재킷을 벗어서 북 찢었다. 그녀의 복부에서 흘러나온 피로 바닥이 흥건하게 젖어 있었다. 하필 진초록색 드레스를 입고 있어서 그녀의 붉은 피가 번져 나간 자국은 잔인하도록 선명했다. 재킷 천으로 그녀의 복부를 지혈하기 위해 눌렀다.

"미아, 날 봐. 응? 정신을 잃으면 안 돼. 곧 구급차가 올 거야. 미아."

카를은 최대한 침착하게 그녀에게 말을 걸려고 노력했다.

"……형 씨."

그녀가 끓는 목소리로 읊조렸다.

"뭐라고?"

카를은 상체를 거의 바닥에 엎드리다시피 하며 그녀의 입가에 귀를 가져다 댔다.

"이형 씨……."

듣기 괴로운 목소리가 내뱉은 말은 한국에서 부르던 이름이었다. 참고 있던 눈물이 왈칵 치솟았다.

"미안, 했어요."

그녀는 마치 마지막을 예견한 사람처럼 말을 이었다.

"응, 알아."

이제는 카를도 그녀에게 한국어로 대답하기 시작했다.

"알아, 루나."

그녀의 까만 눈동자를 들여다보며 처음으로 아름다운 이름을 불러 보았다.

애써 웃음을 머금으려는지 그녀의 뺨이 꿈틀거렸다. 그리고 눈꺼풀이 느릿하게 감겼다.

"안 돼, 루나! 정신 차려. 응? 정신을 잃으면 안 돼. 나를 봐. 제발. 루나."

카를이 애원하듯 울부짖었다. 그녀의 속눈썹이 파르르 움직였다.

"졸려요."

그녀가 중얼거렸다. 이 상태에서 정신을 잃으면 돌이킬 수 없을 거라는 걸 카를은 직감적으로 알았다.

"루나, 나의 여신."

카를은 사랑을 가득 담은 목소리로 그녀를 불렀다. 여신이라는 말이 괜히 나온 게 아니었다. 그녀의 이름이 가진 속뜻에서 빌려온 말이었다.

루나(Luna), 달의 여신이라는 의미가 있는 단어였기에 그녀를 여신이라 칭송했다. 그리고 그녀는 카를의 삶에서 모든 것을 아우르는 여신이나 다름없었다.

"그리웠어요."

그녀가 마치 한국에서의 연애 시절을 떠올리는 듯한 눈빛으로 읊조렸다.

"많이 보고 싶었고."

이제껏 살을 부대끼고 살았으면서 그녀는 아주 오랜만에 만나는 것처럼 말을 걸었다.

"그래."

카를은 애써 진한 미소를 머금으며 그녀를 내려다보았다.

"그리고 정말 많이 사랑해요."

"나도, 루나. 정말 많이 사랑해."

그녀의 눈동자가 점점 먼 곳을 바라보는 것만 같았다.

"이형 씨."

목소리가 곧 사라질 연기처럼 아슬아슬했다.

"계속 이형 씨 이름을 부르고 싶었어."

그녀는 마지막 힘을 짜내어 목소리를 내는 것처럼 말하고 눈을 감았다.

"루나!"

혼란함 속에 의료진이 도착했다. 카를은 그 곁에 서서 그녀가 응급처치를 받고 들것에 실리는 모습을 가만히 내려다보았다.

"동행하시겠습니까?"

의료진의 물음에 카를은 얼른 고개를 끄덕거렸다.

시끄러운 사이렌이 울리는 구급차에 함께 올라탔다.

아무 일 없을 거야, 아무 일도.

머릿속으로 끝없이 이성적 언어를 되뇌면서도 가슴은 깊이를 가늠할 수 없는 처참한 불안에 빠져서 허우적댔다.

루나, 제발.

카를은 호흡기를 끼고 있는 그녀의 이마를 가만히 쓸어 넘겼다. 눈부시게 하얀 웨딩드레스를 입고 제 옆에 서서 혼인 서약을 하던 게 불과 몇 시간 전의 일이다.

결혼식 전까지 카를은 그녀가 떠날지도 모른다고 생각했었다. 그런데 결혼식장에서 웨딩드레스를 입고 환히 웃는 그녀를 바라보며, 어쩌면 이대로 평생을 함께할 수 있을 거란 꿈을 꾸었다. 반드시 그녀를 곁에 두고 지키겠다고 다짐했었다.

그런데 그 다짐을 비웃듯 그녀는 피투성이가 되어 카를의 눈앞에 누워 있었다.

"심정지!"

구급대원이 그녀가 누워 있는 침대 위로 올라가 심폐소생술을 시작했다. 카를은 양손으로 머리를 감싸 쥔 채로 믿지도 않는 신에게 기도를 올렸다.

제발, 살려만 주세요. 당신이 원하는 무슨 일이든 할 테니, 제발!

병원에 도착하자마자 그녀는 수술실로 이송되었다.

분명히 살 것이다. 끈질긴 성격상, 그녀는 아무렇지 않게 눈을 뜨고 카를을 마주하며 능청스럽게 웃을 것이다.

'내가 당신을 다른 이름으로 불렀다고요? 카를, 무슨 소리를 하는 거예요? 나는 기억이 전혀 없는데.'

시치미를 뚝 떼고 다시 연기를 시작할지도 모를 일이지.

카를이 그녀가 무사히 깨어났을 때를 가정하고 있을 때였다.

"로젠쉴트 씨."

평소와 다른 무게감 있는 목소리로 다가온 이는 듀이였다.

"그래요, 듀이."

카를이 턱 끝을 까딱거리자, 그는 CIA 소속 신분증을 내밀며 대꾸했다.

"전부 알고 계시는 눈치였지만, 그동안 본의 아니게 속여서 죄송합니다."

카를이 쓴웃음을 머금었다.

"더 죄송한 말씀을 드려야 할 것 같습니다."

말해 보라는 듯이 카를은 눈을 치뜨며 듀이를 응시했다.

"루나의 가족이 지금 병원으로 오고 있습니다. 지금 시간부터 가족의 안전을 위해 로젠쉴트 씨의 접근을 불허하겠습니다. 루나 송과 그녀 가족의 신변 보호는 미국 정보국에서 맡을 예정입니다."

카를은 정신이 멍해지는 것을 느꼈다.

"듀이, 지금 무슨 소리를 하고 있는 거지?"

고압적인 물음이 흘러나왔다.

"직설적으로 말씀드리자면."

듀이는 카를의 무서운 기세에 잠시 말을 멈췄다. 하지만 거침없는 단어를 겁도 없이 내뱉었다.

"이제 그녀는 카를하인츠 로젠쉴트 씨와 아무런 상관도 없는 사람입니다."

머릿속이 하얗게 탈색되어 가는 기분이었다. 카를은 기가 막혀서 무엇부터 따져 물어야 할지 난감했다.

"싫다면?"

카를이 불량스럽게 물었다.

"내가 그러고 싶지 않다면?"

"만약 접근하려 든다면 국가보안법 위반으로 체포될 것이고, 영영 미국 땅에 들어올 수 없도록 추방될 예정입니다."

인상을 잔뜩 찌푸리며 듀이를 노려보았다.

"로젠쉴트 씨. 저희도 이런 말씀을 드려 안타깝습니다만, 그녀를 정말 아꼈다면 루나를 잃은 가족의 마음을 먼저 헤아려 주시기 바랍니다."

"뭐라고?"

카를은 잘 못 들었다는 듯이 되물었다.

듀이는 분명 '루나를 잃은 가족의 마음'이라고 했다. 머뭇거리는 듀이의 멱살을 움켜잡았다.

"방금 뭐라고 지껄인 거야?"

"안타깝게도 루나가 수술실에 들어가자마자 사망했습니다."

세상이 멈춰 버렸다. 머릿속이 텅 비고, 심장이 바닥으로 곤두박질쳤다.

카를은 숨을 토해 내듯 웃었다.

"이것도 CIA 작품인가?"

그녀의 죽음을 믿을 수가 없었다. 비웃듯 물은 말에 듀이가 눈을 가라 뜨며 조용히 읊조렸다.

"만약 그렇다면, 그녀의 장례 절차를 위해 가족을 부를 이유는 없었겠죠."

카를의 손에서 힘이 쑥 빠져나갔다.

"루나를 많이 아꼈던 것은 압니다. 하지만 그녀의 가족을 위해 한발 물러서 주시기 바랍니다."

듀이는 정중한 인사를 건네고 돌아섰다.

"아니!"

카를은 듀이의 어깨를 붙잡았다.

"내 두 눈으로 확인해야겠어! 정말 죽었는지! 내가 직접 확인해야!"

듀이가 천천히 고개를 내저으며 왕왕 울리는 휴대전화 화면을 카를에게 보여 주고는 전화를 받았다. 화면에는 유나라는 이름이 떠 있었다.

"어, 유나. 병원에 도착했어? 그래. 내가 동쪽 입구로 갈게."

듀이는 당부하듯 카를을 한 번 바라보고는 돌아섰다. 카를은 힘없는 발걸음으로 듀이의 뒤를 따랐다.

멀찍이서 병원 입구로 들어서는 그녀의 가족을 지켜보았다. 그녀의 부친은 모친과 딸을 양옆에 끼고 눈물을 흘리며 듀이의 설명을 듣고 있었다. 그녀와 너무도 많이 닮은 여동생이 흐느끼는 소리가 카를이 서 있는 곳까지도 들렸다.

루나, 네가 어떻게…… 어떻게 이런 식으로 내 곁을 떠날 수 있는 거지?

꼭 감은 눈꺼풀 새로 눈물이 주르륵 흘러내렸다.

"카를. 수습해야 할 일이 많습니다."

레이가 조용한 목소리로 슬픔에 잠긴 카를을 일깨웠다. 그녀가 목숨을 잃었는데도, 카를은 남은 것들을 지키기 위해 살아내야만 했다.

10. 변수의 변수

　육중한 검은색 SUV가 조경이 잘 가꿔진 로터리를 돌아 천천히 속도를 낮추었다.

　버지니아주 페어팩스카운티의 자치구 랭글리에 위치한 CIA의 본부 조지 부시 센터 포 인텔리전스. 세계의 민주적 평화를 지킨다는 미명하에 엄혹한 정보의 역사가 흐르는 곳.

　혹독한 정보전 따위 제 알 바 아니라는 듯, 낮게 드리운 자작 나뭇잎 사이로 나비 두 마리가 한가롭게 노닐었다. 카를은 습관처럼 손목시계의 나비 모양 용두를 만지작거렸다.

　"카를."

　생각에 잠겨 있는 카를을 일깨운 사람은 수석 비서 레이였다.

　"도착했습니다."

　차가 멈춰 선 것은 진작부터 알고 있었다. 차창 밖에서는 경호책임자인 루터가 레이의 신호를 기다리는 듯 문고리를 잡은 채로 귀에 꽂은 블루투스 리시버에 손을 댔다.

"그래."

카를은 준비가 되었다는 듯이 읊조렸다. 그의 음성은 낮고 건조했다. 조수석에 앉아 있던 레이가 먼저 차에서 내렸다. 둔탁한 소리와 함께 문이 닫히자마자 뒷좌석 문이 열렸다. 카를은 오른발을 천천히 차 밖으로 뻗었다. 구둣발이 단단한 바닥에 닿아 미세한 마찰음이 일었다.

네가 밟고 지나갔을 곳.

카를은 천천히 몸을 일으켜 세웠다. 단단한 풍채는 변함없이 반듯했다.

"로젠쉴트 씨."

익숙한 목소리가 들려온 곳으로 시선을 돌렸다. 로젠쉴트 가문의 경호원 듀이 파머가 아닌 CIA 소속 요원 듀이 엘리엇이 엄정한 눈빛으로 카를을 바라보고 있었다.

너와 함께 일했던 동료.

"듀이."

카를은 굳이 호칭을 엘리엇 씨라고 딱딱하게 바꾸지 않았다.

"저와 함께 들어가시죠."

듀이는 몸에 밴 듯 익숙하게 카를을 유리문 안으로 안내했다. 건물 안으로 들어서자마자 삼엄한 경비와 엑스레이 검사 기기가 눈에 들어온다.

"죄송하지만, 로젠쉴트 씨만 입장 가능합니다."

엑스레이 기계 앞에 앉은 보안요원이 날카로운 어조로 내뱉었다. 한두 번 겪는 일이 아니라는 듯 보안요원은 카를과 듀이의 얼굴을 무료한 눈빛으로 번갈아 보았다.

듀이가 곤란하게 되었다는 듯이 카를의 눈치를 살폈다.

"루터, 레이. 밖에서 대기해요."

"듀이, 너무한 거 아닌가?"

루터가 울분에 찬 목소리로 항변하듯 물었다. 듀이에게 대답할 기회조차 주지 않은 루터는 레이를 턱짓으로 가리키며 낮게 읊조렸다.

"레이는 데리고 들어가시죠."

"카를."

진중한 성격상 가만히 지켜보기만 하던 레이가 조심스럽게 카를을 불렀다. 카를은 가라뜬 시선으로 레이와 루터를 번갈아 보았다.

"밖에서 대기하란 말, 못 들었나?"

국제 변호사 자격이 있는 레이는 카를의 변호인 자격으로, 루터는 카를의 경호원으로 대동할 수도 있었다. 하지만 카를은 완고했다. 홀로 취조실에 들어갈 생각은 이미 굳힌 뒤였다. 보안요원의 제지가 아니었더라도 두 사람을 물렸을 것이다.

레이와 루터의 눈빛에 걱정이 가득했다.

네가 죽고 이틀.

카를은 자지도, 먹지도, 마시지도 않았다. 아무렇지 않은 얼굴로 서 있고, 평소와 같은 목소리로 말했지만, 눈빛만큼은 어딘가 먼 곳을 더듬는 듯 아득했다.

심장이 없어서 아프지 않은 사람처럼.

"물러서."

카를이 재차 명령하자, 레이와 루터가 어쩔 수 없다는 듯이 물러섰다.

"가지, 듀이."

듀이는 고개를 가볍게 끄덕이는 것으로 대답했다. 견고한 사내. 듀이는 한 치의 흐트러짐 없는 카를의 뒷모습을 바라보며 그리 생각했다.

"핸드폰은 여기, 벨트는 여기, 그리고 펜이나 뾰족한 필기구는 여기에 두고 들어가야 합니다. 허리띠는 풀어서 엑스레이 기계에 올린 뒤 다시 착용하셔도 되고요."

보안요원이 지극히 사무적인 말투로 설명했고, 카를은 꼿꼿하게 서서 그의 지시에 따랐다. 듀이는 직원용 출입 게이트로 먼저 들어가 카를을 기다렸다. 카를이 슈트 재킷 단추를 풀어 헤친 채로 팬츠에 허리띠를 끼웠다. 절제된 동작은 하나하나 계산된 듯 절도 있었고, 그래서 더 서글퍼 보였다.

카를은 지금 매 순간 무너져 내리지 않기 위해서 안간힘을 쓰고 있으리라.

「너만 행복하다면, 그 남자를 선택해. 로젠쉴트는 널 지켜 줄 수 있는 남자야.」

루나가 죽기 전, 듀이가 그녀에게 건넸던 말. 곁에서 지켜본 시간이 길지는 않았지만, 같은 남자로서 카를이 루나를 절절히 사랑하는 마음만큼은 진실하다고 믿었기에 가능했던 참견이었다.

"카를. 잠은 좀 잤습니까?"

듀이는 쓸데없는 질문이라는 것을 알면서도 차근히 물었다.

카를은 가볍게 고개를 내저었다.

네가 일했던 곳.

마치 신성한 영역에 발을 들인 사람처럼 카를은 CIA 내부를 천천히 눈에 담았다.

"이쪽입니다."

카를은 고개를 끄덕하고는 듀이의 뒤를 따랐다.

이 복도를 너는 몇 번이나 오갔을까.

생각 끝에 발걸음이 멈췄다.

"여깁니다."

취조실로 보이는 문 앞에 선 카를이 나직이 입을 뗐다.

"루나가 여기서 누군가를 취조했던 적도 있습니까?"

건조한 목소리에 물기라고는 한 방울도 배어나지 않았다. 하지만 가슴을 흐르는 슬픔은 축축하다 못해 끈적끈적하게 마주 선 두 남자를 옭아맸다.

"있습니다."

듀이가 목구멍을 치받는 물기를 억누르며 그저 사실만을 전하겠다는 듯이 대꾸했다. 카를의 입가에 희미한 웃음기가 맺혔다.

너와 내가 같은 장소에.

듀이가 문을 열어 준 공간은 일반 회의실처럼 보였다. 다른 게 있다면, 첩보 영화에서나 보았던 취조실처럼 한쪽 벽면이 어두운 유리로 덮여 있다는 점이었다.

"여기 앉아 계시면 곧 스티브 존슨이 올 겁니다."

듀이는 짧게 설명하고는 취조실 밖으로 나갔다.

너와 내가 같은 장소에.

시간은 다를지라도 같은 곳에.

카를은 엷은 미소를 머금은 채로 사방을 둘러보았다.

이윽고 문이 둔하게 열리는 소리가 들려와 카를은 빠른 걸음으로 다가오는 남자에게 시선을 돌렸다.

"카를하인츠 로젠쉴트 씨?"

카를은 천천히 자리에서 일어났다.

네가 믿고, 따르고, 존경했던 상사.

스티브가 악수를 청하듯 내민 손에 예의를 갖추며 응했다.

"일단 앉으시죠."

나직한 권유에 카를은 도로 자리에 앉았다.

"한국 이름 안이형, 어릴 때 아이작 로젠쉴트에게 입양되었다고요?"

"네, 그렇습니다."

"입양 계기에 관해 설명해 주실 수 있습니까?"

만약 네가 이런 질문을 했다면 나는 어떤 목소리로 답했을까.

카를은 특별할 것 없는 어조로 대꾸했다.

"친모가 키울 능력이 되지 않아 해외 입양을 원했습니다. 당시 성당 유치원 원장 수녀의 권유로 영재 테스트를 받았는데, 결과가 좋았다고 들었습니다. 그 결과물이 입양 기관에 전달되었고요. 로젠쉴트 가문과 우연히 연이 닿은 뒤 양부와 함께 사는 대신, 친부모와 살 수 있는 기반이 마련되었습니다."

스티브는 고개를 끄덕이며 서류를 뒤적거렸다.

"로젠쉴트가의 후계가 되기 위한 교육을 받았다고 들었는데요. 어떤 방식이었죠?"

"어릴 때부터 전담 개인 교사가 있었습니다. 정치, 경제, 철학, 세계사와 더불어 학업을 우수하게 마칠 수 있도록 학교 과정 연계 과외 교사도 있었고요."

"한국에서 물리학을 전공했다고요?"

카를은 그렇다고 간단하게 대답했다.

"그럼 폭발물을 제조하는 것도 어렵지는 않았겠군요?"

명백한 유도 신문이었다. 스티브의 눈에는 독기 어린 뱀의 것처럼 의심이 득실득실했다.

"그렇죠."

카를은 제 능력을 부정하지는 않았다. 다만 문제가 있다면, 이틀 전 결혼식장에서 터진 폭탄이 IED(Improvised Explosive Device), 즉 조악하게 만들어진 사제 폭탄이라는 데 있었다. 그녀를 죽음으로 내몬 폭탄 말이다.

"스티브 존슨 씨."

스티브는 여전히 의심을 거둬 내지 않은 시선으로 카를을 바라보았다.

"만약 제가 폭탄을 만들었다면, 그렇게 허술하게 만들지는 않았을 겁니다. 그리고 터뜨리는 시각에 대한 실수도 없었을 거고요."

스티브는 계속해 보라는 듯이 카를을 향해 눈을 치떴다.

"아마 내가 함께 죽을 수 있는 시점에 터뜨렸겠죠. 그녀를 혼자 보내는 일은 없었을 겁니다."

카를은 처연한 시선으로 허공을 바라보았다.

그 어디라도 나는 너와 함께여야만 하는데.

"존슨 씨."

스티브는 미간을 구기며 정신 나간 소리를 또 해 댈 거면 집어치우라는 듯이 노려보았다.

"이제는 내가 질문을 하나 해도 될까요?"

"그러시죠."

카를은 순한 웃음을 머금었다. 웃음의 이유를 짐작해 보려는 듯 스티브의 눈초리가 아주 조금 매서워졌다.

"임무 중에 요원이 사망하면, 별을 새겨 넣어 추모하는 벽이 CIA에 있다고 들었습니다."

망연히 허공을 둘러보던 카를의 무딘 시선이 스티브를 향했다.

"이틀 사이, 그곳에 별이 하나 더 새겨졌습니까?"

루나의 죽음의 진위에 관해 묻는 말이었다. 카를은 그녀가 죽었다는 소식만을 전해 들었을 뿐, 여태껏 그녀의 주검을 직접 보지 못했다. 비단 CIA와 그녀의 조국인 미국이 버티고 있어서가 아니었다. 그녀의 가족 때문이었다. 루나의 가족은 카를의 존재를 알지 못했고, 그래서 유가족의 허락을 얻어야 하는 일에 섣불리 나설 수가 없었다.

그녀의 가족은 진심으로 슬퍼했고, 슬픔 속에서 장례식을 준비하는 중이었다. 어찌 되었건 그들은 루나가 죽었다고 믿고 있었다. 그 와중에 그들 앞에 나타나, 루나의 죽음에 의문을 제기하며 상처를 얹고 싶지는 않았다.

죽었다는 루나를 살려서 그들 앞에 멀쩡히 보인다면 모를까.

그녀를 사랑하는 가족에게 차갑게 얼어붙은 시신이라도 보여 달라고 떼를 쓸 수는 없었다.

그들은 보았을까, 차갑게 얼어붙은 너의 몸을?

침울한 생각이 걷잡을 수 없이 뻗어 나갔다.

"아니요. 추가되지 않았습니다."

스티브의 대답에 카를이 눈을 가느스름하게 떴다.

루나의 죽음에 제기한 의문을 너무 쉽게 수긍하는 것 아닌가?

"공식적인 장례식 이후에 새겨지는 게 통상적입니다."

스티브는 교묘하게 대답을 피했지만, 그것이 루나의 생존을 의미하는 것은 아니었다.

"그렇군요."

카를은 웃음기를 머금은 얼굴로 대꾸하고는 차갑게 덧붙였다.

"CIA에서 폭발물의 주인을 아직 찾지 못했다면."

입가에 어린 미소와 섬뜩하게 잘 어울리는 냉혹한 음성이 카를의 입에서 흘러나왔다.

"제가 먼저 찾을 가능성이 크겠군요. 저보다 한발 늦게 범인을 찾았을 때는 이미 제 손에 죽어 있을 겁니다."

"카를하인츠 로젠쉴트."

스티브가 처음으로 예의를 저버린 채 같잖다는 듯이 그의 이름을 불렀다.

"듣던 대로 오만한 구석이 있네. 거짓말도 잘하고. 당신이 내 요원을 죽음으로 내몬 증거는 내가 반드시 찾을 거야."

카를은 메마른 시선으로 스티브를 바라보았다.

이틀 전, 카를하인츠 로젠쉴트는 그녀의 남자였다.

하지만 지금 그는 그녀를 죽인 유력한 용의자가 되어 있었다.

"카를하인츠, 루나가 CIA 공작관인 걸 진작부터 알고 있었지?"

"글쎄요."

카를은 그녀가 이형이라는 이름을 부르기 전까지, 그녀를 루나라고 불러 본 적이 없었다.

"몰랐다고?"

"CIA 공작관이 그렇게 쉽게 정체를 들킬 만큼 허술하게 작전에 투입되는 경우도 있습니까?"

카를은 대답 대신 질문으로 되받아쳤다. 스티브는 기가 막힌다는 듯이 웃었다.

"일반적인 사람이라면 의심하지 않았겠지. 하지만 루나가 잠입한 곳은 로젠쉴트 가문이었으니까. 루나가 보지 말아야 할 것을 보았나?"

스티브의 어조가 점점 빨라졌다.

"아니면 누군가와의 거래에 있어서 걸림돌이 될 것 같아서 제거하려한 건가? 그래서 만인이 지켜보는 결혼식이 디데이가 된 거고? 그럴듯한 테러로 꾸며서 죽이면 쉽게 넘어갈 수 있을 거라고 생각했나?"

질문의 압박이 거세어졌다. 스티브는 전형적인 취조의 형태를 띠고 카를을 공격해 왔지만, 카를은 미동조차 하지 않았다. 카를에게 있어서 그녀를 잃은 것보다 더한 압박은 있을 수 없었다.

대꾸 없이 조용한 눈길로 스티브를 응시했다. 조용하지만 진심을 전하는 묵직한 눈빛이었다.

"스티브."

카를은 절대 무너지지 않을 법한 견고한 음성으로 그를 불렀다. 카를의 기세에 눌리지 않으려는 듯 스티브가 미간을 슬쩍 구겼다.

"나는 그녀를 진심으로 사랑했을 뿐입니다. 동화 속에나 나오는 결말처럼 평생 행복하게 살았답니다, 의 주인공이 되고 싶었고요."

목구멍을 타고 쓴 물이 올라왔다. 뜨거운 물을 뒤집어쓴 것처럼 갑자기 분노가 치밀었다. 그녀와의 행복이 산산이 부서진 상황이 여전히 믿기지 않는다. 하지만 카를은 겉으론 아무런 변화도 내비치지 않았다.

"거짓말."

스티브는 저열한 변명은 집어치우라는 듯이 험악하게 인상을 썼다.

"너는 한국에서부터 루나와 알고 지냈어. 쑤싱과 예화를 담당했던 루나가 네 정부로 잠입했으니, 이용하고 싶었겠지. 안 그래? 한국에서는 그녀로부터 어떤 정보를 빼냈지?"

쾅 하는 소음이 소름 끼치도록 크게 울렸다. 카를이 꽉 쥔 주먹으로 스테인리스 테이블을 내리친 탓이었다.

"스티브 존슨 씨. 나를 의심하는 건 탓할 생각 없습니다. CIA로서는 일종의 합리적 의심일 수 있으니까요. 하지만."

카를의 불같은 시선이 스티브를 태울 듯이 쏘아보았다. 노기는 들불이 일 듯 나직한 음성에도 옮겨 붙었다.

"그녀를 의심하는 일은 없었으면 합니다. 그녀는 끝까지 나를 속였고, 나는 그녀를 미아 콴이라고 믿어 의심치 않았으니까요."

그녀의 죽음과는 상관없이 그녀에게 요원으로서의 불명예를 안겨 주고 싶지 않았다. 카를은 루나의 신분 파악과 관련해서는 끝까지 시치미를 뗄 작정이다.

"건방지기는."

스티브는 나직하게 뇌까리고는 자리를 박차고 일어났다.

"다 끝난 겁니까?"

"일단 오늘은 돌아가."

스티브는 마뜩잖다는 듯이 손사래를 쳤다.

"스티브, 우리의 만남이 여기서 끝은 아닐 거라는 말처럼 들리는군요."

"이제 시작이지."

카를은 진심으로 웃음을 머금었다.

"듣던 중 반가운 소리군요."

헛웃음 소리가 들려왔다. 카를은 개의치 않고 덧붙였다.

"왔다 갔다 하기도 귀찮은데, 차라리 날 연방 수사국을 통해 체포하는 건 어때요? 아니면 CIA 비밀 수감 시설에 날 가둬도 좋고."

스티브가 털이 숭숭한 손을 테이블 위에 얹으며 카를에게 시선을 맞붙였다.

"안타깝게도 널 잡아 둘 증거와 구실이 부족해. 그래서 내가 지금 약이 올라서 미쳐 버릴 지경이거든?"

"날 가둘 생각이 없는 건 아니고?"

카를은 스티브의 눈동자를 똑바로 쳐다보며 도발했다. CIA 작전국 부국장이 겨우 이 정도로 흔들릴 리 없을 테지만, 그래도 카를은 거침없이 미끼를 던졌다.

스티브가 비소를 머금으며 상체를 일으켰다.

"그럼, 부르면 언제든 올 테니 또 봅시다."

카를은 우아하게 자리에서 일어나 취조실을 벗어났다. 미친놈 보듯 하는 스티브의 시선이 카를의 등 뒤에 달라붙었다.

네가 일하던 곳에, 나는 너를 죽였을지도 모른다는 죄인이 되어 드나들게 되었어, 루나.

이 건물 어딘가에 그녀의 숨결이 닿아 있을 것만 같았다.

증거가 없기에 카를은 유력 용의자로 체포되지는 않았다. 아니, CIA는 카를을 체포할 생각이 없어 보였다. 그 흔한 거짓말 탐지기조차도 등장하지 않았고, 녹화조차도 되지 않은 어설픈 취조 행위.

그들은 오히려 취조를 통해 루나의 죽음을 기정사실로 만들려는 것처럼 느껴졌다.

CIA가 증거와 구실이 부족해서 카를을 잡아 두지 못한다고 변명했던 것처럼, 카를에게도 그녀의 생존과 죽음에 관한 증거가 부족하기는 마찬가지였다.

루나, 네가 정말 이런 식으로 나를 떠난 건가?

안가로 돌아온 카를은 슈트 차림 그대로 침대에 누웠다. 숨을 깊게 들이마시자, 침구에 밴 그녀의 체취가 폐부를 아찔하게 파고들었다.

등을 구부리고 몸을 웅크렸다. 며칠 전 그녀가 벗어 놓은 슬립을 손에 쥐고 코를 묻은 뒤 깊게 숨을 들이쉬었다. 풀꽃이 안개를 머금은 듯 아련한 향기가 물씬 풍겼다. 살 것 같다.

루나, 나의 여신.

존재의 이유이자, 삶의 목적이었던 나의 전부.

길을 잃은 심장이 묵직하게 뛰었다. 눈초리를 타고 따가운 눈물이 가엽게 떨어졌다. 그녀가 사라진 후에 생겨난 공허함은 무엇으로도 채울 수가 없었다.

카를은 슈트 소매로 눈물을 닦고 얼른 자리에서 일어나 부엌으로 향했다. 그의 성마른 움직임에 안가에 머무는 사람들의 시선이 달라붙었다. 그들은 모두 카를이 무너질 때를 대비해 긴장한 눈치였다.

싱크대 서랍을 전부 열어서 뒤졌다.

"카를, 뭘 찾고 있는 거죠?"

주방에 있던 셰프가 레이를 불렀는지, 상냥하고 낮은 목소리가 들려왔다.

카를은 서랍을 뒤지며 대꾸했다.

"음식물을 밀봉할 때 쓰는 봉투 있잖아."

"여기요, 카를."

가만히 지켜보던 레이가 바로 눈앞에 놓인 파란 상자를 꺼내서 카를에게 내밀었다. 카를은 크기가 가장 큰 봉투를 하나 뽑아서 그녀가 입었던 슬립을 그 안에 집어넣었다. 레이는 잠자코 카를의 행동을 지켜보았다. 카를은 지금 죽은 여자의 체취가 밴 옷을 지퍼백에 담아 정성스레 밀봉하고 있었다.

"카를."

레이는 슬픔을 감춘 건조한 목소리로 말을 이었다. 평상시 일정 보고 때와 다르지 않은 전형적인 음성이었다.

"루나의 장례식이 내일 아침 10시로 정해졌다고 합니다."

지퍼백의 입구를 꼼꼼히 누르던 손가락이 멈칫했다. 카를은 투명한 봉투 안에 담긴 어두운 하늘색 슬립을 가만히 내려다보기만 했다. 일시에 스위치를 내린 기계처럼 카를은 차갑게 굳었다.

처연히 고개를 들어 올린 카를이 레이를 내려다보았다. 색이 어두운 카를의 눈동자는 꼭 비를 잔뜩 머금은 먹구름 같았다. 언제 쏟아질지 알 수 없는 슬픈 물기가 가득 서린 낮은 하늘처럼 무거웠다.

"그래. 내가 참석할 수 있는지는 알아봤나?"

당장 눈물을 쏟는다고 해도 이상해 보이지 않을 눈을 하고선, 카를은 엷게 웃고 있었다.

"CIA 외부에서 함께 일을 했던 동료 자격으로 참석할 수 있도록 듀이 엘리엇에게 부탁했습니다. 장례식 참석까지는 스티브도 승인한 모양입니다. 장례식 장소는 부모님이 다니던 교회라고 합니다. 단, 가족과의 대화나 신분을 나타내는 행위는 일절 금한다고 했습니다."

카를은 알겠다며 고개를 여러 번 끄덕였다. 그녀의 장례식에 참석하겠다는 긍정의 뜻이었지만, 그녀의 죽음을 믿을 수 없다는 부정의 고갯짓이기도 했다.

"내일 보지."

"카를, 식사는?"

레이의 간절한 부탁이 스민 질문에 고개를 내저은 카를은 지퍼백을 들고 침실로 향했다.

그녀의 체취가 배고, 손길이 닿은 물건을 전부 지퍼백에 담았다. 미친 사람이 된 것처럼 느껴졌지만, 어쩔 수 없었다.

그녀의 옷가지에서 풀꽃 향기가 사라지는 걸 견딜 수 없었다.

이렇게라도 그녀를 오래 느끼고 싶었다.

너를 다시 볼 수 있을 때까지, 이렇게라도.

장례식이 예정된 교회는 아담하고 예쁜 하얀색 고딕 양식의 건물이었다. 신에게 닿고 싶은 욕망을 담은 첨탑은 푸른 하늘을 향해 눈부시게 뻗어 있었다.

곁에 선 레이가 망설이는 듯한 얼굴로 서성거렸다.

"레이?"

이제 와서 장례식 참석이 어렵게 되었다는 말을 하려는 건가 싶어서 카를은 레이를 처연하게 바라보았다.

"루나의 주검이 교회 안에 있다고 합니다."

레이가 조심스럽게 내뱉은 말에 카를은 잠시 할 말을 잃어버렸다. 그토록 확인하고 싶었던 실체가 교회 안에 있다는 사실에 두려움이 엄습했다.

루나, 네가 어떻게 진짜로 나를 두고 눈을 감을 수 있었는지······ 나는 여전히 믿기지 않아.

카를은 장례식이 거의 끝나 갈 무렵에야 교회 안으로 들어섰다.

목사가 마지막 기도를 올리고 있는 단상 옆에는 커다란 액자가 놓여 있었다. 루나가 풀숲을 배경으로 환히 웃고 있는 사진. 카를은 맨 뒤에 앉아서 사진을 하염없이 바라보았다.

"이제 하느님의 곁으로 향하는 루나에게 마지막 인사를 전합시다."

사람들이 하나둘씩 자리에서 일어나 줄지어 앞으로 나아갔다. 그들 중에는 루나의 가족이 있었고, 스티브와 듀이의 모습도 보였다. 그녀의 생존 여부에 관한 의심은 끝이 없었다. 각국 정보부가 비인간적인 행위를 서슴지 않는다는 것을 알고 있기에 그녀의 죽음은 당연히 위장된 작전이라고 여겼다.

부재로 인한 슬픔을 부정하며 엷게 웃으려 애썼다. 어딘가에 그녀가 살아 숨 쉬고 있을 거라는 희망을 버리지 않았었다.

그런데 흐느끼는 사람들의 뒤를 따라 다다른 곳에 믿을 수 없는 존재가 자리했다.

꿈을 꾸고 있는 것은 아닐까.

결혼식 전날, 악몽에 시달리고 있는 것은 아닐까.

그래서 아직 너와 나의 결혼식 날이 밝지 않은 것은 아닐까.

거짓말처럼 아름다운 그녀가 좁은 관 안에 누워 있었다. 실재를 부정하기 힘들 정도로 완벽한 주검이었다.

카를은 유리 덮개로 덮인 관을 천천히 어루만졌다. 그녀의 굳은 몸에서 냉기가 옮아 오는 듯 심장이 시시각각 얼어붙었다.

"루나……."

눈초리를 타고 눈물이 흘러내렸다. 뜨거운 눈물과 함께 심장의 온기가 세상 밖으로 빠져나왔다.

끝내 카를의 세상은 차갑게 멈춰 버렸다.

무거운 눈꺼풀을 들어 올렸을 때, 회색 천장이 먼저 눈에 들어왔다. 알싸한 약품 냄새가 코끝을 스쳤고, 생명 유지를 알리는 전자음이 규칙적으로 울렸다.

앓는 소리조차 나오지 않았다. 산산이 조각난 것처럼 온몸이 아팠다.

"루나?"

먼 곳에서 누군가 그녀의 이름을 부르는 소리가 이명처럼 울렸다. 고개를 돌릴 수 없어서, 소리가 난 곳으로 눈길만 옮겼다.

"정신이 들어요?"

모르는 얼굴이다. 기억에 전혀 없는 얼굴이 루나의 상태를 살피는 것으로 보아 의료진인 듯했다.

"으음."

대답하려고 했지만, 호흡기 안으로 하얗게 김이 차오르기만 할 뿐 말이 새어 나오지는 않았다.

무거운 눈꺼풀이 다시금 내려앉았다. 의료진이 뭐라고 말을 거는 것 같았지만, 지금은 너무 피곤했다.

귀에 익숙한 목소리가 들려와서 반가움에 눈을 떴을 때, 천장의 모습이 바뀌어 있었다. 이번에는 회색이 아닌 밝은 하늘색이다.

"루나?"

고개를 돌리지 않아도 그녀를 부르는 사람이 스티브인 것을 알아차렸다.

"궁금한 게 많지? 일단 여기는 병실이야. 어제 눈을 떴던 곳은 수술 회복실이었고."

쉽게 유추할 수 있는 그깟 장소에 관한 설명은 집어치우라고 말하고 싶었다. 지금 미치도록 궁금한 것은 단 하나였다.

카를은……그 남자는 어떻게 되었는데?

느릿하게 눈꺼풀이 움직였다. 깨어나서 다행이라는 듯이 스티브는 웃고 있었다.

"일단 회복부터."

루나는 떠나려는 스티브의 슈트 소맷단을 가까스로 붙잡았다. 손에 가볍게 힘을 줬을 뿐인데, 복부에서 딱 죽기 직전의 통증이 느껴졌다.

"지금……."

오래도록 목소리를 내지 못한 탓에 탁하게 쉰 음성이 흘러나왔다.

"다 말해 줘요."

루나의 곧은 시선이 스티브의 눈동자를 향했다. 외부인 출입이 어려운 집중 치료실로 가지 않고 일반 병실로 옮겨 온 거라면 극도의 안정을 취해야 할 정도는 아니라는 의미. 그러니 병자 취급은 집어치우고 직시한 현실을 설명해 보라는 듯이 엄정한 시선으로 스티브를 바라보았다.

스티브가 어깻숨을 내쉬며 난감한 듯이 미간을 구겼다. 어디서부터 말을 꺼내야 할지 머릿속을 정리하는 눈치다.

"내 남편은 어딜 가고, 외간 남자가 병실을 지키고 있는 거죠?"

여전히 쉰 목소리긴 했지만, 루나는 특유의 유쾌한 농담조로 물었다.

"루나."

스티브는 잠시 한숨처럼 그녀의 이름을 불렀다. 그의 되직한 숨소리가 가슴을 묵직하게 내리누르며 임무와 책임을 상기시켰다.

"내가 설마 이번 임무에 실패한 건가요?"

스티브가 고개를 천천히 내젓고는 가라뜬 눈으로 그녀를 내려다보았다.

"내가 실패할 만한 작전을 설계하고, 거기에 내 요원을 투입했을 리가 없잖아?"

스티브는 자신의 책략에 은근한 자부심을 드러내듯 한쪽 눈썹을 치켜세웠다.

"임무 중에는 언제나 변수가 발생하기 마련이니까요. 나를 이 꼴로 만든 테러범이 내 상사는 아닐 거 아녜요?"

예기치 않은 폭발은 작전의 방향성을 바꿔 놓고도 남을 만한 변수였다. 배 속에서 미지근한 열기가 훅 빠져나오는 순간, 루나는 죽음의 비린내를 맡을 수 있었다.

마지막이 될지도 모른다는 생각에 그의 이름을 불렀던 순간.

심장이 배에 난 구멍으로 흘러나가는 것 같은 통증을 느꼈던 그 순간이 떠오르자 저절로 눈이 감겼다. 공포감으로 선득하게 질려 있던 카를의 얼굴이 며칠이 지난 것 같은 지금까지도 손에 잡힐 듯 생생하다.

"내 신변에 문제가 생겼겠군요."

루나는 스티브가 선택할 수 있는 여러 가지 사안들을 떠올려 보았다. 그리고 그중에서 가장 실현 가능성이 큰 선택지를 내뱉었다.

"아까 오후에 루나 송의 장례식이 치러졌어."

스티브가 구구절절 설명하지 않아도 루나는 거짓 죽음의 이유를 쉽게 정리할 수 있었다.

어떤 위험한 짓도 마다하지 않겠다는 듯 하미드 모사드를 노리고 덤비는 이들로부터 루나의 존재를 지워 버리는 것.

때마침 일어난 테러 사건을 스티브는 절호의 기회로 여겼을 게 당연했다. 또 그들 중 하나가 테러 사건의 배후에 있을 가능성도 컸다.

단, 스티브가 여전히 카를을 적성 인물로 꼽고 있다면? 카를하인츠, 그 남자도 루나가 죽은 줄로만 알 것이다.

카를의 안위를 묻고 싶었지만, 스티브에게는 임무에 우선하는 것부터 확인해야만 했다. 상사에게 사랑에 정신이 팔려서 임무를 소홀히 한 이미지를 심어 줘 봐야 이로울 게 없다.

"하쉬 클레인이 뭐라고 하던가요?"

FBI를 통해 체포되게 꾸미기는 했지만, 하쉬가 붙잡혔다는 소식은 금세 스티브의 귀에 들어갔을 터.

"하쉬가 입국했다는 첩보는 접했는데, 행방이 묘연해서 찾는 데 애를 먹고 있었지……."

스티브는 루나의 노고를 치하하듯 그녀의 어깨를 조심스러운 손길로 다독였다. 국가의 안위를 위해 한시적으로 펼친 작전이라고 할지라도, 루나의 존재를 세상에서 지워 버린 게 미안하기는 한 모양이다.

"하쉬가 파키스탄으로 전향하기는 했지만, 뛰어난 요원이기는 하죠."

하쉬 역시 스티브가 뽑고 키운 요원이었고, 루나와 함께 훈련을 받았으며, 나란히 실전 테스트를 통과해 중앙정보부의 일원이 되었다.

"그래. 그리고 하쉬보다 뛰어난 요원에게 잡혔고."

스티브는 평소보다 더 진한 미소를 머금으며 고개를 끄덕거렸다.

"스티브."

루나는 그만하면 됐다는 듯이 눈을 질끈 감으며 한숨을 내쉬었다. 공치사가 길어지는 것은 사양이다. 그만큼 앞으로 수행해야 할 작전이 험난하다는 의미일 테니.

심적으로든, 일적으로든.

"내가 하미드 모사드를 만나서 어떤 방향으로 설득하면 되죠?"

아까보다 루나의 목소리에 조금 생기가 돌았다. 스티브가 약간은 놀란 듯이 입술 새를 벌렸다.

"하미드 모사드와 너와의 관계를 언제부터 알고 있었느냐는 질문부터 나올 줄 알았는데?"

루나는 쓴웃음을 머금으며 되물었다.

"그래서 실망하셨어요? 다시 지루한 질문부터 시작할까요?"

스티브가 느릿하게 고개를 가로저었다. 그의 얼굴에 어린 표정은 실망이 아닌 찬탄에 가까웠다. 루나의 빠른 감과 판단력을 인정하는 낯이었다.

"친구를 무사히 데리고 올 수 있겠어?"

루나는 치뜬 눈으로 새로운 임무를 읊조리는 스티브를 올려다보았다. 그는 반신반의하고 있었다.

"친구를 무사히 데리고 오면, 나도 내 삶을 되찾을 수 있는 건가요?"

중앙정보부의 요원이 되면서 평화를 지키려는 국가의 명령 앞에 목숨을 내거는 일도 마다하지 않겠다는 서류에 서명했었다. 그 외에도 신변과 관련한 수십, 수백 건의 다짐에 서명을 휘갈겼다.

루나의 존재가 영원히 죽음으로 위장된다고 해도 바로잡을 길이 없는 거나 마찬가지라는 뜻. 그녀는 이제와는 완전히 다른 사람으로 살아가야 할지도 몰랐다.

하지만 삶의 원형을 찾고 싶은 간절한 바람이 가슴속을 무력하게 장악했다.

"약속하지."

스티브의 입에서 믿을 수 없는 말이 흘러나왔다. 순간을 회피하기 위한 거짓이 아니었다. 그는 진중한 눈빛으로 루나의 신분 회복을 약속했다.

혀끝에서 쓴맛이 배어났다. 불가능한 기약을 건넬 만큼 하미드 모사드를 미국으로 데려오는 일은 쉽지 않을 거라는 의미였다.

「루나.」

정신을 잃기 전, 카를이 깊고 낮게 중얼거리던 목소리가 귓가를 맴돌았다.

감미롭게 이름을 불러 주는 그의 목소리를 한 번만 더 들을 수 있다면…….

루나는 기꺼이 사지로 걸어 들어가기로 마음을 굳혔다.

회복은 생각했던 것보다 훨씬 빨랐다. 루나는 워싱턴 D.C 인근의 병원으로 이송된 지 3주 만에 바깥 공기를 마실 수 있었다.

"이게 내 시체였단 말이죠?"

루나는 스티브가 건넨 태블릿 PC에서 암호화된 파일을 살피며 그간 있었던 일을 다시 정리하는 중이었다. 그중에서도 자신의 주검은 퍽 인상적이었다. 무연고자의 시체 중 루나와 체형이 비슷한 이에게 3D 프린터기로 만들어진 가면이 씌워졌다고.

"아무도 몰라보던가요?"

그 남자조차도?

루나는 뒷말을 붙이지 않고 물었다. 스티브는 고개를 주억거릴 뿐이었다.

"어떻게 감쪽같이 속을 수가 있지? 요즘 기술이 그렇게 좋은가."

비인간적인 기술 발달에 회의감마저 들었다.

어떻게 당신도 내가 죽었다고 믿었을까.

아니면 남몰래 나를 찾으려 애를 쓰고 있을까.

루나는 쓸데없이 뻗어 나가는 생각을 차단하려 창밖으로 시선을 잠시 돌렸다.

"랭글리로 갈 수는 없을 테고, 어디로 가는 거죠?"

하미드를 데려올 작전을 개시할 장소일 게 뻔했지만, 기분을 환기하려 질문에 집중했다.

"일단 포레스트빌에 먼저 들를 거야."

포레스트빌에는 스티브가 은밀한 인사를 만날 때만 이용하는 비밀 취조실이 있었다. 어쩐지 예감이 좋지 않다.

"제가 해야 할 일은요?"

"오랜만에 취조실 분위기를 익히는 것 정도?"

루나는 불안하게 치닫는 생각을 숨기려 엷은 미소를 머금었다.

"그런 분위기는 잊은 적이 없는데요."

"오늘은 평소와 조금 다를 수도 있으니까."

스티브는 목소리를 낮추며 경고하듯 읊조렸다.

"취조 대상이 누군데요?"

루나는 그의 심각한 낌새에 동조하며 물었다.

"너를 죽일 뻔한 테러의 유력한 용의자."

스티브의 답변은 루나를 혼란에 빠뜨렸다. 정말 유력한 용의자를 잡았다는 것인지, 아니면 애먼 사람을 맞닥뜨리게 되는 건지 몰라서 심장이 거칠게 날뛰었다.

병원을 출발한 차는 30여 분을 달려 포레스트빌의 한적한 주택가에 도착했다. 리치 로드에 있는 단층 구조의 집은 이웃하는 건물과 멀찍이 떨어진 곳에 자리했다. 먼 이웃은 이곳을 스티브가 가끔 들르는 세컨 하우스 정도로 여긴다고.

선팅이 짙은 차가 오가는 것도 의심하는 눈이 별로 없는 인적 드문 곳. 컴컴한 지하 주차장 안에 차가 멈춰 섰다.

취조실에 들어가지 않는 요원이 용의자에게 발각되지 않도록 건물은 비밀스럽게 설계되어 있었다. 대통령이 취조실에 앉아 있다고 한들, 지금 루나가 이곳에 와 있다는 사실을 알아차릴 수 없는 구조였다.

집 안에 들어서자 고소한 옥수수 수프 냄새가 진동했다.

"루나, 무사히 퇴원해서 얼마나 다행인지 몰라요."

루나를 맞은 이는 병원에서 처음 눈을 떴을 때, 이름을 불렀던 간호사였다. 그녀가 스티브와 모든 비밀을 공유하는 전 부인, 샬럿이라는 것은 나중에야 알게 되었다.

"루나에게 들려줄 이야기가 많아요. 일단 안에 들어가서 수프부터 먹을래요? 이 사람 일 구경은 수프 먹으면서 하기로 해요."

스티브는 그렇게 하라며 다정한 미소를 머금은 얼굴로 고개를 끄덕거리고는 홀로 취조실로 향했다.

"호기심 많은 눈빛만큼 질문이 많을 줄 알았는데, 여태 아무 말도 없었던 걸 보면 요원은 요원인가 봐요."

샬럿은 루나의 앞에 노란 수프가 담긴 그릇을 내려놓으며 웃었다.

"병원으로 옮겨지자마자 수술실에서 루나를 빼낸 건 나였어요. 스티브가 긴급 호송용 차량 운전석에 앉아 있었고, 나는 루나를 내가 일하는 병원으로 옮길 수 있게 조처했죠. 스티브가 병원에 들락거리더라도 전 부인의 직장이니 그럴 만하다는 핑계를 댈 수 있을 테니까요. 아직 랭글리에서도 루나가 살아 있는 걸 모른다죠?"

루나는 샬럿이 일하는 병원에서 '델리아'라는 가명을 사용했다. 막 깨어났을 때만 확인을 위해 샬럿과 스티브가 조심스럽게 루나라고 불렀을 뿐, 그 후로는 줄곧 델리아라고 불렀다.

"샬럿, 꽤 위험한 일에 가담하신 거 아세요?"

질문을 던진 순간 샬럿의 등 뒤로 벽을 가득 메운 바다 그림이 투명한 유리로 바뀌었다. 취조실 안쪽에서 글라스 모드를 전환한 탓이었다. 안에서는 밖의 모습을 볼 수 없을 테지만, 루나가 앉아 있는 곳에서는 취조실 전경이 한눈에 들어왔다. 유리벽 너머 맞은편에 앉아 있는 남자의 얼굴까지도.

유력한 용의자가 아닌 애먼 인물을 맞닥뜨리게 될지도 모른다고 생각은 했지만, 저 자리에 정말로 그가 앉아 있을 줄이야.

완벽하게 손질한 머리 모양, 빈틈없이 무장한 전투복처럼 보이는 검은색 슈트, 단단한 눈빛과 흐트러짐 없는 자세는 그대로였다. 단지 조금 야윈 듯한 얼굴, 그래서 더 날렵해 보이는 턱 선이 마음에 걸렸다.

담대한 표정을 짓고 있었지만, 수척한 뺨을 보니 마음고생을 많이 한 듯했다. 거짓 죽음을 스스로 조장한 것도 아닌데, 그를 향한 죄스러움이 치받쳐 목구멍에서 이물감마저 느껴졌다. 뜨거운 물기가 목 안 가득 차올랐다. 심장이 멎었다가 다시 뛰기를 반복했다. 그의 얼굴을 발견한 순간부터 이성이 서서히 무너져 내리고 있었다.

샬럿이 테이블을 손끝으로 살짝 두드릴 때까지 루나는 그의 얼굴을 하염없이 바라보았다.

시선을 빠르게 옮기자, 테이블 위에 올려진 블루투스 이어폰이 눈에 들어온다. 얼른 정신을 추스른 루나는 재빠르게 이어폰을 귀에 꽂았다.

『이제 진실을 말할 때도 되지 않았나, 카를.』

카를이 한쪽 입꼬리만 들어 올리며 웃었다. 루나가 좋아했던 매혹 가득한 미소였다. 가슴이 서글픔으로 찰랑찰랑 차올랐다.

『내 이름을 그렇게 부르라고 허락한 적은 없는 건 같은데요, 존슨 씨?』

정중한 목소리였지만, 뻐딱한 그의 어조를 듣는 순간 콧등이 시큰해졌다.

『루나를 죽이기로 계획한 건, 너였지?』

스티브의 질문이 끝나기도 전에 루나는 자리에서 벌떡 일어났다. 당장 취조실 문을 박차고 들어갈 기세였다. 심장이 걷잡을 수 없이 뛰어 댔다. 눈앞이 회까닥 돌아 버렸다.

"루나."

샬럿이 루나의 소맷단을 붙잡았다. 물기 어린 시선 아래에서 샬럿의 얼굴이 일그러졌다.

"나는 이제껏 카를과 비슷한 삶을 살아왔어요."

샬럿의 뭉근한 시선이 취조실 너머를 향했다. 오랜 세월의 더께가 묻어나는 목소리였다.

루나는 무슨 뜻인지 모르겠다는 듯이 미간을 잔뜩 구겼다. 샬럿이 처연한 눈빛을 옮겨 루나를 올려다보았다.

"우리가 왜 이혼했는지 모르죠?"

"내가 굳이 알아야 할 이유가 있나요?"

루나가 앞머리를 거칠게 쓸어 넘기며 한숨을 내쉬었다. 열이 오르다 못해 등줄기를 타고 한기가 감돌았다. 토악질이 나오는 상황에 속이 메스껍기까지 했다.

이제 막 아내로 맞은 여자가 피로 물든 것을 내려다보며 사색이 되었던 남자의 눈빛과 안타까운 부르짖음이 아직도 선연했다. 그런데 스티브는 그런 남자에게 루나의 죽음에 관한 책임을 묻고 있었다.

독하게 견뎌 온 지난 3주가 덧없이 느껴졌다. 이런 상황이라면 어떻게 다시 그의 앞에 설 수 있단 말인가.

"카를이 여기 몇 번이나 왔죠?"

"다섯 번쯤?"

루나는 한숨을 몰아쉬며 헛웃음을 내지었다.

"두 분이 이혼한 이유는 모르겠지만, 스티브가 정말 잔인한 사람이라는 건 잘 알겠네요."

"잔인할 정도로 완벽을 도모하는 성격이죠. 그래서 우리가 이혼했고요."

별로 알고 싶지 않다는 듯이 루나는 고개를 내저었다. 몸이 으슬으슬 추웠다. 모든 상황을 그르치고 싶은 충동이 전신을 잠식해 오고 있었다.

"들어요, 루나. 스티브는 나를 보호하기 위해서 이혼을 한 것처럼, 카를을 위해서……."

"그만요!"

취조실 너머에서 부드러운 그의 음성이 이어져서 귀를 막을 수도 없었다.

『결혼식 날 아내를 죽음으로 내모는 남자가 있을까요.』

카를의 말투에서 슬픔의 축적이 씁쓸하게 배어났다.

만약 카를이 내 눈앞에서 피범벅이 되어 죽었다면, 나는 어떤 얼굴이 되어 살았을까? 그런 다음 그의 죽음의 배후로 지목되었다면?

감히 그의 심정을 가늠할 수조차 없었다.

『카를, 평범한 결혼식이 아니었으니까 하는 말이잖아. 루나가 평범한 아내는 더더욱 아니었고.』

카를의 평범한 아내이길 꿈꿨던 순간이 있었다. 헛된 꿈이 그를 벼랑 끝까지 내몬 것 같아서 심장이 썰려 나가는 것만 같았다.

"카를이 아내의 죽음을 의심하는 순간, 일이 틀어질 거라고…… 스티브는 확신했어요."

"그런 확신 때문에 정치적으로 불리한 자리에 서서 부하직원을 사지로 내몰기도 하는 사람이죠, 스티브는."

불합리한 상황 속에서 다스리지 못한 분노가 섞인 말이 그대로 흘러나왔다.

이성적인 정보부 요원의 측면에서 본다면, 스티브는 너무도 완벽하게 바른 판단을 내렸다.

그 누구보다도 카를에게 루나의 죽음을 믿게 해야만 했을 것이다. 그가 루나의 죽음을 의심하고 달려드는 순간, 카를은 가진 모든 것을 동원해 CIA를 상대로 힘겨루기를 하는 것은 물론 빅터와 손을 잡고 하미드를 빼내 미국의 완벽한 적이 되었을지도 모른다.

『빅터 아스그리드와는 어디까지 협상했지? 루나가 그 협상의 대상이 었나?』

빅터가 테러 사건에 연루되었든, 연루되지 않았든.

스티브는 하미드 모사드를 노리고 있는 박쥐 같은 빅터와 카를의 신뢰가 깨지는 것도 원했을 터.

"빅터에 관한 이야기는 지금 처음 나오는 건가요?"

루나의 물음에 샬럿은 가볍게 고개를 내저었다.

『스티브 존슨.』

그저 이름을 불렀을 뿐인데, 카를의 목소리에서는 살의가 뚝뚝 흘렀다.

『나는 사람을 두고 비겁한 거래를 하지 않습니다. 내가 사랑하는 여자라면 더더욱.』

취조실 안의 팽팽한 긴장감이 고스란히 느껴지는 듯했다.

차라리 정말 죽어 버렸다면 나았을까? 우리가 지금처럼 끔찍한 상황에 놓였다는 것을 보지 않았을 테니까?

살아 숨 쉬고 있다는 죄책감에 목이 졸려 오는 듯 갑갑해졌다.

"안색이 좋지 않아요, 루나. 좀 앉아요. 오늘 퇴원했잖아요. 무리하면 안 돼요."

루나는 밭은 숨을 토해 내며 의자 위에 허물어지듯 몸을 기댔다.

"오늘 퇴원한 사람을 이런 상황으로 몰아넣는 데, 샬럿도 한몫한 거 아닌가요?"

루나는 두 손으로 이마를 감싸며 식은땀을 닦았다.

『그리고 경고했을 텐데요.』

그의 음성이 귓가를 어지럽게 맴돌았다.

『나에 대한 의심은 얼마든지 견딜 수 있지만, 거기에 루나를 저열하게 끌어들이는 짓은 용서치 못한다고.』

용의자로 위협받는 상황에서도 카를은 루나에 대한 마음을 여과 없이 드러냈다.

『루나는 나의 신념이자, 삶의 전부였던 여자야. 거짓으로라도 함부로 입을 놀리는 짓은 하지 않았으면 좋겠습니다, 존슨 씨. 이러다가 정말 사람을 죽일 수도 있을 것 같거든.』

스티브는 한숨을 몰아쉬며 자리에서 일어나 유리벽 맞은편에 있는 취조실 문을 열었다. 뒷마당 방문자용 주차장으로 향하는 어두운 복도가 문 밖으로 이어졌다.

『오늘은 포기가 빠르시네?』

카를의 질문에 스티브는 고개를 끄덕였다.

『오늘뿐 아니라 앞으로도.』

무슨 의미냐고 묻는 듯이 카를이 미간을 슬쩍 찌푸렸다.

『무슨 수를 썼는지 모르겠지만, 윗선에서 카를하인츠 로젠쉴트에 대한 출국 금지 연장을 불허했어. 네가 외국으로 도주한다고 해도, 나는 이제 막을 방법이 없다는 뜻이지.』

스티브는 출국 허가가 떨어졌음을 알리며, 카를의 정신을 딴 데로 돌리려는 의도를 품은 듯했다.

『테러에 관한 증거가 없으니, 당장 너를 잡아들일 수는 없지만. 카를? 나는 반드시 너를 잡아넣을 거야. 네가 내 요원의 목숨을 앗아 간 빚은 반드시 갚아 줄 테니까.』

『안타깝지만 나는 그녀가 묻힌 땅에서 발을 뗄 생각이 없어요. 시민권도 없는 내가 미국 땅에 영영 머물 수 있는 증거를 찾아 준다면 진심으로 고마울 것 같습니다.』

카를은 특유의 미소를 머금은 채로 일별하고는 유유히 취조실을 나섰다.

"취조 때마다 저렇게 혼자 왔다가 갔나요?"

"내가 아는 한 그래요."

허리 아래로 힘이 쑥 빠져나갔다. 수술 부위에서 아릿한 통증이 되살아나는 듯 어지러웠다.

달칵하는 소리와 함께 방문이 열리는 둔중한 소음이 이어졌다.

루나는 눈앞에 있는 옥수수 수프 그릇을 집어서 있는 힘껏 스티브를 향해 내던졌다. 도자기 그릇은 문 모서리에 부딪혀 산산이 조각났다. 스티브가 파편에 맞았는지, 뺨을 손바닥으로 쓸며 다가왔다.

"루나, 진정해."

"지금 진정하게 생겼어요?"

"이렇게 된 데는 다 이유가 있어."

"어떤 이유요? 대체 무슨 대단한 이유로 지금 상황을 이해시킬 수 있는데요? 카를이 날 죽이려고 일을 꾸몄다고 생각하는 거예요, 정말? 왜 내 삶을 되찾고 싶어 했는지, 그 이유를 전혀 몰랐다고 할 건 아니죠?"

루나의 격노를 예상치 못한 분위기다. 스티브가 본론을 바로 꺼내겠다는 듯이 엄정하게 표정을 단속했다.

"빅터의 궁극적인 목적은 하미드가 아니야."

루나는 잠시 멈칫했다. 뱀의 눈동자를 가진 늙은이의 궁극적인 목적이 될 만한 인물이라.

"그럼, 카를이란 말인가요?"

스티브는 심각한 얼굴로 샬럿의 옆자리에 앉았다.

"빅터는 그들 세계에서 늘 이인자였어. 아이작의 죽음 뒤에 당연히 패권을 잡을 수 있을 거라고 생각했는데, 그러지 못했지. 빅터는 지금 근본 없는 얼뜨기한테 자리를 빼앗겼다는 생각을 하고 있어."

"하미드를 빼내서 헤즈볼라에 넘기는 게 아니라, 카를과 헤즈볼라를 완전히 묶어서 모두의 적으로 만들 심산이었군요, 그 노인네가."

잠시 침묵이 흘렀다. 이쯤 되면 테러 사건의 증거를 찾지 않아도 용의자가 특정 가능해졌다.

"혹시 날 죽이려고 했던 작자도 빅터인가요?"

"추측만 할 뿐이야. 카를을 무너뜨릴 수 있는 가장 쉬운 방법이었을 테니까."

"아직도 추측만 하고 있다는 게 말이 돼요?"

루나는 격분해서 목소리를 높였다.

"CCTV에 잡혔던 폭탄 설치 용의자는 호텔 직원이었는데, 네가 죽었다는 소식이 퍼지자마자 교통사고로 죽었어. 이후 조사에서 신분을 위장했던 게 드러났고, 멕시코에서 건너온 불법체류자였어. 밝혀낸 건 여기까지야."

풀리지 않는 매듭이 답답해서 한숨이 흘러나왔다.

"빅터가 궁극적으로 노리고 있는 건 카를이라면서요? 그럼, 지금도 카를이 위험하다는 뜻 아닌가요?"

흥분한 루나의 말투가 점점 빨라지기 시작했다.

"차라리 조금 전까지 여기 있던 카를에게 모든 사실을 알리지 그랬어요! 빅터가 카를을 노리고 있다고, 조심하라고! 나도 여기 이렇게 살아 있다고!"

"루나."

스티브는 침착하라는 듯이 두 손바닥을 펼쳐 보였다.

"우리가 카를에게 접근하면서부터 빅터가 몸을 사리기 시작했어. 빅터의 목적이 카를에게 있다는 것을 확신한 건 테러 직후였고. 카를은 지금 그 상태 그대로가 제일 안전해."

"아내를 잃은 슬픔에 빠져서 정신 못 차리는 모습이 차라리 안전하다,

이건가요?"

아까 샬럿이 했던 말이 귓가를 맴돌았다.

「스티브는 나를 보호하기 위해서 이혼을 한 것처럼, 카를을 위해서…….」

루나는 둔기로 머리를 얻어맞은 것처럼 얼얼함을 느꼈다. 스티브가 루나의 죽음을 위장한 다른 이유가 하나 더 드러났다.

"혹시 내 죽음이 카를을 보호하고 있는 건가요? 그 사람이 모두의 적이 되지 않도록 일부러 CIA에서 가장 먼저 접근해서 조사를 이어 가는 척하는 거고?"

루나가 스산한 목소리로 말을 이었다.

"빅터는 테러로 카를을 겁줄 의도였는데, 내가 진짜로 죽어 버려서 당황했을 것 같네요?"

내내 갑갑했던 머릿속에 큰 그림이 그려졌다. 카를의 현재뿐 아니라 미래를 보호하기 위해서, 빅터와 그 잔당들을 이번 기회에 뿌리 뽑아야 했다.

"빅터를 어떻게 엮어 넣을 생각이죠?"

루나의 눈빛이 지금까지와는 다른 호기로 빛났다.

안가에 도착한 카를은 한참 동안 차에서 내리지 못하고 운전석에 머물렀다. 이제 미국 땅에 묶인 몸이 아니었다. 마음만 먹으면 언제든 본국인 스위스로 돌아갈 수 있었다.

「안타깝지만 나는 그녀가 묻힌 땅에서 발을 뗄 생각이 없어요.」

스티브에게 내뱉었던 말이 여전히 목구멍에 갇힌 것처럼 맴돌았다. 그녀를 묻은 땅을 벗어날 자신이 없었다. 그녀와 마지막으로 입을 맞췄던 곳을, 그녀를 안았던 침대를, 그녀의 숨결이 가득했던 침실을 벗어나는 것조차도 버거웠다.

카를은 가까스로 차에서 내려서 안가 현관으로 들어섰다. 언제부터 대기하고 있었는지, 레이가 반듯한 자세로 그를 맞았다.

"카를, 방금 외교부로부터 출국 금지가 풀렸다는 공식 문서를 받았습니다."

카를은 가만히 고개를 주억거리고는 계단으로 향했다.

"카를."

레이는 카를이 이제 그만 결단을 내리고 미국을 떠나겠다는 말을 해주길 바라는 눈치였다.

"테러 관련자는 찾아냈나?"

호텔 CCTV를 통해 확인한 폭탄 설치범은 직원으로 둔갑한 불법체류자였다. 연회장에서 결혼식이 거행되는 동안 소방 점검을 이유로 들락거리며 멀쩡한 소화기를 사제 폭탄으로 바꿔치기하는데도 아무도 알아차리지 못했다. 허술한 술수에 보안팀은 너무도 쉽게 넘어갔다.

카를은 그녀의 죽음에 대한 책임감을 느끼지 않을 수 없었다. 오히려 스티브가 취조하는 순간이 마음이 더 편할 지경이었다.

"죄송합니다, 카를."

의심 가는 곳이 없는 것은 아니었다.

빅터 아스그리드. 시시각각 얼굴을 바꾸는 노인네가 가장 유력했지만, 물증 없이 섣불리 나설 수만도 없었다.

빅터는 거미줄처럼 얽힌 유대계 네트워크의 산증인이나 다름없었다. 이제 막 그들의 세계에 발을 들인 카를이 로젠쉴트를 이름에 새겼다고 한들, 그에게 무작정 적대감을 내비쳤다가는 역풍을 맞을 게 뻔했다.

물증이 필요했다. 빅터를 옭아맬 명확한 근거가 절실했다.

"아직입니다."

레이는 죄스러운 음성으로 보고했다.

"다른 증거는?"

혹시나 그녀가 살아 있다는 증거를 찾지는 않았는지 묻는 말이었다. 주검을 두 눈으로 똑똑히 보았음에도 헛된 희망은 카를의 심장을 좀먹어 댔다.

"그것도 아직은 찾지 못했습니다."

죽은 사람에 대한 예의가 아닐지라도.

이렇게라도 하지 않으면 정말 내가 미쳐 버릴 것 같아서 그래, 루나.

카를은 씁쓸한 미소를 머금으며 힘없이 중얼거렸다.

"내일 아침까지 귀찮게 하지 마."

느릿한 걸음으로 계단을 올랐다. 계단을 내려오는 경쾌한 그녀의 모습이 보이는 듯한 환각이 일어서, 카를은 잠시 층계참에 멈춰 섰다. 나비의 날개처럼 나풀거리는 시폰 드레스를 입고 계단을 폴짝거리는 그녀의 아름다운 모습이 눈앞에 선했다.

'카를, 오늘도 회의가 많아요?'

조잘거리는 그녀의 목소리가 귓가를 맴돌았다. 카를의 입가에 엷은 미소가 고였다.

"아니."

카를은 저도 모르게 허공에 대고 조용히 읊조렸다.

오늘은 너랑만 있을 거야.

침실 문을 열자, 오래도록 환기를 하지 않은 탓에 묵직한 공기가 훅 끼쳤다. 카를은 그녀가 떠난 이후로 그 누구도 침실에 얼씬 못 하게 했다.

오직 그녀와 자신만이 머물렀던 공간이 오염되는 게 싫었다.

"루나. 힘든 하루였어."

카를은 침대에 몸을 부리며 앓는 소리를 냈다. 금방이라도 부드러운 여체가 다가와 단단한 몸을 감싸 안고 위무를 건넬 것만 같았다. 중독된 약물을 취하듯 카를은 손을 뻗어 비닐 팩을 집어 들었다. 입구를 봉해 놨는데도, 그녀의 체취는 차츰 희미해져만 갔다.

잠시 숨을 멈췄다가 조심스럽게 봉투 입구를 연 뒤, 있는 힘껏 숨을 들이마셨다. 미세한 향기만으로도 취하기엔 충분했다. 못된 버릇이 들어 버린 손이 바지 앞섶으로 내려갔다. 지퍼를 내리고 단단해진 물건을 손에 쥐었다.

그녀가 남겨 놓은 체취에 파묻혀서 수음을 하고 나면, 생멸에 관한 생생한 분노와 함께 눈물이 흘러내렸다.

그녀를 죽음으로 몰아넣은 자를 밝혀내고 그 목숨을 끊어 놓는 순간이 오기 전에는 편히 죽음을 선택할 수도 없을 것이다. 죽지 못하고 살아 숨쉬는 매 순간, 무력감이 온몸을 압박해 왔다.

느릿한 손길이 붉은 라넌큘러스 다발을 집어 들었다. 카를은 그녀의 이름이 새겨진 유백색 대리석 위에 노란색 프렌치 튤립 한 다발을 내려놓았다.

매일 다른 색, 다른 종의 꽃다발을 들고 와 그녀의 묘지에 바쳤다.

"왜 꽃을 섞지 않고 한 종류씩 가져와요?"

익숙한 음색이지만, 분명히 달랐다. 카를은 목소리가 들려온 방향으로 천천히 고개를 돌렸다.

"호기심이 많아서, 비슷한 꽃 여러 가지를 섞어서 선물하면 꽃 이름을 알아보다가 하루를 다 보낼 성격이니까요."

루나와 비슷하게 생긴 그녀의 여동생이 눈물이 그렁그렁한 눈으로 다가오며 미소를 머금었다. 카를은 루나가 묻힌 곳으로 도로 눈길을 옮기며 말을 이었다.

"또 탁월한 기억력으로 내가 매일 어떤 꽃을 들고 왔는지 기억하려고 애를 쓸 테니…… 외우기 쉽도록 하루에 한 가지씩만 들고 오는 겁니다."

나란히 선 두 사람의 그림자가 유백색 대리석 위로 길게 드리웠다. 바람결에 늦은 오후의 기운이 물씬 풍겼다.

"루나의 여동생이죠?"

카를이 조심스럽게 묻자, 그녀가 천천히 고개를 끄덕였다.

"맞아요. 유나라고 부르시면 돼요. 언니에 대해 잘 아는 것 같은데……. 나는 그쪽에 대해 아무것도 모르네요."

그녀가 어깻숨을 내쉰 순간, 뺨 위로 눈물방울이 또르르 흘러내렸다.

"언니가 좀 비밀스러운 사람이었어야죠. 혹시 언니랑 같이 일하셨어요?"

유나의 목소리에 약간은 원망스러운 기색이 비쳤다. 카를은 아니라며 고개를 내저었다.

"다행이다."

카를은 의문 어린 눈빛으로 유나를 내려다보았다. 애써 연한 미소를 머금은 그녀의 입술 끝이 비통함을 견디듯 파르르 떨렸다.

"언니 죽게 내버려 둔 쪽은 아니라는 거잖아요? 그런 사람 중 한 명한테 언니가 매일 꽃을 받고 있는 거라면 좀 화가 날 것 같았거든요."

카를은 말간 눈빛을 피해 시선을 먼 곳으로 돌렸다. 저도 모르게 손을 꽉 움켜쥐었다. 꽃대가 손바닥을 아프게 파고들었다. 잠시 지었던 미소는 어느새 흔적도 없이 사라졌다.

「언니를 죽게 내버려 둔 쪽.」

유나가 그녀와 비슷한 음색으로 내뱉은 말이 카를의 심장을 날카롭게 찔러 댔다.

그녀를 온전히 소유하겠다고 결혼식을 올리지만 않았어도.

그렇게 서두르지만 않았어도.

보안팀이 호텔 직원을 저지하기만 했어도.

마른침조차 삼킬 수 없을 만큼 목젖 끝까지 타들어 갔다.

그녀의 가족 앞에 무릎 꿇고 용서를 빌어야 할까.

"다음 주에 언니 추모제가 있어요. 언니가 죽은 지 딱 한 달째 되는 날, 가족이랑 가까웠던 사람들이 모일 거예요. 혹시 시간 되면 오실래요?"

아무것도 모르는 유나가 무구한 눈빛으로 물었다.

"그쪽이 참석하면 언니가 좋아할 것 같아서요."

물기가 밴 부탁을 거절할 길이 없어서 막막했다.

"제 전화번호 알려 드릴게요. 생각 있으시면 연락해 주세요."

카를은 안주머니에서 휴대전화를 꺼내 그녀에게 조심스럽게 건넸다. 배경화면을 마주한 유나의 눈가에 또다시 물기가 가득 차올랐다.

"여기 어디예요? 언니 너무 예쁘다. 이렇게 예쁘게 입은 건 처음 봐요."

유나는 휴대전화에서 눈을 떼지 못했다. 로젠쉴트사에서 SNS 홍보 자료로 쓰겠다고 찍었던 그녀의 사진이었다. 동이 터 오는 새벽처럼 짙푸른 이브닝드레스를 입은 그녀는 블라우 로젠 돔의 접객실 안에서 환히 웃고 있었다.

카를의 기억이 잠시 그날에 머물렀다. 유쾌한 웃음소리가 멀리서 들려오는 듯 아득했다.

"저기……. 이봐요?"

유나의 당혹감 어린 목소리가 카를을 일깨웠다. 카를은 멍해진 눈빛을 얼른 추스르고는 그녀를 내려다보았다.

"전화 온다고요. [레이, 긴급 전화]라고 뜨는데, 안 받아도 돼요?"

카를은 유나가 건네주는 전화를 냉큼 돌려받았다. 카를이 루나를 추모하는 시간을 레이가 방해했던 적은 단 한 번도 없었다. 그런데 레이가 지금 긴급 연락책까지 써서 전화했다는 건…….

"레이?"

카를은 유나에게 고개를 한 번 까딱하고는 몇 발짝 걸음을 옮겼다.

― 카를, 스티브가 이라크 바그다드 국제공항에 나타났다고 합니다.

호흡이 가빠지는 게 느껴졌다.

"그래서?"

스티브가 카를의 취조 종료를 선언한 다음 날 돌연 종적을 감추었다. 그녀와 연관된 일로 모습을 숨겼을지도 모른다고 막연히 예상한 카를은 스티브의 묘연해진 행방을 찾는 데 온갖 정보원을 동원하는 중이었다.

그런데 이라크 바그다드?

— 분홍색으로 머리를 물들인 20대 남자와 동행했다고 하는데요. CCTV 영상을 지금 방금 전송해 드렸습니다.

20대 남자?

카를은 전화를 끊지 않고, 고개를 낮추며 영상을 먼저 확인했다.

선명하지 않은 화면 속, 스티브와 함께 걷는 연분홍색 머리를 한 남자의 모습이 눈에 들어왔다. 그녀와는 얼굴과 머리 색이 완전히 달랐고, 걸음걸이조차도 철없는 20대 초반 남자처럼 껄렁거렸다.

누가 봐도 20대 백인 남자였다. 하지만 카를은 한눈에 알아볼 수 있었다. 귓바퀴를 맴도는 짧은 분홍색 머리를 한 남자는 루나가 분명했다.

숨이 턱 막혀 왔다. 얼어붙었던 심장이 갑자기 팽창하듯 가슴이 빠듯해졌다.

— 확인하셨습니까?

레이는 눈썰미가 좋은 편에 속했다. 그도 해소할 수 없는 의구심을 가지고 카를에게 다급히 전화를 걸어 온 것일 터.

"지금 어디에 있지?"

— 가장 가까운 출구에서 대기 중입니다. 바로 이라크로 출발하시겠습니까?

말하지 않아도 카를의 의중을 제대로 파악한 레이가 나직하게 물었다. 카를은 휴대전화를 귀에 댄 채로 등 뒤에 서 있는 유나를 향해 고개를 돌렸다.

"안타깝지만, 추모제에는 참석하지 못할 것 같군요."

카를의 입가에 엷은 미소가 어렸고, 유나는 의문을 제기하는 듯한 눈빛으로 대꾸했다.

"언니가 좋아했을 텐데, 아쉽네요."

그의 갑작스러운 감정 변화에 약간은 겁을 먹은 듯 유나의 안쓰러운 낯빛이 하얗게 질려 갔다.

"대신 나중에 내가 선물을 데려가도록 하겠습니다."

카를은 정중히 인사를 건네고 돌아섰다. 나중에 루나와 함께 그녀의 가족 앞에 나타났을 때, 유나가 자신을 좋은 사람으로 기억해 주길 바랐다. 아직 확실치 않은 상황 속에서 카를은 조심스럽게 희망을 부풀렸다.

"레이, 지금 당장 출발할 준비해. 자세한 보고는 차에서 듣지."

어쩌면 살아 있을지도 모른다고 생각했다. 시든 화분에 물을 주고 꽃이 피어나길 기다리듯이 그녀가 다시 눈앞에 나타나기를 바랐다.

주검까지 본 마당에 헛된 희망을 품고 있는 것은 아닌지 괴로워하면서도, 혹시나 CIA에서 그녀를 빼돌린 것은 아닌지 의심하기도 했었다. 하지만 조금 전에 만난 그녀의 여동생뿐 아니라 루나의 담당 리커버리 요원이었던 듀이조차도 그녀의 사망을 인정하고 받아들였다.

사랑에 미쳐서 자신만이 그녀의 죽음을 부정하고 있는 멍청한 짓을 하는 것이라고 여기기도 했다. 그녀의 죽음에 대한 예의가 아니라고 속으로 수백 번 되뇌며 마음을 다잡으면서도 끝내 끈을 놓지 못하고 스티브를 감시하기에 이르렀다.

하지만 결국 그래서 찾지 않았는가.

차에 오른 카를은 레이가 건넨 태블릿 PC로 CCTV 영상을 여러 번 반복해 보았다.

"스티브 존슨은 CIA가 아닌 미 외교부 소속 직원으로서 이라크를 방문했습니다."

"외교부 소속 직원은 면책 특권이 있을 테니까, 이라크에서 불법적인 일을 벌여도 체포될 염려가 없지. CIA 부국장 신분으로 입국하는 것보다 더 안전한 방법을 택했다는 건데."

카를은 잠시 생각을 고르며 침묵했다. 안전을 도모한다는 것은 미국의 안보와 직결된 중요한 사안이라는 의미.

"스티브가 지난 캐피털 힐 연회에서 국무부 장관과 긴한 이야기를 주고받는 걸 봤어."

시간상으로는 얼마 되지 않은 일이었다. 하지만 그녀와 함께했던 기억들이 너무 그리워서 그 시간은 멀게만 느껴졌다.

그녀는 그날 유려한 몸 선을 드러내는 금색 드레스에 화려한 가면을 쓰고 카를을 유혹했었다. 잠시 사라진 동안 본인이 원하는 것은 손에 넣었는지 제법 만족스러운 표정이기도 했다.

루나. 이번에도 그렇게 원하는 걸 손에 넣으면 돌아와, 내 곁으로.

차갑게 식어 버린 주검이 아닌, 생기 넘치는 그녀의 모습을 상상하는 것만으로 가슴이 넓게 팽창했다.

"상원 의원 제레미 해밀턴의 동태는?"

"대권을 노리는 마음은 여전합니다. 전쟁 반대 운동을 벌이는 시민 단체를 저격하기도 했고요. 미국에 위협이 되는 적성 국가에 맞서 싸우는 일을 멈추지 말아야 한다는 내용을 담은 연설을 대학 특별 강연에서 하기도 했습니다. SNS에서도 여전히 여론몰이 중이고요."

스티브 존슨은 전쟁을 반대하고, 인명 살상을 최소화하는 정보전으로 민주주의의 평화적 유지를 바랐다. 그 의견에 적극적으로 반대 의사를 드러내는 인물이 바로 공화당 상원 의원 제레미 해밀턴이었다.

"스티브 존슨을 여전히 눈엣가시로 생각할 테고?"

카를의 질문에 레이가 고개를 끄덕거렸다.

"캐피털 힐에서 빅터 아스그리드를 모르는 사람이 없다지만, 해밀턴 상원 의원과도 연이 깊지?"

"대학 시절부터 빅터와 교류가 있었다고 합니다. 제레미가 빅터의 요구를 들어주고 심복 역할을 하며 정치 자금을 받은 정황도 있습니다."

대단한 야심가인 제레미 해밀턴은 빅터 아스그리드와도 오랫동안 친분을 쌓은 사이. 빅터가 부탁했던 일을 카를이 거절한 것에 대해 은근히 유감의 뜻을 내비치기도 했었다.

빅터가 부탁했던 일이라…….

하미드 모사드?

불현듯 머리를 스치는 이름에 카를은 미간을 찌푸렸다. 거대한 시계에 가장 중요한 톱니바퀴 하나가 빠진 느낌이었다.

"레이, 하미드 모사드가 지금 어디에 있지?"

"빅터의 부탁을 듣고 조사해 본 바로는 이라크 미군기지 내에 있는 비밀 수감 시설인 블랙 사이트로 이송되었다고 했습니다. 아직도 거기에 있는지는."

말을 내뱉으면서 무언가 깨달았는지 레이의 눈빛이 번뜩였다. 카를의 입가에 엷은 미소가 고였다.

"그래, 레이. 그거야. 바로."

헤즈볼라 최고 사령관의 아들이자, 미국 시민권자.

미국의 안보 상황에 비추어 볼 때, 하미드는 현존하는 테러 위협 인물 중에 가장 큰 문제를 일으킬 수도, 혹은 가장 큰 도움이 될 수도 있는 인물이었다.

이제껏 보이지 않던 규칙들이 하나둘씩 드러났다. 지금까지 카를에게 있어서 가장 큰 변수는 루나였다. 로젠쉴트의 후계 교육을 받으며 온갖 지적 소양을 쌓았지만, 카를은 물리학을 가장 깊이 공부한 사람이었다. 그런데 그녀에게 신경을 쏟느라 가장 중요한 공식 하나를 빠뜨리고 만 것이다.

변수의 변수.

카를의 변수였던 그녀가 가진 변수.

그녀가 지금 가장 신경 쓰고 있을 일.

어린 나이임에도 CIA 공작관으로서 중요한 임무를 도맡을 만큼 능력을 인정받고 있는 그녀였다.

지금 미국 안보의 해가 될 인물일지, 득이 될 인물일지 모르는 하미드 모사드.

미국 중앙정보부의 변수는 하미드 모사드였다. 그렇다면 미국 정보부 소속의 책임감 강한 공작 요원 루나의 변수는?

하미드 모사드에 가까울 수도 있다는 결론에 이르자, 복잡했던 머릿속이 마법 같은 공식을 들이댄 것처럼 산뜻하게 정리되었다.

레이는 잠자코 생각을 정리하는 카를을 기다려 주었다.

"혹시 하미드 모사드와 루나와의 관계를 조사했던 적이 있나?"

카를의 미간에 미세한 주름이 잡혔다.

"그랬던 적은 없습니다만. 프로필 대조 정도는 지금 가능합니다."

레이가 노트북 자판을 빠르게 두드렸다. 굳이 결과물을 보지 않아도 감이 잡혔다.

하미드 모사드에 관한 열쇠를 그녀가 쥐고 있을 것이다. 하미드가 붙잡힌 시점과 그녀가 한국에서 미국으로 소환된 시점이 묘하게 겹쳤다. 그리고 그녀는 곧장 카를의 정부로 투입되었다.

로젠쉴트 가문에 대한 감시가 아니라, 일종의 피신이었나?

카를은 자신이 그녀를 죽음으로 몰아넣었다고만 생각했었다. 스티브를 정치적으로 공격하는 제레미 해밀턴의 먹이가 될지도 모를 그녀를 숨기기 위해 로젠쉴트가에 보낸 게 아닌가, 하는 막연한 예상만 했을 뿐이었다. 그런데 그녀의 피난처가 되었을지도 모른다는 확신이 들자, 소유에 대한 만족감이 차올랐다.

"카를, 이것 좀 보시죠."

레이가 노트북 화면을 내밀며 깊은 숨을 내쉬었다.

하미드 모사드와 그녀는 어릴 때부터 고등학교 때까지 출신이 동일했다.

"서로 아는 사이일 확률이 높겠네."

그녀의 묘연해진 행방에 대한 모든 증거가 지척에 있었다. 하지만 아무리 분석적이고 넓은 시야를 가진 사람이라고 할지라도 배제해 버린 사안에 신경을 쏟기란 어려운 법이다. 그것도 가장 소중한 사람을 잃은 마당에는 더더욱 생각과 마음이 협소해지고 만다.

"죄송합니다. 진작 알아냈어야 할 정보인데, 제 불찰입니다."

카를은 차창 밖으로 시선을 돌리며 천천히 고개를 내저었다. 차창으로 들이치는 오후의 긴 햇살에 나비 모양 용두가 반짝거렸다.

나의 아름다운 나비. 반드시 돌아오겠다고 약속했었지?

"루나도 외교부 소속 직원으로 간 건가?"

"표면상으로는 그렇습니다. 위장 신분인 해킹 전문가로 입국했고요."

"하루 이틀 내로 이라크를 떠나지는 않을 것 같으니, 지금 당장 바그다드로 가지."

여기서 그녀가 또 어디로 사라질지 알 수 없었다. 하미드 모사드와 관련한 일을 해결하고 나면, 그녀는 또 다른 임무에 투입될 것이고 수많은 변수를 계산해서 그녀의 위치를 찾는 데는 다시 오랜 시간을 허비해야 할 것이다.

"공항에서 어디로 이동했는지는 파악됐나?"

"일단 바그다드 대사관으로 들어갔다고 합니다."

"추가되는 정보가 있으면 바로 보고하고."

레이가 충성스러운 눈빛으로 카를을 한 번 바라보고는 휴대전화 메시지를 확인했다.

"방금 덜레스 국제공항에서 이륙 허가가 났답니다. 바로 공항으로 가겠습니다."

카를은 고개를 주억거리며 또다시 가슴이 팽창하는 것을 느꼈다.

나비가 다시 날아드는 꽃이 필 때까지 마냥 시든 화분을 바라보며 기다릴 수는 없는 노릇이었다.

바그다드 시내 호텔, 루나는 객실 안에 들어서자마자 숨겨진 카메라나 도청 장치는 없는지 점검부터 했다.

방이 깨끗하다는 사실을 확인한 그녀는 땀이 밴 가발부터 벗어 던졌다. 습기가 차 있던 머리가 시원해지자 한결 나았다. 가슴을 압박하고 있는 붕대도 얼른 벗어 버리고, 침대에 눕고 싶은 바람만이 간절했다.

어제는 근처에 있는 바그다드에 자리한 미국 대사관에서 밤을 새웠다. 긴 비행에도 아랑곳하지 않고 스티브와 루나는 강행군을 이어 가고 있었다.

하지만 먼저 스티브가 건넨 자료부터 살펴야만 했다.

하미드 모사드는 바그다드에서 조금 떨어진 곳에 자리한 알아사드 공군 기지 내의 블랙 사이트에 수감 중이었다. 외국 어딘가에 있을 블랙 사이트에 하미드가 머물렀을 거라고 예상은 했지만, 그가 여전히 중동에 있으리라고는 예상치 못했다.

하미드의 수감 직전 사진과 몇몇 취조 영상들을 살피고 있는데, 객실 문을 두드리는 소리가 들려왔다. 루나는 조심스러운 걸음으로 문가로 다가갔다. 도어 스코프를 통해 바깥을 살피자, 스티브의 모습이 보인다.

한숨을 내쉬며 가까운 협탁 위에 내려놓은 가발을 다시 뒤집어썼다.

"네, 스티브."

루나는 목소리를 낮추며 문을 열었다.

"저녁은 먹어야지?"

스티브는 인자한 상사의 미소를 머금고 있었지만, 한가하게 식당에 가서 저녁 식사를 하자고 제의하는 것은 아니었다.

"귀찮아요. 그냥 잘래요."

"그럼 도시락이라도 배달시켜 줄 테니까. 어디 나가서 쓸데없이 여자들한테 집적거릴 생각하지 말고, 방에 잠자코 있어. 이거 비행기에서 챙겨 내린 쿠키인데, 이거라도 먹든지."

스티브가 낱개로 포장된 쿠키 봉투를 시답잖게 루나를 향해 던졌다. 루나는 쿠키 봉투를 낚아채며 바보같이 웃었다.

바에 한잔하러 내려갈 생각이라는 스티브의 뒷모습을 바라보며 객실 문을 닫았다.

루나는 접착제로 다시 붙여 놓은 듯한 쿠키 봉투를 조심스럽게 열었다.

[30분 후에 초록색 음식 배달 배낭을 멘 남자가 올 거야. 호텔 이동 차량에서 전달한 자료는 지금 파기하고, 남자가 건네는 파일을 살펴봐.]

루나는 테이블 위에 올려 두었던 종이 여러 장을 쓰레기통에 북북 찢어 넣은 뒤 불을 붙였다. 노트북에 꽂아 두었던 마이크로SD 메모리 카드는 반으로 쪼개서 변기에 흘려보냈다.

욕실에서 재만 남은 쓰레기통에 물을 붓고 있을 때, 호텔 방 문을 두드리는 소리가 들려왔다.

루나는 얼른 방문가로 다가갔다. 당연히 초록색 배낭을 멘 도시락 배달원일 거라고 생각하고 도어 스코프를 살폈다. 그런데 작은 구멍으로 문밖을 내다본 루나는 숨이 멎는 듯했다. 심장이 무섭게 뛰어 대서 가슴이 무한대로 벌어지는 듯 뒤틀렸다.

문밖에는 전혀 예상치 못한 인물이 익숙한 미소를 머금은 채 문을 노려보고 있었다.

루나는 문에서 한 발짝 뒤로 물러났다. 심장을 두드리는 듯한 노크 소리가 또다시 이어지는 것을 들으며 거울에 비친 제 모습을 살폈다. 가발을 점검하고, 아직 잘 붙어 있는 3D 가면 끝을 괜히 꾹꾹 눌러서 단속했다. 긴장한 탓에 눈이 메말랐는지 렌즈가 들뜨는 기분이 들어서 일부러 하품을 한 번 하기까지 했다.

그럼에도 고민이 되었다.

문을 열어야 하나?

스티브가 말했던 방문자는 분명 음식 배달원 배낭을 갖고 있을 거라고 했다. 루나는 밖에 서 있는 사람이 스티브가 말한 인물이 아닐 거라고 확신하면서도 도어 스코프를 재차 확인했다.

쿵, 하고 문을 세게 두드리는 소리에 루나는 흠칫 놀랐다. 남자가 초록색 배낭을 검지에 걸고 눈높이까지 들어 올려 흔들어 댔다.

스티브가 보낸 사람이 맞다고?

루나는 목을 한 번 흠, 가다듬으며 세차게 뛰는 심장을 가라앉혔다. 겨우 이 정도로 긴장해서 힘을 빼면 곤란하다. 앞으로의 이라크 일정은 더욱 험난할 테니까.

자다 막 깬 것처럼 마른 이마를 슥슥 문지르며 객실 문을 열었다.

"니코스?"

남자는 루나의 예명을 부르며 객실 안으로 들어섰다. 루나는 고개를 살짝 끄덕이는 것으로 인사를 대신했다. 그는 매서운 눈초리로 루나의 면면을 살피는 듯했다.

"반가워요."

악수하자는 듯 내민 남자의 손을 루나는 빤히 내려다보기만 했다.

11. 블랙 사이트(Black Site)

"듀이 엘리엇. 이번 작전에서 그쪽 리커버리."

루나는 놀라움을 감추고 듀이를 응시하기만 했다. 악수에 응하지 않자, 듀이가 머쓱한 표정으로 손을 거둬 갔다.

"실습 통과 후 현장은 처음이라고 들었는데? 리커버리를 붙일 만큼 실습 성적이 좋았나 보죠?"

듀이는 특유의 다정한 말투로 물었지만, 그의 어조에는 가을 안개처럼 짙고 낮은 의심이 깔렸다. 루나는 아무런 대꾸도 하지 않고, 그를 경계하는 척했다.

"리커버리 요원이 붙은 경우는 두 가지야."

듀이는 현장 경험이 전무해 보이는 신입을 교육하는 듯 엄혹한 말투로 돌변했다.

"첫째, 뛰어난 요원이 중요한 임무에 투입되어 무사 귀환을 위한 보호

관찰이 요구되는 경우."

루나는 알고 있다며 고개를 살짝 끄덕였다.

"둘째 이유도 알고 있나?"

목소리를 내면 들킬 게 뻔했다. 야리야리한 몸에 어울리는 중성적인 목소리를 흉내 낼 때마다 사람들은 의심 없이 루나를 남자로 대했다.

그런데 지금 눈앞에 선 남자는 듀이였다. 목소리를 내는 것은 그에게 자신이 루나라는 것을 밝히는 거나 마찬가지였다.

"둘째, 요원이 이중 첩자로 의심될 경우. 변절할 생각인가?"

듀이가 딱딱하고 차가운 어조로 물었다. 그의 눈빛은 푸른 얼음처럼 냉혹했다.

'무슨 말씀을 하시는 건지 모르겠는데요.'

시건방진 척하며 한마디 내뱉어야 할 순간이었다. 하지만 루나는 꿀 먹은 벙어리가 되어 듀이를 응시하기만 했다.

"그렇잖아. 현장에 처음 투입되는 신입에게 리커버리가 붙는다는 게."

듀이는 의심을 거두지 않으며 눈을 부라렸다. 그리고 목소리를 낮추며 경고조로 뇌까리기 시작했다.

"이번 작전은 내 동료이자, 친구였던 루나 송이 맡기로 했던 작전이야. 나에게 그녀는 가족만큼이나 소중한 존재였고."

듀이는 잠시 시선을 딴 데로 돌리며 숨을 골랐다. 벅차오른 서글픔을 추스르는 듯한 모습이었다.

"만약."

파란 눈동자가 다시 루나를 향했다.

"네가 이 작전을 망치려고 든다면, 나는 리커버리 요원으로서 너를 가차 없이 죽일 거야. 어쩌면 내가 죽인 수많은 사람 중에서 가장 잔인한 죽음을 갖게 될지도 모르지."

루나는 입안이 바짝 마르는 것을 느꼈다. 긴장감에 목울대가 올라붙었다.

내가 죽인 수많은 사람 중에서?

듀이는 분명 그렇게 말했다. 사무실에 붙박여 지낸 무인 정찰기 전문가의 입에서 나온 말치고는 다소 과격했다.

설마.

순간 루나는 둔기로 뒤통수를 얻어맞은 것처럼 머릿속이 멍해졌다.

듀이, 네가 설마.

중요한 작전인 만큼 그 속성과 특징을 잘 알고 있는 베테랑 요원에게 일이 맡겨졌을 터. 듀이가 그중 한 명이라는 의미였다.

이제껏 네가 나의 리커버리였다는 말인가?

루나는 초록색 배낭을 흔들거리고 있는 듀이를 가만히 바라보며 손을 내밀었다. 배낭을 잡으려고 하자, 그가 손을 뒤로 빼며 웃었다.

"나는 아직 확신이 안 서서 말이야, 니코스. 이 가방을 너한테 줘야 할지, 말아야 할지 모르겠어."

스티브의 명령인데도 듀이는 '니코스'에 관한 의심을 거두지 않았다. 촉이 좋다고 해야 하는 건지, 아니면 그저 합리적인 의심인지.

"니코스? 성이 뭐지? 내가 들은 건 네 이름뿐이라. 러시아 출신인가? 아니면 가족이 구소련 출신인가? 내가 너를 특별히 보호해야 하는 이유가 뭐지?"

듀이가 자신의 임무에 대한 의혹을 품은 채로 미간을 구겼다. 그는 못마땅한 눈으로 분홍색 머리카락을 쏘아보고 있었다. 어디서든 눈에 띄지 말아야 할 공작원이 머리 꼬라지가 그게 뭐냐고 욕지거리를 내뱉는 듯한 눈빛이었다.

머리를 연한 분홍색으로 택한 이유는 변장에 대한 의심을 거두기 위한 일종의 트릭 같은 거였다. 루나가 조금 어긋난 행동을 할지라도 튀는 행색을 보고 원래 독특한 인간이라는 생각이 들도록 유도하는 장치였다.

"니코스. 설마 말을 못 하는데, 내가 무례하게 굴고 있는 건가? 수어라도 써야 하는 거야?"

듀이는 진심인 듯, 빈정대는 듯 분간할 수 없는 어조로 말했다. 그만큼 그가 몸집을 부풀리는 의심으로 인해 혼란스러워하고 있다는 의미.

루나는 스티브가 듀이를 직접 보낸 이유를 알 것 같았다. 루나와 듀이의 사이가 각별했음을 스티브는 알고 있었으리라. 스티브는 루나가 듀이에게 죽음에 얽힌 진실을 직접 밝힐 기회를 마련해 주고자 했을 것이다.

루나는 천천히 손을 들어 올려 가발 정수리 부분을 움켜잡았다. 급하게 가발을 뒤집어쓰느라 핀을 꽂지 않은 탓에 가발을 쉽게 벗겨졌다. 듀이의 휘둥그레진 눈빛이 루나의 머리카락을 감싸고 있는 검은색 망에 머물렀다. 루나는 이마 끝에서부터 천천히 가면을 벗어 내렸다.

"듀이, 설마 너도 내가 정말 죽었을 거라고 생각한 거야?"

듀이가 숨이 멎은 듯한 표정으로 루나를 바라보았다. 멍해진 그의 푸른 눈동자 위로 물기가 가득 고였다.

"이 나쁜!"

듀이가 욕설을 내뱉다 말고 팔을 뻗어 루나를 와락 끌어안았다. 그는 루나의 어깨에 얼굴을 묻고 소리 내 울었다.

"듀이."

루나는 듀이의 등을 가만히 다독여 주었다. 듀이의 슬픔이 고스란히 루나의 가슴에 스미고 들어왔다.

"어떻게 사람을 그렇게 감쪽같이 속일 수가 있어! 나는 네 시체도 확인했다고!"

장례식장에서 관에 들어가 있는 주검을 두 눈으로 똑똑히 보았다며, 듀이는 울부짖었다.

"미안해, 듀이."

사과의 말을 내뱉는 루나의 목소리도 떨리기는 마찬가지였다. 제가 정한 죽음이 아니었다. 소속과 상황이 멀쩡한 그녀를 죽음으로 내몰았다. 정신을 잃었던 루나는 선택권이 없었고, 깨어났을 때는 이미 세상에서 지워져 버린 사람이었다.

"루나."

듀이가 젖은 뺨을 비비며 루나의 얼굴을 감싸 쥐었다. 입을 맞추려는 듯 고개를 비스듬히 기울여서, 루나는 황급히 턱을 뒤로 뺐다.

한 발짝 뒤로 물러서자 듀이가 허탈한 웃음을 머금으며 루나를 응시했다.

"루나."

듀이의 목소리에 다정한 기색이 가득했다.

"아니, 듀이. 그래도 안 돼."

루나는 고개를 내저었다. 애절한 눈빛을 보내고 있는 듀이를 올려다보며, 루나는 이번 작전의 막중함을 다시 한 번 상기했다.

그리고 작전이 끝나고 만나게 될 카를에 대해서도.

이미 그에게 씻을 수 없는 상처를 너무도 많이 줘 버렸다. 그에게 미안할 짓은 더 이상 저지르고 싶지 않았다.

"듀이, 내가 죽었다가 살아왔다고 해서……."

듀이에게는 상처가 될 말일 게 뻔했지만, 이대로 듀이를 환상 같은 희망 속에 젖어 있게 할 수는 없었다.

"완전히 다른 사람이 되었다는 의미는 아니야."

듀이의 얼굴이 조금 굳었다.

"여전히 카를이 신경 쓰인다는 의민가?"

"신경 쓰인다고?"

그렇게 협소한 의미를 지닌 문장으로는 헤아릴 수 없는 마음이었다.

루나는 듀이 앞에서 눈물을 보이고 싶지 않아서 고개를 들어 천장을 올려다보았다. 눈을 여러 번 깜빡여 눈물을 뻣뻣한 목구멍으로 흘려보낸 뒤에야 다시 듀이를 마주했다.

루나는 어느새 우아한 본성으로 돌아와 있었다.

"일단 배낭에 있는 내용부터 확인하고 싶은데."

듀이는 오른손으로 턱과 뺨을 한 번 쓸어 넘기고는 고개를 끄덕였다. 그도 가까스로 복잡한 마음을 추스르는 듯했다.

"보기 좀 괴로울 거야. 블랙 사이트에서 하미드가 고문받던 영상이 있고, 그리고 헤즈볼라에서 인터넷 동영상 채널에 올렸던 훈련 영상이 있는데, 거기에 하미드가 조교 역할을 하고 있어."

루나는 미간을 찌푸리며 되물었다.

"하미드가 헤즈볼라 군대에서 조교 역할을 했다고?"

이제껏 듣지 못했던 새로운 정보였다. 하미드를 설득해서 미국에 우호적인 정보를 제공할 인물로 만들자는 게 스티브의 전략이었다.

"그럼 만약…… 하미드가 등을 완전히 돌려 버려서 미국의 반역자로 죽음을 맞기라도 한다면 헤즈볼라와의 전쟁은 불 보듯 뻔한 일이야."

루나는 걱정스러운 목소리를 냈다.

"하미드가 헤즈볼라 군대의 조교 역할을 했다는 말은 나도 좀 당황스러웠어. 이제껏 조사했던 내용하고 완전히 달랐으니까."

두 사람은 잠시 침묵했다. 각자 생각을 고르는 중이었다.

"듀이, 하쉬는 하미드가 헤즈볼라에서 탈출하기 위해 폭탄 조끼를 입고 이슬라마바드 미국 대사관에 뛰어들었다고 했어."

"탈출하려고 테러에 지원했다? 이것도 좀 이상하지 않아?"

듀이는 의심을 거두지 않고 물었다. 루나는 랩톱 앞에 앉아서 하미드가 군대를 지휘하는 장면을 바라보며 읊조렸다.

"하미드가 헤즈볼라에서 조교로 활동했던 시기와 대사관 테러 미수 사건 사이에 무슨 일이 있었는지 알아내는 게 관건이겠네."

하미드를 취조할 가닥이 서서히 잡혀 갔다.

공개된 정보의 흐름 속에 스며들어 있는 숨겨진 사건을 파헤쳐, 하미드의 의중을 알아내는 일.

오랜 친구로 지냈다고 해도, 절대 쉬운 일은 아닐 거라는 생각이 들었다. 때론 아는 게 독이 될 수도 있는 법이었다.

그 시각 카를은 바그다드 국제공항에서 오랜 입국 심사를 거치고 있었다.

"카를하인츠 로젠쉴트 씨, 이라크 입국 목적은 무엇입니까?"

창문조차 없는 밀실, 카를은 벌써 10시간째 바그다드 국제공항 특별 입국 심사실에 갇혀 있었다.

"말씀드렸다시피 사업적 목적으로 방문했습니다."

그들은 똑같은 질문을 반복했고, 카를은 1시간에 한 번씩 얼굴이 바뀌는 남자들에게 같은 대답을 정중하게 내뱉고 있었다. 보좌진들은 이미 간단한 입국 심사를 마치고 입국장을 빠져나간 상태였다. 마치 그의 고립을 바랐던 것처럼, 카를만이 입국 심사에서 붙잡혀 밀실로 끌려왔다.

지금쯤 그녀가 머물고 있다는 호텔 인근으로 향해 보좌진들과 함께 구체적 계획을 수립해야 했지만, 카를은 애먼 입국 심사관들에게 붙잡혀 시간을 허비하고 있었다.

"어떤 사업이신지 구체적으로 말씀해 주신다면, 저희가 카를하인츠 로젠쉴트 씨를 돕는 데 큰 역할을 할 수 있을 것 같습니다."

지금 카를과 대면하고 있는 남자는 이라크 정보부처의 고위 관리인 듯했다. 그는 넓적하고 두꺼운 얼굴에 기름기가 잔뜩 도는 미소를 머금은 채로 카를을 바라보았다.

카를은 남자를 무감각한 시선으로 바라보았다.

"바라는 게 뭡니까?"

낮은 목소리고 묻자, 남자가 되직한 웃음을 껄껄거리고는 미간을 찌푸렸다.

"로젠쉴트 씨, 저희가 무엇을 바라고 지금 입국 심사를 진행하고 있는 것은 아닙니다. 단지."

"단지?"

카를은 눈을 치뜨며 속개하라는 뜻을 밝혔다.

"로젠쉴트 씨께서 뜻밖의 방문을 하셔서 저희가 좀 놀랐을 뿐이죠. 이라크는 그럴 만한 준비가 아직 되지 않았거든요. 저희가 로젠쉴트 씨의 심기를 거스르는 일을 저지르게 될까 봐 우려스러울 따름입니다."

카를은 한쪽 입꼬리를 들어 올리며 웃었다.

"지금도 충분히 내 심기를 거스르고 있다는 생각은 들지 않나 봅니다."

냉혹한 어조에 남자의 얼굴이 살짝 굳었다. 하지만 한 나라의 고위 관리직에 올라 있는 남자가 이 정도 경고에 몸을 사릴 만큼 어수룩할 리 없었다.

"듣던 만큼 건방진 구석이 있다는 생각은 드는군요."

남자는 아들뻘쯤 되는 카를을 깔보듯 눈을 가늘게 떴다.

"누구한테 들으셨나요? 저를 만나 본 사람이 아직 많지 않을 텐데요."

카를이 만면에 미소를 띤 채 물었지만, 그의 미소가 짙어질수록 긴장감은 고조되었다.

"아, 돌아가신 제 선친의 친우이신 빅터 아스그리드한테 들었습니까?"

정곡을 찔린 듯 남자가 당혹감을 감추며 미세하게 떨리는 입가를 단속했다.

"빅터가 내 방문 목적을 밝히면 얼마를 준다고 하던가요?"

카를은 손깍지를 껴서 테이블 위에 올리며, 그를 향해 얼굴을 기울였다. 아무리 이라크에서 고위 관리직에 올라 있다고 한들, 그가 막대한 부와 명예를 손에 쥐고 있을 리 없어 보였다. 기름진 얼굴과 역겨운 눈동자에 비추어 볼 때, 그는 능력보다는 저열한 눈치로 저 자리에 앉았을 게 뻔했다.

"에, 나는 그렇게 돈에 눈이 먼 종자가 아니오."

남자는 어울리지 않게 근엄한 척 굴었지만, 더 큰 돈을 손에 쥘 수 있을지도 모른다는 생각에 군침을 삼키고 있었다.

"이거 아쉽게 됐군요. 정치권과 가까운 빅터와 달리, 나는 재물과 더 가까운 사업가입니다. 빅터처럼 협상 테이블에서 우위를 잡는 법을 잘 몰라요. 돈을 풀 줄만 알지."

카를은 느긋하고 여유로운 어조로 안타깝다는 듯이 덧붙였다.

"흐음."

남자는 목을 한 번 가다듬고는 카를을 응시했다. 빅터에게 못 박힌 꼬리를 금방이라도 자르고 도망 올 도마뱀처럼 남자의 눈동자가 희번덕거렸다.

"먼저 입국 허가 도장부터."

카를은 남자의 두꺼운 손 아래 깔린 제 여권을 가리키며 고개를 한 번 주억거렸다.

"거기 입국 허가 도장을 찍고, 날짜를 적은 뒤 저에게 돌려주는 겁니다. 그럼 저는 당신이 원하는 걸 드리죠."

남자는 두 눈을 여러 번 깜빡거렸다.

"빅터는 나에게 상수도 사업권을 좌우할 수 있는 권한을 약속했어."

둘밖에 없는 밀실에서 남자는 좌우를 두리번거리며 목소리를 낮추었다.

"겨우?"

카를은 같잖다는 듯이 웃으며 덧붙였다.

"상수도 사업권을 통해 여기저기서 리베이트를 받아 봤자, 그게 얼마나 되겠어요. 불법적인 자금을 받아서 배를 불리면 탈이 나는 법인데."

"그럼, 당신이 나한테 주는 돈은 합법적일 수 있다는 뜻인가?"

"원하신다면 그렇게 만들어 드릴 수 있죠."

카를은 진하게 웃었다. 남자는 카를에게 제 소속과 신분을 말한 적 없지만, 빅터와 연이 닿아 있는 것으로 볼 때 정보를 다루는 외교부처 소속일 게 뻔했다.

"대신 조건이 하나 더 있습니다."

위험한 거래를 다루는 협상 테이블일수록 묵직한 거래 조건을 달면 신뢰도가 높아진다.

"내가 이라크에 머무는 동안 좀 시끄러운 일이 생길지도 모르겠는데."

"그야 반란 세력의 난동으로 치부해 버리면 그만이고."

남자는 계산을 마친 듯 카를이 원하는 대답을 내놓았다.

"이제야 말이 좀 통하는 것 같군요. 이름을 여쭤도 되겠습니까?"

"아흐메드 알리이."

"실례지만 어디 소속이시죠?"

빅터는 분명 수족을 대하듯 그를 하대했을 것이다. 카를은 예우를 갖추며 그를 깍듯이 대했다.

"대테러 부대 블랙스콜피온 소속 장군이자, 정보부 관리자요."

누가 누구를 취조하는 건지 모를 분위기가 되었다. 남자는 숨겨진 제 소속까지 밝히며 카를의 눈동자를 진중하게 응시했다.

"말씀 감사합니다, 아흐메드 알리이 씨. 앞으로 우리가 좋은 동맹 관계를 유지할 수 있을 것 같군요."

카를은 그의 진심을 끌어낼 요량으로 너그럽게 웃었다.

부와 권력을 등에 업은 젊은 카를이 저자세로 너그러운 웃음을 지을 때면, 사람들은 대부분 신뢰와 협조의 뜻을 내비쳤다. 누구라도 카를이 내미는 손을 마다하지 않을 터였지만, 젊은 권력자의 예의 바른 대접까지 받는다는 생각이 드는지 그들은 한결같이 수월하게 마음을 열었다.

이 남자도 마찬가지일 것.

카를은 그가 결심을 굳힐 때까지 잠시 기다렸다. 남자가 잠시 망설이는 듯하다가 입을 열었다.

"내 조국 이라크는 사담 후세인이 사망한 뒤 큰 혼란을 겪어 왔소. 나는 당신이 생각하는 것만큼 파렴치한이 아니오. 상수도 사업권에 내가 손을 대려고 한 건 국민들을 위해 안전한 물을 공급하기 위함이오."

기름기 도는 미소를 머금던 남자는 온데간데없고 애국주의자가 눈앞에 앉아 있었다.

"선생님께서 뜻을 이루시는 데, 제가 도움을 드릴 수 있다면 좋겠군요."

"원하는 게 뭐요?"

남자가 이제 카를에게서도 진정한 본론을 끌어내려 했다. 카를이 눈짓으로 여권을 가리키자 남자는 여권을 펼쳐 들고 입국 허가 도장을 쾅 찍어 댔다.

"최대한 조용히 움직이겠지만, 제 경호단이 문제를 일으킬 경우 덮어 주셨으면 합니다."

"문제를 일으키게 되는 원인 정도야 말해 줄 수 있지 않소?"

카를은 쓴웃음을 머금었다. 갑자기 낭만적인 사랑 이야기를 꺼내기에는 밀실이 너무 삭막했다.

"사람 하나를 찾고 있습니다."

"결혼식에서 테러가 있었다고 들었는데, 유감이오. 그 테러와 관련한 인물이오?"

아흐메드는 카를의 결혼식 사고를 빅터에게 전해 들은 눈치였다.

"그렇다고 볼 수 있죠."

테러 사고의 유일한 사망자이자, 내 아내.

"그 사람을 꼭 찾아야 합니다. 오늘 일은 비밀에 부쳐 달라고 굳이 말씀 드리지 않아도."

아흐메드가 손을 펼쳐 보이며 그만하면 됐다고 고개를 주억거렸다.

"대테러 부대가 조용히 뒤를 따를 수 있도록 지시하겠소. 내 말이면 죽는시늉이라도 할 자들이니, 쓸데없는 걱정일랑 말고."

카를은 감사하다는 듯이 웃으며 밀실을 빠져나왔다. 이 순간만큼은 표정과 말투, 음색 하나까지 신경 쓰라며 정치적 처세를 논하던 로젠쉴트가의 후계 교육이 감사할 따름이었다.

그리고 카를은 이제 자신이 완벽하게 로젠쉴트의 수장이 되었음을 깨달았다.

"카를!"

입국장 밖에서 대기하고 있던 레이가 걱정스러운 얼굴로 다가왔다.

"오래 걸려서 걱정했습니다."

카를은 멈추지 않고 빠르게 걸음을 옮겼다.

"얼마나 모였지?"

만일의 사태에 대비해 카를은 경호단을 1개 중대 단위로 대기하게 했다.

"말씀하신 대로 준비했습니다."

"이라크 대테러 부대 블랙스콜피온스 쪽에서 우릴 엄호할 거야."

레이는 다소 놀란 듯이 눈을 동그랗게 떴지만, 이내 고개를 끄덕이며 수긍했다. 입국 심사만을 통과한 것이 아니라, 카를이 모종의 협상을 하고 왔다는 것을 눈치챈 얼굴이기도 했다.

"루나는?"

지금 당장 호텔로 달려가 그녀를 납치해 버리고 싶은 생각마저 들었다. 하지만 카를은 때를 기다려야만 했다.

하미드 모사드를 빼내고 그녀가 임무를 완수했을 때.

직업적 소명 의식과 정보부 요원으로서 책임감이 강한 그녀를 향한 사랑이자, 배려였다.

"지금 바그다드 시내에 있는 호텔에 머물고 있다고 합니다. 내일 아침 하미드 모사드가 있는 블랙 사이트로 이동할 것으로 예상됩니다."

카를은 가만히 고개를 끄덕거렸다. 차를 타고 그녀의 호텔 근처에 있는 다른 호텔로 이동하는 동안, 레이는 브리핑을 이어 갔다.

"현재 이라크에 주둔 중인 미군기지가 있는 곳은……."

카를은 태블릿 PC 화면에 드리운 이라크 지도를 내려다보며 귀를 기울였다.

"이 중에서 알아사드 공군기지가 가장 유력하다는 건가?"

카를의 질문에 레이가 고개를 끄덕거렸다.

"문제는 공군기지에서 외국으로 곧장 출국할 경우입니다."

미처 생각하지 못한 문제였다. 이렇게 되면 그녀가 하미드 모사드를 만나기 전에 빼내야 했다.

"하미드 모사드를 만나지 못하게 하면 또 달아날 텐데."

카를이 그녀를 상상하는 것만으로 즐겁다는 듯이 웃으며 혼잣말처럼 중얼거렸다.

"그 경우 이라크 대테러 진압 부대의 도움을 받아 알아사드 기지에 잠입하는 거로 하지. 만약 기지에서 나와서 바그다드 국제공항으로 이동할 경우, 이동 과정을 감시하는 거로."

레이가 경청하듯 눈을 빛냈다.

"엄호 부대가 따른다고 해도, 어쨌든 이라크 내에서 문제를 일으키는 건 여러모로 위험해."

카를의 생각이 깊어졌다. 그녀를 납치라도 하겠다는 생각으로 이라크로 왔지만, 여러 가지로 큰 위험이 따르는 일이었다.

최선은 바그다드 공항으로 그들이 이동하고 나서 덮치는 거였다. 스티브와 하미드 모사드가 미국으로 향하는 비행기에 오르도록 돕고, 그녀를 데리고 스위스로 향하는 것.

카를이 바라는 이상적인 계획이었다.

"카를. 루나와 스티브가 지금 호텔에서 나와서 이동 중이라고 합니다."

"이 밤중에?"

카를의 미간이 미세하게 구겨졌다.

밤이 이슥한 시각, 루나와 스티브는 함께 검은색 SUV 방탄 차량에 올라탔다.

원래 계획대로라면 내일 아침에 알아사드 공군 기지로 출발할 예정이었다.

"갑자기 면회 시간을 바꾼 이유가 뭔데요?"

루나는 운전대를 잡은 스티브에게 심각하게 물었다.

"이번 작전은 CIA 내에서도 나와 듀이, 그리고 정보 추적을 위한 몇몇 인물들만이 알고 있을 뿐 극비에 부쳐졌어."

"알아요. 국무부 장관의 주도로 백악관의 승인하에 CIA 소속 요원이 아닌 외교부 직원으로 신분을 바꾼 거잖아요."

아무리 긴박하게 작전이 속개되었다고 할지라도, 스티브의 말을 전부 다 기억하고 있다는 듯이 루나가 덧붙였다.

"선거가 코앞이야."

스티브의 말에 루나는 그저 가만히 고개를 주억거리기만 했다.

"현 대통령의 지지율이 떨어지면서, 해밀턴을 비롯한 공화당 소속 상원 의원들이 전쟁 카드를 계속 들이밀고 있었던 건 알지?"

"알고 있어요."

흔히 사람들은 위협적인 변화가 눈앞에서 벌어지려고 하면 현재 상태에 머물기를 바란다. 이는 선거권을 행사함에서도 보수적으로 굴게 된다는 의미. 새로운 대통령 후보가 아닌, 지지율이 떨어진 현직 대통령이 연임을 위한 카드로 전쟁 카드를 꺼내 들지 말지를 고민하고 있었다.

"그걸 막기 위해서 국무부 장관이 나섰던 거 아니었어요?"

지금 상황에서는 다행이라고 해야 하는지 국무부 장관은 정당의 이익을 대변하는 정치인 출신이 아니었다. 과거 중앙정보부 요원이었던 그는 대학에서 세계정세를 가르치는 교수가 되었고, 능력과 정치적 중립성을 인정받아 국무부 장관으로 임명되었다.

"국무부 장관이 허락한 게 맞기는 한데, 문제는 국방부야."

스티브가 마음에 들지 않는다는 듯이 욕지거리를 덧붙였다. 현 국방부 장관은 전쟁을 좋아하는 미친 인간이기는 했다.

"백악관의 승인이 있어서 알아사드 공군 기지 방문을 허락하기는 했지만, 그걸 쉽게 만들지는 않겠다는 의도군요. 그래서 취조 시간을 멋대로 바꿔서 통보한 거고요."

루나의 목소리도 어두워졌다.

"일단 기지 취조를 허락한 시간이 새벽 3시야. 다른 수감자들의 동요를 방지하기 위한 목적이라고는 하는데, 직접 가 봐야 상황이 어떻게 돌아가는지 알 수 있겠지."

루나는 한숨을 몰아쉬며 차 뒷유리창을 한 번 돌아보았다. 듀이가 운전하는 차가 두 사람이 탄 차를 바짝 뒤쫓고 있었다.

"듀이는 언제부터 내 리커버리였어요?"

루나의 목소리에서 뾰족한 냉기가 흘렀다. 어떻게 무인정찰기 전문 정보원이라고 자신을 감쪽같이 속일 수 있었는지 기가 다 막혔다.

스티브는 면도를 하지 못한 탓에 수염이 조금 돋아난 얼굴로 재미있다는 듯이 웃었다.

"저는 하나도 재미있지 않거든요? 웃지만 말고 대답을 해 주세요."

루나는 잔뜩 골이 난 눈빛으로 스티브를 쏘아보았다.

"자네가 이슬라마바드에서 근무할 때부터."

"처음부터요?"

"아니, 근무 2년 차였던가?"

스티브는 오랜 기억을 더듬는 듯이 아득한 목소리로 대꾸했다.

"제가 변절이라도 할까 봐 두려우셨어요?"

루나의 출신 성분 중 하나라고 볼 수 있는 한국은 여전히 분단국가였고, 북한은 중동의 여러 조직과 연이 닿아 있었다. 중동 한복판에서 일하는 한국계 CIA 요원에 대한 의심이 한 톨도 없었다면 그것 또한 거짓말일지도. 북한이든, 한국이든 루나에게 접근하려는 시도는 여러 번 있었으니까.

"처음엔 자네한테 접근하는 세력을 찾으려는 의도였어."

CIA의 기밀에 접근하고자 하는 무리가 어느 쪽이든, 미국은 그를 발굴해 내 외교적 압박 수단으로 사용했을 것이다.

"그런데 안타깝게도 자네가 엮일 만한 여지를 주지 않더군."

조수석 쪽을 흘끔 바라보는 스티브에게 루나는 어깨를 으쓱해 보였다.

"당연한 거 아닌가요? 그럼, 지금도 절 의심하고 있나요?"

스티브가 클클 웃으며 대답했다.

"루나? 우린 언제나 동지로서 서로를 신뢰하지만, 누구나 의심할 수 있는 사고 능력을 지니고 있지."

반박할 수 없는 대답에 루나는 고개를 끄덕거릴 수밖에 없었다. 서로의 목숨을 담보로 하는 작전에 투입된 동료라고 할지라도, 정보를 다루는 요원으로서 의심은 거두지 않았다.

목숨을 걸고, 서로를 의심하는 사이. 이처럼 끈끈하고 서글픈 관계가 다른 업계에는 절대로 존재하지 않을 거라고, 루나는 생각했다.

"듀이는 널 정말 아꼈어. 지금도 아끼고 있고."

스티브의 목소리에 지금까지와는 결이 다른 다정함이 묻어났다. 듀이의 개인적인 감정을 진작에 알아차리고 있었다는 듯이 스티브는 엷은 미소를 머금기까지 했다.

"알아요. 저도 듀이를 동료로서 많이 아껴요."

스티브는 그런 뜻이 아닌 거 알지 않냐며 미간을 찌푸렸다.

"루나, 어쩌면 너를 가장 잘 이해해 줄 사람은 듀이일지도 몰라."

스티브는 지금 듀이와의 관계 진척을 논하는 게 아니었다. 카를과의 과거를 정리하고, 잊으라는 권유였다.

"스티브."

루나는 진지한 어조로 상사의 이름을 읊조렸다.

"나는 말이야."

스티브는 루나의 말을 듣기 전에 먼저 전할 말이 있다는 듯이 끼어들었다.

"샬럿을 볼 때마다 죄스러워."

루나의 입가에 쓴웃음이 번졌다.

"스티브가 그렇게 낭만적인 사람일 거라고는 생각 못 했어요."

"낭만적이기는."

회한이 묻어나는 말투였다.

"사랑하는 사람 하나 지키지 못하는 주제에 국가와 세계의 민주적 평화를 지키겠다고 평생을 허비한 바보일 뿐이지."

그의 말에는 어폐가 있었다. 자신의 과거를 후회하는 듯하면서도, 루나에게 같은 삶을 살지 말라고 하면서도, 그는 지금도 국가를 위해 헌신하고 있었다.

그러면서 루나에게는 샬럿과 같은 사랑이 아닌, 듀이와 같은 효율적 협력 관계를 선택하라고 말했다.

"후회되세요?"

루나는 스티브가 후회하고 있는 과거가 CIA를 위한 헌신이 아니라, 샬럿과의 이혼이라는 사실을 어렴풋이 느낄 수 있었다.

"조금."

"그럼 지금이라도 선택을 수정하면 되는 거잖아요."

스티브는 쓰게 웃었다.

"그러기엔 나는 너무 멀리도 와 버렸지."

그는 CIA 작전국장 자리뿐 아니라, 차기 최고 책임자 자리에도 오를 수 있는 인물이었다. 그래서 해밀턴과 같은 극우 무리가 경계의 기색을 내비쳤을 것이다.

"스티브. 나도 잘 모르겠어요."

인생의 갈림길에 서 있을 때, 무엇이 옳은지 그른지에 대한 판단은 어렵다.

"원래 잘 모르는 게 정상이지. 대신 먼 훗날 덜 후회할 선택을 하는 게 최선이고."

루나는 말없이 어두운 비포장도로를 바라보았다. 알아사드 공군 기지에 도착할 때까지 두 사람은 더 이상 아무런 대화도 하지 않았다.

알아사드 공군 기지 앞에 도착했을 때, 기지 앞을 지키고 있던 미군은 까다로운 신분 확인을 요구했다.

"이 서류에 서명한 인물이 누군지 모르는 건 아닐 텐데?"

군 최고통수권자인 대통령의 날인이 된 서류를 갖고 있는데도, 말단 군인들은 어떤 명령을 따르고 있는 것인지 끊임없이 의문을 제기했다. 결국, 국무부 장관과 통화가 연결되고 나서야 두 사람이 탄 차와 듀이의 차가 공군 기지 안으로 들어설 수 있었다.

기지 안은 쥐 죽은 듯이 조용했다. 세 사람은 보안을 이유로 눈을 가린 채 1개 소대에 둘러싸여서 비밀 수감 시설인 블랙 사이트로 이동했다.

취조실 분위기는 삭막하기 그지없었다. 콘크리트가 그대로 드러나 있는 지하 방공호의 벽에는 오래전부터 축적된 핏자국이 선연했다. 가장 최근까지 그악한 고문이 자행되었는지 아직 꾸덕꾸덕하게 굳어 가고 있는 붉은 기도 선연했다.

루나는 홀로 취조실에 서서 하미드가 불려 오기를 기다렸다. 이쪽에서는 그저 거울로 보이는 이중 유리 맞은편에는 스티브와 듀이가 대기 중이었다.

쾅, 하는 소음과 함께 두꺼운 철문이 열렸다. 검은색 천으로 얼굴을 가린 채, 손에는 수갑을 차고, 팔뚝과 다리는 포승줄에 묶인 남자가 군인 두 명의 부축을 받으며 취조실 안으로 들어섰다.

"앉아."

군인의 명령에 남자는 삐거덕거리는 철제 의자에 몸을 부렸다.

의자는 잠시간 앉아 있는 것도 어려울 정도로 작았고, 의자 다리의 불균형 때문에 자세를 잘 잡지 않으면 고꾸라지기 일쑤였다. 블랙 사이트에 수용된 범죄자들에게는 의자에 편히 앉는 것도 허락되지 않았다.

군인이 검은색 천을 벗기자, 갑작스럽게 빛에 노출된 하미드가 눈살을 잔뜩 찌푸렸다.

"하미드."

루나는 그의 이름을 조용히 읊조렸다. 표정이 없던 하미드의 얼굴에 동요가 일기 시작했고, 시퍼렇게 부어오른 눈꺼풀이 움직이는가 싶더니 루나를 향했다.

"내가 아는 사람인가?"

반가운 기색이 가득한 그의 목소리는 잔뜩 쉬어 있었다. 20대 백인 남성으로 분장한 루나의 목소리를 알아들은 눈치였다.

"그래, 나야."

하미드가 급하게 몸을 움직이려다 의자가 덜컹거렸다. 하미드의 손은 철제 테이블 한가운데 자리한 두툼한 고리에 묶여 있었다. 의자가 바닥으로 댕그렁 넘어졌고, 그는 불편한 기마 자세를 한 채로 루나를 바라보았다. 발목 역시 바닥에 붙은 고리에 묶인 탓에 포획당한 짐승처럼 보였다.

루나는 테이블 위에 있는 버튼을 누르고 조용하지만 단호하게 요청했다.

"마실 물 한 잔 갖다주세요. 그리고 푹신한 의자도 같이."

이윽고 취조실 문이 열리고 군인이 가죽 의자 하나와 물 한 잔을 가져다주었다.

"고마워."

루나는 밖으로 나가려는 군인을 붙잡고 수갑 열쇠를 요구했다. 그는 성깔을 부릴까 잠시 고민하는 듯싶다가, 열쇠를 던져 주고는 취조실 밖으로 사라졌다.

루나는 하미드의 손을 압박하고 있는 수갑을 풀고 물 잔을 건넸다.

"일단 이것부터 마셔."

며칠 식음을 하지 못했는지, 하미드는 허겁지겁 물을 들이켰다.

"잘 들어, 하미드. 내가 시키는 대로 한다면 너는 새로운 인생을 살 수 있어. 새로운 이름, 새로운 신분으로 네가 원하는 일을 하면서 아무도 모르는 곳에서 새로 시작할 수 있다는 뜻이야."

하미드의 눈가에 희망이 부풀었다.

"하지만 하미드."

루나는 독한 눈으로 하미드를 응시했다.

"만약 얕은수로 나를 속이려 든다면, 너는 여기서 네 목숨을 나한테 줘야 할 거야. 어때, 이제 이야기를 시작해 볼까? 네가 나한테만 하려고 했던 말이 뭐지?"

하미드는 테이블 쪽으로 고개를 수그리며 겁에 질린 표정으로 물었다.

"정말 내가 여기서 나갈 수 있게 해 준다는 거야?"

"내가 시키는 대로 한다면."

충혈된 그의 눈가에 반짝 불이 들어오는 듯했다.

"할게. 시키는 대로 뭐든 할게."

루나는 먼저 하미드에게 헤즈볼라 훈련 영상을 캡처한 사진을 내밀었다.

"헤즈볼라에서 조교로 활동했어?"

하미드의 눈초리가 아래로 처지며 눈동자에 슬픔이 고였다.

"이건 5년도 더 된 일이야. 같은 민족인데 이 아이들은 싸우고 저항하는 법밖에 모른다고, 영어와 셈하는 법이라도 간단히 가르쳐 주면 더 나은 인생을 살 수 있다는 말에 아이들을 가르치기 시작했어."

그는 아득히 먼 옛날을 더듬듯이 말했다.

"근데 왜 군사 교육에까지 네가 개입하게 된 거야?"

루나는 부드러운 어조로 물었다.

"알다시피 이 지역은 우범 지역이야. 최소한 본인을 지킬 수 있는 호신술을 가르쳤을 뿐이야."

하미드는 아버지를 찾아 헤즈볼라의 근거지에 도착하자마자, 자의 반타의 반으로 아이들을 교육하는 일에 투입되었다고 한다.

"처음엔 보람도 있고, 기뻤어. 내 뿌리를 되찾고, 그들이 더 나은 삶을 살 수 있도록 도울 수 있다는 게 너무 좋았어."

어릴 때부터 지켜본 하미드의 성격에 비추어 볼 때, 그는 진심으로 열과 성을 다해 아이들을 대했을 것이다.

"혼자 유복한 삶을 살았다는 죄책감이 있었겠지."

루나의 말에 하미드는 슬며시 고개를 끄덕거렸다.

"너는 네 정체성을 찾으려고 늘 애썼으니까."

출신 성분과 생김새는 하미드를 고달프게 하곤 했었다. 아무런 잘못도 저지르지 않았는데, 테러범이라고 불리며 괴롭힘을 당하기도 했었고, 성적이 우수한 하미드를 무작정 차별하고 의심하는 교사들도 더러 있었다.

루나 또한 아시아계로 조롱을 받는 일이 종종 있었기에 두 사람은 학창 시절 내내 서로의 아픔을 나누는 친구가 되었다. 공통점이 많은 두 사람이었다. 공부를 잘했고, 눈치가 빨랐고, 다정하면서 독한 면이 있었고, 친구가 적었고, 불의를 참지 못했고, 그러면서 원만한 평화를 바랐다.

피부색이 다르고, 부모의 출신 국가가 완전히 다를지라도 두 사람은 서로를 가장 잘 이해하는 친구가 되었다.

한 번은 하미드가 학내 폭력 사건에 연루된 적이 있었다. 일방적으로 폭행을 당했지만, 하미드는 불리한 위치에 서게 되었다.

「제가 봤어요. 하미드는 잘못 없어요. 쟤네들이 일방적으로 선배인 하미드를 때린 거라고요. 폐쇄된 남자 건물 3층 동쪽 남자 화장실에 가 보세요. 하미드를 때린 횟수와 날짜가 기록되어 있어요. 쟤들은 게임처럼 하미드를 괴롭히는 일을 즐겼다고요!」

　루나는 그가 맞는 과정을 지켜보지는 못했지만, 남학생들이 저지르고 있는 위험한 게임에 대한 소문은 듣고 있었다. 거의 전교생이 다 아는 소문이었다.
　하지만 그 누구도 하미드를 위해 나서는 사람이 없었다. 그러면 다음 표적이 될 게 불 보듯 뻔했으니까.
　루나는 건드릴 테면 건드려 보라는 듯이 하미드를 두둔하고 나섰다.

　「하미드. 내가 너를 위해 해 줄 수 있는 게 이게 전부라 슬퍼. 우리 스스로 인생을 결정할 수 있는 어른이 될 때까지 기다려 보자. 그땐 뭔가 달라질 거야.」

　생을 포기하려는 비릿한 냄새가 느껴져서 루나는 아이들의 시선은 아랑곳하지 않고 하미드와 붙어 다녔다. 그런데 그런 하미드가 성인이 되자마자 사라졌다. 사람들은 그가 테러리스트에 자원했을 거라며 함부로 떠들어 댔다. 루나는 절친한 친구의 결백을 밝히기 위해 이 자리까지 왔다.
　"하미드. 난 너를 믿어."
　루나는 손을 뻗어 하미드의 손을 꼭 붙잡았다. 하미드가 다른 손으로 검은색 곱슬머리를 쥐어뜯으며 울음을 터뜨렸다.
　"미안해, 정말 미안. 집에 한 번 전화한 적 있었어. 내가 가르친 아이들이 선량한 마을 주민이 아니라, 전문적으로 양성된 테러리스트라는 걸 알았을 때…… 집으로 너무 돌아가고 싶어서."

루나가 경청하고 있다는 듯이 고개를 끄덕였다.

"그런데 네가 CIA가 되었다는 소식을 들었어. 그래서 필사적으로 거길 탈출하려고 했어. 너만큼은 날 믿어 줄 것 같았거든."

"그래서 폭탄 조끼를 입고 미국 대사관에 뛰어든 거야?"

루나의 목소리가 다소 엄혹하게 울렸다.

"빠져나올 수 있는 방법이 그것밖에는 없었어."

"이하브 아부 아베드. 헤즈볼라의 현 최고 사령관이자."

"내 친부지."

하미드가 회한이 가득 묻어나는 목소리로 읊조렸다.

"그럼 너에게 폭탄 조끼를 입힌 사람이 네 친부라는 거야?"

"믿을 수 없겠지만, 그래."

하미드는 루나의 눈을 똑바로 응시하며 대꾸했다. 그는 갈색 눈동자는 진중했다.

"너를 밖으로 피신시키기 위해서 폭탄 조끼를 입히고, 미국 대사관 습격을 지시했다?"

"애초에 폭탄 조끼는 터지지 않게 설계되었어."

루나가 모르고 있던 이야기를 하미드가 털어놓았다. 루나는 계속해 보라는 듯이 턱 끝을 까딱거렸다.

"진짜로 터뜨릴 생각이었다면 그렇게 머뭇거리지도 않았을 거야. 내가 왜 CIA 요원들이 들락거리는 비밀 통로에 앉아서 누군가 나타나기를 기다리고 있었겠어?"

"설마 나를 기다리고 있었니?"

루나가 안타까운 목소리로 물었다.

"응."

하미드가 집에 전화했을 당시에 루나는 아마 첫 근무지인 이슬라마바드에서 있었을 것이다. 어두운 지하 통로에 폭탄 조끼를 입은 채로 홀로 앉아 있었을 하미드를 떠올리자 가슴 한구석이 시큰해졌다.

이념과 사상, 종교로 인한 대립. 뿌리를 찾고 싶었던 한 인간은 그로 인한 수많은 희생양 중의 한 명일 뿐 그 이상도, 그 이하도 아니었다.

"하미드."

"응."

하미드는 영리한 편이었다. 기민하게 두뇌를 굴릴 줄 아는 그는 지금 루나의 이름을 부르면 안 된다고 여기는 건지, 끝까지 그녀의 이름을 내뱉는 실수는 하지 않았다.

"헤즈볼라의 어느 선까지 닿아 있었지?"

"친부와 많은 이야기를 나눴어. 그가 꿈꾸는 계획, 국가 건설, 외부와의 협력 관계까지."

루나는 가면 속에서 희미한 미소를 머금었다.

"그 이야기를 친구인 나한테도 해 줄 수 있겠어?"

"당연하지! 나는 너한테 비밀 따위 하나도 없었다고!"

하미드는 마치 10대 후반의 소년으로 돌아간 것처럼 순진하고 무구한 눈빛으로 루나를 바라보았다.

원래 순진한 사람이 이런 일에 빠지면 더 힘든 법이다.

"그래, 하미드. 이제 나와 함께 가자. 우리 조국으로."

루나는 이중 거울을 향해 고개를 한 번 끄덕거렸다. 군인들이 들어와 하미드의 포승줄을 풀어 주었고, 루나는 그 모습을 가만히 지켜보았다.

스티브가 운전하는 차에 하미드가 올라탔다. 그녀는 일부러 뒷좌석에 하미드와 나란히 앉았다.

"루나, 근데 너 그 가면 진짜 감쪽같은 거 알아? 목소리를 변조했는데도, 단번에 너라는 걸 알았다니까!"

하미드는 신이 나서 떠들어 댔다. 황량한 모래밭에 막 동이 트고 있었다. 짙푸른 하늘과 노란 모래의 대비는 무척이나 대조적이었다. 이리저리 얼터진 얼굴을 하고 행복에 겨워 떠드는 하미드만큼이나 현실성이 없었다.

"하미드. 미국에 가서도 부모님께는 연락드릴 수 없어. 알지?"

"알아."

하미드의 눈빛에 그리움과 증오가 동시에 어렸다. 하미드의 신분은 세탁될 예정이었고, 완전히 다른 삶을 살게 될 것이다. 겉으로 보기엔 평범한 삶일 테지만, 중앙정보부의 감시 아래에 놓일 것이고 자유는 제한될지도 모른다.

"네 이름을 다시 부를 수 있게 되어서 기뻐, 루나."

하미드가 웃음기 섞인 목소리로 읊조린 순간이었다. 차가 옆으로 기우뚱 기울었다. 스티브가 핸들을 한계까지 돌리며 빠르게 달리던 차를 세우려고 안간힘을 쓰고 있었다.

루나의 시선이 창밖을 스쳤다.

부비 트랩?

모래바람이 이는 비포장도로에 엄폐된 부비 트랩의 끝 부분이 눈에 들어왔다.

뒷바퀴가 아슬아슬하게 트랩 근처를 스쳤다. 펑, 하는 소리와 함께 차가 뒤집혔다.

"스티브!"

유리창에 부딪힌 스티브의 머리에서 피가 줄줄 흘러내렸다. 다행히 뒤에서 듀이의 차가 다가오고 있었다. 유리창이 깨지고 듀이의 목소리가 들렸다.

"어서 내 차로, 루나!"

하미드가 먼저 차에서 빠져나갔고, 정신을 차린 스티브도 가까스로 조수석을 통해 내린 뒤 듀이의 차에 올라탔다. 듀이가 뻗은 손을 루나가 맞잡은 순간, 우르르하는 소리와 함께 기관총이 난사되는 소리가 이어졌다.

"듀이!"

맞잡은 손에서 힘이 쑥 빠져나가더니, 눈앞에서 듀이가 쓰러졌다. 루나는 차에 몸을 숨긴 채로 손을 뻗어 차 경적을 크게 울렸다. 스티브에게 어서 출발하라는 신호였다.

스티브가 운전대를 잡은 차가 멀어져 가는 게 보였다. 그리고 아득한 곳에서 일사불란한 군화 소리가 이어졌다.

알아사드 공군기지와 10km 떨어진 곳에서 카를은 루나의 일행이 탄 차가 오기를 기다리고 있었다. 미군기지 주변은 경계가 삼엄했고, 매복하고 있는 것을 들켜 봐야 좋을 게 없다는 판단 때문이었다.

「더 가까이 가면 안 되는 겁니까?」

카를은 블랙스콜피온스 아흐메드 알리이 장군에게 전화를 걸어 물었다. 무리라는 것을 알면서도 감정이 이성을 앞지른 말이었다.

「이라크군과 로젠쉴트 가문이 미군 외교 인사를 어둠 속에서 기다리고 있다가 들켰다고 칩시다. 심각한 외교 문제로 번질 수 있어요. 거기까지 책임져 줄 수는 없습니다.」

아흐메드 알리 장군의 말에 카를은 고개를 끄덕일 수밖에 없었다.

"로젠쉴트 씨, 장군님 전화를 받아 보셔야겠습니다."

임시 막사에서 대기 중이던 카를은 불길한 예감에 사로잡혀 군용 전화를 집어 들었다.

"네, 이하메드."

— 로젠쉴트 씨, 미국 외교부 일행이 타고 있던 차 중 한 대가 테러를 당했다고 합니다. 그중 한 대는 지금 우리가 예상한 경로를 통해 이동 중인데, 나머지 한 대는 도로에서 폭발했다는 게…….

"모두 무사한 겁니까?"

카를의 질문이 다급하게 이어졌다. 심장이 바짝 조여 왔다.

제발, 내 눈앞에 나타나 줘. 루나.

카를은 두 눈을 꼭 감은 채로 기도하듯 되뇌었다.

— 아직 그것까지는 확인이 어렵습니다. 저항군의 테러로 생각됩니다. 일단 우리 부대가 테러 지역으로 갈 겁니다.

카를은 잠시 망설였다. 지금 부대를 따라 이동해야 하는지, 이곳에서 대기해야 하는지 수가 떠오르질 않아서 막막했다. 카를이 눈가를 가늘게 찌푸렸다. 이를 악물고 턱을 들어 올린 탓에 단단한 목 근육이 긴장감으로 바짝 올라붙었다.

일이 잘못되어 가고 있는 게 느껴졌다. 그런데 결정을 내릴 수가 없어서 명치끝이 따끔거릴 정도였다.

황량한 모래밭에서 불어오는 바람 때문에 막사 안 조명이 세차게 흔들렸다. 빛과 어둠이 어지럽게 산란하는 허름한 공간에서 카를은 일생일대의 결정을 빠르게 내려야만 했다.

"저도 사고 장소로 이동하겠습니다."

카를의 목소리는 단호했다. 늘 안전한 상황과는 어울리지 않는 그녀였다. 직관적으로 그녀가 비포장도로 위에 버려져 있을 거라는 느낌이 왔다.

— 막사는 어쩌고요? 지금 상황에 섣불리 움직이면 로젠쉴트 씨도 위험해질 수 있습니다.

"만약 안전하게 빠져나왔다면 이곳까지 무사히 올 겁니다. 전혀 문제가 될 게 없는 상황이겠죠. 하지만 잘못되었을 경우."

카를은 끔찍한 가정을 세우며 눈을 질끈 감았다.

"위험에서 구출해 낼 인력이 많으면 많을수록 좋은 거 아닌가요?"

아흐메드 장군은 어쩔 수 없다는 듯이 대꾸했다.

— 조심해야 하오. 저항군은 제 목숨이건, 다른 이의 목숨이건 아까워하질 않거든.

진심 어린 걱정이 묻어나는 음성이었다. 짧은 시간을 대했지만, 아흐메드는 꽤 인간적인 지도자라는 생각이 들었다.

"또 연락하시죠."

통화를 마친 카를은 막사 밖으로 뛰어나갔다. 밖에서 대기 중이던 루터가 놀란 눈빛으로 카를을 바라보며 물었다.

"무슨 일입니까?"

"반은 여기 남고, 반은 지금 당장 나와 함께 이동한다."

카를은 짧게 명령하고는 방탄 차량의 조수석에 올라탔다. 운전석에는 경호책임자 루터가 자리했다.

"아무래도 루나가 사고를 당한 것 같아. 지금 당장 사고 장소로 이동해야겠어."

루터가 상황의 심각성을 인지한 듯 미간을 찌푸렸다. 비포장도로에서 차가 급하게 출발해 덜컹거렸다.

루나, 제발.

그녀를 위해 셀 수 없이 많은 기도를 올렸다. 기도는 시간이 갈수록 간절해졌고, 가슴은 피폐해져만 갔다.

동이 터 오는 하늘이 새파랗게 물들었다. 붉은 태양이 드리우기 직전, 모래밭은 더욱 음산하고 황량해 보였다.

10분이나 달렸을까.

태양처럼 붉게 타오르고 있는 SUV 한 대가 눈에 들어왔다. 미국 외교부의 번호판을 달고 있는 차량은 옆으로 누운 채 활활 불타고 있었다. 심장 박동이 걷잡을 수 없이 빨라졌다. 차가 급정거를 하자마자, 카를은 루터의 제지에도 아랑곳하지 않고 조수석에서 뛰어내렸다.

"루나!"

목청을 높여 그녀의 이름을 불렀다. 바람을 타고 안타까운 울부짖음이 메아리쳤다.

차는 텅 비어 있었다. 카를보다 먼저 도착해 있던 블랙스콜피온스 소속 군인이 다가왔다.

"한발 늦었습니다."

카를은 욕지거리를 내뱉으며 양손으로 머리를 쥐어뜯듯이 쓸어 넘겼다. 신이 있다면 가장 비겁한 방법으로 카를을 괴롭히는 것 같다는 생각이 들었다.

"어떻게 된 겁니까?"

이성을 잃어 가는 카를을 대신해서 군인에게 질문을 던진 사람은 루터였다.

"미행을 들키지 않도록 거리를 두고 쫓는 중이었습니다. 알아사드 기지에 있는 블랙스콜피온스 소속 군인의 도움을 받아 그들이 탄 차량에 위치 추적기도 설치했고요."

여기까지는 카를에게도 공유된 정보였다. 그들은 단거리 송수신을 통한 위치 추적기로 확인하며 루나 일행을 뒤따르고 있었다.

"그런데 차량 두 대가 갑자기 멈춰 섰습니다. 문제가 발생한 걸 인지하고 내달렸지만, 한발 늦었습니다."

군인은 상관을 대하듯 루터에게 보고를 마쳤다.

"짚이는 게 아무것도 없습니까?"

검은색 SUV를 바라보고 있던 카를의 시선이 군인을 향했다. 그의 목소리에서는 안타깝고도 지난한 물기가 배어나려고 했다.

"아직은 없습니다. 부비 트랩에 대한 정밀 조사를 해 봐야 무언가 나올 것 같습니다."

지금으로썬 기다리는 수밖에 없었다.

"미국 공군기지 주변이어서 몰래 무인 정찰기를 띄울 수도 없었습니다. 정보가 미흡해 죄송합니다."

군인의 사과는 그의 어조만큼이나 깔끔했다.

"카를, 막사에 있는 레이에게서 전화가 왔습니다."

카를은 얼른 루터에게서 휴대전화를 건네받았다. 마지막 희망이었다. 그녀가 무사히 빠져나갔을 수도 있었다.

"레이."

카를의 목소리가 낮게 깔렸다.

— 카를?

전화를 받은 사람은 레이가 아니었다. 아드레날린이 폭발하는 듯 목덜미가 뻣뻣해졌다.

"스티브 존슨?"

이름을 읊조리는 카를의 음성에 날이 섰다.

"지금 루나와 함께 있습니까?"

휴대전화 너머에서 잠시 침묵이 흘렀다.

— 미안하지만, 나는 지금 하미드 모사드를 데리고 미국 대사관으로 가야 해.

스티브는 자신의 요원을 잃어버렸다는 말을 돌려서 하고 있었다.

— 루나와 듀이는 그곳에 없겠지?

"듀이도 사라졌습니까?"

일면 마음이 놓인다고 해야 하는지. 그녀가 혼자 사라지지 않았다는 사실에 눈곱만큼의 안도감이 밀려들었다.

— 블랙스콜피온스가 개입했다고 들었는데, 루나를 꼭 찾아 줘.

스티브의 음성에는 안타까운 기색이 역력했다.

"반드시 루나를 찾을 겁니다."

하지만 이제 루나가 당신들 곁으로 돌아가는 꼴은 못 보겠어.

카를은 굳은 약속을 하고 전화를 끊었다. 어느새 해가 완전히 떠올라 있었다.

"카를! 여기 좀……."

루터가 잔뜩 긴장한 목소리로 카를을 불렀다. 카를은 옆으로 누운 차의 지붕 앞에 서 있었고, 루터는 드러난 차의 밑바닥을 살피고 있었다.

카를은 보폭을 넓게 벌려 빠르게 반대편으로 이동했다. 루터가 께름칙한 증거를 찾은 듯한 눈치였다.

차 밑바닥을 마주한 순간, 숨이 멎어 버리는 듯 극심한 통증이 느껴졌다.

누군가 총에 맞았는지 피가 사방으로 튄 자국이 선연했다. 그녀든, 듀이든 둘 중 하나가 다쳤다면 상황은 더욱 그악했다.

턱을 타고 침이 줄줄 흘러내렸다. 재갈을 혀뿌리까지 물린 탓에 침이 목구멍으로 넘어가지 않고 입 밖으로 넘쳤다.

"계속 걸어."

이제 막 변성기가 지난 듯한 남자는 짧은 영어로 명령하듯 말했다. 루나는 안대로 눈을 가린 채 남자가 조종하는 방향을 따라 걸었다.

듀이는 어떻게 된 거지?

총상을 입은 듀이가 어디로 갔는지 알 수 없었다. 폭발한 차량 옆에서 죽었는지, 루나와 함께 이동했는지.

퍽, 하는 소리와 함께 끔찍한 통증이 뒷무릎에서 느껴졌다.

"꿇어."

루나는 단단하고 거친 바닥 위에 억지로 무릎을 꿇었다. 퀴퀴한 냄새가 나는 천이 머리 위로 씌워졌다. 냄새가 너무 지독해서 구역질이 절로 나왔다. 된 침으로 턱을 잔뜩 적시고 있는데, 어딘지 모르게 익숙한 목소리가 들려왔다. 짧은 영어로 루나에게 지시를 내렸던 것과는 다르게, 그들은 아랍어로 떠들고 있었다.

『어디서 납치했다고?』

『알아사드 인근 도로였습니다.』

보고하는 남자의 목소리는 생경했지만, 보고를 받는 자는 그렇지 않았다. 분명히 루나가 아는 사람이었다. 한 번이라도 만났던 사람.

『미국 외교부 소속 직원인 건 확실해?』

『네, 외교부 소속 통신 기술자라고 합니다. 알아사드 기지에 새로운 기술을 도입하기 위해 사전 방문한 기술자로.』

『그만하면 됐어.』

남자가 끌끌 웃었다.

『미국 외교부 직원이 굴러들어 올 줄 누가 알았겠어? 자, 선물은 바로 풀어 봐야 맛이지?』

루나의 머릿속을 번뜩 스치는 인물이 있었다.

「자, 선물은 받은 즉시 풀어 봐야 맛이지? 안쪽에 있는 방은 이 호텔에서 가장 뷰가 좋다고 소문이 자자하지. 앞으로 내 딸 잘 부탁하네.」

카를과의 돈독한 유대관계를 위해 제 딸 파티마를 바쳤던 남자, 헤즈볼라의 작전 사령관 이스마일 마히니였다.

남자가 다가오는 소리가 묵직하게 울렸다. 긴장감에 목울대가 바짝 올라붙어서 혀뿌리를 자극했다. 침에 젖어서 가면이 들떴으면 어쩌나 하는 걱정을 하는 순간, 퀴퀴한 냄새를 풍기던 복면이 벗겨지고, 안대가 풀어졌다.

"안녕? 미국인."

이스마일은 'American'이라는 단어를 과장된 어조로 내뱉었다. 겁먹은 인질을 어르고 달래듯 눈빛을 포장한 그가 루나의 머리를 가만가만 쓰다듬었다.

『남자 새끼가 꼴사납게 머리 색이 이게 뭐야?』

그는 인질이 아랍어를 알아들을 수 없다고 판단했는지 웃으며 욕지거리를 내뱉었다. 루나는 최대한 겁먹은 표정을 짓기 위해 노력했다.

"미국 외교부 직원이라고?"

이스마일이 영어로 던진 질문에 루나는 천천히 고개를 끄덕거렸다. 그는 흡족하다는 듯이 만면에 미소를 띠며 고개를 끄덕거리고는 부하들을 향해 아랍어로 물었다.

『중앙정보부 소속 남자는 어떻게 되었지?』

『지금 치료 중입니다.』

루나는 하마터면 안도의 한숨을 내쉴 뻔했다. 그가 일컫은 사람은 분명 듀이였다.

『정보부 요원은 잘못 건드리면 곤란해. 그 남자는 생명에 지장이 없도록 잘 지켜봐.』

정보부 요원은 함부로 건드릴 수 없지만, 외교부 직원은 건드릴 수 있다고 말하는 이스마일이 한심해서 부아가 치밀었다. 정보부 요원이 외국에서는 대사관을 중심으로 외교부 직원으로 숨어들곤 한다는 걸 간과한 얕은수가 안타까울 따름이었다.

"우리 미국 외교부 직원께서는 나라에 충성할 만큼 애국심이 깊은 편인가?"

기분이 좋은 듯 이스마일의 뺨에는 징그러운 홍조가 번져 있었다. 루나는 아니라며 고개를 세차게 내저었다. CIA 요원인 루나라면 모를까, 러시아계의 정보 통신 전문가 니코스는 목숨이 위협받는 상황에서 애국심을 드러낼 만큼 대범한 인물이 아니어야 했다.

언제까지 속일 수 있을까?

만약 정체가 드러나면 어떻게 해야 하나?

『이런, 어쩌나. 나라를 위해 목숨을 바쳐야 할지도 모르는데.』

이스마일이 뺨을 실룩거리며 비소를 머금었다.

목숨을 바쳐야 한다고?

루나가 겁에 질린 척 무릎걸음으로 뒤로 물러나려 하자, 이스마일이 그녀의 어깨를 턱 잡아끌었다.

『어서 준비해.』

이스마일의 명령에 어린 남자 하나가 다가왔다.

"여길 봐."

아까 짧은 영어로 루나를 닦달하던 목소리였다. 그는 휴대전화 카메라를 들이대며 동영상을 찍는 듯했다.

미국인 참수형 영상을 찍으려는 의도인가?

루나의 가슴이 서늘하게 식었다.

이스마일이 헛기침을 하며 목청을 가다듬고는 입을 열었다.

"안녕하십니까. 나는 이슬람의 번영을 꿈꾸는 사람입니다. 오늘 아침, 나는 선물을 하나 받았습니다."

휴대전화 카메라는 루나의 얼굴만을 비추는 듯 가까웠다.

"우리를 향한 전쟁을 멈추지 않는다면 이 땅의 미국인들은 전부 이런 꼴을 당하게 될 겁니다."

초승달 모양으로 휜 칼날의 끝이 루나의 목 아래에 들어왔다.

루나는 눈을 질끈 감았다. 이스마일은 인터넷 동영상 사이트에 실시간으로 미국인 참수 영상을 올리려는 듯했다.

칼끝이 천천히 목덜미를 파고들었다.

『잠시만!』

카메라를 든 어린 남자가 눈을 휘둥그렇게 뜨며 이스마일을 저지했다. 이스마일이 영문 모를 목소리로 물었다.

『어딜 함부로 끼어들어?』

남자가 휴대전화를 바닥에 떨어뜨렸다. 이제 10대 중반을 갓 넘겼을 그의 얼굴은 두려움으로 하얗게 질려 있었다. 혼이 나간 듯한 눈동자는 루나의 목덜미에 고정되어 있었다. 급기야 거친 바닥에 주저앉은 그는 엉덩이를 뒤로 물리며 소리쳤다.

『그 남자 목이 이상해요! 칼이 파고들었는데, 피는 안 나고 기괴하게 우그러졌다고요!』

이스마일이 분홍색 머리채를 거칠게 잡아당겼다. 핀이 우두둑 뽑히며 가발이 반 이상 벗겨졌다.

『이런 미친 새끼!』

가발이 완전히 벗겨지자마자, 흡족한 홍조로 물들었던 얼굴이 붉으락푸르락해졌다. 이스마일은 흰자위를 드러내며 위협적인 눈빛으로 루나를 내려다보았다.

칼날이 재갈을 묶고 있는 끈을 스치자 혀뿌리에서 압박감이 사라졌다. 루나는 입을 가득 채우고 있던 돌덩이를 뱉어 냈다. 본의 아니게 침 덩어리가 이스마일의 군화 위로 떨어졌다.

『정신 나간 새끼가!』

이스마일은 군홧발로 루나의 배를 힘차게 걷어찼다. 순간적으로 숨이 턱 막혔다. 수술한 지 한 달이 막 지난 복부에서 극심한 통증이 느껴졌다.

이스마일은 검은 망이 드리운 정수리를 움켜잡고는 루나의 고개를 바짝 쳐들었다. 두툼한 손끝이 목덜미에 기분 나쁘게 닿았다. 요령 없이 힘으로만 벗겨 낸 가면이 쭉 늘어나는가 싶더니 탄성을 잃고 찢어졌다.

"너, 너는 그때 그년!"

"안녕, 이스마일?"

루나는 이스마일이 건넸던 인사를 흉내 내며 웃었다. 이스마일의 목덜미에 힘줄이 불거졌다. 그가 부들부들 떨며 주먹을 움켜쥐는가 싶더니 루나의 옆얼굴을 세게 후려갈겼다.

머릿속이 울리고, 귀가 멍해졌다. 입안이 터진 듯 피 맛이 울컥 배어났다.

"너 대체 뭐 하는 년이야?"

금방이라도 손에 든 칼을 휘두를 것처럼 이스마일이 괴성을 질러 댔다.

"진정해, 이스마일. 무턱대고 싸우려고 들지 말고."

루나는 여유롭게 웃으며 그를 어린아이 달래듯 했다. 이스마일은 팔을 높이 들어 올리며 칼을 내리꽂을 것처럼 굴었다.

"날 보호하기 위해 함께 온 요원은 극진히 보살피고 있으면서, 난 이런 식으로 대접하면 곤란하지."

다리를 넓게 벌리고 선 이즈마일은 루나가 내뱉는 말 한마디마다 폭발할 것처럼 굴었다.

"내가 뭐 하는 년인지 궁금하면, 정중하게 물어야지. 사령관 마히니."

루나는 망가진 얼굴을 우아하게 치켜들며 당혹감이 짙어 가는 눈동자를 응시했다.

"나는 미합중국의 유일한 독립 정보기관, 중앙정보부의 공작관이야. 뭘 그렇게 놀란 얼굴이지? 이 정도면 짐작하고도 남아야 하는 거 아닌가?"

한껏 빙글거리던 웃음을 싹 지워 낸 루나가 엄혹한 눈빛으로 이스마일을 쏘아보며 말했다.

"나는 분홍 머리 청년과는 다르게 국가를 위해 목숨을 바칠 각오가 되어 있거든."

루나는 이스마일의 약점을 대담하게 들추었다.

"죽여, 이스마일."

칼을 올려 든 이스마일의 손이 부들부들 떨렸다.

"그 칼을 내 목에 그냥 내리꽂으면 되는 거잖아? 그 쉬운 일을 왜 못 하는 거지?"

미적거리는 태도를 더는 못 봐 주겠다는 듯이 루나가 고개를 절레절레 내저었다.

"내가 네년을 살려 둘 것 같아?"

이스마일이 겁을 잃고 정면으로 맞서려 했다.

"그런데 이스마일, 내 목에 만약 그 칼을 꽂게 되면 말입니다. 레바논은 세상에서 가장 큰 무덤이 될 겁니다. 그 중심에는 헤즈볼라가, 그리고 당신이 있겠지. 한번 꽂아 넣어 봐요. 어떤 모양이 될지, 나도 궁금하네."

루나가 태연자약하게 흘린 말은 베이루트의 호텔에서 카를이 이스마일에게 건넨 말이었다. 그 당시 이스마일은 루나의 이마에 총구를 겨누고 있었다.

이스마일이 그때처럼 이를 악물고 거칠게 숨을 몰아쉬었다. 주름진 볼이 곧 터질 것처럼 새빨갛게 일그러졌다. 루나는 카를이 그랬던 것처럼 한 치의 흔들림도 없는 눈빛으로 이스마일을 응시했다.

루나의 검은 눈동자에 헤즈볼라의 사령관은 서서히 압도당하고 있었다. 이스마일의 손이 총을 쥐었을 때처럼 파르르 떨렸다. 그는 방아쇠를 당기지 못했던 그날처럼, 끝내 칼을 바닥에 떨어뜨렸다.

이스마일이 눈을 희번덕였다.

"선물에는 대가가 따르는 법이라고 했던가?"

카를이 했던 말을, 이스마일이 되물었다. 이스마일이 손가락 등으로 루나의 뺨을 쓸어내렸다.

"너는 참 과분한 선물이야. 그 과분함을 돌려주는 대가로 내가 뭘 얻을 수 있을까?"

이스마일의 얼굴에 탐욕이 덕지덕지 달라붙은 미소가 번졌다. 카를은 불법적인 방법으로 헤즈볼라에게 무기를 매도할 수 없다고 선언했었다. 이스마일은 루나를 빌미로 카를과 거래를 시도할 생각인 듯했다.

안타깝게도 머리가 몹시 나쁜 놈은 아니었다. 루나는 해 볼 테면 해 보라는 듯이 여유를 가장하고 웃었다. 지금 당황한 기색을 내비치고, 카를은 루나가 죽은 줄 안다고 밝혀 봤자 좋을 게 없었다.

『갖다 가둬.』

이스마일의 부하 여럿이 루나를 일으켜 세웠다. 모래 둔덕이 둘러싸고 있는 음습한 동굴에 루나를 내팽개친 남자들은 하나같이 갈증 가득한 시선으로 루나 몸을 탐하듯 훑어보았다. 그들 중 나이가 가장 많아 보이는 남자가 루나의 곁으로 바짝 다가오더니 무릎을 굽히고 앉았다.

『사령관 마히니는 여자를 다룰 줄 몰라.』

남자는 아랍어로 지껄이며 낄낄 웃었다.

『이따 해가 지면 올게. 저녁 식사 전에. 나는 허기진 여자를 다루는 방법을 잘 알거든.』

아무래도 오늘 밤을 넘기는 일이 고달파질 것만 같았다.

❖

"동영상 사이트로 송출되다가 중단된 영상입니다."

이라크 당국의 공식 허가 없이 설치되었던 막사는 긴급히 철수하였고, 대신 저항군을 잡아들인다는 목적하에 새로운 작전 사령부가 생겨났다. 카를은 아흐메드의 부탁으로 사령부에 합류한 무기 회사의 전문가인 척했다.

『안녕, 이스마일?』

카메라가 바닥으로 떨어졌는지 그녀의 무릎을 비추고 있는 화면에서 그리운 목소리가 흘러나왔다. 레이가 내민 태블릿 PC 속 영상은 거기에서 끊겨 버렸다.

"여기가 어디지?"

"멀리 보이는 모래 둔덕과 두 사람이 자리한 평편한 바위 등 근처 지형지물을 토대로 파악 중입니다."

카를은 의자에 가만히 앉아 있지 못하고 몸을 일으켰다.

"되도록 해가 지기 전에 찾아내."

어둠은 사람의 약하고 악한 본성을 일깨운다. 그 속에서 공포와 위협은 서로 얼굴을 맞댄 채로 공존했다. 이스마일의 인질로 잡힌 그녀가 위협적인 위치에 설 리 없었다. 그렇다고 무작정 겁을 내고 공포에 떨고 있을 그녀도 아니었지만.

이번에는 반드시 그녀를 구해 내야만 했다. 그녀가 멀쩡히 살아 있다는 것은 차 바닥에 튀어 있던 핏자국이 듀이의 것이라는 소리였다.

그녀를 보호해 줄 리커버리 요원은 다쳤고, 그녀의 상사는 하미드 모사드를 데리고 미국으로 떠났다.

루나를 구할 수 있는 사람은 카를뿐이었다.

시간은 속절없이 지나갔다. 하루해가 저물어 가고 있었고, 노란 모래 먼지가 붉은빛으로 물들었다.

"로젠쉴트 씨!"

그녀를 놓쳤다며 사과를 해 오던 군인이 다급한 목소리로 카를을 불렀다. 남자의 얼굴이 잔뜩 상기되어 있었다.

"찾았습니까?"

카를이 성급히 물었다.

"범죄자 폭동으로 인해 폐쇄된 감옥 근처인데, 바그다드와 멀지 않은 곳에 있습니다."

심장이 배 속으로 쑥 미끄러지는 기분이었다. 카를은 지금 당장이라도 달려갈 기세로 주먹을 풀었다 쥐었다 했다. 하지만 신중하게 움직여야 한다는 걸 알고 있었다. 또 이곳 지리에 익숙하지 않은 카를은 현지 군인들의 계획을 따르는 편이 나을 거라 생각했다.

"어떻게 하는 게 좋을까요? 이스마일의 이름이 공개되는 바람에 미국이 바짝 신경을 곤두세웠고, 이스마일은 궁지에 몰려 숨어 버릴 수도 있습니다."

"해가 완전히 지면 움직이는 거로 하죠. 조사한 바에 따르면 이스마일은 지략이 좋은 사령관은 아닙니다."

군인의 말처럼 이스마일은 계산에 밝지 못했고, 아둔한 면이 있었다. 한밤중에 알아사드 공군기지를 방문한 이들 중 일부를 죽이려고 한 생각부터가 틀려먹은 거였다.

해는 금방 저물었다. 모래바람은 스산하게 대기를 채웠다. 블랙스콜피온스와 카를의 경호단은 소리 없이 그들의 베이스캠프에 침투했다. 그들은 불도 피우지 않은 채 어둠 속에서 저녁 식사를 하고 있었다. 영상 송출 이후로 무선 송출 기록이 없는 것으로 보아 레바논의 헤즈볼라와는 동떨어져 단독 행동을 하는 듯 보였다.

"이즈마일 마히니?"

어둠 속에서 익숙한 뒷모습을 발견한 카를이 낮게 읊조렸다. 이즈마일의 어깨가 흠칫 굳었다. 카를은 소음기를 낀 자동 권총의 총구를 그의 왼쪽 등에 가져다 댔다.

"나의 여신은 어디에 있지?"

이즈마일이 킥킥거리며 웃었다. 카를은 그의 왼쪽 어깨를 가차 없이 쏴 버렸다. 이즈마일의 손에 들려 있던 스테인리스 접시가 바닥으로 나뒹굴며 요란한 소리를 냈다.

총구가 이스마일의 머리로 향했다.

"다시 한 번 물을게. 나의 여신은 지금 어디에 있지?"

죽음은 두려운지 이즈마일이 킥킥거리며 모래 둔덕 쪽 동굴을 가리켰다. 블랙스콜피온스 소속 군인들이 다가와 이스마일을 포박했다.

카를은 경호단과 함께 모래 둔덕으로 다가갔다. 동굴 안의 상황을 알수 없기에 조심스럽게 접근할 수밖에 없었다. 카를은 발걸음 소리를 죽이고 천천히 동굴 안으로 진입했다.

킥킥거리는 기분 나쁜 웃음소리가 동굴을 가득 메우고 있었다. 분명 그녀의 것은 아닌 소름 끼치는 음색이었다.

동굴 안쪽은 불을 밝혀 놨는지 커다란 그림자가 넘실거렸고, 지퍼를 내리는 듯한 소음이 들려왔다. 카를은 그림자가 움직이는 방향으로 성큼성큼 들어갔다.

가장 먼저 눈에 들어온 것은 바닥에 널브러져 있는 그녀의 모습이었다. 상체는 완전히 벗겨져 탐스러운 가슴이 훤히 드러나 있었고, 겁 없는 놈의 시커먼 손이 그녀의 바지를 벗기는 중이었다.

죽음을 버는 수단 중에 가장 파렴치한 방법을 선택한 놈에게 자비를 베풀 필요는 없었다.

카를은 권총을 쥔 손을 기민하게 들어 올렸다. 그림자가 이리저리 흔들리는 어두운 동굴 안에서 놈이 쓰러질 방향까지 빠르게 계산을 마친 카를은 지체 없이 방아쇠를 당겼다. 날아간 총알은 정확히 남자의 관자놀이를 뚫어 버렸고, 그녀의 몸에서 완전히 떨어진 채로 바닥에 쓰러졌다.

카를은 시체를 발로 차서 치우고는 그녀의 앞에 무릎을 꿇었다.

"루나……."

슈트 재킷을 벗어서 그녀의 몸을 감쌌다. 마침내 그녀를 품에 안은 순간, 목울대가 서글픔으로 가득 차올랐다. 정신을 잃은 그녀의 몸이 축 늘어졌지만, 따스한 온기가 남아 있음에 감사했다.

12. 어제와 오늘

몸이 수면 밑에 잠긴 듯 무거웠다. 눈꺼풀도 딱 붙어 버린 것처럼 들어 올릴 수가 없었다. 루나는 옴짝달싹하지 못하고 크게 숨을 들이마셨다.

"흐음."

앓는 소리가 절로 흘러나왔다. 신음을 한 번 내뱉은 루나는 본능적으로 숨을 멈추었다. 눈을 뜨지 않아도 직감적으로 알아차릴 수 있었다. 정신을 잃기 전과는 주변 환경이 확연히 달랐다. 폐부를 훑고 들어온 공기는 음습하지 않았고, 몸을 누인 바닥도 딱딱하지 않았다.

루나는 가까스로 묵직한 눈꺼풀을 들어 올렸다. 이스마일에게 언어맞은 얼굴이 욱신거렸다. 왼쪽 눈과 얼굴이 부어오른 듯 눈앞이 조금 일그러졌다.

제일 먼저 눈에 들어온 것은 암막 블라인드를 드리운 커다란 창문이었다. 블라인드 틈으로 햇살이 파고드는 것을 보아 시간이 오래 흐른 것은 분명했다.

심장이 거칠게 뛰기 시작했다. 속이 메스꺼움과 동시에 구토기가 일었다. 얼른 침대 아래로 고개만 내린 루나는 손을 뻗어 가까운 곳에 있는 쓰레기통을 집어 들었다. 토사물이 안으로 와르르 쏟아졌다. 입안에서는 비릿한 약 냄새가 뒤섞여 있는 듯했다.

비겁하고 더러운 새끼.

밤에 찾아오겠다고 했던 놈은 루나의 저녁 식사에 정신을 잃을 만큼의 약을 탄 듯했다. 증상으로 미루어 볼 때 데이트 마약 중 하나일 거라고 짐작만 될 뿐 확실하지는 않았다.

루나는 힘겹게 몸을 일으켜 침대에 걸터앉았다. 정체를 알 수 없는 방은 호화찬란했다. 쓰레기통을 멀리 두려고 몸을 일으키는데, 침대 옆 협탁에 놓인 메모지에서 익숙한 호텔 체인 로고가 보였다. 로고 아래 주소를 보니 아직 이라크 바그다드 시내였다.

호텔 스위트룸쯤 되는 건가?

대체 누가 나를 여기로 데려온 거지?

루나의 몸에는 하얀색 면 슬립이 입혀져 있었다. 만약 스티브나 CIA가 루나를 찾은 거라면 호화찬란한 호텔 스위트룸에 가둬 놓지는 않았을 것이다.

이스마일 마히니의 음흉한 눈빛이 눈앞을 스쳤다. 베이루트에서도 고가의 호텔 스위트룸을 즐겨 이용했던 그였다. 무기 비용은 아끼려고 용을 쓰면서 개인 유흥에는 돈을 아끼지 않는 세상 이기적인 놈이었다.

이스마일이 나를 갖고 거래를 하겠다고 했던가? 그럼 혹시 여기가 거래 장소가 되는 건가?

루나는 줄달음치는 생각을 잠시 정리하기 위해 눈을 질끈 감았다. 아무리 유흥에 빠진 놈이라고 한들 호텔 스위트룸에서 거래를 할 리는 없었다.

아니지, 다른 사령관이라면 모를까 이스마일 마히니는 가능성이 있었다. 거기까지 생각이 미쳤을 때, 객실 문밖에서 웅성거리는 소음이 들려왔다. 루나는 얼른 미니 냉장고 위에 놓인 버킷에서 얼음송곳을 집어 들었다.

문 옆에 바짝 붙어 선 루나는 숨을 죽이고 기다렸다. 누구든 들어와서 허튼수작을 부린다면 멱을 따 버릴 생각이었다.

달칵, 하는 소리와 함께 금색 문고리가 천천히 돌아갔다. 육중한 나무 문이 둔한 소리를 내며 천천히 열렸다.

"왜 그러고 서 있지?"

의문 가득한 시선으로 루나를 바라보는 남자는 카를이었다. 전혀 예상 밖의 인물이 나타나 버려서 루나는 잠시 그 자리에서 굳고 말았다.

내가 혹시 죽은 건가? 죽어서 환영을 보고 있는 건가? 아니면 아직 잠에서 깨어나지 않아서 꿈을 꾸고 있는 걸까?

카를이 부드럽게 웃으며 루나의 손목을 잡았다.

"쓸데없이 이런 건 또 왜 들고 있어, 이 위험천만한 여자야."

그가 고개를 절레절레 내저으며 루나의 손에서 얼음송곳을 빼앗아 갔다.

"카를?"

루나는 간신히 목소리를 내서 그의 이름을 불렀다. 잔뜩 긴장한 목소리는 마치 겁에 질린 어린아이처럼 파르르 떨렸다.

"그래."

그가 아득한 눈빛으로 루나를 바라보았다. 울음이 왈칵 치솟았다. 루나는 두 팔을 뻗어 그의 목을 와락 끌어안았다. 욱신욱신 쑤시는 온몸으로 그의 단단한 품을 느꼈다.

"흐읍."

루나는 울음소리가 터져 나올 것만 같아서 숨을 멈추고 그의 목덜미에 얼굴을 묻었다.

"루나, 이러지 마."

커다란 손이 루나의 등을 감싸고는 조심스럽게 쓸어내렸다. 그의 목소리에서는 슬픔 한 점 배어나지 않았다.

"카를."

루나는 그의 이름을 부르는 것 외에는 그 어떤 말도 할 수가 없었다. 카를의 손이 등허리를 타고 올라왔다. 그의 손길이 지나는 길을 따라 편안한 온기가 번졌다. 목덜미를 부드럽게 주무른 손이 루나의 뺨을 감쌌다. 거리가 자연스럽게 벌어졌다. 루나는 죄인처럼 고개를 떨궜다. 그에게 눈을 마주칠 용기조차 나지 않았다.

"날 봐, 루나."

그의 음색이 루나의 뺨을 타고 깃털처럼 간지럽게 흘러내렸다. 루나는 고개를 내저었다.

"평생 날 안 보고 살 생각인가?"

이번에도 루나는 고개를 내저었다.

"그럼, 어서 날 봐 줘. 응?"

카를이 마음을 다해 부탁하듯 했다. 루나의 눈꺼풀이 천천히 들렸다. 시선이 그의 단정한 드레스 셔츠 단추를 따라 올라갔다. 쇄골 가운데 옴폭 팬 지점을 지나 목울대를 훑고 단단한 턱선에 이르렀을 때, 그가 루나의 뺨을 타고 흐르는 눈물을 엄지로 다정하게 닦아 주었다.

"카를."

물먹은 목소리가 답답하게 흘러나왔다.

"응."

그는 기껍다는 듯이 웃으며 대꾸했다. 웃는 그의 입가는 언제나처럼 매혹적이었다. 선이 분명한 인중을 지나 우뚝 솟은 콧날을 훑어 올라간 시선이 드디어 그의 어두운 눈동자에 닿았다.

"오랜만이야."

그가 건넨 한국어 인사에 루나는 또다시 콧등이 시큰해지는 걸 느꼈다.

"오랜만이네요."

루나는 같은 인사를 건네며 애써 웃었다. 볼록하게 솟아오른 광대 위로 다시금 눈물이 흘러내렸다.

카를이 천천히 고개를 내렸다. 그의 입술이 루나의 입술 산에 닿은 순간, 그녀는 가만히 눈을 감았다. 처음 입을 맞추는 것도 아닌데, 찌릿한 열감이 전신을 감싸는 것만 같았다. 그저 입술이 닿았을 뿐이다. 혀를 섞은 것도 아니고, 타액을 나눠 마신 게 아닌데도 맥이 탁 풀리는 듯했다.

루나는 두 손으로 그의 팔뚝을 꽉 움켜잡았다.

평생에 단 한 번, 유일하게 매달려 보고 싶었던 남자.

그가 루나의 몸을 번쩍 안아 들고는 침대로 성큼성큼 걸어갔다.

"좀 더 쉬어야 해."

"어떻게 된 거예요?"

그는 이제 온전히 모국어를 사용할 생각인 듯했다. 마치 이형과 만났던 시절로 돌아간 것 같은 착각이 일 정도로 그의 목소리에는 변함없는 애정이 가득했다.

"일단 좀 쉬고."

"쉴 만큼 쉬었어요."

"그럴 리가."

카를이 미간을 찌푸리며 루나를 침대에 내려놓았다. 하지만 그의 입가에는 여전히 엷은 미소가 맺혀 있었다.

"카를. 말해 줘요."

루나는 저를 눕혀 놓고 침대가에 오도카니 서 있는 남자의 드레스 셔츠 소맷자락을 붙들었다.

"이러지 마, 너 지금 환자야."

그는 곤란하다는 듯이 고개를 내저었다.

"카를, 귀는 멀쩡해요. 듣는 데는 문제가 전혀 없다고요."

카를의 얼굴이 순식간에 어두워졌다.

"네가 그렇게 조르는 얼굴을 하면, 미친놈처럼 덤비고 싶어진다고."

그가 고개를 수그리며 치뜬 눈으로 루나의 눈동자를 깊이 들여다보았다.

"거기도 멀쩡해요. 하는 데는 전혀 문제가 없어요."

루나는 그의 기세에 압도당해 버려서 약간은 기어들어 가는 목소리로 받아쳤다.

"이런 얼굴로 잘도 그런 말을 지껄이지."

그가 루나의 부은 뺨과 눈을 어루만졌다.

"이 정도로 안 죽어요."

괜한 엄살은 부리지 않겠다는 듯이 당돌하게 내뱉은 말에 그는 쓴웃음을 머금었다.

"내가 죽을 것 같아서 그래."

그가 침대 헤드에 등을 기대고 앉으며 루나의 몸을 품으로 끌어당겨 안았다.

"흐음."

카를이 눈을 꼭 감은 채로 한숨을 몰아쉬었다.

"깨어나지 않을까 봐 걱정했어."

"괜한 걱정을 한 거겠죠? 바그다드에서 가장 비싼 값을 치러야 하는 의사가 벌써 다녀간 거 아닌가요? 그러니 내가 병원이 아닌 호텔 방 침대에 누워 있었던 거고."

"정확해."

그는 정답을 너무 빨리 맞혔다는 듯이 허탈하게 웃었다.

"그래도 두려웠어. 베이루트에서 이즈마일 마히니를 처음 만났던 날 기억해?"

루나는 고개를 끄덕거렸다.

"그때 나한테 솔직히 두려웠냐고 물었었지? 나는 두려웠다고 답했고."

카를이 말을 이을 수 있도록 루나는 잠자코 기다렸다.

"그때는 진짜 두려움이 뭔지 몰랐다는 걸, 나는 네 죽음을 통해 배웠어. 그때는 내가 잘못돼서 네가 울까 봐 두려웠거든."

카를이 루나의 어깨를 천천히 쓸어내렸다. 루나는 그의 왼쪽 가슴에 조심스럽게 손을 올렸다. 손바닥 아래서 쿵쿵 뛰는 심장의 힘찬 박동이 느껴졌다.

"그럼 이제 내가 흘리는 눈물은 두렵지 않다는 뜻인가요?"

루나가 조심스럽게 물었다. 아까 그의 얼굴을 마주하자마자 터뜨린 눈물에 대한 미안함이 물밀 듯이 밀려들었다.

"응."

그가 루나를 달래듯 대답했다.

"거짓말하지 말고요."

루나는 저를 달래려는 의도라는 것을 안다는 듯이 대꾸했다.

"네가 우는 모습을 보면 두려울 줄 알았는데, 두렵기는 무슨. 침대 위에서 내 밑에 깔려 우는 모습이 겹쳐져서 조금 곤란하긴 해."

그가 낮게 깔린 음성으로 조용히 읊조렸다. 잘생긴 얼굴이 비스듬히 기울어지는가 싶더니 말랑말랑한 루나의 귓불을 천천히 빨아들였다.

"흐음."

루나는 한숨을 몰아쉬었다.

"카를."

열기가 묻어나는 목소리가 그대로 흘러나왔다.

"안 돼, 지금은. 야한 목소리로 나를 불러도 안 돼. 네 몸이 완전히 회복되고 나서."

"아니, 카를."

루나는 그게 아니라는 듯이 천천히 고개를 내저었다. 몸이 완전히 회복되면 건드리겠다고 하면서도 그의 입술은 루나의 목선을 따라 간지럽게 내려가고 있었다.

"어떻게 된 건지 말해 줘요. 날 어디서 찾았어요? 당신이 왜 여기, 바그다드까지 온 거죠?"

"루나. 내 이야기가 듣고 싶어?"

카를의 목소리가 유혹적으로 울렸다.

"응, 듣고 싶어요. 어떻게 된 일인지 알고 싶어."

"그전에 약속부터 하나 해 줘."

루나는 그에게 기대고 있던 몸을 일으켜 앉았다. 진중한 그의 눈빛이 그 어느 때보다도 엄정했다.

"무슨 약속이요?"

딱딱하게 물을 의도는 아니었는데, 조건을 제시하는 카를이 곤란한 말을 꺼낼 것 같은 예감이 들었다.

"일종의 선택이지."

"선택?"

"나와 CIA. 둘 중 하나를 택하겠다고 대답하면, 무슨 일이 있었는지 말해 줄게."

그녀는 멍한 눈빛으로 카를을 바라보고 있었다. 자신이 무슨 소리를 들었는지 못 알아들은 것 같은 표정이기도 했다. 하지만 카를은 확신에 찬 시선으로 루나를 들여다보았다.

카를은 그 누구보다 그녀를 잘 알았다. 카를과 CIA, 절대 둘 중 하나를 선택하지 못하리라.

카를은 입술을 축이듯이 살짝 맞물었다. 홀린 듯한 그녀의 눈빛이 그의 입가에 머물렀다.

"카를."

"응, 루나."

카를은 손을 뻗어 루나의 귓불을 엄지와 검지로 살살 어루만졌다. 그녀의 뺨이 아주 조금 붉게 상기되었다. 크게 숨을 들이마시는 그녀의 가슴이 눈에 띄게 들썩거렸다.

그녀는 목을 가다듬듯이 흠, 하고 헛기침을 한 번 했다. 마른침조차 삼키지 못하고 유혹에 흔들리는 그녀의 모습을 지켜보는 것은 생각했던 것보다 훨씬 즐거운 일이었다.

"지금."

다시 한 번 숨을 고른 그녀는 혀를 내밀어 입술을 한 번 핥았다. 카를을 유혹하기 위해 계산된 행동이 아니었다. 욕망에 대한 갈증으로 인해 본능적으로 흘러나온 은밀한 반응이었다.

"말해, 루나."

선택을 이야기해 놓고 카를은 기꺼이 무슨 대답이듯 수용하겠다는 듯이 자상한 목소리를 냈다. 그녀가 또다시 숨을 크게 들이쉬었다.

루나의 눈썹 사이가 일그러졌다. 찌푸린 얼굴이 못 견디게 사랑스러웠다.

어쩜 얻어터져서 부은 얼굴도 이렇게 아름다울 수 있는지.

"카를, 대체 무슨 의도예요?"

그녀가 가까스로 질문을 내던졌다.

"말 그대로."

루나가 침대 위를 무릎으로 지탱하며 일어섰다. 그녀가 무릎걸음으로 손이 닿지 않는 곳까지 물러갔다.

"만지지 말고 이야기해요!"

앙칼지게 말하는 목소리에 반쯤 서 있던 아래가 완전히 곤두서 버렸다.

"나와 CIA 중 하나를 선택하라고. 나는 더 이상 네가 다치는 것도 싫고, 멋대로 사라지는 것도 원치 않아."

그녀가 혼란스러운 듯이 제 목덜미를 더듬거렸다. 카를은 가느다란 손가락이 매혹적인 목선을 훑는 모습을 가만히 지켜보았다.

눈두덩이는 시퍼렇게 멍이 든 주제에 우아하기도 하지.

카를은 감히 입 밖으로는 내뱉지 못할 생각을 하며 그녀가 고민에 빠진 모습을 즐거이 감상했다.

그녀는 직업적 소명 의식이 강한 사람이었다. 그런 그녀가 자신과 CIA를 놓고 고민에 빠졌다는 것 자체로 카를은 만족스러울 지경이었다. 등신같이.

"비겁해."

루나가 파르르 떨리는 입술 사이로 내뱉은 말은 가관이었다.

"내가?"

카를은 검지로 저를 가리키며 되물었다.

"내가 지금 당장 결정을 내릴 수 없다는 걸, 당신은 너무 잘 알고 즐기고 있잖아."

루나는 카를을 명확하게 꿰뚫어 보았다. 하지만 카를은 전혀 찔리지 않는다는 듯이 미간을 찌푸리고 심각한 목소리를 냈다.

"죽었다 살아난 여자가 할 말은 아닌 것 같은데?"

그녀의 눈동자가 금세 죄의식으로 물들었다. 그녀는 흔들리는 시선을 먼 곳으로 던지며 조용히 읊조렸다.

"미안해요."

그렇게 당했는데, 이 정도는 놀려도 되지 않을까, 하는 생각이 들면서도.

그녀가 의기소침해하는 모습을 마주하자 가슴 시큰해졌다.

"루나."

카를은 그녀의 이름을 진지하게 머금었다.

"나의 여신."

그녀의 은밀한 시선이 카를에게 닿았다.

"나는 나의 여신이 부활한 데 의심을 하지도 않았고, 여신이 죽고 나서 배신을 하지도 않았어. 나에게 어느 정도의 상을 줘야 하지 않겠어?"

손을 뻗어 그녀의 말랑말랑한 살결을 어루만지고 싶은 충동이 일었다. 그녀는 카를의 장난기 가득한 눈동자를 들여다보며 또다시 미간을 찌푸렸다.

"카를!"

루나가 턱을 들어 올려 천장을 바라보며 한숨을 내쉬었다. 그녀의 머리가 기민하게 돌아가는 것처럼 보였다. 고심 끝에 어떤 대답을 내놓을지 궁금해서 가슴이 바짝 조였다.

혹시 나를 선택한다고 말하려나?

괜한 기대감에 가슴이 쿵쿵 울렸다.

"이렇게 해요."

"어떻게? 나는 당신이 회복되면 이렇게, 저렇게, 그렇게, 여러 가지로 할 준비가 되어 있어."

루나가 급기야 눈을 가느스름하게 뜨며 카를을 흘겨보았다. 침대 위에 무릎으로 서서 카를을 경계하며 노려보는 얼굴이 퉁퉁 부은 여자. 꼭 숲에서 천적을 맞닥뜨린 다람쥐가 센 척하는 것처럼 귀엽다.

저 성깔에 여신이라는 말은 참아 주지만, 다람쥐라는 말은 절대로 그냥 못 들어 넘길 테지.

카를은 달음질치는 상상으로 오랜만에 즐거웠다. 어제와 오늘, 세상은 달라진 게 없었다. 여전히 이념과 사상, 종교를 두고 대립한 이들은 핏대를 곤두세우며 서로를 노려보고 있었다.

단지 차이가 있다면.

어제는 카를의 세상에 그녀가 없었고, 오늘은 다람쥐 같은 그녀가 노려보고 있다는 것.

"몸이 회복될 때까지는 본부로 복귀하지 않을게요."

루나의 입에서 뜻밖의 대답이 흘러나왔다. 지금 당장 미국행 비행기에 몸을 싣겠다는 말을 할 줄 알았다. 그녀가 카를을 속인 것에 대한 분노는 애초에 없었다. 그런데 그녀는 카를의 화를 달래 주려는 듯, 혹은 미안한 듯 한발 뒤로 물러서 있었다.

"그 대신."

그렇지, 조건을 달지 않으면 루나 송이 아니지.

카를은 계속해 보라는 듯이 턱 끝을 까딱거렸다.

"내 몸이 회복될 때까지, 나랑 안 한다고 했었죠?"

그녀가 뒤통수를 내리친 것도 아닌데, 카를은 얼얼함을 느꼈다.

"그게 무슨 말이지?"

카를은 못 알아듣겠다는 듯이 부드럽게 되물었다.

"내가 회복될 때까지 섹스는 없다는 말이죠."

이 말인즉, 섹스를 하고 나면 그녀가 CIA 본부로 복귀하겠다는 의미였다.

다람쥐가 쳇바퀴뿐 아니라 머리도 잘 굴리는 재주가 있다는 걸 잠시 잊었네?

거절할 수 없는 거래 제안이었다. 만약 카를이 싫다고 고개를 흔든다면, 그녀는 곧장 CIA로 향할 게 불 보듯 뻔했다.

그래도, 루나.

카를은 부탁하는 듯한 눈빛으로 그녀를 바라보았다.

"만약 내가 싫다고 한다면?"

그녀는 부은 얼굴로 생긋 웃었다.

"그럼 당신 곁에 남아야죠."

미칠 노릇이었다. 그녀는 카를의 머릿속을 훤히 들여다보고 있는 것처럼 보였다. 카를이 절대로 그녀의 소신을 짓밟는 짓을 하지 않으리라는 것을, 그녀의 날개를 꺾는 그런 매정한 남자는 못 된다는 것을, 그녀는 너무도 잘 아는 눈치였다.

약이 바짝 올라야 하는데 웃음이 나오려고 했다. 저에 대해 속속들이 알고 있는 그녀가 사랑스러워서 가슴이 빠듯하게 차올랐다.

카를은 자꾸만 제멋대로 미소를 머금으려는 얼굴을 단속하기 위해 일부러 미간을 찌푸렸다. 그녀의 얼굴에 걱정스러운 기색이 어린다. 그냥 CIA로 가 버리라고 하면 어쩌나, 하고 염려하는 눈빛이다.

그녀가 카를에 대해 잘 알고 있는 것처럼, 그도 루나에 대해 잘 알았다. 헤즈볼라 사령관, 빅터 아스그리드, CIA 부국장 앞에서는 눈 하나 깜짝 안 하면서 카를의 눈치는 기민하게 살폈다.

아니, 어쩌면 카를의 눈에만 그녀의 면면이 속속들이 보이는 것일지도.

"좋아."

카를은 마지못해 수긍하는 척 고개를 끄덕거렸다. 기분 좋은 열기가 두 사람을 에워쌌다. 둘 중 누구도 거리를 좁히지 않은 채로 서로를 바라보았다.

열망에 무너지는 것은 당연히 카를이겠지만, 카를을 무너뜨리기 위해 그녀가 어떤 방식으로 유혹할지.

카를은 오랜만에 황홀한 긴장감에 휩싸인 눈빛으로 그녀를 지긋하게 바라보았다.

❖

"루나, 너는 아직 아파. 눈이 아직도 보라색이야. 보여?"

카를은 손거울을 그녀의 얼굴에 들이대며 고개를 내저었다. 그녀는 속이 비치는 시폰 슬립을 입은 채로 카를의 무릎 위에 앉아 있었다.

선이 가느다랗고 우아한 팔이 카를의 목을 바짝 끌어안았다. 그녀의 풍만한 가슴이 카를의 단단한 가슴 위로 뭉개졌다. 카를은 필사적으로 그녀의 가슴 위에 시선을 내리지 않으려 노력했다. 스위스 로잔의 블라우로젠 돔으로 돌아온 지 일주일, 그녀의 눈가에 드리운 멍은 안타까울 정도로 가시질 않았다.

"전혀 아프지 않다고요. 색만 이럴 뿐이지."

그녀는 손가락으로 눈 주위를 꾹꾹 누르며 입술을 삐죽 내밀었다.

"그동안 밀린 업무가 많아. 내려가 주겠어?"

카를이 차가운 어조로 읊조리자 그녀가 한숨을 집어삼키며 목덜미를 끌어안고 있던 팔을 풀고, 카를의 몸 위에서 내려섰다.

"자리를 오래 지킨다고 일을 잘하는 게 아니라고 하더니. 여기 온 뒤로 일만 붙들고 있는 거 알아요?"

퉁명스럽게 쏘아붙이면서도 그녀는 순순히 굴었다. 그러면서 끊임없는 유혹을 멈추지는 않았다.

카를은 기꺼이 지금의 상황을 즐기고 기다렸다. 이렇게라도 하지 않으면, 그녀는 자신의 거짓 죽음을 평생 미안해할 테니까. 지금은 일종의 면죄부 부여 기간이라고 볼 수 있었다. 그녀가 죄를 사했다고 느낄 때까지 거부할 생각이다.

"너무 늦진 말아요."

이미 밤이 늦은 시각이었다. 카를은 고개를 끄덕이고는 가운을 챙겨 입고 서재를 빠져나가는 그녀의 뒷모습을 가만히 지켜보았다.

"하아."

더운 숨이 절로 흘러나왔다. 지난 일주일 동안 몸에 사리가 셀 수 없이 생겼을지도 모른다. 이런 카를의 노력을 그녀가 알아주면 좋으련만.

카를은 시답잖은 문서를 붙들고 자정이 지나서까지 서재에 머물렀다.

침실로 돌아갔을 때, 그녀는 너른 침대 위에 홀로 누워 있었다. 곤히 잠든 그녀를 깨울까 싶어서 협탁 등도 밝히지 않은 채 다가갔다. 막 샤워를 마치고 나온 카를은 조심스럽게 이불을 들추고 그녀의 곁에 누웠다. 은은한 장미 향이 그녀의 살갗에서 매혹적으로 풍겼다.

카를은 눈을 꼭 감은 그녀의 이마에 살짝 입을 맞추고는 침대에 등을 기댔다. 정부였을 때보다 훨씬 지독한 유혹을 던지는 그녀를 견디느라 요즘은 하루가 더없이 길었고, 피로했다.

금세 잠이 들락 말락 했다. 막 잠에 빠지려는 순간, 말랑말랑한 무게감이 배 위에서 느껴졌다. 깜짝 놀라서 심장이 뛰어 올랐다.

"루나?"

그녀가 카를의 몸 위에 올라탄 채로, 어둠 속에서 미소 짓고 있었다.

"내가 아니면 누구겠어요?"

천천히 고개를 숙인 그녀의 입술이 카를의 목덜미에 닿았다. 그녀는 카를의 파자마 단추를 풀고 어느새 단단한 가슴을 더듬고 있었다.

"하아."

숨이 훅 차올랐다. 그녀의 입술이 흉골을 타고 내려가 배꼽 근처를 배회했다. 작은 손은 이미 바지 안에 들어가 단단하게 부풀어 오른 물건을 얼얼하게 주무르고 있었다.

더운 숨이 쉴 없이 흘러나왔다. 이미 실내는 어두웠지만, 눈앞이 더욱 캄캄하게 물드는 듯한 착각이 일었다.

"루나."

카를은 손을 뻗어 그녀의 부드러운 머리카락을 움켜잡았다.

"아아!"

그녀가 두툼한 성기를 가녀린 손끝으로 섬세하게 쓸어 올렸다. 자극이 너무 심했다. 그녀가 잠이 든 자신을 덮칠 거라고는 상상조차 하지 못했다.

"카를."

그녀의 목소리에 비음이 섞여 들었다. 음미하듯 읊조리는 이름이 더없이 야하게 들렸다.

"얘는 지금 내 안에 들어오고 싶어서 한계가 온 것 같은데요."

루나는 마치 카를의 물건이 자아라도 지닌 것처럼 의인화했다. 픽 웃음이 흘러나올 것 같은 귀여운 유혹이었다.

"루나."

카를은 언어를 잃어버리고, 오직 그녀의 이름만을 기억하는 바보가 된 것처럼 느릿한 어조로 그녀의 이름을 읊조릴 뿐이었다.

"사실 내 거기도 이 아이와 만난 지 오래돼서 약간은 심통을 부리려고 해요."

마치 동화를 읊조리는 듯 다감한 말투로 야한 말을 잘도 내뱉었다.

"어떻게?"

카를은 가쁜 숨을 삼키며 간신히 물었다.

"계속 울어요."

홍건하고 끈끈한 물기를 상상한 순간 머릿속이 하얗게 탈색되는 듯했다.

"그리고 드나드는 아이가 없으니, 예전보다 훨씬 좁아진 것 같기도 하고."

음탕한 말을 음미하듯 내뱉는 그녀는 멈출 줄을 몰랐다.

루나가 단단한 배에 옆얼굴을 기대며 누웠다. 풍만한 가슴이 물건 위로 짓눌렸다. 그녀가 상체를 슬슬 움직이며 물건 위로 가슴을 비벼 대는가 싶더니, 파자마와 드로즈를 순식간에 내리고 꼿꼿하게 발기한 페니스를 꺼내 들었다.

"깜짝이야!"

그녀가 새삼스럽게 놀란 목소리로 작게 외쳤다. 카를은 무슨 문제라도 있나 싶어서 고개를 쳐들고 그녀를 내려다보았다.

루나의 얼굴이 보이지 않아서 답답했다. 카를은 얼른 손을 뻗어 협탁 위 전등을 켰다.

그녀는 애정이 듬뿍 담긴 눈빛으로 카를을 힐끔 보았다. 그러고는 혀를 내밀어 제 입술을 살살이 핥아 적셨다.

"뭘 하려는 거지?"

카를의 목소리가 어둡게 가라앉았다. 그녀는 먹음직스럽다는 듯이 웃으며, 곤두선 페니스를 응시했다.

"얜 그사이에 더 커진 것 같네요? 한창 클 땐가?"

기가 막힌 언어를 구사하는 그녀의 얼굴은 충격적으로 야했다. 시퍼런 눈두덩이를 하고도 저렇게 매혹적일 수 있다니, 감탄이 절로 흘러나왔다.

"하아."

카를은 거칠어진 숨을 간신히 골랐다. 그녀의 입술이 아슬아슬하게 물건 근처를 배회했다. 두툼한 귀두 근처에서 그녀의 더운 숨결이 간지럽게 흘러내렸다.

"루나, 그만해."

"아직 아무것도 시작 안 했는데?"

카를은 무섭게 가라앉은 목소리로 경고했다.

"뭐든 시작하면 그 일에 대한 책임을 져야 할 거야."

"알죠? 내가 얼마나 책임감이 강한 사람인지."

그녀가 빙글거리며 웃었다. 지독한 흥분감에 속이 울렁거리는 듯한 착각이 일었다.

"깊은 애정으로 온몸을 다해 헌신하고 싶은 당신에 대한 내 책임감이 어디까지일지."

루나는 저를 시험해 보라고 말하는 듯했지만, 카를은 자신이 시험대에 오른 듯한 기분이었다.

"루나, 그 정도면 됐……! 아아!"

그녀가 입을 크게 벌리며 물건 끝을 삼켜 빨았다. 그 모습을 내려다보고 있던 카를의 눈이 커다랗게 뜨였다. 끝내 그녀는 음탕하게 혀를 놀리기까지 했다.

"루나!"

카를은 가쁜 숨을 고르며 그녀의 이름을 간절하게 읊조렸다. 그녀는 배에 기대고 있던 얼굴을 들어 올리고 본격적으로 한계까지 물건을 입에 물었다. 예민한 끝이 그녀의 목 끝에 닿을 것처럼 깊숙이 들어갔다. 하지만 그래 봤자, 그녀는 반도 채 물지 못했다. 그게 아쉬운지 작고 뜨거운 손이 굵직한 기둥을 움켜잡았다.

"후우."

천천히 쓸어 올렸다가 내리는 박자에 맞춰 그녀가 혀를 놀리며 빨아 먹기 시작했다. 카를이 몸을 빼내려고 하자, 그녀가 치아를 세워 물건 끝을 살짝 조였다.

"루나, 날 죽일, 생각인가?"

말이 토막토막 끊어졌다. 그녀는 장난스러운 색기가 가득한 눈동자로 카를을 한 번 올려다보고는 다시 하던 일에 열중했다.

붉은 그녀의 눈초리, 흡입하느라 빨갛게 상기된 두 뺨, 타액으로 젖은 입술까지.

그녀는 여신이 아니라, 카를을 지옥 끝까지 타락시킬 악녀처럼 보였다. 이브보다 먼저 아담의 아내로 창조되었지만, 너무 음탕한 나머지 추방당한 여자 릴리스처럼.

카를은 저도 모르게 본능적으로 손을 뻗어 그녀의 머리를 내리눌렀다.

"아아!"

억눌린 신음이 잇새로 흘러나왔다. 그녀의 입안 말캉한 살에 물건 끝이 짓눌릴 때마다 열기가 차곡차곡 쌓이고 살이 아프도록 당겼다. 맥박이 차츰 빨라지는 게 스스로도 느껴졌다. 그녀의 모습은 기가 막히게 야했지만, 허기와 공복이 주체할 수 없을 만큼 무섭게 일었다.

카를은 골반을 들썩이며 그녀의 입안으로 물건을 밀어 넣었다. 루나가 그의 성마른 반응이 만족스럽다는 듯이 올려다보았다. 사정감이 밀려들었다.

"너 정말······!"

물건 뿌리가 꺼떡거리는 것을 느낀 그녀가 세차고 빠르게 입을 놀렸다.

"아아!"

파정의 순간, 그녀의 입안에서 한계까지 부푼 물건을 빼내려고 작은 얼굴을 두 손으로 붙잡았다. 그런데 고집스러운 그녀는 또다시 치아를 세우고 물건 끝을 물었다.

"으윽."

그녀의 입안으로 정액이 쏟아졌다. 아래가 완전히 빨려들어 가는 감각에 카를은 숨조차 제대로 내쉴 수 없었다.

울컥울컥 뱉어 내는 액체를 그녀는 잘도 집어삼켰다.

"뱉어, 루나."

카를은 상체를 일으키며 그녀의 겨드랑이 아래로 손을 집어넣어 가느다란 몸을 일으켜 세웠다. 그녀가 손등으로 입가를 슥 닦으며 순순히 카를과 마주 보았다.

"어땠어요?"

그녀는 매트리스 위에 앉을 생각이 전혀 없는지, 다리를 벌리고 카를의 허벅지 위에 주저앉았다. 반쯤 처졌던 물건이 다시 무겁게 당겨왔다.

루나의 질문에 카를은 대답할 말을 잊어버린 채 그녀를 바라보기만 했다.

"별로였어요?"

그녀가 사랑하는 남자를 만족시키지 못했다는 듯이 낭패감 어린 눈빛을 했다. 카를은 그녀와의 싸움에서는 완벽한 패자였다. 애초에 루나를 이겨 먹을 생각조차 없었지만, 우아하고 야한 그녀는 고고한 카를을 완전하게 함락해 버렸다.

"여신의 뜻을 거역하면 어떻게 되는지 똑똑히 배웠어."

카를의 대답이 흡족한지 그녀의 입가에 엷은 미소가 드리웠다.

"이제 네 마음대로 해."

그녀의 손이 우아한 선을 그리며 아래로 향했다. 바짝 올라붙은 물건 끝을 축축하게 젖은 입구에 맞춘 그녀가 천천히 주저앉았다.

"하아!"

더운 숨결을 내뱉으며 고개를 젖히는 그녀의 모습은 늘 그랬듯이 아름다웠다. 재차 말하지만 시퍼렇게 부은 눈을 하고서도 말이다.

"루나."

카를은 그녀의 눈가에 가만히 입을 맞추었다. 그러자 루나가 눈살을 급히 찌푸리며 얼굴을 피했다. 의문 어린 눈빛이 그녀를 향했다.

"아픈 거지?"

그의 목소리가 무섭게 얼어붙었다. 그러자 루나가 천천히 골반을 앞뒤로 흔들기 시작했다. 그녀가 움직일 때마다 부드러운 가슴이 카를의 단단한 가슴에 아슬아슬하게 달라붙었다가 떨어지기를 반복했다.

"내 마음대로 해도 된다는 약속은 유효한 거죠?"

그녀가 새침하게 물었다. 카를은 루나를 음미하는 듯한 시선으로 바라보며 대꾸했다.

"내가 방금 한 약속을 무를 정도로 비겁한 놈으로 보이나?"

빙그레 웃음을 머금은 그녀가 카를의 목을 끌어안으며 귓가에 속삭였다.

"사실 엄청 아파요."

그녀의 숨결이 카를을 놀리듯 귓가를 간질였다.

"너 정말."

카를은 그녀의 허리를 안아서 침대에 눕히며 그 위로 몸을 겹쳤다. 그녀가 했던 가벼운 몸놀림과는 비교도 안 될 정도로 거세게 좁은 통로를 치받았다.

"아아! 카를!"

루나가 신음을 내뱉으며 몸을 떨었다. 얼마 만에 느껴 보는 감각인지.

카를은 그녀의 목 안쪽에 얼굴을 묻고 깊게 숨을 들이마셨다. 진한 색기와 뒤섞인 그녀의 체취가 폐부를 가득 채웠다.

"루나."

달뜬 숨을 내뱉은 카를은 출납을 계속하며 그녀의 단단해진 가슴 끝을 입에 물었다.

"흐읏!"

가녀린 손끝이 머리카락 사이를 파고들었다. 곤두선 유두를 아프지 않게 깨물고 빨아들이자 그녀가 골반을 들썩이며 몸을 비틀었다.

"으음."

카를은 그녀의 가슴 위로 신음을 흘리며 가느다란 허리 아래로 두꺼운 팔을 집어넣었다. 작은 몸을 빈틈없이 끌어안았다. 몸이 딱 달라붙은 느낌은 오랜만에 강렬했다.

"아아, 사랑해. 사랑해요. 카를."

쾌락에 젖어 노래하듯 아름다운 음성으로 고백을 내뱉는 그녀는 온통 붉고 매혹적이었다. 가슴 끝에서 입술 뗀 카를이 낮게 속삭였다.

"나도……. 나도 사랑해."

고백을 주고받은 입술이 깊이 맞물렸다.

아주 오랜만에 두 사람은 서로에게 무르익어 밤을 지새웠다.

워싱턴 DC 덜레스 국제공항에 도착했을 때, 입국장에는 스티브가 마중 나와 있었다. 그는 카를의 전용 비행기 앞에 CIA 소속 차량을 대기해 놓기까지 했다.

"스티브."

"카를."

두 사람은 친근하게 서로의 이름을 부르며 악수를 했다. 스티브의 자상한 눈동자가 마침내 루나를 향했다.

"루나."

루나는 이제야 제자리로 돌아왔다는 안도감에 스티브를 와락 끌어안았다.

"잘 돌아왔어."

스티브도 루나의 등을 토닥여 주며 한숨을 내쉬었다. 세 사람은 나란히 검은색 SUV에 올라탔다.

제네바에서 워싱턴으로 오는 비행기 안에서 루나는 그동안 카를이 겪었던 일을 자세히 전해 들을 수 있었다. 서로를 온전히 받아들이기 위해 일주일간 독하게 참아 온 두 사람은 많이 닮았다는 생각이 들었다.

「위니는 괜찮나요?」

「응, 지금 재활치료 중이야. 그리고 루나.」

카를의 음성에 미안한 기색이 어렸다.

「아직 듀이는 찾지 못했어.」

서로의 사람을 걱정하는 마음까지도 똑같았다.

"스티브."

비행기에서 나눈 대화를 상기하던 루나가 포레스트빌에 도착하기 직전 입을 열었다. 포레스트빌의 취조실에는 하미드가 기다리고 있었다.

"내가 깜짝 놀랄 만한 일이 있다면 미리 이야기해 줘요. 포레스트빌에서 듀이가 기다리고 있다든지."

루나는 무겁지 않게 듀이의 이야기를 꺼냈다.

"루나."

조수석에 앉은 스티브가 다소 무거운 목소리로 그녀의 이름을 불렀다. 뒷좌석에 루나와 나란히 앉은 카를이 그녀의 손을 꼭 잡았다.

"듀이를 찾는 일을 멈춘 건 아니죠?"

루나의 목소리가 스산하게 울렸다.

차 안을 채운 공기가 무겁게 가라앉았다. 그동안 카를과는 듀이에 관한 이야기를 나눌 겨를이 없었다. 듀이에 대한 책임은 그의 몫이 아니었다. 괜히 카를의 앞에서 듀이 이야기를 꺼냈다가는 짐 하나를 얹어 주는 것 같아서 조용히 입을 다물고 있었다.

하지만 스티브는 다르지 않은가. 스티브는 듀이의 무사 귀환과 임무에 대한 책임이 있는 관리자의 자리에 앉아 있는 사람이다.

"루나."

스티브의 음성이 어쩐지 불길하게 들린다.

"아직 듀이는 찾지 못했어."

그의 어조에도 안타깝고 미안한 기색이 역력해서 루나는 한숨을 내쉬지도 못하고 목구멍으로 다시 밀어 넣었다.

루나의 손을 쥐고 있던 커다란 손에 악력이 더해지는 게 느껴졌다. 루나는 눈썹을 치뜨며 카를 쪽으로 고개를 돌렸다.

그는 염려하지 말라는 듯이 눈짓으로 웃었다. 루나는 가슴이 들썩거리도록 크게 숨을 들이마시며 그를 응시했다. 그저 그의 다정하고 자상한 눈빛을 마주했을 뿐인데, 듀이가 무사히 살아 돌아올 것만 같은 생각이 들어서 가슴에 따뜻한 안도감이 차오른다.

루나는 그의 어두운 눈동자를 들여다보며 한 번 더 깊게 숨을 들이마셨다. 그와 공기를 나눠 마시듯이 천천히. 은밀하게.

카를이 가라뜬 눈으로 루나를 깊숙이 들여다보았다. 만약 두 사람만 있는 공간이었다면, 루나가 먼저 그의 허벅지 위에 올라탔을지도.

루나는 우아하게 턱을 치켜들며 창밖으로 시선을 돌렸다. 그의 기다란 손가락이 여린 손바닥 안쪽을 긁으며 간질였다. 은밀한 접촉으로 유혹을 이어 가는 남자 덕분에 임무를 향한 긴장감은 조금씩 이완되었다. 하지만 안타깝게도 아랫배가 바짝 조이며 다른 의미로 신경이 곤두서기 시작했다.

"카를."

루나는 그의 이름을 조용히 읊조렸다. 반쯤 감은 눈으로 그를 나무라듯 바라보았지만, 그녀의 눈동자에는 애정이 가득했다.

'키스하고 싶어.'

카를이 한국어 발음대로 입 모양을 움직였다. 루나는 주변을 둘러보며 자중하라는 듯이 미간을 찌푸렸다.

차는 포레스트빌 취조실 건물의 지하 주차장 안으로 들어서고 있었다. 어둠이 드리운 순간, 그가 날렵하게 몸을 움직여 루나의 입술에 자신의 입술을 포갰다. 루나는 그를 밀어내지도 못하고 굳어 버렸다. 이제 그와 대담한 성적 밀당도 가능했지만, 스티브가 조수석에 앉아 있는 상황이니 생각이 보수적으로 흐를 수밖에 없었다.

그를 나무랄 틈도 없었다. 커다란 손이 말랑말랑한 배를 어루만지고 가슴 밑동까지 올라왔다.

"이따 안가로 돌아가면…… 넣고 안 뺄 거야."

그가 루나의 귓가에 간지럽게 속삭인 순간, 차가 멈춰 섰다.

"다 왔습니다."

뒷좌석에서 있었던 밀담을 알 리 없는 스티브와 운전석에 앉아 있던 요원이 차에서 내렸다. 지하 주차장은 에스코트 등을 켜기 전까지 한 치 앞도 보이지 않을 정도로 컴컴했다.

차에서 내리자 그가 루나의 허리를 바짝 당겨 안았다. 에스코트 등이 켜지자, 스티브가 두 사람을 돌아보았다.

"조심해서……."

루나에게 딱 달라붙어 있는 카를을 흘끗 본 스티브는 고개를 절레절레 내저으며 흐리게 웃었다. 루나는 입술을 맞물며 미간을 팍 찌푸리고는 카를의 팔을 털어 내고 앞서 나갔다.

"스티브? 취조실에는 나 혼자 들어갈 수 있는 거죠?"

루나는 일부러 엄정한 목소리를 내며 업무에 관한 이야기로 스티브의 머릿속에서 야릇했던 분위기를 지워 버리려고 했다.

"그래야지. 취조실에도 저놈을 업고 들어갈 생각인가?"

그런데 스티브는 클클 웃으며 루나를 놀리려고 들었다.

"스티브."

루나는 한숨을 몰아쉬며 그의 이름을 길에 늘여 불렀다.

"어지간해야지. 저러다가 랭글리까지 따라 들어온다고 할까 봐 무서워. 아니면 조지 부시 센터 포 인텔리전스를 사겠다고 덤비는 건 아닌지 몰라."

스티브는 루나를 놀리는 게 재미있다는 듯이 천진난만한 눈빛이었다.

"그렇게 놀리니까 즐거우세요?"

루나는 질색을 하며 스티브를 나무라듯 물었다.

"자네 성격상, 평생 자네가 놀림감이 될 일은 없을 거라고 생각했는데."

스티브는 아무리 생각해도 신기하다는 듯이 뒤따르는 카를을 한 번 돌아보았다.

"카를. 루나가 하미드와 밀실에 단둘이 있어야 하는데, 괜찮겠어?"

스티브는 카를을 떠보듯 물었다.

"그래서 말인데, 스티브. 하미드의 취조를 저도 함께 지켜봐도 됩니까?"

카를을 놀리려고 건넨 말이었는데, 뜻밖의 대답을 들었다는 듯이 스티브가 잠시 멈칫했다.

"왜지?"

스티브는 타당한 이유를 댈 수 있냐는 듯 한쪽 눈을 치떴다.

"이스마일 하미드가 속한 헤즈볼라와 이하부 아부 아베드에 대해서 제가 알고 있는 정보로 도움을 드릴 수 있을지도 모르겠다는 생각이 들어서요."

카를은 꽤 진중한 어조로 말을 이었다.

"또 그들이 듀이를 숨긴 곳에 대한 작은 단서라도 찾는다면, 이라크의 블랙스콜피온스 아흐메드 알리이 장군에게 연락해 볼 수도 있습니다."

스티브는 약간은 미심쩍다는 투로 물었다. 카를의 저의를 의심하는 게 아니라, CIA 부국장으로 갖는 직업적 습관에 기인하는 것이었다.

"아흐메드 알리이 장군과는 언제부터 내통했지?"

"내통이라."

카를이 허탈한 웃음을 지으며 고개를 절레절레 저었다.

"내통까지는 아니고요. 이라크 공항에 입국하면서 문제가 좀 생겨서 거래를 했을 뿐입니다."

"거래?"

스티브가 흥미롭다는 듯이 눈을 가늘게 뜨며 되물었다. 목소리 끝이 호기심에 잔뜩 물들어 높게 떨렸다.

"제가 파악한 정보를 살펴볼 때, 아흐메드 알리이 장군은 이라크의 민주적 평화를 바라는 사람입니다."

건물 1층으로 향하는 계단을 오르면서 스티브는 카를과 나란히 서서 걸었다.

"기원전 5,000년 경, 아시리아 시대부터 이라크는 전쟁을 겪어 왔습니다. 역사상 크고 작은 전쟁이 가장 많이, 자주 일어난 땅이 그곳입니다. 아흐메드 알리이는 이라크 대테러 부대 블랙스콜피온스 소속 장군이자 이라크 정보부 고위 관리라고 들었습니다. 이라크에 민주적 지원이 필요하다면, 그 사람과 이야기를 나누면 말이 통할 겁니다."

스티브는 꽤 유용한 정보를 전해 들었다는 듯이 흡족한 얼굴이었다. 그리고 또 다른 의미로는 카를하인츠 로젠쉴트에 대한 재평가를 내리는 표정이기도 했다.

"자네는 무기 회사를 운영하면서 전쟁을 바라지 않는 눈치인데?"

루나는 그들보다 앞서서 계단을 오르고 있었다. 약간은 날이 선 듯한 스티브의 질문에 내뱉을 카를의 대답은 예상 가능한 것이었다.

"저는 제가 가진 물자로 세상의 평화적 견제에 이바지할 뿐입니다."

스티브가 계단이 왕왕 울리도록 크게 웃었다.

"사업가다운 말이야. 힘의 균형을 맞추기 위해 무기를 팔지만, 전쟁에는 관심이 없으시다?"

"전쟁에 관심이 없는 건 아닙니다. 단지 한쪽으로 쏠린 힘이 전쟁의 시발점이 되지 않기를 바랍니다."

스티브는 잠시 계단참에 서서 카를의 진중한 눈빛을 들여다보았다.

"그럼 자네의 가장 큰 견제 세력은 미국이 되겠지? 지금 전 세계에서 힘자랑하는 나라는 미국뿐이지 않은가? 내가 지금 나의 조국의 적과 내통하고 있는 건가?"

질문의 내용은 날카로웠지만, 스티브의 목소리는 차분하고 부드러웠다.

"스티브 존슨 씨, 당신은 현 정부의 전쟁을 반대하는 진영에 속해 있습니다. 그럼 당신의 조국인 미국의 뜻을 거스른 반역자입니까?"

카를은 정중하고 예의 바른 어투로 물었다. 잠시 침묵이 흘렀다. 스티브가 전쟁을 반대하고 세계의 민주적 평화를 원하다가 핀치에 몰린 것은 사실이었다.

"카를하인츠 로젠쉴트."

스티브가 그의 이름을 나직하게 읊조렸다. 루나는 서너 계단 위에 서서 두 사람을 내려다보았다.

"역시 건방져."

"제 태도를 마음에 들어 해 주시니, 저도 기쁩니다."

카를은 절대 밀릴 생각이 없는 듯 보였다.

"애석하게도 나는 자네가 마음에 든다고 한 적 없는데? 단지."

스티브가 손을 내밀어 악수를 청했다.

"내 직원인 루나를 구해 줘서 고맙고."

느릿하게 말을 잇는 스티브의 얼굴에 미소가 어렸다.

"나와 같은 뜻으로 평화를 바라는 것 같아서 기쁘고."

스티브는 그에게 최고의 찬사를 보내고 있는 거나 마찬가지였다. 평생의 소신을 함께할 만한 사람, 즉 카를 같은 사람을 만났다는 기쁨과 제 사람인 루나를 구해 줘서 고맙다는 마음을 표현하는 중이었다.

"염치없지만, 한 가지만 더 부탁하지."

"말씀하십시오."

스티브는 목소리를 한껏 낮추었다.

"듀이를 구하는 일에도 힘을 좀 써 주게."

이라크에서 하미드를 구해 오는 작전은 국무부 장관의 승인을 통해 단순 외교 업무로 둔갑하였고, 스티브를 위협하려 드는 전쟁 옹호 세력은 여전히 CIA 윗선에 자리했다. 그렇기에 스티브가 듀이를 구하는 일에 CIA를 파견하는 대대적인 작전을 펼칠 수도 없었다.

"당연히 해야 할 일입니다."

카를은 믿음직스러운 목소리로 대꾸했다.

"아, 그리고 마지막."

카를이 들을 준비가 되었다는 듯이 턱을 한 번 까딱했다.

"루나를 잘 부탁하네."

루나를 세상에 태어나게 하고 성인이 될 때까지 키워 준 사람은 부모님이었지만, CIA로서 성장케 한 사람은 스티브였다.

"기꺼이."

짧게 대꾸하는 카를의 얼굴이 근사했다. 루나는 존경해 마지않는 상사와 목숨을 바쳐도 아깝지 않을 남자가 마주 보고 선 모습을 물끄러미 내려다보았다.

"저기, 그런 이야기는 내가 없을 때 하는 게 낫지 않아요? 낯간지러워서 못 들어 주겠네. 안 올라갈 거예요?"

루나는 재촉하듯 고갯짓을 했다.

"성깔하고는. 자네 크게 잘못 생각한 걸지도 몰라. 저 성질을 평생 견디면서 살겠다고?"

스티브가 조용히 읊조렸다.

"독한 게 루나의 매력이죠."

카를은 이제까지와는 다른 약간 바보 같은 웃음이 섞인 목소리로 대꾸했다. 사랑스럽게도.

1층 응접실 안에 들어서자, 마리가 환한 미소를 머금으며 루나를 반겼다.

"세상에, 마리!"

루나는 한달음에 달려가 그녀를 꽉 끌어안았다. 한국에서 쑤싱과 예화를 함께 쫓던 동료.

"조이 일은 유감이야. 장례식에 못 가서 미안해."

"아니야. 네가 무사히 돌아와서 기뻐."

마리는 몇 달 새 조금 수척해진 얼굴이었다.

"이분이 카를하인츠 로젠쉴트 씨?"

마리가 그를 향해 고개를 돌리고는 예의상 미소를 머금었다. 루나는 그를 뭐라고 소개해야 할지 아주 잠깐 고민했다.

"처음 뵙겠습니다. 루나의 남편 카를하인츠 로젠쉴트입니다."

재빠르게 끼어든 그의 말에 루나는 멍해진 눈빛으로 카를을 올려다보았다.

"왜? 결혼을 무를 생각이었나?"

"그건 루나가 아닌, 미아 콴과의 결혼이었잖아요."

루나가 미간을 찌푸리며 대꾸했다. 부부 사이가 되려면 루나와의 정식 결혼이 필요하지 않겠느냐는 물음이었다.

"루나."

그가 또 주변인은 아랑곳하지 않겠다는 듯이 애정이 넘치는 은밀한 눈
빛으로 루나를 내려다보았다.

"무슨 이름으로 불리든 그대는 나의 여신이야."

따뜻한 입술이 급기야 뺨에 내려앉았다. 순간 경악한 마리와 눈이 마
주쳤다.

카를은 루나의 보드라운 뺨을 핥아 먹듯이 입을 맞추었다. 그의 입술
이 미끄러져 내려와 루나의 입술 선을 머금자, 마리는 못 볼 걸 보고야 말
았다는 듯이 끝내 눈을 돌렸다.

"카를."

루나는 나무라듯이 그의 이름을 읊조리고는 단단한 가슴을 두 손으로
밀어냈다. 그가 거부의 뜻을 기분 나빠하지 않도록 은근히 미소를 짓는
것도 잊지 않았다.

"일은 빨리 끝내도록 해. 피곤하잖아."

루나의 귓가에 속삭이는 그의 목소리는 낮고 탁했다.

"여기서 기운을 더 빼면 곤란해, 루나."

그의 기다란 손가락이 루나의 손가락 사이사이를 얽었다. 연한 손가락
살이 은밀하게 맞닿았다. 취조 때문에 힘을 빼고 집에 가게 되면 밤이 꽤
고단할 거라는 경고가 담긴 그의 눈빛은 더없이 야했다.

"체통을 지키시죠, 로젠쉴트 씨."

루나는 목소리를 낮추어 우아하게 중얼거렸다. 하지만 그녀의 눈빛에
도 욕망을 공유하는 듯한 비밀스러운 색기가 어려 있었다.

"죽었다가 살아온 아내를 두고 체통을 지킬 수 있는 남편은 없을걸?"

카를은 동의를 구하듯 웃으며 스티브를 향해 웃었다.

"안 그렇습니까, 스티브?"

스티브가 대답을 내놓기 전에 마리가 더 빨랐다.

"그만 좀 해 줬으면 좋겠네요. 나는 남편을 잃은 지 얼마 안 됐거든요? 그이도 루나처럼 멀쩡히 살아 돌아온다면 정말 좋겠지만."

분위기가 묘하게 가라앉았다. 마리의 남편이자 CIA 공작관이었던 조이는 예화와 쑤싱을 쫓다가 죽었다고 했다. 스티브는 요원을 보호하기 위해서라면 그를 죽음으로 둔갑시킬 수 있을 정도의 능력을 지닌 사람이었다.

혹시 조이의 죽음도 어느 선에서 은폐된 것은 아닐까.

생각에 잠긴 마리의 눈동자에는 공허한 의구심이 가득했다.

"죄송합니다. 제가 미처 부군을 잃으신 심정을 헤아리지 못했습니다."

카를의 사과에 마리는 가볍게 손을 내저었다.

"그렇게 심각하게 사과할 필요는 없어요. 나도 만약 조이가 살아 돌아온다면 그쪽처럼 그렇게 붙어서 물고 빨 생각이니까. 각오는 돼 있죠, 스티브?"

마리는 조이의 죽음을 믿지 않는 듯했다. 그리고 스티브에게 그의 귀환을 종용하는 물음을 던졌다. 스티브는 취조실 유리창을 바라보며, 분위기를 환기하듯 엄중한 어조로 읊조렸다.

"루나? 이제 시작하지."

루나는 고개를 끄덕이고는 취조실 안으로 향했다. 카를과 스티브, 마리는 취조실이 보이는 룸에 모여 앉았다.

카를은 스티브와 마주 앉은 채로 그녀가 취조실에 들어서는 모습을 바라보았다. 그리고 조금 전에 스티브가 내뱉은 말을 곰곰이 곱씹었다.

이제 일의 실마리가 조금씩 풀려 가고 있었다. 스티브의 입장에서 볼 때 카를은 적이 아니었고, 하미드는 무사히 구출해 냈다. 이스마일 마히니는 이라크 교도소에 수감되었고, 배후에 빅터 아스그리드가 서 있는 윤곽이 희미하게 잡혀 갔다.

스티브는 일의 진척이 느려서 속을 끓이고 안달을 낼 만큼 어리석은 사람이 아니었다. 요원을 죽음으로 둔갑시킨 채로 때를 기다릴 만큼 용의주도한 자였다.

카를의 시선이 스티브의 곁에 앉은 마리에게로 옮겨 갔다.

조이도 죽은 게 아니겠군.

카를은 미루어 짐작할 뿐이었다. 그리고 루나가 살아 돌아온 것을 보고 마리도 조이의 죽음에 대한 의심과 희망을 품기 시작한 눈치였다.

『오랜만이야, 하미드.』

이어폰 너머에서 그녀의 목소리가 울렸다. 귓가를 울리는 사랑스러운 목소리에 심각한 생각을 이어 가던 카를의 딱딱한 얼굴에 어느새 바보 같은 미소가 드리웠다.

스티브는 한쪽 눈썹을 치켜들며 카를을 흘끗거리고는 취조실로 시선을 옮겼다.

『루나, 네가 무사히 돌아와서 기뻐. 얼마나 걱정했는지 몰라.』

『그래, 걱정해 줘서 고마워. 하미드.』

루나는 잘 정리된 파일 하나를 하미드에게 내밀며 말을 이었다.

『새로운 신분이야. 네가 대학에 가서 공부를 더 하길 원한다면 그렇게 해 줄 수도 있어. 단 지금 당장은 아니고, 네가 새 신분에 적응하는 걸 지켜본 후에.』

『그리고 내가 의심할 만한 짓을 하지 않는지 지켜본 후에?』

하미드가 영민하게 물었다. 루나는 슬쩍 미소를 짓는 것으로 대답을 대신했다. 하미드는 알아듣겠다는 듯이 고개를 주억거렸다.

『그리고 하미드, 우리는 네 도움이 절실해.』

루나의 목소리에서 애정 가득한 호소가 느껴졌다.

『어떤 도움?』

『나와 같이 널 구하러 이라크로 갔던 요원 한 명이 실종됐어. 이스마일 마히니의 짓인 건 알고 있지?』

『응, 스티브 존슨 씨한테 들었어.』

하미드의 단단한 목소리에서 스티브에 대한 신뢰가 어렴풋이 묻어났다.

『그 요원을 찾아야 해. 어디 있는지 짚이는 데가 있을까?』

루나는 지난 몇 년 동안 하미드가 어떻게 지내 왔는지에 대해서는 아는 게 별로 없었다.

『잘 모르겠어.』

하미드가 고개를 내저으며 머리를 쥐어뜯었다.

『그럼, 하미드. 자, 종이와 펜을 줄게. 괴롭겠지만 옛 기억을 돌이켜 보자. 베이루트에 도착했을 때의 첫 느낌과 겪었던 일들을 차근히 적어 볼까?』

루나는 다정한 손짓으로 하미드에게 펜을 건넸다.

"스티브, 혹시 루나가 최근에 여기 왔던 적이 있습니까?"

취조 현장을 가만히 지켜보던 카를이 조용히 읊조렸다. 카를의 질문에 스티브는 반박하지 않고, 침묵했다.

"스티브. 당신은 내가 생각했던 것보다 훨씬 잔인한 사람이군요."

카를의 입가에 쓴웃음이 고였다.

"내가 아내를 죽인 용의자가 되어 취조받는 상황을 루나가 전부 지켜 봤다고요?"

"전부는 아니고. 딱 한 번이지."

카를은 저도 모르게 꽉 쥔 주먹으로 테이블을 내리쳤다.

"그날 루나는 나에게 뜨거운 옥수수 수프가 가득 담긴 그릇을 집어 던 졌지."

스티브가 클클 웃었다. 취조실은 고요했다. 하미드는 펜대를 굴리고 있었고, 루나는 그런 하미드를 조심스러운 눈빛으로 바라보는 중이었다.

카를은 취조실에서 눈을 떼지 않은 채 입을 열었다.

"경고하는데, 스티브. 한 번만 더 이런 일이 일어난다면, 나는 당신을 세상에서 가장 잔인한 방법으로 죽일 겁니다."

루나가 여기 앉아서 취조당하고 있던 자신을 처참한 심정으로 바라보 았을 상황을 떠올리면 피가 거꾸로 솟았다.

"카를, 우린 친구가 된 게 아니었나?"

스티브는 장난스럽게 웃으며 카를을 바라보았다.

"내가 당신을 친구로 여기는 것은, 루나를 괴롭히지 않는다는 전제하 에 가능한 일입니다."

"만약 루나가 CIA로 일하다가 나에 대한 불평이라도 한다면, 내 머리 에 총구멍을 내려고 하겠구만."

스티브는 두렵다는 듯이 몸을 한 번 떨고는 제 모습이 꼴사납다는 듯 이 웃음을 터뜨렸다.

"목숨을 가지고 농담을 즐기실 만큼 가학적인 분이신 줄은 몰랐네요. 유념하겠습니다."

카를은 경고하듯 스티브를 노려보았다. 취조실에 얌전히 틀어박혀 앉아 있었던 게 조금은 화가 나려고 했다.

"성깔하고는. 둘이 똑같아, 아주."

스티브가 놀리는 투로 조용히 읊조리는 소리는 흘려들었다.

『하미드? 영국인 의사를 베이루트에서 만난 적 있다고?』

루나의 질문에 모두의 이목이 집중되었다.

『아주 나이가 많은 의사였고, 이름은 기억이 안 나. 외과 의사였는데, 열악한 환경에서도 수술하는 법을 알고 있는 사람이었어.』

『이 사람이 지금 어디 있는지는 알아?』

루나의 목소리는 잔뜩 곤두서 있었다.

『중동 지역을 돌면서 의료 행위를 한다고 했어.』

『정확히는 헤즈볼라를 위해서?』

루나의 질문에 하미드는 고개를 끄덕거렸다. 루나는 미간을 구기며 한숨을 집어삼켰다.

중동 지역, 그것도 헤즈볼라가 활동하는 곳에서 의료 행위를 펼치는 영국인 의사. 그가 듀이를 돌보고 있을 가능성은?

관계성이 미미한 일이었지만, 포기할 수는 없었다.

"꼭 백 년 만에 와 보는 기분이네."

루나는 결혼식 테러 사건이 있기 전까지, 카를과 함께 지냈던 안가 현관 앞에 섰다. 감회가 새로웠다. 여기서 지낼 때까지만 해도 루나는 카를을 상대로 속고 속이는 작전을 수행 중이었다.

"안 들어갈 거야?"

카를이 루나의 허리를 감싸며 부드럽게 웃었다. 그의 입술은 어느새 루나의 귀 뒤를 더듬으며 귓불을 빨아들이려 애쓰고 있었다. 목덜미를 타고 기분 좋은 소름이 하르르 돋아났다.

"들어가야죠."

이미 루나의 걸음은 그의 덩치에 밀려 안으로 움직이고 있었다. 집 안에 들어서자마자, 그는 루나의 허리를 번쩍 올려 안았다. 발끝이 바닥에서 동동 떠올랐다.

"카를. 으음."

한쪽 손으로 루나의 허리를 안은 그는, 다른 손으로는 그녀의 가슴을 더듬어 올라오고 있었다. 그는 계단을 오르며 그녀의 발이 끌릴까 봐 몸을 옆으로 살짝 돌리기까지 했다. 그를 저지하려는 루나의 애정 어린 부름과 소심함 발버둥은 허무하게 묵살당했다.

"아까 진땀을 너무 뺐더니 먼저 씻고 싶어요."

안가에서 다시 그의 품에 안기는 순간, 루나는 전에 없이 수줍은 마음이 들었다. 향긋한 비누 거품으로 깨끗이 씻은 뒤, 보송보송하고 야한 속옷을 입고 그의 품에 안기고 싶었다.

"땀이 났으면 더 맛이 좋겠지."

그가 루나의 체취를 음미하듯 크게 숨을 들이마셨다. 루나의 뺨이 화끈 달아올랐다.

"달아. 침이 가득 고일 만큼. 충분히."

"지금 빨리하고 싶어서 거짓말하는 거죠?"

의심스럽다는 듯이 묻는 루나의 말끝이 미세하게 떨렸다. 땀범벅이 된 살 냄새가 좋을 리가 있나. 그런데 떠올려 보면 루나도 그의 체취를 좋아했다. 운동 후에 페로몬에 젖은 그의 땀 냄새는 아랫배가 열기로 뒤틀릴 만큼 자극적이었다.

하지만 아무리 그래도, 진땀에 젖은 몸을 내보이고 싶지는 않았다. 조금 더 깨끗하고, 향기롭고, 아름다운 모습이 되고 싶었다. 신혼의 단꿈에 젖은 새색시라도 된 듯 갑작스러운 오기였지만, 이제야 그를 허물없이 사랑하게 된 기분이다.

그에게 잘 보이고 싶고, 좋은 모습만 보여 주고 싶었다. 이미 망한 듯하지만, 그래도.

"그럴 리가. 샴푸 냄새, 보디 클렌저 냄새, 향수 냄새. 인공적인 냄새보다, 사랑하는 여자의 몸 냄새가 더 좋은 건 당연한 거 아닌가?"

그가 목덜미를 훑으며 살갗에 코를 묻었다.

"하아, 카를."

침실 문이 조용히 열렸다. 카를은 침실 안에 들어설 때까지 루나를 바닥에 내려 주지 않았다.

카를이 아기 새를 내려놓듯이 조심스럽게 그녀를 침대 위에 눕혀 주었다. 침실 안을 살피려 부드럽게 흐른 루나의 시선 끝에 비닐 팩 하나가 걸려들었다. 루나의 슬립을 담아 놓은 듯한 비닐 팩은 베개 옆에 놓여 있었다.

"카를, 이게 뭐예요?"

카를의 입가에 어울리지 않는 수줍은 미소가 자리했다.

"네 살 냄새를 가둬 둔 봉투."

루나의 뺨이 더욱 붉어졌다.

"아껴서 맡았는데도, 금세 날아가 버리더라고."

커다란 손이 루나의 슬랙스 버클을 풀고 아래로 주룩 잡아당겼다. 루나는 상체를 들어 올려 팔꿈치로 고정한 채 카를을 바라보았다.

"네 체취가 묻은 이 방을 전부 밀봉해 버리고 싶었어."

그가 상체를 숙이며 뾰족한 코끝으로 속옷 위 둔덕을 더듬었다. 얇은 천을 사이에 두고 기다랗고 좁은 틈새를 파고들 듯이 코끝을 미끄러뜨렸다.

"젖은 냄새."

불쑥 내뱉은 그의 목소리는 지극히 외설적이었다.

"나를 바라면서 야하게 우는 냄새는 어디서도 맡을 수가 없더라고."

루나를 올려다보는 그의 눈빛은 위협스러울 정도로 깊었다.

"못 보던 새에 야한 말도 늘었어."

루나가 눈을 가느스름하게 뜨며 턱을 살짝 치켜들고 더운 숨을 내쉬었다.

"그런 섭섭한 말을."

커다란 손이 루나의 팬티 속으로 불쑥 들어왔다. 놀라움에 눈이 커다래진 순간, 팬티가 끌려 내려갔다.

"원래 그런 건 잘했어."

루나는 뻔뻔하게 속살거리는 남자의 모습을 애정 가득한 눈빛으로 바라보았다. 그의 어두운 눈동자에는 음습한 장난기가 득실득실했지만, 그 모습마저도 사랑스러웠다.

"그럼 한국에서 안이형으로 살았을 때는 내숭을 떨었던 건가?"

루나가 고개를 갸웃거리며 카를을 자극하려는 말을 쏟아 냈다. 그가 이형이라는 이름으로 살았던 시절, 그는 모범적이고 반듯한 남자의 표본이었다.

"내가?"

카를이 루나의 종아리를 붙잡고 발목에 걸린 작은 팬티를 벗겨 내며 되물었다. 절대 그럴 리 없다는 듯 의심이 밴 어조였지만, 그의 목소리는 장난기로 약간 들떠 있었다. 어쩌면 장난기가 아닌 성적 긴장감 때문인지도.

"금욕적인 사람처럼 보일 정도였지."

루나는 그를 놀리듯 읊조렸다.

"금욕적?"

카를이 한쪽 입꼬리를 들어 올리며 바람 빠지는 소리를 내듯이 웃었다. 그가 무표정한 얼굴을 하고 있을 때는 빈틈을 발견할 수가 없어서, 꼭 그럴 때면.

"경건한 사제의 얼굴처럼 보일 때가 있었어요."

"사제가 이런 짓을 하면 파면당해."

뜨거운 손이 루나의 발목을 부드럽게 어루만졌다. 동글동글한 복숭아뼈 아래 옴폭한 경계를 더듬고, 도드라진 정강이뼈와 말랑말랑한 종아리를 주무르고, 뒷무릎의 민감한 살점을 섬세하게 간질인 뒤, 탐스러운 선을 그리는 허벅지를 잡아 벌렸다.

"하아."

입술 새로 더운 숨이 저절로 흘러나왔다. 물기에 젖어 딱 붙어 있던 살갗이 힘없이 벌어지는 게 생생히 느껴졌다. 그가 붉은 살점을 가늠하듯 내려다보았다. 재회한 이후 첫 관계를 맺는 것도 아닌데, 그와 셀 수 없이 몸을 섞었는데도 심장이 심각할 정도로 크게 울렁거렸다.

루나는 상체를 지탱하고 있던 팔꿈치를 내리며 매트리스에 등을 반듯하게 기댄 뒤 눈을 감았다. 그의 입술이 갈라진 틈에 닿았다.

"아아!"

엄지로 클리토리스를 부드럽게 둥글리며 카를은 지그시 눈을 감고 음미하듯 입을 벌리고 있는 그녀를 올려다보았다.

"루나."

그녀에게 무언가 말을 전하기 위해 부른 게 아니었다. 마치 사제의 신성한 기도처럼 그녀의 이름을 읊조렸다. 카를에게 그녀의 이름은 세상에 존재하는 가장 강력한 기도문이었고, 궁극의 바람이었다.

"카를."

그녀가 그런 카를의 마음을 이해한다는 듯이 손을 뻗어서 그의 부드러운 머리카락을 쓸어 넘겼다. 그녀의 손길을 따라 전율이 흘렀다. 절대자의 응답을 받은 가엾은 영혼을 지닌 사제의 기분이 이럴까.

카를은 입술을 옮겨 둔덕에 입을 맞추고는 오목한 배꼽에 혀를 밀어넣었다.

"하아, 카를."

그녀가 허리를 구부리고 허벅지를 들어 올리며, 견딜 수 없다는 듯이 카를을 밀어냈다. 그는 몸을 뗀 김에 옷을 벗어 던졌다. 그녀가 마치 감상하는 듯한 눈빛으로 카를을 올려다보았다.

"마음에 드시는지?"

옷을 침대 아래로 전부 떨어뜨린 카를이 공손하게 물었다.

"보시기에 좋았더라, 라는 말의 의미를 이제 알 것 같네요."

천지를 창조한 뒤 보기 좋더라고 말했던 신의 대사를 빌려 온 그녀의 장난스러운 얼굴은 우아하기만 했다.

"드디어 제 자리를 인정하는 건가?"

카를은 그녀의 탄탄한 허벅지를 모으고는 한 손으로 양 발목을 잡아 올렸다. 자연스럽게 그녀의 두 다리는 카를의 어깨에 얹혔다.

"내 자리?"

그녀가 미간을 찌푸리며 웃었다.

"나의 여신."

카를이 낮고 탁한 목소리로 읊조리며 물길을 거세게 파고들었다.

"흐응."

그녀가 가슴을 한껏 내밀며 고개를 젖히고 신음했다. 탐스러운 가슴이 둥그런 선을 그리며 솟아올랐다. 가슴을 집어삼키고 싶은 충동과 아래를 빨아들일 듯이 움찔거리는 감각에 이성적인 사고는 불가능해졌다.

카를은 어깨에 올라 있는 가느다란 다리를 잡아 벌리며, 몸을 숙였다.

"카를, 너무 좋아."

그녀가 미세하게 떨리는 음성으로 속삭이며 카를의 단단한 어깨를 끌어안았다. 카를은 곧장 그녀의 가슴을 흡입하듯 거세게 머금었다.

"아아!"

단단해진 유두를 이 사이에 물고 자근자근 씹어 삼키자, 그녀의 상체가 파르르 떨렸다. 연신 어깨를 쓸어내리는 손끝도 떨림을 담고 있기는 마찬가지였다. 달콤한 타액을 머금은 것도 아니고, 유혹적인 애액이 흐르는 것도 아닌데, 그녀의 가슴은 혀끝이 살살 녹을 만큼 먹음직스러웠다.

"으음."

그녀가 가느다란 다리로 카를의 허리를 꽉 옭아매려고 바둥거렸다. 카를은 가슴을 입에 문 채로 손을 내려 그녀의 오른쪽 다리를 왼팔에 걸었다. 허리를 거세게 쳐올리자 결합은 더욱 깊어졌다.

"으응!"

그녀가 예쁜 목소리로 신음하며 고개를 뒤로 젖혔다. 새하얀 목에 이를 박아 넣고 싶은 충동에 카를은 그녀의 보풀어 오른 가슴에서 간신히 입술을 뗐다. 목 안쪽에 입술을 묻은 순간, 진한 체취가 밀려들었다. 그녀의 귀밑에서 풍기는 향기는 입술 사이가 저절로 벌어지게 할 만큼 매혹적이었다.

카를은 입술을 크게 벌려 그녀의 목 안쪽을 핥고, 귓불을 쭉 빨아 당겼다.

"카를, 흐읏. 꼭 처음 같아."

오늘따라 그녀도 평소보다 조금 더 흥분한 눈치였다. 그녀의 체취를 가둬 두려고 그랬다는 봉투를 발견했을 때부터, 그녀의 뺨은 사랑스럽게 붉었다.

"처음이지."

카를은 낮게 속삭였다.

"그런 말도, 안 되는 소리가, 어딨어?"

가쁜 숨결에 섞인 그녀의 말이 토막토막 끊겼다.

"우리의 남은 인생에서 지금이 첫날밤인 건 맞잖아?"

이런 낯간지러운 말에 감동하는 여자가 아닌데.

고백의 말을 건넬 때마다 그녀의 눈동자는 불안하게 흔들렸었다. 하지만 그때 그녀의 이름은 유주희였고, 미아 콴이었다.

"루나."

카를은 그녀의 진짜 이름을 기꺼운 마음으로 읊조렸다.

"그럼 우리의 남은 인생에서 지금이 첫 섹스인 거네?"

그녀는 이제 불안해하기는커녕, 카를보다 한술 더 뜨는 물음을 던졌다.

"그렇지."

카를은 그녀의 몸 안을 깊숙이 파고들며 대꾸했다. 그녀는 파르르 떨리는 속눈썹을 들어 올린 채로 카를을 바라보며 속삭였다.

"항상 처음인 것처럼 나를 안아 줄 수 있어?"

그녀다운 물음이었다. 앞으로도 변함없이 자신을 사랑해 줄 수 있느냐는 질문을 그녀는 야하게도 내뱉었다.

"경험 없는 숫총각처럼 바보짓을 하라는 건가?"

카를은 수줍은 고백을 음란하게 만드는 재주가 있는 그녀를 놀리듯 물었다.

"카를, 당신은 숫총각이었던 시절에도 바보짓은 안 했어요. 너무 잘했지."

그녀는 카를을 다루는 데 있어서 특수 훈련이라도 받은 듯했다. 루나는 카를의 머리카락을 부드럽게 쓸어 넘기며 웃었다. 그녀의 뜨거운 손끝이 귓바퀴를 스치자, 전율이 살갗을 타고 하르르 흘러내렸다.

"항상 처음인 것처럼 소중한 마음으로 당신의 모든 것을 눈에 담을게."

카를은 그녀가 듣고 싶어 하는 고백을 읊조리며, 붉은 눈초리에 가볍게 입을 맞추었다.

"항상 처음인 것처럼 기꺼운 마음으로 당신의 목소리에 귀를 기울일게."

이번에는 땀이 송골송골 맺힌 그녀의 콧잔등에 입을 맞추고.

"항상 처음인 것처럼 최선을 다해서 당신을 유혹할게."

붉게 달아오른 그녀의 뺨에 입술을 가져다 대고.

"항상 처음인 것처럼 설레는 마음으로 당신을 사랑할게."

애정을 담뿍 담아 그녀의 입술을 머금었다.

"으응."

입안으로 쏟아지는 신음을 받아 넘기며 카를은 그녀의 몸을 빈틈없이 끌어안았다.

남은 인생에서의 첫 밤은 영원할 것처럼 길었다.

❖

아침이 밝은 지 한참이 지났는데도 루나는 침대를 벗어나지 못했다. 얼마간 강행군을 이어 온 탓에 익숙하고 편한 잠자리에 취한 이유였다.

"카를?"

그 역시도 깊은 잠에 빠져 있기는 마찬가지였다. 독수리의 날개처럼 쭉 뻗은 속눈썹이 진한 그림자를 드리우고 있는 모습을, 루나는 오랜만에 느긋한 마음으로 바라보았다.

얼마간 그의 얼굴을 바라보고 있었을까.

휴대전화 진동 소리에 그가 번쩍 눈을 떴다. 그는 고개를 쭉 빼고 루나의 이마에 입을 맞추고는 웃으며 협탁으로 손을 뻗었다.

"네."

카를은 사뭇 진지한 음성으로 전화를 받았다. 사업적인 이야기를 할 때 나오는 전형적인 목소리였다.

"알겠습니다. 화상 회의를 주선해 보도록 하죠."

그는 짧게 대꾸하고는 전화를 끊었다.

"로젠쉴트 대표님, 누구의 전화였나요?"

루나는 마치 그녀의 비서라도 되는 듯한 목소리로 물었다. 그가 이건 또 뭐 하자는 짓이냐며 눈썹을 치뜨고는 웃었다.

"그렇게 딱딱하게 말할 때, 되게 섹시해. 당신 물건만큼이나 딱딱한 목소리야."

루나는 유혹하듯 웃으며 베개에 얼굴 한쪽을 묻었다.

"루나? 내 밑에서 일하고 싶은 건가?"

카를이 루나의 몸을 돌려서 반듯하게 눕혔다. 엄청난 충격을 받은 것도 아닌데, 새된 비명이 흘러나왔다. 그가 당연한 수순인 듯 루나의 몸 위로 올라탔다.

"내 밑에서 하는 일이 부족하다고 생각하나 보지?"

카를이 고압적이고, 딱딱한 목소리로 물었다. 그는 턱을 굳힌 채로 근엄한 척하며 묻고 있었다. 고자세가 몸에 밴 듯 잘 어울리는 남자다. 그런 모습이 또 지독하게 매혹적이라는 걸 이 남자는 알까?

"카를, 부탁인데 어디 가서 그런 식으로 말하지 마요. 누구든 당신 밑에서 일하고 싶어질 것 같으니까."

"그런 식으로?"

그가 상체를 내리며 우뚝한 코끝을 루나의 매끈한 콧잔등에 비볐다.

"일할 때는 섹시하지 말라고."

루나의 투덜거림에 그가 못 참겠다는 듯이 웃음을 터뜨렸다.

"내가 일하는 모습을 보고 섹시하다고 말하는 당신이 변태야. 아무도 내가 일할 때, 그런 생각을 하지 않는다고."

변태라는 말에 루나가 발끈하려는 순간, 그가 경건한 사제의 얼굴로 돌아왔다.

"나의 여신. 나에게 상을 내려야 할 거야."

"상을 내려야 하는 이유부터 알아야 할 것 같은데?"

루나는 한마디도 지지 않고 응수했다.

"SIS의 이완 겔러와 화상 회의를 잡았어."

미간을 찌푸린 루나가 그의 어두운 눈동자를 들여다보았다.

"중동에서 활동 중인 영국인 의사 건으로."

심장이 걷잡을 수 없이 빠르게 뛰었다. 듀이를 찾을 수 있을지도 모른다는 생각이 들자, 눈물이 핑 돌았다.

포레스트빌의 취조실 건물에 비밀 작전부가 만들어졌다. 듀이를 구출해 내는 작전을 세우기 위한 본부였다.

루나와 스티브, 마리가 합류했고, 카를 쪽에서 통신 전문가 두 사람을 데려왔다. 그들은 블라우 로젠 돔에 있는 방사 시스템을 설계하고 관리하는 이들로 남몰래 국가 간 통신을 제어하는 일에도 능하다고.

"이번 작전도 랭글리에는 비밀인 거죠?"

루나의 질문에 스티브는 고개를 끄덕거렸다. 듀이가 실종된 사건은 애초에 CIA에 존재하지 않는 작전이었다.

루나는 모두가 앉아 있는 테이블 앞에 서서 좌중을 둘러보았다.

"내 소개 먼저 할게요. 이번 작전을 이끌게 된 루나 송입니다."

루나의 뒤에 자리한 커다란 화면에 미국 정보 공동체의 구조도가 나타났다.

"미국에는 중앙정보국(CIA)을 포함해, 국무부, 국토안보부, 재무부, 법무부, 국방부 등에 속한 16개의 정보기관이 존재했었죠. 그중 중앙정보부만이 독립 정보기관이었고요."

좌중이 모두 아는 정보라고 한들 정리가 필요했다.

"2004년 정보개혁법 제정 이전에만 해도, 이들 정보기관을 전부 아우르는 중앙정보국장의 자리는 CIA 국장이 겸임했었습니다."

루나는 낮고 단호한 목소리로 설명을 이어 갔다.

"하지만 테러로 인한 국가 안보의 중요성이 대두되면서 정보기관들이 재편되었고, 국가정보국장(DNI)이라는 직책이 신설되었습니다. 이제는

CIA의 국장 역시 국가정보국장의 아래에 놓이게 된 거죠."

스티브가 시의적절하게 끼어들었다.

"현 CIA 국장, 알렉스 오웰은 정치질에 눈이 먼 인간이야. 어떻게든 날 몰아내고, 구미에 맞는 사람을 국장 자리에 앉힌 뒤 캐피털 힐(미 국회의사 당을 일컬음)에 뛰어들고 싶어 하지."

"부통령 후보로 대선 레이스에 끼고 싶어 한다는 소문도 있던데요."

마리가 같잖다는 듯이 읊조렸다.

"능력보다 야망이 큰 녀석이군요. 가까운 곳에서 일했기에 누구보다도 자신을 잘 아는 스티브와 대립하는 게 부담스러웠을 테고요."

카를이 기민하게 말을 이어 나갔다.

"스티브를 CIA에서 내치기 위해서는 수족 제거가 우선이었겠죠."

카를의 시선이 앞에 선 루나에게 향했다. 그는 어두운 눈동자로 루나 를 바라보았다. 그의 눈빛에는 애정과 연민, 분노가 공존했다.

"그중에서 나의 여신, 루나가 첫 번째 타깃이 된 거고."

감히 겁도 없이. 말끝에 카를이 음산한 목소리로 덧붙였다. 여신이라 는 단어에 면역이 되지 않은 마리가 참지 못하고 웃음을 터뜨렸다.

"아, 미안해요. 심각한 순간인데 웃어 버려서."

루나는 미안하다는 듯이 마리와 눈을 맞추고는, 나무라는 시선으로 카 를을 바라보았다. 카를은 시치미를 뚝 떼고 왜 자신을 그런 눈으로 보느 냐는 듯이 당당하게 턱을 치켜 올렸다.

분위기 파악 좀 하라고 나무라고 싶은 마음 반, 사랑스러워서 그의 허 벅지 위에 마구잡이로 올라타고 싶은 마음 반.

루나는 후자를 향해 치솟는 마음을 추스르며 애써 근엄한 표정을 지으 려 노력했다. 지금은 듀이를 찾는 일에 집중해야 할 순간이다.

"그래서 이라크에서의 하미드 모사드 구출 작전은 CIA 국장을 통하지 않고, 국무부 장관을 통해 국가정보국장(DNI)의 승인을 받았어요."

"다행히 국무부 장관은 정신이 똑바로 박혔나 보죠? 미국 정부에 그런 사람이 있다니 신기하네요."

카를이 데리고 온 정보 통신 전문가 중에는 경호팀 소속의 윌슨도 있었다. 윌슨은 루나와 듀이가 전화 통화하는 모습을 보며 의심의 눈길을 보냈던 인물이면서, 위니를 놀려먹지 못해 안달이었던 그 어린놈의 새끼다.

유독 '미아 콴'의 전화 통화에 관심이 많았던 이유는 자신이 전문으로 하는 분야였기 때문이었을 터.

"저기요. 배구공 씨."

마리가 윌슨을 바라보며 느른한 웃음을 머금었다. '윌슨'은 미국의 유명한 스포츠용품 업체인데, 영화 캐스트 어웨이(Cast Away)에서 무인도에 갇힌 톰 행크스가 섬에서 주운 배구공을 '윌슨'이라고 불렀었다.

공교롭게도 머리를 짧게 깎은 윌슨의 두상은 공처럼 동그랬다.

"배구공 씨?"

되묻는 윌슨의 표정이 볼만했다.

"여기 모인 사람의 절반이 미국 정부에서 일하는 사람들이에요. 안타깝게도 우리가 정신이 똑바로 박힌 게 아니라면, 미친 연놈들이라는 뜻이거든? 입조심해요. 그 구멍에 이걸 쑤셔 넣고 쏴 버리는 수가 있어."

마리가 등 뒤에서 자동권총을 꺼내 테이블 위에 올렸다. 분위기가 이상하게 돌아갔다. 원래 출신 성분이 다른 두 팀이 일을 함께하려면 알력 다툼이 존재하는 법.

"오우, 마리. 많이 얌전해졌네? 원래는 입이 아니라 항문에 넣고 쏘는 걸 더 즐기지 않았어?"

루나가 농담조로 읊조렸다. 카를이 재미있다는 듯이 짧게 웃음을 터뜨렸다. 카를이 우아하게 손을 들어 올려 윌슨의 어깨를 다독였다.

"사과해, 배구공."

윌슨이 미간을 찌푸리며, 어떻게 카를까지 그렇게 말할 수 있느냐고 눈을 부라렸다.

"사과하지 않으면 넌 평생 나의 애정 어린 스파이크를 견뎌야 하는 배구공으로 살게 될 거야. 사과해. 나의 여신도 미국 정부에 속해 있다는 걸 잊은 건 아니지?"

카를의 목소리는 부드럽기 그지없었지만, 그의 어조는 뾰족하게 날이 서 있었다.

"죄송합니다. 제가 말이 심했네요."

가벼운 다툼은 순식간에 일단락되는가 싶었다.

"사과 잘 받았어요. 윌슨."

마리가 윌슨의 이름을 과장되게 발음하며 그의 화를 돋우었다. 사실 윌슨과 마리의 말은 틀린 게 하나도 없었다.

여긴 지금 정신이 제대로 박힌 미친 자들이 모여 있는 회의실임이 분명했다.

안보에 미쳐서 부하직원을 보호하겠다고 정부(情婦)로 보낸 자, 시도 때도 없이 제 부인을 여신이라고 부르는 자, CIA 앞에서 미국 정부를 욕하는 자, 회의 중에 총을 들이미는 자, 그리고 이 모든 이를 이끌어야 하는 루나까지도.

"하던 말을 이어서 하자면, 그래서 본 작전은 미국 정부의 보호를 받지 못합니다. 듀이의 생사가 확인되면 이번에는 국무부가 아닌 듀이가 CIA

로 오기 전에 속했던 공군정보감시정찰국(AFISRA)의 동기와 국방부에 도움을 요청하는 게 첫 번째 안."

"두 번째는?"

마리가 낮은 목소리로 물었다. 그녀의 목소리에는 첫 번째 안에 대한 낮은 신뢰도가 고스란히 드러났다.

"두 번째는 우리의 탈출을 도왔던 이라크의 대테러부대 블랙스콜피온스의 도움을 받아 듀이를 구출하는 거지."

루나가 마리를 바라보며 설명했다. 이제껏 잠자코 듣고만 있던 스티브가 입을 열었다.

"첫 번째 안이 표면적으로는 가장 안전해 보이지만, 아는 사람이 많아질수록 정보의 틈새가 생기는 법이지. 여기 있는 CIA, 로젠쉴트 가문까지만 해도 벌써 각기 다른 팀이야. 그런데 거기에 공군정보감시정찰국과 국방부가 끼게 되면 골치 아파질 수 있어. 중간에 누가 치고 들어와서 방해한다고 해도 그 꼬리를 잡기가 쉽지 않아."

스티브의 의견에 루나도 동의했다.

"그래서 위험은 따르겠지만, 두 번째 안이 더 적당하다고 보고 있어요. 블랙스콜피온스의 장군은 지금 업적을 세워서 이라크 정부에서 한자리 차지하고 싶어 하는 인물이거든요. 미국과 이라크 간의 긴밀한 협조와 더불어 로젠쉴트 가문까지 등에 업을 생각에 들떠 있죠."

스티브가 고개를 끄덕거리며 대꾸했다.

"이라크의 친구와 친분을 더 쌓아 두는 것도 나쁘지 않지."

루나는 손목에 있는 시계를 확인하고는 좌중을 둘러보았다.

"이제 영국 SIS의 이완 겔러와 화상 회의를 진행할 시간입니다."

모두들 얼굴에 긴장의 빛이 역력했다. 이완 겔러는 한 가지에 파고들면 끝장을 보고야 마는 미치광이였다. 냉전 시대 구소련 KGB를 상대로 대승을 거둔 전적이 있는 영국 SIS는 러시아 관련 정보에서는 그 어떤 국가의 정보부보다도 앞서 있었다.

그리고 그런 SIS의 대 러시아 첩보 활동의 중심에 이완 겔러가 자리했다. 끈질기기로 소문난 이완 겔러가 이번 작전에 끼어든 것은 카를의 요청 때문이었다.

중동에서 활동하는 영국인 의사라면 SIS에서 정보를 갖고 있을 거라는 판단하에 SIS 간부인 이완 겔러에게 연락을 취한 것.

『안녕하십니까? 모두들 오랜만에 뵙네요. 처음 뵙는 분들도 계시고요.』

그는 한적한 카페에 앉아서 허술한 공용 회선을 쓰며 화상 회의에 임한다고 했다. 의심을 받지 않으면 추적당할 일도 없다. 노련한 이완 겔러는 역으로 추적을 피하고 있었다.

"반갑습니다, 이완."

『그래요, 카를. 루나 송과는 여전한가 보네요?』

내막을 얼마 전에 알았다며 이완은 호탕하게 웃었다.

『빅터는 여전히 미국에 있다죠?』

"미국 대선이 끝나기 전까지는 워싱턴에 있을 것 같더군요."

스티브의 대답에 이완이 미소를 지우지 않은 채로 고개를 끄덕거렸다.

『해당 의료진은 빅터가 주는 장학금으로 의대를 마친 인물입니다. 유대계 영국인이죠.』

루나의 얼굴이 삽시간에 굳어졌다.

"지금 듀이를 데리고 있는 사람이 빅터 아스그리드 쪽이라고 말하는 건가요?"

정확히는 헤즈볼라에 속한 의료진이 빅터 아스그리드의 사람이라는 말이었다. 회의실 안에 찬물을 끼얹은 듯 분위기가 싸늘해졌다. 결혼식 테러 사건의 배후로 지목된 인물도 빅터 아스그리드였다. 하지만 워낙 용의주도하게 움직여서 물증을 잡을 수가 없었다.

『빅터가 미국 대선에까지 손을 뻗고 있죠? 삶의 마지막 순간에 전 세계를 손에 넣고 싶어 하는 것 같군요.』

"워낙 도마뱀처럼 약삭빠른 인간이에요. 꼬리 자르기에 능해서 어디서든 도망을 잘 가죠."

루나의 대답에 이완도 동의한다는 듯이 화면 속에서 고개를 끄덕거렸다.

『우리도 빅터 아스그리드 때문에 애를 먹은 일이 몇 번 있었죠. 듀이를 구해 오는 일뿐 아니라.』

이완이 말을 길게 늘이며 시간을 끌었다. 루나는 잠자코 화면 속 이완의 얼굴에 집중했다.

『빅터를 잡아들이는 일까지 계획하고 있다면, 우리는 본 작전을 적극적으로 도울 생각입니다.』

루나는 고개를 돌려 스티브를 바라보았다. 스티브의 좁아진 미간에 수심이 어렸다. 빅터를 잡아들이는 일은 쉬운 일이 아니었다.

"적극적이라는 말이 좀 모호하게 들리는군요. 어떻게 돕겠다는 거죠?"

루나는 단호하게 물으며 고개를 돌렸다. 그러다 시선 끝에 카를의 얼굴이 걸렸다.

'섹시해.'

그가 입 모양으로 읊조렸다.

이 남자가 이렇게 심각한 순간에?

루나가 카를을 향해 눈을 한 번 부라린 뒤, 얼른 화면을 바라보았다.

빅터 아스그리드는 주요 국가의 정·재계뿐 아니라 헤즈볼라와 같은 테러 집단과도 내통하는 인물이었다.

『죽은 아이작 로젠쉴트가 백이었다면, 빅터 아스그리드는 흑이죠.』

같은 네트워크를 통하지만 아이작은 그나마 선한 축에 속했고, 빅터는 악한 축에 속한다는 의미였다.

"여기서 흑과 백을 나누는 게 의미가 있습니까? 어느 관점에서 보느냐에 따라 선이 악이 될수도, 악이 선이 될 수도 있는데요."

카를이 조용하고 낮은 목소리로 입을 열었다. 그에게서 오만함이나 고압적인 분위기는 전혀 느껴지지 않았다. 단지 카를은 선친의 이름이 거론된 이상 자신이 나서야 할 타이밍이라고 여긴 눈치였다. 그 누구도 아이작의 후계자를 눈앞에 두고, 감히 그를 욕할 수 없을 테니까.

『대의를 위했는지, 아니면 이기주의적 관점에서 움직이는지의 차이죠. 아이작은 당신의 이익뿐 아니라 대의를 위해서 움직이는 사람이었습니다. 하지만 빅터는 다르죠.』

화면 너머 이완 겔러의 눈빛에서는 희미한 존경심마저 묻어났다.

『방법이 어찌 되었건, 아이작은 대의를 좇았습니다.』

카를은 선친과는 분명 다른 사람이 되겠다고 다짐했었다. 그의 전 재산과 네트워크를 물려받았지만, 그의 공포력까지 잇고 싶지는 않았다.

『이번 기회가 아니면 언제 빅터를 잡아들일 수 있을지 모릅니다.』

이완은 설득을 이어 갔다. 모두의 시선이 스티브를 향했다. 이번 작전의 결정권을 가진 사람은 스티브였다.

"이완, 생각할 시간을 좀 줬으면 좋겠는데."

『뻔한 결정에 인색한 분이시군요.』

이완이 스티브를 자극하는 말을 넌지시 던졌다.

"이완, 우리는 듀이를 구하는 일에 집중할 겁니다. 빅터 건은 다시 이야기하기로 하죠."

루나가 제 스승을 얕잡아 보는 이완이 얄미워서 냉큼 끼어들었다.

『루나, 빅터는 반드시 잡아야 한다는 걸 루나도 알고 있죠? 세상을 손에 넣기 위해 무슨 짓이든 꾸밀 수 있는 놈이에요. 당해 봤으니 알잖아?』

루나는 미간을 슬쩍 찌푸리며 비아냥거리는 이완을 노려보았다.

『잘 생각해 봐요. 이제 빅터가 노리고 있는 다음 희생양이 누가 될지. 그 사람을 지키기 위해서라도 빅터는 잡아들여야 할 겁니다.』

묵직한 인사를 끝으로 화면 전송이 끊겼다. 회의실이 침묵에 휩싸였다. 스티브는 치열하게 고민 중이었고, 루나는 이완이 내뱉었던 말을 곱씹고 있었다.

다음 희생양?

루나가 천천히 턱을 들어 올려 좌중을 훑어보았다. 시선 끝에 카를의 반듯한 얼굴이 걸렸다. 그는 속을 알 수 없는 어두운 눈빛으로 루나를 바라보고 있었다.

다음 희생양이라…….

루나는 부정적인 갈래로 뻗어 나가려는 생각을 붙잡으며 입을 열었다.

"스티브, 어떻게 하는 게 좋을까요?"

스티브는 혼자 생각을 정리하는 걸 마쳤는지 고개를 두어 번 주억거리고는 입을 열었다.

"당장 빅터를 잡아들이려면 대규모 방첩 작전이 필요할 거야. 그 트랙을 열기 위해서는 예산도 만만치 않을 거고."

마리가 한숨을 몰아쉬며 끼어들었다.

"이 정도 규모의 인원으로는 턱도 없어요. 오히려 우리가 꼬리를 잡혀서 피를 볼 수도 있다고요. 그렇다고 빅터를 잡아들이는 일에 SIS을 적극적으로 끌어들여서 걔네들 공으로 넘길 수는 없잖아요?"

그건 국가 정보기관으로써 자존심이 걸린 문제였다. 마리는 빅터를 잡아들이는 일에 부정적인 견해를 조심스럽게 내비쳤다.

"스티브 존슨 씨."

낮고 매력적인 음성이 스티브의 이름을 정중하게 읊조렸다. 순식간에 달아오른 회의실 테이블의 분위기가 카를의 음성으로 인해 차분히 가라앉는 게 느껴졌다.

어떤 긴박하고, 그악한 상황도 유연하게 만들 수 있는 능력을 갖춘 남자. 루나는 홀린 듯 카를을 바라보았다.

"예산 문제가 해결되면 작전 수행이 가능해집니까?"

카를이 내뱉은 질문의 기저에서 불안감이 꿈틀거렸다.

"예산 문제만 해결된다고 될 게 아니지. 정보 통신 인프라도 있어야 하고, 정예 작전 요원들, 그리고 만약의 사태에 대비한 정부의 협조도 있어야 하고."

스티브는 빅터를 잡아들이는 일이 불가능하다고 말하고 있었다. 빅터는 정계를 아우르는 자금줄과 네트워크를 제 뜻대로 주무를 수 있는 사람 중에 가장 나이가 많고 노련한 인간이었다.

카를은 곰곰이 생각에 빠졌다.

내가 빅터를 대적할 수 있을 것인가.

이완 겔러의 섬뜩한 경고가 귓가를 맴돌았다.

다음 희생양이라……

빅터는 카를을 겁주기 위해 루나는 건드렸었다. 루나의 생존 사실은 아직 대외적으로 비밀이었다.

그렇다면 그다음 희생양은······.

카를은 맞은편 벽에 걸린 액자 유리에 희미하게 비치는 제 모습을 발견했다.

내가 되겠지.

"빅터는 루나의 장례식 이후로 잠잠하지 않나?"

마리가 수심이 가득한 목소리로 입을 열었다. 지금 당장 일을 크게 만들지 말자는 회의적인 어조였다.

"수면 위로 갑자기 치고 올라오기 위해 긴 잠영을 하는 것처럼 조용하게 움직이고 있겠지."

대답을 건넨 이는 루나였다. 그녀도 지금 다음 희생양이 카를이 될지도 모른다는 짐작을 하고 있는 눈치였다.

"일단 듀이부터 구하고 생각하죠."

"루나, 너는 될 수 있으면 작전 투입에서는 빠지는 게 좋겠어."

마리의 단호한 제안이었다.

"만약 네가 살아 있다는 걸 알면 빅터가 너를 다시 타깃으로 잡을 거야."

그녀의 목소리에서 염려가 가득 배어났다. 루나는 미간을 찌푸린 채로 생각에 빠졌다. 작전이 늘 뜻대로만 되는 것은 아니다. 변수를 계산하고, 여러 가지 트랙을 연구하는 게 공작관의 몫이다.

"그렇다면."

루나가 조심스럽게 입을 열었다. 지금 내뱉을 말을 카를이 듣고 나면 길길이 날뛸 게 뻔했다. 루나는 카를을 향해 애정이 어린 눈빛을 한번 보냈다. 그는 화답하듯 부드러운 시선으로 루나를 바라보았다.

미안해요, 카를.

루나는 속으로 먼저 용서를 빌었다.

"내가 미끼가 되면 어떨까? 빅터의 작전을 역으로 이용하는 거지."

낭랑한 루나의 목소리가 회의실 스테인리스 테이블 위를 맑게 구르듯 퍼져 나갔다.

"루나!"

예상대로 카를이 순식간에 무서운 얼굴로 돌변하며 루나를 노려보았다.

"그것도 나쁘지 않은 방법이긴 해."

스티브가 고개를 주억거리며 대꾸했다.

"스티브! 말이 되는 소릴 해요!"

카를이 스티브를 향해 고함을 질러 댔다.

"SIS와의 공조는 필수적이에요. 듀이를 구하기 위해서는 공을 나눈다고 해도 어쩔 수 없을 것 같아요. 일단 SIS 중동 지부 쪽에 유대계 영국인 의사를 포섭하라고 요청하죠. 그리고 듀이의 생사가 확인되면 빅터에 관한 작전 트랙을 실행하는 게 어떨까요?"

루나의 제안에 스티브와 마리는 고개를 끄덕거렸다.

"나는 동의 못 합니다."

카를이 묵직한 목소리로 대꾸했다. 이제껏 듀이를 구하는 일에 호의적이었던 그가 갑자기 삐딱선을 타기 시작했다.

"카를."

루나는 애원하듯 그를 바라보았다.

"루나가 위험한 일에 처하는 건 원치 않아요."

부드럽지만 단호한 어조였다.

"루나는 CIA 공작관이에요. 위험한 일을 바라지 않는 사람이 이상한 거 아닌가?"

마리의 질문에 날이 서 있었다. 마리는 거침없이 말을 이었다.

"카를, 당신은 당신이 사랑하는 여자에 관해 정확히 알아야 할 필요성이 있겠네요."

카를은 한쪽 눈썹을 치켜세우며 마리를 바라보았다.

"루나는 누구보다도 훈련이 잘된 정예 요원이에요. 여러 작전에서 성공적인 성과를 거두었고, 동기 중에 가장 먼저 굵직한 지역의 지부장이 될 거라고 다들 확신하고 있어요. 지부장을 거쳐 워싱턴으로 돌아와 활약할 루나의 창창한 앞길을 막아서겠다는 말은 아니죠? 루나가 작전에 투입될 때마다 이렇게 끼어들건 가요?"

"마리."

루나가 마리의 이름을 부르며 말리려 했지만, 그녀는 멈출 생각이 없어 보였다. 스티브조차도 언쟁에 끼어들고 싶지 않다는 듯 허공을 바라보며 딴청을 피워 댔다.

"계속해 봐요."

심지어 카를조차도 마리의 핏발 선 의견을 계속 듣겠다며 턱을 까딱거렸다.

"이번 작전 진행을 돕는 건 고맙게 생각해요. 그런데 여기에 끼어든 이유가 듀이를 구하는 일에 일조하기 위해선가요, 아니면 루나가 위험한 일을 하지 못하도록 막기 위해선가요? 당신의 그 행동이 루나의 앞날을 막고 있다는 거 모르죠?"

마리는 한번 입이 터지면 막을 수 없는 독설가였다.

"세상을 다 가진 사람이라고 해도, 한 사람의 인생을 좌우할 권리는 없는 거죠."

마리가 제 할 말은 다 했다는 듯이 의기양양한 미소를 머금었다.

"생각이 많아지는군요."

루나가 미끼가 된다고 했던 순간부터 발끈했던 카를이 이상하리만치 침착한 미소를 머금으며 부드럽게 읊조렸다.

마리도 카를의 여유만만한 태도 때문에 약간은 어안이 벙벙해진 얼굴이었다. 혼자서만 격분해서 떠든 것 같아 민망한 눈빛이기도 했다.

"오늘 회의는 여기서 마치죠. 일단 루나는 이완에게 다시 한 번 연락해서 해당 의사를 포섭하라고 하고. 나는 충원할 만한 인력이 있는지 찾아보지."

"빅터의 음침한 구석을 마음에 들지 않아 하는 사람들이 분명 있을 거예요. 예를 들면 국무부 장관 같은?"

루나의 물음에 스티브가 고개를 끄덕거리고는 먼저 회의실을 나섰다. 마리가 흥분해서 미안하다는 듯이 루나에게 눈인사를 건네고는 스티브의 뒤를 따랐다.

"우리도 갈까요?"

루나가 태블릿 PC를 챙기고, 리모컨으로 화면 전원을 끄며 말했다. 카를이 슈트 재킷 단추를 채우며 자리에서 일어났다. 오늘따라 그는 거대한 산처럼 느껴졌다. 단단한 암벽과 푸른 숲으로 이어진 산세가 험한 산. 루나가 힘겹게 넘어야 할 산이기도 했다.

카를은 아무 말 없이 루나에게 다가와 왼팔을 내밀었다. 루나가 빙그레 미소를 머금으며 그의 단단한 팔 위에 손을 얹었다.

지하 주차장에 놓인 차에 오를 때까지, 카를은 침묵했다.

마침내 뒷좌석에 둘만 남았을 때, 카를이 나직한 목소리를 냈다.

"루나."

그저 이름이 불렸을 뿐인데, 심장이 두근거렸다. 아까 회의실에서 있었던 께름칙한 대화 때문에 긴장감이 밀려들었다. 발끝이 말려 들어가는 듯했고, 그의 붉은 입술 사이로 흘러나오는 따스한 숨결 때문에 체온이 조금씩 올랐다.

"먼저, 아까 당신의 의견에 반대하고 화를 낸 건 사과할게. 내가 하는 일이 있듯이, 당신도 당신이 하는 일이 있는 거니까."

그는 정중한 사과의 말부터 건넸다. 하지만 그의 표정이 다정하고 애틋해서 오히려 두려워졌다. 그가 어떤 말을 하려는 건지 예상할 수가 없었다.

카를의 잘생긴 얼굴에 근사한 미소가 활짝 피어났다. 그의 깊고 진중한 시선이 루나의 흔들리는 눈동자와 미세하게 좁아진 미간을 훑었다. 그녀가 조금이나마 불안한 마음을 품고 있는 걸 알아차린 눈치다.

그는 따스하고 커다란 손으로 루나의 작은 얼굴을 그러쥐었다. 엄지로 광대뼈 위를 매끄럽게 쓸고, 기다란 손가락이 귓바퀴를 스쳤다. 그의 손이 닿는 곳마다 열기가 따끔하게 고였다.

그가 커다란 어깨를 기울이고, 고개를 옆으로 숙이며 천천히 다가왔다. 루나는 가라뜬 눈으로 그의 숨결이 가까워지는 걸 지켜보았다.

"루나."

붉은 입술이 세상에서 가장 매혹적인 단어를 내뱉듯 유려하게 움직였다.

"나는 두 번 다시 너를 잃고 싶지 않아."

낮은 목소리는 심장을 뒤흔드는 주문과 같았다. 루나는 성마른 손길로 그의 턱을 감싸 쥐고는 입을 맞췄다. 도톰한 아랫입술을 빨고 입술 새로 혀를 밀어 넣었다. 그가 잇새를 꾹 다물고 열어 주지 않아서 안달이 났다.

가느스름하게 뜬 눈으로 그를 바라보았다. 갈증이 가득 고인 눈길에도 그는 꿈쩍도 하지 않았다.

두 사람의 거리가 아슬아슬하게 벌어졌다.

"내 말, 끝까지 들어."

일부러 그러는 것인지 카를은 인내를 요구하며 금욕적인 가면을 뒤집어썼다. 빈틈없이 완벽한 얼굴을 뒤흔들고 싶은 욕구가 켜켜이 쌓이기 시작했다. 배 속에서 솟아오르는 열기는 가슴을 세차게 두드리고 허벅지 사이로 흘러내렸다.

"들을게요."

루나는 그의 턱과 **뺨**을 양손으로 천천히 쓰다듬으며 고개를 끄덕거렸다. 마치 말 잘 듣는 아이가 된 것처럼 순한 눈빛으로 바라보자, 그는 루나의 손길까지 거둬 내지는 못했다.

"내 말은…… 어떤 방식으로든 너를 잃고 싶지 않다는 뜻이야."

그의 눈동자는 짙은 장막이 드리운 것처럼 어두웠다. 루나는 장막 뒤에 숨은 그의 의중을 파악하기 위해 그의 어두운 눈동자를 더욱 깊숙이 바라보았다.

순간, 심장이 바닥으로 곤두박질치는 듯 험하게 뛰었다.

"카를, 지금 무슨 생각을 하고 있는 거예요?"

그가 말하는 이별은 또다시 루나가 죽거나, 사라지는 것을 일컫는 게 아니었다. 말 그대로 연인의 이별을 뜻했다.

이라크에서 그에게 구조된 뒤 스위스를 거쳐 미국으로 온 지금, 루나는 그의 손에 이끌려 본래의 자리에 돌아온 거나 마찬가지였다.

그런데 그는 두 사람의 평범하지만, 평범하지 않을 이별을 걱정하고 있었다.

"너는 너고."

그의 입가에 얄밉도록 찬란한 미소가 걸렸다.

"나는 나니까."

루나는 한 국가의 정보부 요원이고, 카를은 세계의 정보를 아우르는 가문의 수장이다. 그녀는 지금 일을 그만둘 생각이 없었고, 그는 가문을 포기할 무책임한 사람이 아니다. 그만두기는커녕 루나는 자신을 한계까지 몰았던 자를 잡고, 듀이를 구하기 위해 혈안이 되어 있었다. 그리고 그는 앞으로 가문의 영속을 위해 도마뱀 같은 빅터를 잡아야만 했다.

"아직 우리의 목적은 같잖아요."

루나는 뜬구름을 잡듯이 아직 오지 않을 미래를 걱정하는 카를을 타박하듯 말했다.

"그렇지. 지금은 우리의 목적이 같지."

카를은 언젠가 서로가 적이 될 수도 있다고 말하고 있었다.

"사과할 일이 하나 더 있어."

루나는 들을 준비가 되었다는 듯이 고개를 한 번 까딱했다. 느릿하게 깜빡거리는 그의 눈꺼풀 아래로 미안한 감정이 가득 고였다.

"사실 나는……."

그가 잠시 루나에게서 시선을 뗐다. 먼 곳을 바라보는 듯한 눈빛에는 무기력한 공허함이 어렴풋이 뒤섞였다. 능력 밖의 일을 눈앞에 두고 허탈해하는 표정이었다.

"네가 일을 포기할 줄 알았어."

루나는 잠시 머릿속이 멍해져서 그가 내뱉은 말을 곱씹었다.

"포기하지 않으면, 감히 내가 못 하게 해야 할지도 모른다고도 생각했었고."

창밖을 바라보던 그의 시선이 루나에게 돌아왔지만, 이번에는 루나가 그의 시선을 피해 버렸다. 어떤 대답을 해야 할지 잠시 망설이던 루나는 솔직한 심정을 내뱉기로 했다.

"보통 사람이라면 내가 이해되지 않겠죠. 죽을 고비를 두 번이나 넘겼는데도 이 일을 계속하려고 하는 게 이상해 보일 거예요."

카를이 아니라며 고개를 내저었지만, 루나는 멈추지 않고 말을 이었다.

"나는 내 목숨에 관한 서약을 이미 했어요. 민주적 평화를 위한 나의 희생은 너무도 당연하다고 생각하고요."

카를이 마지못해 미소 짓는 듯했다.

"하지만 카를."

그의 이름을 부르는 루나의 목소리는 그 어느 때보다 또렷했다.

"나는 당신을 그만큼 사랑하고, 당신과 적이 되지 않기 위해 전보다 훨씬 신중하게 행동할 거고, 당신의 곁에 머물기 위해."

루나는 그가 조금 더 자신의 목소리에 집중해 주길 바라며 숨을 한 번 골랐다.

"애쓸 거예요."

노력한다는 말보다, 최선을 다할 거라는 말보다, 한국어로 애쓴다는 말은 더 깊이 와닿는 감이 있었다. 그는 아무런 대꾸도 하지 않고 루나를 바라보기만 했다.

"'애'가 어딜 말하는지 알아요?"

루나의 질문에 그는 계속 듣겠다는 듯이 고개만 까딱거렸다.

"'애'는 창자를 말해요. 옛날 사람들은 창자가 영혼과 가깝다고 생각했대요. 그래서 애가 타고, 애가 녹고, 애를 쓰는 거죠."

단단한 팔뚝이 루나의 등허리를 부드럽게 감싸 안았다. 루나는 자연스럽게 그의 어깨에 옆얼굴을 기댄 채로 읊조렸다.

"나는 애쓸 거예요. 당신이 애타지 않도록."

고개를 기울인 그의 입술이 루나의 입술에 깊게 맞물렸다. 입술 새를 가르고 들어온 말랑말랑한 혀가 따뜻했다. 입안을 부드럽게 침범한 그는 혀뿌리를 거세게 빨고, 입천장을 살근살근 간질였다. 말 그대로 애가 녹는 키스였다.

13. 도마뱀

한 번의 전화 연결음이 채 끝나기도 전에 굵직한 음성이 들려왔다.

— 네, 이완 겔러입니다.

루나는 소리가 나지 않게 목을 한 번 가다듬고는 목소리를 냈다.

"나예요, 이완."

— 글쎄. 나라고 말한다고 해서 알아들을 만큼 친한 여자가 없어서.

이완은 루나의 목소리를 알아들었으면서도 시치미를 뚝 떼는 눈치였다.

"이완 겔러 씨, 저는 미국 중앙정보국 소속 루나 송입니다."

루나의 목소리가 조금 올라갔다.

— 성깔은 여전하네. 어떻게 로젠쉴트 옆을 지키나 몰라?

"저는 이 성깔이 제일 마음에 듭니다만, 이완 겔러 씨."

스피커폰을 통해 이완의 목소리를 듣고 있던 카를이 적절하게 끼어들었다.

— 아, 로젠쉴트 씨. 이렇게 사람을 놀라게 하는 건 재미가 없는데요.

이완의 목소리가 루나를 대할 때와는 완전히 다르게 변했다. 루나를 대할 때는 광기 어린 영국 정보부 요원이었다면, 카를을 향한 그의 목소리는 구역질이 날 만큼 신사적이었다.

"이완, SIS(영국 정보부) 쪽에서 해당 의사를 포섭할 수 있겠습니까?"

— 스티브의 상황이 생각했던 것보다 훨씬 안 좋은가 보군요.

눈치 빠른 이완은 스티브가 움직일 수 없는 이유를 금방 알아차렸다.

"듀이 엘리엇 요원의 생사가 확인되면 빅터에 관한 트랙 개시를 고려할 예정입니다."

루나가 빠르게 치고 들어갔다.

— 트랙 개시를 고려한다. 난해한 대답인데.

이완은 빅터를 잡아넣을 수 있는 묘책이 있는 게 아니라면 움직일 생각이 없다는 듯이 한가로운 목소리로 읊조렸다.

"이완 겔러 씨."

이름을 부르는 카를의 음성이 낮게 가라앉았다. 루나는 그 음성이 풍기는 압도적인 분위기에 사로잡혀 카를을 잠시 멍하니 바라보았다.

— 네, 로젠쉴트 씨.

대꾸하는 이완의 음성도 조금 전과는 사뭇 달랐다.

"나는 웬만하면 도박과 술을 피하는 사람입니다."

이완이 전화기 너머에서 이유를 알겠다는 듯이 웃었다. 대상만 다를 뿐 중독과 집착에 관해서는 각기 일가견이 있는 남자들의 대화였다.

이완은 정보부의 적성 인물과 국가에, 그리고 카를은 지금 눈앞에 둔 여자에게 각각 중독되어 있었다.

— 그런데 여자는 피하지 못하셨나 보군요.

이완이 재미있다는 듯이 웃었다.

"당신이 위험한 일에 끌리는 것처럼."

카를이 진득한 시선으로 루나를 바라보았다.

— 로젠쉴트 씨도 만만치 않은 상대에게 빠지셨군요.

웃음을 참는 듯한 목소리였지만, 이완은 진지하다는 듯이 힘주어 말했다.

"이완, 장난 그만하죠? 카를, 당신도 그만해요."

루나는 두 사람을 나무라며 미간을 좁혔다. 카를이 미소를 머금은 입술로 나직하게 읊조렸다.

"이완, 나는 결과가 나오지 않는 일에 힘을 쏟을 생각이 전혀 없어요. 하지만 결과가 확실하다면 발을 뺄 일이 없을 겁니다."

카를이 손을 뻗어 루나의 귓불을 만지작거리며 말을 이었다.

"그러니 이완, 의사를 포섭해서 듀이의 생사를 먼저 확인해 줘요. 그 뒷일에 대해서는 내가 책임집니다."

아까 포레스트빌 회의실에서 이야기를 나눌 때만 해도, 카를은 본 작전에 루나가 깊이 개입하는 것을 저어했었다.

— 카를, 정보부의 일이라는 게 그렇게 간단하게 이뤄지는 게 아닙니다. 스티브가 제 사람을 구하는 데 적극적으로 나서지 못하는 데는 그럴 만한 이유가 있는 거잖습니까?

웃음으로 넘기던 이완이 실질적인 거래를 트기 위한 말을 건네왔다. 서로의 성격에서 비슷한 점을 들어 동질감을 불러일으킨 카를의 말이 기가 막히게 먹혀들었다.

"나는 부주의하게 사업을 하는 사람이 아닙니다. 거래 조건은 나중에

복스홀 크로스에서 이야기해도 좋을 것 같은데요?"

이완은 잠시 아무 말도 없었다.

"이완?"

— 로젠쉴트 씨, 당신 곁에 CIA 요원이 있는데…… 내가 어떻게 당신을 신뢰하죠? 부부 사이는 신이 보호하는 영역입니다. 어떤 비밀을 나눠도 죄가 되지 않는다고요.

루나가 우려했던 바였다. 그의 사업상 위치를 고려해 볼 때, 루나의 존재는 독이었다.

"이완, 세상에는 비밀을 지켜야 존속되는 관계도 있는 겁니다. 나와 루나처럼. 나는 그녀의 적이 되고 싶지 않거든요. 알죠? 루나의 적이 되면 어떤 취급을 받게 되는지."

카를이 앓는 듯한 음성으로 약한 소리를 해 댔다.

— 정말 못 말리겠네.

이완이 이제 두 손 들었다는 듯이 한숨을 내쉬었다.

"듀이를 치료한 의사를 찾아요. 되도록 빨리. 그리고 바로 나한테 연락 줘요."

이완은 알겠다며 순순히 대답하고는 전화를 끊었다.

"카를."

루나가 약간은 거리를 둔 음성으로 그를 불렀다.

"영국에서 드론형 무기를 개발하는 일에 로젠쉴트사의 협업이 필요하다는 요청이 들어왔어."

비밀스러운 말을 술술 풀어내는 카를을 루나는 멍하니 바라보았다. 그의 눈빛은 순식간에 음험하게 가라앉아 있었다.

이 비밀 많은 매력적인 남자는 대체!

"무슨 생각인 거예요?"

루나는 지금 다른 나라의 무기 개발 기밀을 엿들은 셈이었다.

"카를? 방금 이완한테는!"

비밀을 지킬 것처럼 굴어 놓고 왜 이런 이야기를 꺼냈느냐는 듯이 묻는 듯한 얼굴로 그를 바라보았다.

"아까 이완이 하는 말 못 들었어? 우린 비밀이 없어야 하는 부부 사이잖아."

카를이 목소리에 애정을 가득 담으며 능청을 떨었다. 아니, 능청을 떠는 게 아니라 그는 지금 루나의 기분을 풀어 주려고 애교를 부리고 있었다.

이 남자가?

루나는 약간 혈압이 상승하는 것처럼 목덜미가 뻐근해지는 것을 느꼈다. 눈을 지그시 감은 순간, 그의 커다란 손이 목에 닿았다.

"으흠."

부드럽게 주무르는 손길에 앓는 소리가 저절로 터져 나왔다.

"카를."

루나는 꽉 다문 잇새로 그의 이름을 읊조렸다.

"나는 지금 영국의 무기 개발 기밀을 당신한테 전해 들은 거라고요."

머리가 지끈지끈했다. 갑작스러운 두통에 미간을 찌푸리는데, 그의 입술이 관자놀이에 닿았다. 카를은 루나가 어디를 어떻게 불편해하는지 귀신같이 꿰뚫어 보는 듯 행동했다.

"나한테 영국 기밀을 들었다고 어디 가서 말할 건가?"

근사한 목소리로 내뱉는 천진한 질문이 얄미워서 루나는 저도 모르게 눈을 부릅떴다. 그의 숨결은 이제 루나의 뺨을 더듬고 있었다.

"카를!"

루나는 그의 가슴을 밀어내며 거리를 벌렸다. 그와 숨결이 섞여 들기 시작하면 이성이 마비되어 정상적인 사고가 불가능해진다. 그가 펼치는 애정이 뒤섞인 기적의 논리에 홀딱 넘어가고야 말 것이다. 루나는 논리적인 대화를 위해 그를 밀어냈다.

"그러면 곤란한데."

"뭐가 곤란하다는 거예요? 내가 밀어낸 게? 아니면 내가 비밀을 알게 되어서 떠벌릴까 봐?"

그가 고심하듯 미간을 찌푸렸다.

"둘 다 곤란하긴 한데, 뭐가 더 곤란하냐고 따진다면 당신이 날 밀어낸 게 더 곤란하지."

카를은 순수한 연정이 어린 눈빛으로 루나를 바라보았다. 저 남자는 지금 진심을 말하고 있는 거였다. 정말이지 미워할 수가 없다고, 루나는 생각했다.

"왜? 미워하려야 미워할 수가 없나?"

자꾸만 머릿속을 읽는 것처럼 구는 남자 때문에 팔뚝에 하르르 소름이 돋았다.

"카를, 혹시."

"혹시, 뭐?"

그가 아까 벌렸던 거리만큼 상체를 기울이며 다가왔다. 두 사람은 안 가 2층 응접실 소파에 앉아 있었고, 그는 곧 루나를 덮칠 듯이 열기 어린 눈빛으로 바라보았다.

"이라크에서 내가 쓰러져 있는 동안, 내 머릿속에 뭘 심어 넣었거나 한 건 아니죠?"

카를이 흠칫했다. 다가오던 그의 입술이 살짝 벌어진 채로 멈췄다. 안 그래도 살짝 흥분한 상태였는데, 루나는 아드레날린이 갑자기 솟구치는 게 느껴졌다. 심장이 귓바퀴에서 구르는 듯 두근거리는 소리가 크게 들렸고, 목 안이 뻣뻣하게 부어올라 숨을 집어삼키는 것도 힘들었다.

있을 수 없는 일이라는 걸 알면서도 이 남자라면 무슨 짓이든 할 수 있을 것만 같았다.

그가 회의감 어린 미소를 머금으며 한숨을 내쉬었다. 약간은 자포자기한 표정이었다. 애써 의연한 척하던 루나가 낮게 읊조렸다.

"설마……. 미쳤어요?"

카를이 쓰게 웃는 순간, 얇게 저며진 루나의 이성이 싹둑 끊어졌다. 루나는 두 손으로 동그란 머리를 더듬으며 소리를 질러 댔다.

"어디에! 대체 어떻게! 로젠쉴트사에서 개발 중인 이상한 물건을 내 머릿속에 심은 거지?"

루나는 손끝으로 두피를 살살 훑으며 소파에서 벌떡 일어나 돌아다니기 시작했다.

"미쳤나 봐! 사람이 미쳐도 곱게 미쳐야지! 어떻게 그런 짓을!"

"루나."

카를이 달래듯 루나의 이름을 불렀다. 루나는 대꾸 없이 계속 머리를 더듬거렸다.

"루나."

그가 이름 끝을 길게 늘이며 다정하게 읊조리고는 자리에서 일어나더니 그녀의 곁으로 성큼 다가왔다. 피하려는 순간, 그가 루나의 몸을 홀랑 들어 올렸다.

그의 품에 동화 속 공주 자세로 안긴 루나의 머리는 산발이 되어 있었다.

"빨리 말해요. 내 몸에 무슨 짓을 했는지! 미쳤나 봐, 미쳤어. 완전히 미친 거야."

"루나. 이런 말 미안하지만."

루나는 숨을 죽이고 그를 노려보았다.

"지금 미친 건 내가 아니라 너 같아."

순식간에 루나의 얼굴이 붉게 달아올랐다. 자신이 얼마나 어처구니없이 강박적으로 굴었는지 자각한 순간 창피해서 몸이 저절로 움찔거렸다.

"귀여워서 어떻게 하나 계속 보려고 했는데."

카를이 한쪽 입꼬리를 들어 올리며 웃었다. 얄미워야 하는 그 모습이 품위 있고 매혹적이어서 아랫배가 순식간에 팽팽해져 버렸다.

"그러기가 힘들더라고."

카를이 침실 문을 발로 밀어 열었다. 쾅 하는 소리와 함께 그의 등 뒤로 침실 문이 닫혔다. 큰 소리에 놀란 가슴이 마구잡이로 뛰었다.

"통제력을 잃어버렸거든."

어떤 통제력이냐고 물으려는데 등 뒤에 푹신한 침구가 닿았다. 그리고 허벅지 안쪽으로 무섭게 솟아오른 그의 물건이 느껴졌다. 벽을 마주한 것처럼 단단한 그의 몸이 루나를 침대 위에 가두듯 했다.

카를의 도톰한 입술 새로 더운 숨이 흘러나왔다. 그가 코끝을 마주한 채로 속삭였다.

"나를 위해 애써 주는 건 고맙지만."

뾰족한 코끝이 루나의 콧등을 간질이듯 천천히 움직였다.

"그렇다고 정신을 놓는 건 곤란해, 루나."

너무 부끄러워서 이대로 침대 밑으로 꺼져 버리고 싶은 심정이다.

"너무 귀여워서 내가 야만인이 된 것 같았다고."

그의 놀림에 발끈할 기운조차 없었다. 높은 콧대가 뺨을 쓸고, 따뜻한 숨결이 귓가에 닿았다. 입술 사이로 귓불을 가볍게 문 그가 습한 목소리로 읊조렸다.

"어디서부터 깨물어 삼켜야 할지 고민했다니까."

루나는 끄응, 하고 앓는 숨을 삼켰다.

"어디 가서 말 안 할 거죠?"

루나가 고개를 비스듬히 옆으로 빼며 그를 보았다.

"맹세해."

"나도 맹세해요. 당신한테 들은 비밀은 어디 가서 말 안 한다고."

카를이 웃음을 머금으며 루나의 입술을 집어삼켰다. 그의 커다랗고 단단한 손이 루나의 심장을 그러쥐듯 왼쪽 가슴을 움켜잡았다. 부드러운 살덩이가 그가 힘주는 모양대로 이지러졌다.

"으음."

루나의 목에서 이제껏 참고 있던 신음이 울렸다. 가늘게 뜬 눈 사이로 그의 눈빛이 스쳤다. 그는 루나의 앓는 소리가 안타까운 듯이 바라보면서도 갈망에 헐떡이는 눈을 하고 있었다. 루나는 손을 들어 그의 단단한 등허리를 감싸 안았다. 가슴을 쥐었던 손이 아래로 향한 것도 동시였다. 그는 본인의 바지 버클을 먼저 풀고는, 루나의 스커트를 들추고 속옷을 끌어 내렸다.

"흐음."

옷도 채 다 벗지 않은 채로 삽입이 이루어졌다. 그는 다시 만난 이후로는 피임을 절대로 소홀히 하지 않았다. 얇은 막을 입히지 않은 감각이 소스라치게 그리운 마음 반, 아직은 감당할 수 없는 책임감을 짊어지고 싶지 않은 마음이 나머지 반이었다.

"카를."

루나는 끓는 목소리로 그의 이름을 불렀다. 그는 붉게 달아오른 눈초리로 그녀를 내려다보며 몸에 힘을 실었다. 속살을 거침없이 파고들 때마다 벌어진 다리가 허공에서 덜덜 떨렸다.

"으응. 아아!"

미아 콴의 너울을 쓰고, 그를 눈가림하고 있을 때도 전신을 강타하는 쾌감은 충분히 강렬했었다. 그러나 지금의 쾌락과는 비교도 되지 않는 것이었다.

서로의 정체를 완전히 드러내고, 공유하는 비밀이 많아질수록 유희는 짙어졌다. 섹스가 온전히 육체의 영역에만 속하는 행위가 아님을 증명하듯 마음이 깊게 섞일수록 만족감은 수직으로 상승했다.

"아웃."

몸이 활짝 피어나는 기분이다. 그에게 더 요염하고 아름답게 보이고 싶은 열망에 몸이 흠뻑 젖어 버렸다. 턱턱 소리를 내며 몸을 크게 부딪쳐 올 때마다 루나는 골반을 뒤채고 허벅지 안쪽을 조였다.

"안 되겠어."

그가 한숨을 몰아쉬며 상체를 일으켜 세우고는 루나의 두 다리를 한데 모아서 두 팔로 끌어안았다. 꼼짝없이 붙들린 루나는 그가 박아 넣는 대로 전신이 뒤흔들렸다.

"하아, 카를."

아무리 손을 뻗어도 그가 닿지 않았다. 침대 시트를 움켜잡으며 갈증 가득한 시선으로 그를 바라보았다. 갈라진 틈이 그로 인해 차고 넘치고 있음에도 그에게 손댈 수 없어서 손끝이 저릴 정도였다.

그가 비릿하게 웃으며 루나를 내려다보았다. 힘의 우위에 있는 그가 야속하고 얄밉게 느껴졌다.

"그런 눈빛으로, 보지 마."

그의 말이 토막토막 흘러나왔다.

"어떤 눈으로 보는데, 내가? 흐응."

루나는 상체만 제 것인 듯 뒤틀며 물었다. 하체를 그에게 꼭 붙들려서 허리를 뒤챌 수도 없었다.

"억울하다는 눈빛."

카를은 루나의 마음을 꿰뚫어 보듯이 읊조렸다.

"그럼 안게 해 줘."

애원하듯 읊조린 목소리는 스스로 듣기에도 외설적이었다.

"지금도 충분해, 루나."

그가 고개를 젖히고는 한숨을 내쉬었다. 핏대 선 굵은 목을 따라서 근육이 올올이 올라붙었다. 손을 뻗어 그의 몸을 감싸고 있는 드레스 셔츠를 찢어발기고 쇄골 아래 근육을 감상하고 싶은 충동마저 일었다.

"닿고, 싶어."

루나가 한 번 더 읍소했다. 슬픔이 아닌 쾌감 때문에 솟구친 눈물이 눈꼬리를 타고 흘러내렸다. 단단했던 카를의 눈동자가 아주 조금 흔들렸다.

"마음대로 해."

카를이 꽉 끌어안고 있던 루나의 다리를 양쪽으로 확 벌리며 상체를 숙였다. 당연히 다리를 모으고 있을 때보다 결합은 훨씬 깊어졌다.

"하으응!"

배꼽 아래가 파르르 떨리며 온몸이 조였다.

"으음."

그의 억눌린 신음이 귓가에 울린 순간, 몸은 위치를 정확히 알 수 없는 한 점으로 끝없이 수렴했다. 목소리조차 빨려 들어간 것처럼 신음이 나오지 않았고, 시력을 잃은 것처럼 눈앞이 캄캄했다. 오로지 붉은 살 틈에서 발화한 열기만이 존재하고 있었다.

"아아."

더운 숨을 내뱉는 그의 페니스가 물벽에 갇힌 채로 한계까지 부풀었다. 울컥 정액을 쏟는 그의 등허리가 단단하게 경직되는 게 손끝에서 느껴졌다. 루나는 그제야 더운 숨을 몰아쉬며 그를 더욱 세게 끌어안았다.

긴 사정 끝에 고개를 든 그가 상기된 얼굴로 루나를 마주했다.

"섹스하다가 죽으면 좋은 게 먼저일까, 쪽팔린 게 먼저일까?"

잔망스러운 표정을 짓고 있는 그를 올려다보며 루나는 미간을 일그러뜨렸다.

"글쎄요. 한 번 죽어 본 사람으로서 말해 주자면, 그렇게 명예로운 죽음은 아닐 것 같네요."

"그럼, 그러지 마."

그가 대뜸 표정을 굳혔다.

"뭘 그러지 말라는 거예요?"

카를이 몸을 뒤로 쑥 빼자, 더운 숨이 한 번 더 흘러나왔다. 아직 잔열이 남아 있는 틈을 그가 커다란 손으로 덮으며 읊조렸다.

"여기로 날 죽일 것처럼 빨아 삼키지 말라고."

흥분으로 붉어진 눈꺼풀 아래 갇힌 어두운 눈동자는 지독하게 야했다.

그의 손길이 닿아 있는 입구가 움찔거리며 애액을 뱉어 내는 게 느껴졌다. 그는 손바닥을 아래위로 음란하게 비비면서 동시에 우아한 미소를 머금었다. 방금 사정한 탓에 발갛게 달아오른 야한 얼굴을 하고 있으면서, 금욕적인 성직자처럼 절제된 미소를 머금는 기가 막힌 남자다.

그의 손은 성수가 흘러넘치는 성배의 입구를 어루만지듯 경건하면서도, 지옥 불을 머금은 것처럼 뜨거웠다. 방금 전까지 꽉 차올라 있던 틈이 허전했다.

"하아."

한숨을 내뱉은 순간 그가 잔망스럽게 눈썹을 모았다.

"다음에 죽기 싫으면 적당히 약 올리는 게 좋을걸요."

카를이 루나의 이마에 입을 맞추며 조용히 읊조렸다.

"무서워 죽겠네, 아주."

루나는 급기야 그의 드레스 셔츠를 양손으로 붙잡고 힘껏 잡아 벌렸다. 단추가 사방으로 튀며 셔츠가 벌어졌고, 발갛게 달아오른 딱딱한 흉근이 모습을 드러냈다.

"손버릇도 참 나쁘지."

"그쪽도 만만치 않아요."

지칠 만도 한데 아랫배가 확 조이며 애액이 덩어리라도 된 듯 울컥 쏟아졌다.

"카를."

루나는 손바닥으로 애만 태우는 그의 이름을 낮게 뇌까렸다. 그러자 그가 빙글거리고 웃으며 장난스럽게 읊조렸다.

"먼저 옷 벗는 사람이 위에서 왕처럼 하기."

카를이 어깨에 걸친 드레스 셔츠를 벗으며 몸을 일으켰다. 루나는 눈을 휘둥그렇게 뜨며 배 위로 말려 올라온 스커트를 밀어 내리고 지퍼를 내렸다.

겨우 스커트를 벗어 던지고 블라우스 앞섶을 뜯듯이 풀어헤쳤을 때, 그는 이미 탄탄한 나신을 드러내며 한쪽 눈썹만 치켜들고 루나를 응시하고 있었다.

❖

　이완이 긴급 화상 회의를 요청한 건 이튿날 아침이었다. 회의실에는 이전의 회의와 동일한 사람들이 모여서 침묵 속에 이완의 연락을 기다렸다.

　의사에 대한 단서를 찾았다는 짧은 메시지는 모두를 흥분케 하기에 충분했다.

　이완은 약속된 시간에 런던의 한 스타벅스에 앉아서 화상 전화를 걸어왔다.

　— 자는 걸 깨워서 미안합니다.

　일전의 회의를 마칠 때와 달리, 이완은 심각하고 정중한 얼굴이었다. 빅터를 잡을 생각이 없으면 작전을 돕지 않겠다고 나올 때와는 완전히 다른 모습이었다. 그의 마음을 움직이는 데 카를이 한몫했다는 것을 아는 사람은 루나뿐이었다.

　"아닙니다, 이완. 얼른 시작하죠."

　스티브가 괜찮다며 이완을 독려하듯 말했다.

　— 우리가 타깃을 잡은 장소는.

　"잠시만요."

　비스듬히 앉아 있던 윌슨이 손을 들며 끼어들었다.

　"배구공, 화장실이 가고 싶었으면 시작 전에 갔다 왔어야지."

　마리가 윌슨을 나무라며 미간을 구겼다.

　"그러게요. 제가 배가 너무 아파서요."

윌슨이 손에 들고 있던 태블릿 PC를 모두가 볼 수 있도록 들어 올렸다.

[전에 없던 이상 신호가 이곳에서 잡힙니다.]

그러고는 고개를 까딱거리며 덧붙였다.

"저는 잠시 화장실에 다녀와야 할 것 같네요. 제가 올 때까지 조금만 기다려 주시겠어요?"

앓는 소리를 내는 윌슨에게 마리가 짜증스러운 목소리를 가장하며 대꾸했다.

"얼른 다녀와, 배구공."

회의실 공기가 삽시간에 얼어붙었다. 윌슨은 자리에서 일어나 문을 열었다가 닫는 시늉을 했다. 그리고는 신발을 벗고 맨발로 걸어 다니며 회의실 안을 샅샅이 뒤지기 시작했다.

"로젠쉴트 씨, 기본이 안 되어 있는 직원을 데리고 어떻게 같이 일을 하겠다는 거죠?"

"죄송합니다. 하지만 생리적인 현상을 막을 수는 없잖습니까?"

마리와 카를이 능청스럽게 대화를 이어 나갔다. 루나와 스티브는 두 사람의 시답잖은 대화를 흘려들으며 윌슨을 따라 시선을 움직였다.

만약 누군가 이곳에 도청 장치라도 숨겨 놓은 거라면 이상한 소음을 내며 움직여서 여지를 제공하는 멍청한 실수를 범하지 말아야 했다. 그래서 모두들 조용히 움직이는 윌슨을 바라보기만 했다.

윌슨이 빙그레 미소를 머금은 건 스테인리스 테이블 아래를 살피고 난 뒤였다. 그의 손에는 이쑤시개 크기의 안테나가 달린 손가락 한 마디만 한 도청 장치가 들려 있었다. 윌슨은 도청 장치를 이완을 향해 보여 준 뒤, 도로 테이블 아래에 붙였다. 기민하게 움직이는 솜씨에 윌슨을 마음에 들어 하지 않던 마리조차 조금은 흡족한 미소를 머금었다.

이완이 알아들었다는 듯이 고개를 끄덕거리고는 헛소리를 내뱉기 시작했다.

— 우리가 타깃을 잡은 장소는 런던에서 76km 떨어진 곳에 있는 남부 해양 도시 브라이턴이었습니다.

이완은 절대로 듀이가 없을 장소를 입에 올렸다. 누군가 엿듣고 있다면 거짓 정보를 흘려서 함정을 심은 뒤 잡아들이는 게 정석이었다.

— 안타깝게도 타깃 중 하나는 숨겼고, 다른 하나는 도주해서 추격 중이며, 나머지 하나는 지금 병원에서 치료를 받고 있습니다.

"병원에서 치료받는 용의자는 의식이 없는 상태입니까?"

스티브가 심각한 목소리로 연기했다.

— 현재 상태는 그렇습니다.

"아직은 건질 게 없군요. 회의를 다시 잡도록 하죠."

단호한 목소리로 스티브가 읊조리자, 이완은 난색을 표했다.

— 우리는 최선을 다했습니다. CIA에서 그렇게 나온다면 우리도 앞으로 움직일 때 고심해야 할 것 같군요.

화상 회의는 싱겁게 끝이 났다. 스티브의 얼굴은 아까부터 잿빛에 가깝게 질려 있었다.

"카를, 결혼식 테러 사건의 용의자를 잡는 일에 CIA는 최선을 다할 겁니다. 우리 요원이자, 카를의 아내였던 루나의 죽음이 더는 억울하지 않아야 하니까요."

루나에게 입을 다물고 있으라는 신호였다. 다행히 루나는 회의실에 들어온 이후로 입도 뻥긋하지 않은 상태였다. 그리고 모두들 도청 장치의 주인이 누구인지 알아차린 눈치였다.

빅터 아스그리드. 그자 말고는 이곳을 알아낼 자가 없었다. 그런데 무슨 수로 이곳까지 침투했는지가 의문이었다.

루나만이 침묵한 채, 회의실을 빠져나왔고 모두 전형적인 작별 인사를 나누었다. 회의실 문을 빠져나오자마자 윌슨이 입을 열었다.

"회의실 방음벽 때문에 이곳까지 도청이 되지는 않을 겁니다. 이상 신호도 더는 감지되지 않고요."

로젠쉴트사는 무기에 집약되는 센서 기술에 관해서는 타의 추종을 불허했다. 윌슨의 말은 그만큼 믿을 만하다는 의미였다.

"최근 우리 외에 이 집에 드나들었던 사람이 누가 있죠?"

마리가 목소리를 낮추어 물었다. 마리, 윌슨, 스티브, 루나, 카를, 그리고 윌슨의 보조 한 명까지. 총 여섯 명이 어두운 복도에 서 있었다.

루나의 머릿속에 딱 두 사람이 떠올랐다. 샬럿과 하미드. 하미드는 취조를 위해 여러 번 이곳을 들렀고, 샬럿은 여기서 스티브와 밀회를 갖는 듯했다.

"스티브."

루나가 이름을 부르려는 순간, 카를이 더 빨랐다.

"잠깐 저 좀 보실까요?"

카를의 정중한 질문에 스티브가 천천히 고개를 끄덕거렸다. 두 사람은 회의실 맞은편에 있는 취조실에 들어가 문을 닫았다.

루나는 초조한 눈빛으로 닫힌 문을 바라보았다.

문 안쪽에 선 카를은 최대한 무딘 시선으로 스티브를 바라보려고 노력했다.

"샬럿을 의심하고 계십니까?"

스티브의 낯빛은 윌슨이 이상한 신호가 잡힌다고 했을 때부터 어두웠다. 부국장이나 되는 사람이 이깟 도청 장치 하나에 겁을 먹었을 리 없다.

그는 가장 믿었던 사람의 배신을 목도한 충격에 휩싸인 사람의 얼굴이었다.

"그럴 리가 없어요. 샬럿은 작전이 시작된 이후에 여기 온 적이 없거든."

"그럼 이곳에는 스티브와 함께 와야만 들어올 수 있다는 의미입니까?"

카를의 날카로운 질문에 스티브는 고개를 내저었다. 샬럿이 홀로 포레스트빌 안가에 드나들 수도 있다는 뜻이었다.

"일단 여기서는 테러 용의자를 쫓고 있는 것으로 회의를 계속하도록 하죠. 그리고 안가는 제가 따로 마련해서 연락드리겠습니다."

스티브는 알겠다며 고개를 끄덕거렸다. 그는 지금 이성적인 사고가 불가능한 것처럼 보였다.

"그리고 샬럿은 아니길 바랍니다."

"카를."

스티브의 부름에서 신뢰가 묻어났다.

"루나에게 내 부탁을 전해 줄 수 있나?"

"어떤 부탁이요?"

부드러운 목소리를 내려 했는데, 그녀의 이름이 거론됨과 동시에 카를의 목소리에 날이 섰다.

"샬럿에 대한 조사를 맡아 줬으면 한다고."

카를이 미간을 슬쩍 좁혔다.

"괜찮으시겠습니까? 루나가 당한 게 있어서 살살하지는 않을 텐데요."

스티브는 루나의 죽음 이후 카를을 용의 선상에 올리고 괴롭혔었다.

게다가 카를이 취조당하는 모습을 그녀에게 보여 주기까지 했었다.

"그 심정이 어떤지 잘 알 테니, 현명하게 대처할 거야."

루나를 믿는다는 스티브의 말이 마음에 들면서도, 그녀에게 어려운 일을 맡기는 스티브가 못마땅했다.

"나가시죠. 안가는 오늘 안으로 확보하겠습니다. 제 쪽에서 계신 곳으로 사람을 보내 통신 수단을 전달드리겠습니다. 공개된 어떤 연락 수단으로든 저에게 먼저 연락하지 마십시오."

정보의 첨단을 다루는 로젠쉴트 가문의 수장인 카를은 여느 정보국만큼 훌륭한 인프라를 다룰 수 있었다. 죽었다는 사람도 찾아낼 수 있을 만큼 집요하고 기민한 성격도 정보국의 리더 못지않았다.

먼저 취조실 문을 열고 나선 카를은 자신을 빤히 바라보고 있는 루나와 눈치 마주치자마자 미소를 머금었다. 의도적인 웃음이 아닌, 본능적인 반응이었다. 이런 심각한 상황에서도 그녀와 눈이 마주치면 바보스러운 미소가 흘러나왔다.

"갑시다."

카를은 루나를 의미심장하게 바라보며 읊조렸다. 궁금한 게 많은 얼굴이었지만, 루나는 지금 여기서 들을 수 없는 말이라는 것을 안다는 듯이 고개를 끄덕였다. 호기심을 억누르며 인내하는 얼굴은 아래가 반쯤 설 만큼 자극적이었다.

그녀가 무언가 참는 표정을 지을 때마다 더 건드리고 싶은 고약한 심보랄까.

카를은 갈증 어린 눈빛을 숨기고 은은한 미소를 머금은 채로 차 뒷좌석에 올라탔다. 조수석에서 기다리던 루터가 차 문을 닫기 직전, 카를이 단호하게 명령했다.

"지금 이 시각 이후로 셀비-온-더-베이(Selby-on-the-Bay)에 있는 저택은 사용하지 않는다. 대신 상주 인원은 움직이지 말도록 하고, 내가 거길 들락거리는 것처럼 꾸며. 이제 캐피털 힐로."

루터가 단호하게 고개를 끄덕이며 뒷좌석 문을 닫았다.

잠잠하던 그녀가 오래 참았다는 듯한 목소리로 읊조렸다.

"캐피털 힐에 안가가 있으면서 그 먼 곳까지 왔다 갔다 한 거예요?"

"워싱턴DC는 그동안 위험했으니까."

카를이 낮게 대꾸하며 그녀를 바라봤다.

"이제 안 위험하고?"

그녀는 한쪽 눈썹을 치켜들며 불만스럽다는 듯이 되물었다.

"세상 위험한 일을 쫓아다니는 여자가 곁에 있는데 어디든 똑같지, 이제."

발끈하려는 그녀의 입술을 카를은 얼른 집어삼켜 버렸다.

강풍이 몰아치고 비가 세상에 빗금을 치듯 내렸다. 낮게 가라앉은 하늘은 어둑어둑했지만, 포레스트빌 취조실은 눈이 부실 만큼 새하얀 조명이 드리우고 있었다.

『샬럿, 이 집에 마지막으로 방문한 게 언제죠?』

무미건조한 루나의 목소리가 블루투스 이어폰을 통해 카를의 귀로 흘러들었다. 샬럿에 관한 취조는 포레스트빌의 취조실에서 진행되었다. 포레스트빌 수색 결과 도청 장치는 회의실에만 설치되었고, 그 외에는 안전하다는 결론이 내려졌다.

또 이 집을 지켜보는 이를 유인하기 위해서는 들락거리는 횟수와 인원을 적당히 조절해야 했다. 용의 선상에 오른 샬럿을 다른 안가로 들여서 위치를 노출하는 것도 위험한 짓이었다. 여러모로 포레스트빌에서의 취조가 합당했다.

『마지막으로 온 건, 지난 주말이었어요.』

샬럿은 꿈꾸는 듯한 목소리로 대꾸했다. CIA 부국장 스티브 존슨의 전 부인이자, 연인, 평생의 친구로 살아온 샬럿은 취조에 대한 의심이 없어 보였다. 그저 비정기적으로 진행하는 형식적인 인사 단속이라고 여기는 듯했다.

『샬럿, 스티브 존슨과는 어떤 사이죠?』

루나의 질문에 샬럿이 해사한 미소를 머금었다. 카를은 의자 팔걸이에 팔꿈치를 세우고 손등에 턱을 괸 채로 시선만 움직여 스티브의 표정을 살폈다. 스티브의 얼굴은 한 마디로 무참했다.

『어려운 질문이네요.』

샬럿의 목소리에는 애정이 가득 묻어났다.

『말을 돌리지 말고, 대답해 줘요.』

루나의 단호한 어조에 가여운 샬럿의 어깨가 움찔거렸다. 스티브를 위해 사람을 죽였다가 살리는 강심장이라고 해도 루나의 서슬 퍼런 기세 앞에서는 주눅 드는 눈치였다.

평생의 연인과 가장 아끼는 제자의 대립을 스티브는 복잡한 눈빛으로 바라보았다.

『내가 평생 사랑한 유일한 남자죠.』

스티브는 미동조차 없었다. 그래서 더욱 슬퍼 보였다.

『평생 사랑한 유일한 남자라. 그런데 그 남자는 필요할 때마다 샬럿을 이용했어요. 나를 숨기는 일을 비롯한 여러 방첩 활동에……. 그러곤 달콤한 먹이를 주듯 당신을 안아 줬겠지. 언제 처음 이용당한다는 생각이 들었죠?』

『아니요! 스티브는 나를 이용한 적 없어요. 나는 스티브가 하는 일을 기꺼이 도왔다고요.』

루나가 희미한 미소를 머금었다. 의자에서 일어난 그녀가 양손으로 테이블을 짚고 상체를 숙이며 샬럿을 깊숙이 들여다보았다.

『그래서 본인이 대단한 첩자라도 된 줄 아셨나? 냉혈한 스티브에게 복수라도 하고 싶었어요?』

샬럿의 얼굴을 세세히 살피는 루나의 눈동자가 기민하게 움직였다.

『무슨 소리를 하는 거예요, 루나? 설마 지금 나를 의심하는 거예요? 대체 무슨 일인데?』

『나도 궁금하네요, 샬럿. 대체 어떤 대가를 받고 스티브를 위험에 빠뜨리려고 생각했을까요?』

샬럿이 꽉 움켜쥔 주먹으로 스테인리스 테이블을 세게 내려치며 자리에서 일어났다. 그녀는 온몸을 부들부들 떨고 있었다.

『당신은 카를을 위험에 빠뜨릴 수 있어요?』

샬럿이 울먹이는 목소리로 물었다.

『아니요.』

『그런데 어떻게 그런 의심을 할 수 있지? 내가 스티브랑 어떻게 지냈는지 알면서!』

『나는 첩자가 아니고, 당신은…… 언제, 누구한테 포섭당한 거죠?』

루나가 말끝을 흐리자, 화가 난 샬럿이 유리 벽 앞으로 걸어왔다. 샬럿은 눈물범벅이 된 얼굴을 유리벽에 들이댔다.

『스티브! 거기 있어요? 거기 있는 거 알아! 어떻게 당신이 나한테 이런 일을 벌일 수 있어? 내가 당신을 어떻게…….』

샬럿이 다리에서 힘이 풀렸는지 스르륵 주저앉았다.

『해도 너무해. 포섭? 내가 당신을 어떻게 사랑했는데……. 왜 나를 의심해. 평생 당신만 사랑한 내가, 어떻게 당신을 배신하고 다른 사람 편을 들겠냐고!』

스티브가 앞에 놓인 랩톱 화면을 살피고는 테이블 위에 놓인 버튼을 눌렀다.

"루나, 그만 나와."

루나는 샬럿을 홀로 취조실에 두고 밖으로 나왔다. 샬럿을 취조할 때만 해도 철의 얼굴을 하고 있던 루나의 표정이 삽시간에 어두워졌다.

"샬럿은 아닌 것 같아요. 그녀는 진실을 말하고 있어요. 신체 반응이 너무 또렷해요."

심리학을 전공한 그녀는 감정을 건드리는 취조가 특기라고 했다.

그런 여자가 내 앞에서는 꼼짝을 못 하지.

카를은 지금 상황에 어울리지 않는 생각을 하며 속으로만 미소 지었다. 가끔 이럴 때는 자신이 진짜 미친놈은 아닐까 하는 생각도 든다.

"기계도 같은 말을 하고 있어."

스티브가 랩톱 화면을 루나 쪽으로 돌려 주었다. 열화상 카메라를 통한 체온 변화 측정과 심박동 변화를 나타내는 폴리그래프가 화면을 가득 메웠다.

루나가 긴 한숨을 내쉬었다.

"미안해요, 스티브."

스티브가 고개를 저었다.

"한 번에 끝내려면 핀치에 몰아서 감정을 터뜨릴 수밖에 없었어요. 훈련된 요원이 아니니, 압박 취조가 더 효율적이고……."

스티브는 다 이해한다는 듯이 고개를 끄덕거렸다.

"루나, 샬럿을 돌려보내. 카를은 나와 옆 회의실로 가지. 미끼를 흘려야 하잖아?"

"스티브. 샬럿을 만나 보지 않을 건가요?"

고개를 끄덕이는 스티브의 눈빛은 복잡했다. 미안하고, 죄스럽고, 그런데도 이 일을 진행할 수밖에 없었던 심정을 어떻게 헤아릴까.

카를은 루나의 등허리를 한 번 쓸어내렸다. 스티브는 먼저 자리를 뜬 상태였다.

"루나."

낮고 자상한 목소리가 그녀의 이름을 부드럽게 머금었다. 그녀의 눈동자에서 먹구름이 소용돌이치는 것처럼 보였다. 스티브의 혼란과 슬픔에 동요된 듯한 그녀는 마치 샬럿을 바라보는 스티브의 시선으로 카를을 올려다보고 있었다.

"나는 이미 겪은 일인걸."

카를은 농담처럼 읊조렸다. 루나를 죽였다는 누명을 쓰고 이곳 취조실에 드나들던 날들이 있었다.

"카를, 나는."

걱정을 머금고 떨리는 그녀의 입술을 카를은 부드럽게 머금었다. 가볍게 입술을 붙였다가 뗀 카를은 아쉬워서 심장이 오그라드는 것만 같았다.

"괜한 감상에 젖어서 저들한테 우리를 이입하지 마."

카를은 애정이 어린 목소리로 읊조렸지만, 어조만큼은 단호했다. 루나의 눈동자를 맴돌던 혼란스러운 소용돌이가 서서히 잦아들었다.

사랑을 앞에 두고 아픈 사람보다 아픔을 준 사람이 더 괴로운 법이다. 카를과 샬럿이 전자라면, 루나와 스티브는 후자였다.

그럼 내가 아프지 않은 척하면 되는 거잖아?

카를은 그녀의 위해서라면 고통과 슬픔에 얼마든지 무뎌질 수 있었다. 그녀만 곁에 있어 준다면 뭐든지 가능했다.

루나의 떨리는 아랫입술 끝을 엄지로 살근살근 어루만졌다. 그녀의 입꼬리에 겨우 미소가 고였다.

"나는 강한 사람이야, 루나. 그러니 쓸데없는 걱정은 하지 마."

그녀가 아랫입술을 한 번 말아 물었다가 놓으며 장난스럽게 읊조렸다.

"안가를 밀봉하려고 들 만큼 강한 사람이죠."

놀리는 어조였지만 씁쓸한 기운이 묻어나는 것을 지울 수 없었다.

"그땐 네가 없었고. 이제 앞으로는 언제나 네가 함께할 거잖아?"

워싱턴DC로 돌아온 이후 그녀가 고민하고 있다는 것을 카를은 직접적으로, 간접적으로 알 수 있었다. 그녀가 말을 한 적도 있었고, 이렇게 꼭꼭 숨기려 하는데도 들키는 경우가 있었고.

"너만 내 곁에 있으면, 나는 얼마든지 강해질 수 있어."

"그렇다고 쫄쫄이 옷 입고 세상 구하겠다고 나서지는 마요."

마침내 그녀가 사랑스러운 눈빛으로 카를을 올려다보았다. 카를은 절대 그러지 않겠다는 듯이 고개를 단호하게 끄덕거렸다.

그녀가 샬럿과의 대화를 마무리 짓기 위해 다시 취조실로 향하는 것을 확인한 카를은 그제야 도청 장치가 달려 있는 회의실로 향했다.

"카를, 단둘이 이야기하는 건 오랜만이네."

스티브가 마치 조금 전의 취조 상황은 없었던 일처럼 반가운 목소리로 카를을 반겼다. 이제는 짜인 각본대로 움직일 터. 그들을 속이고 유인하기 위해 거짓을 진실처럼 이야기해야 하는 순간이 왔다.

"네, 존슨 씨. SIS에서는 연락이 있었습니까?"

"브라이턴 해변에서 도주한 용의자 한 명을 잡아들였다는 소식이 들어 왔어. SIS에서 용의자를 넘겨받기 위해서는 당국의 협조가 필요해. 일단 영국에서 활동하는 CIA와 FBI의 공조가 필요하고. 문제없이 법정에 세우기 위해서는 여러 가지 절차를 거쳐야 하네. 예산과 시간이 많이 소요되는 일이야."

스티브는 엿듣고 있는 자에게 미끼를 하나씩 던지기 시작했다.

"문제는 용의자를 법정에 세우지 못하는 경우가 생길 수도 있다는 거야."

"그게 무슨 말씀이시죠?"

"알다시피 이 일은 우리의 요원을 잃은 테러 사건이어서 모든 절차를 무시하고 빠르게 진행했어. 물론 자네의 도움도 있었고. 그런데 절차를 무시하고 민간의 도움을 받았다는 이유로 법원에서 용의자 인도에 관한 승인을 하지 않을 수도."

"잠시만요."

카를은 스티브와 사전에 논의한 대본대로 읊조렸다.

"지금 하신 말씀은 승인권을 가진 누군가가 본 사건이 밝혀지는 것을 꺼리고 있다는 뜻으로 들리는데요?"

카를과 스티브가 겨누고 있는 총구는 CIA국장인 알렉스 오웬을 정조준하고 있었다. 스티브의 반대편에 서 있는 그는 해밀턴 상원 의원을 찾을 것이다. 그리고 해밀턴은 빅터를 찾겠지.

"속단할 수는 없지만."

스티브의 말을 카를이 재차 끊었다.

"미국 대선이 얼마 남지 않았죠? 그들이 제가 펼치는 여론전에서 어떻게 살아남나 지켜보실 수 있겠습니까?"

카를은 호전적인 목소리로 물었다.

"무슨 의미지?"

"글쎄요. 그들의 정치 인생이든, 뭐든. 제가 끊어 놓을 준비가 되었다는 정도로만 해 두죠. 저는 제 전부를 잃었으니, 아쉬울 게 없거든요."

"카를, 내가 분명히 속단하기는 이르다고."

카를이 스티브의 말을 마지막으로 막아섰다.

"루나를 살리기에는 너무 늦었다는 의미와 같은 뜻인가요? 오늘 회의는 이걸로 마치죠. 용의자는 반드시 법정에 서야 할 겁니다. 아니면 그놈뿐 아니라 그 뒤에 선 놈들까지 하나하나 제가 루나의 무덤가에 바칠 생각이거든요. 다음에 뵙죠."

카를은 회의실을 박차고 나와서 지하 주차장에 있는 차에 올랐다. 그녀는 이미 뒷좌석에 올라 대기 중이었다.

"며칠 안으로 상원 정보위원회가 소집될 거예요. 위원회 소속인 해밀턴 상원 의원은 반드시 거기서 오늘 사건을 언급하게 될 거고요. 성격이 엄청 급한 놈이거든요."

루나는 감정을 숨기고자 할 때, 일 얘기를 심각하게 하는 버릇이 있었다. 샬럿을 배웅하는 일이 꽤 힘들었나 보다. 또 샬럿이 용의자가 아니라면 도청 장치를 숨긴 사람 중 하나는 하미드거나, 내부의 인사 중 하나일 터.

"루나."

카를은 그녀의 등허리를 꽉 끌어안았다.

"머리가 복잡할 땐, 어떻게 하면 되는지 알아?"

그녀가 무구한 눈빛으로 카를을 바라보았다.

"몸을 힘들게 하면 돼."

달콤한 작약 향이 침실 안을 숨 막힐 듯 채웠다. 산소가 부족한 것처럼 숨이 가빠서 달콤한 꽃향기가 거추장스러울 정도다.

"하읏!"

루나는 한껏 벌어진 채로 허공에서 흔들리는 제 다리를 올려다보며 신음을 내질렀다. 카를은 커다란 손으로 루나의 종아리를 잡아 벌린 채 추삽질에 열을 올리고 있었다.

그는 루나가 손을 뻗어도 닿지 않을 곳에 몸을 상체를 꼿꼿이 세우고 있었다.

"하아, 카를! 으으응!"

그는 언젠가부터 루나가 안아 달라고 보채는 걸 즐기는 듯했다.

"제발."

루나가 애원하듯 손을 뻗으면 그의 눈초리는 더욱 붉어졌고, 눈동자는 어두워졌으며, 숨소리는 더욱 깊어졌다.

"아으응. 아아앗!"

몸이 한계에 다다르고 있었다. 다리가 벌어진 각도도 버거웠고, 그가 손으로 종아리를 움켜쥔 힘도 거세기는 마찬가지였다. 그리고 무엇보다 아래를 들쑤시는 감각에 정신이 나가 버릴 것처럼 전율이 흘렀다.

루나는 손을 양쪽으로 뻗어 침대 시트를 움켜잡았다. 뼈마디가 하얗게 불거질 정도로 잡아당겨 보아도 몸 안의 열기를 감당할 수 없었다. 어찌하지 못하는 극한의 쾌락 속에서 루나의 허벅지 안쪽이 파들파들 떨렸다.

"흐으응."

붉어진 눈가가 투명하게 부풀어 올랐다. 목덜미까지 타고 올라온 애타는 소름 때문에 고개가 절로 젖혀졌다.

"아으웃!"

목을 한껏 젖힌 채로 도리질을 치는 순간 귓바퀴로 눈물이 투두둑 떨어졌다. 젖은 시선에 연한 분홍색 작약이 활짝 피어 있는 화병이 눈에 들어왔다. 흔들리는 눈길 속에서도 꽃은 지독하게 아름다웠다. 하지만 그 향기만큼은 답답해서 죽을 맛이었다.

"하아, 카를."

루나는 그의 이름을 울부짖다시피 했다. 가슴을 쥐어뜯고 싶을 만큼 숨이 차올랐다. 침대 시트를 잡아 뜯고 있던 손으로 둥근 원을 그리며 움직이던 가슴을 움켜잡았다. 저도 모르게 검지와 중지 사이에 유두를 끼고 꽉 오므렸다.

"흐음."

카를이 억눌린 신음을 내뱉는 소리가 들려왔다. 그의 숨소리도 더욱 거칠어진 상태였다. 루나는 눈을 한 번 깜빡거려 시야를 얼룩덜룩하게 만든 눈물을 털어 냈다.

그가 무시무시한 눈빛으로 루나를 내려다보고 있었다. 시꺼먼 눈동자로 사람을 집어삼킬 수 있다면, 그는 지금 루나의 몸을 통째로 먹어 버릴 기세였다.

흥분감에 부드럽게 부풀어 오른 가슴을 루나는 음미하듯 어루만졌다. 목구멍을 헐떡거릴 정도로 갈증이 일어서 혀끝으로 마른 입술을 핥으며 그를 올려다보았다.

"으응."

루나는 눈을 가늘게 뜨고 제 손놀림에 따라 신음을 이어 갔다. 그러자 그가 한쪽 눈썹을 추켜올리며 웃었다. 그의 거친 웃음에 비릿한 욕구가 배어났다.

"겨우 가슴 좀 주무른다고, 오늘 밤을 버틸 수 있겠어?"

소름이 하르르 돋아날 정도로 낮고 탁한 목소리였다. 그가 가슴을 둥글리고 있는 루나의 손을 잡아 아래로 이끌었다.

"뭐 하는 거예요?"

"왜, 먼저 시작해 놓고 이제 와서 못 하겠어?"

카를이 은근히 고압적인 말투로 읊조렸다.

"아니. 그게."

"그럼 해 봐."

루나는 말을 돌릴 의미로 아니라고 입을 뗐는데, 그는 루나가 얼마든지 할 수 있다고 말한 거라 받아들였다.

그가 이끈 루나의 손이 부드러운 둔덕 아래 젖은 살점 끝에 닿았다.

"가슴보다 여길 더듬는 게 더 보기 좋은데?"

그는 루나가 손을 떼지 못하도록 가녀린 손목에 악력을 더했다.

"하웃!"

그가 깊게 허리를 쳐올렸다. 배 속을 마구잡이로 휘젓는 듯 선득한 감각에 루나는 저도 모르게 올록볼록한 살점을 더듬었다.

손가락 끝을 둥글릴 때마다 간지러운 위안이 살갗을 타고 흘렀다. 몸을 들쑤시는 지독한 쾌락과는 또 다른 의미의 유희였다.

"흐응. 아아!"

손목에서 그의 손이 멀어진 지 오래인데도 루나는 아래에서 손을 떼지 못했다.

카를의 시선은 애액이 끓어 넘치는 결합부에 닿아 있었다. 그는 작은 손가락이 꼼지락꼼지락 움직이는 모양에 맞춰 완급을 조절했다.

"숨이 깔딱깔딱 넘어갈 것처럼, 신음이 오늘처럼 예뻤던 날이 없었어."

그는 루나를 내려다보며 홀린 듯이 속삭였다. 루나는 그를 올려다보며 대꾸했다.

"이제, 안게 해 줘."

"조금만 더."

루나는 도리질을 치며 울먹였지만, 그는 발갛게 달아오른 몸을 내려다보며 시간을 끌었다.

"아흐읏……. 카를……."

배꼽 안쪽이 부들부들 떨렸다. 비부를 더듬고 있는 손끝도 파들거리기는 마찬가지였다.

"아아아!"

신음이 입안에서 메아리처럼 울려 나왔다. 손바닥에 울컥 물기가 흐르는 게 느껴졌다.

카를이 얼른 루나의 떨리는 손을 치워 버렸다. 결합부 바로 위로 애액이 방울방울 튀기 시작했다.

"흐으윽!"

허벅지 안쪽이 조이는 느낌에 전신이 비틀렸고, 애액보다 맑은 체액이 맞닿은 살점 사이로 울컥 흘러나왔다. 깊은 샘이 폭발하는 감각은 생경했다. 이제껏 그와의 셀 수 없는 관계 속에서 느껴 보지 못한 광기 어린 몸짓이었다.

"네 안, 지금 미치게 따뜻해."

카를이 거칠게 뇌까리며 몸을 숙였다. 마른 입안을 젖은 혀가 가득 밀치고 들어왔다.

"으으음."

입안을 적시는 그의 키스도 따뜻하기는 마찬가지였다.

입안은 그에게 젖고, 아래로는 그를 적신 채, 루나는 머릿속이 점묘화처럼 차츰 흩어지는 것을 느꼈다.

시선이 느껴져 눈을 떴을 때, 카를이 루나의 얼굴을 가만히 들여다보고 있었다. 루나는 고개를 비스듬히 숙이며 그의 맨가슴에 뺨을 기댔다.

그의 앞에서 이렇게 수줍고, 부끄럽고, 민망했던 적이 있었던가?

잠들기 전의 섹스는 루나의 자기 통제력을 완전히 벗어난 일이었다. 곧바로 잠이 든 것 같았는데, 엉덩이 아래가 보송보송하다. 그새 침대 시트까지 갈았나 보다.

"눈을 떴으면 얼굴 좀 보여 주지?"

카를이 몸을 뒤로 물리며 그녀의 턱을 잡아 올렸다. 루나는 저도 모르게 연한 미소를 머금으며 그를 바라보았다. 그가 턱을 비스듬히 기울여 루나의 입술에 가볍게 입을 맞추었다.

"또 보고 싶은데."

그가 조용히 속삭였다. 달콤한 작약 향은 그의 목소리에 비할 바가 못 되었다.

"뭘요?"

루나는 시치미를 뚝 떼고 물었다.

"예쁘게 우는 거."

부드러운 그의 입술이 붉게 달아오른 뺨을 간질였다. 단단한 몸이 어느새 기분 좋은 압박감을 더하며 그녀를 타고 올랐다. 몸 구석구석을 파고드는 감각은 익숙하면서도 늘 낯설었다.

루나는 그의 목을 끌어안은 채, 이번에는 온전히 그의 몸짓에 따라, 그가 원하는 대로 붉은 살점 새로 울음을 흘렸다.

❖

『해당 의사는 듀이 엘리엇 요원을 마지막으로 치료한 장소를 밝힌 뒤 스스로 목숨을 끊었습니다.』

화면 너머 이완 겔러의 목소리가 가라앉았다. 다들 침묵 속에 이완의 다음 말을 기다렸다.

『포섭 과정에서 의료용 가운 안주머니에 있던 주사기를 목 안쪽 정맥에 스스로 찔러 넣었습니다. 주사기 안에는 독극물이 들어 있었고요. 바늘이 정맥을 찌르고 들어간 순간부터 손을 쓸 수 없는 상황이었다고 보고받았습니다.』

이완은 모두가 함께 볼 수 있도록 초소형 카메라를 통해 포섭 과정을 찍은 동영상을 보여 주었다. 화면 속에서 가운을 입은 의사는 목에 작은 주사기를 꽂은 채 거품 같은 침을 흘리며 죽어 갔다.

"듀이를 마지막으로 치료한 장소가 바그다드 외곽의 자파라니야 지구라는 거죠?"

루나가 애써 태연한 목소리로 물었다.

『정확히는 자파라니야 지구의 비인가 의료 시설이라고 했습니다. 생명에는 지장이 없지만, 재활을 요구하는 정도의 부상을 당했다고 했고요.』

루나와 스티브의 표정은 어두침침했지만, 듀이를 구해 와야 한다는 열망에는 변함이 없었다.

"듀이를 데리고 있는 사람은?"

스티브의 질문에 이완은 약간은 상기된 목소리로 대꾸했다.

『다행히 이라크 민간인 쪽인 것으로 짐작됩니다. 이스마일 마히니 쪽에서 애초에 민간인이 운영하는 비인가 의료 시설에 듀이를 맡겼고, 해당 의사에게 수술에 대한 도움을 받은 것으로 보입니다.』

"이스마일 마히니는 테러 혐의로 이라크에 투옥됐으니 목숨을 건지기는 어려울 겁니다."

루나를 납치하고, 듀이를 숨긴 헤즈볼라의 작전 사령관 이즈마일 마히니는 지금 이라크에서 죽을 날을 기다리고 있는 거나 마찬가지였다.

"2000년대 초반, 미국이 이라크에 대한 통치권을 쥐고 있을 때와 달리 이라크 법원에서 우리가 원하는 대답을 얻어 주지도 않을 거고요."

『이스마일 마히니와 빅터 아스그리드를 엮어 넣을 만한 증거를 찾아 주는 수고를 해 주지는 않겠죠.』

루나가 머리카락을 쓸어넘기며 한숨을 몰아쉬었다.

『이라크 대테러 부대가 움직이는 것도 위험할 수 있어요.』

"자파라니야는 그린존(미군과 정부군이 지키는 안전지역)이 아니니까, 그 지역을 건드리기 위해 부대가 움직인 거라고 오해할 수도 있어요. 내전의 위험도 있습니다."

아흐메드 장군과 처음 거래를 텄던 카를에게서 흘러나온 말이었다.

『미국 쪽에서 결정이 나면 최대한 돕겠습니다. 우리가 주도할 작전은 아닌 것 같군요.』

이완은 상의할 시간을 주겠다는 듯이 회의를 마쳤다. 모두 고민에 빠진 듯 잠시 말이 없었다.

"내가 갈게요."

단호한 어조로 입을 연 사람은 마리였다.

"듀이를 구하는 일에 내가 직접 갈게요."

루나는 당연히 자신이 가야 한다고 생각하고 있었다. 하지만 워싱턴 DC의 상황도 만만치 않게 돌아가고 있어서 종잡을 수가 없었다.

"반드시 듀이를 데리고 올게요. 카를, 배구공을 내가 데려가도 되죠? 경호 인력을 더 빼 줄 수 있다면 좋고요."

"얼마든지요."

카를은 최선을 다해 돕겠다며 고개를 끄덕였다. 마리는 월슨을 바라보며 느슨한 미소를 머금었다.

"그리고 스티브."

마리가 신뢰감 어린 목소리로 상사의 이름을 불렀다.

"내가 듀이를 데리고 돌아왔을 땐, 진실을 말해 줄 수 있을까요?"

죽은 남편 조이에 관한 언급이었다. 스티브는 대답을 내놓지 않고 진득한 시선으로 마리를 바라보기만 했다. 침묵이 영원처럼 흘렀다. 그럴 수 있기를 바란다는 무언의 약속들이 오갔다.

"그만 일어납시다. 스티브, 상원 정보 위원회를 홀리러 가셔야죠?"

카를은 한 치의 흔들림도 없는 목소리로 단호하게 물었다. 다들 고개를 끄덕거리며 자리에서 일어났다.

스티브는 안보 관련 보고를 위해 상원 정보 위원회에 출석을 요구당한 상태였다. 일은 생각했던 대로 순조롭게 진행되었다. 도청 장치를 심은 쪽에서 카를과 스티브가 흘린 미끼를 물었다. 사건 파악을 위해 상원 정보 위원회 소속인 해밀턴 의원이 스티브를 소환한 것.

"단단히 홀리러 가야지. 그렇지, 루나?"

스티브의 질문에 카를의 고개가 비스듬히 기울었다. 그의 얼굴에 두려움이 엄습했다.

"무슨 뜻입니까?"

스티브를 향해 던진 카를의 질문에 루나가 대꾸했다.

"오늘 상원 정보 위원회 회의에는 나도 함께 참석할 거예요."

루나의 죽음을 뒤엎고, 전면전에 나선다는 의미였다. 입을 쩍쩍 벌리고 있는 악어 밭에 미끼가 되어 들어가겠다는 의미였다. 카를의 얼굴이 삽시간에 굳어 버렸다.

"만약 내가 반대한다면?"

카를이 냉담한 눈빛으로 루나를 응시했다.

"카를."

루나가 설득의 말을 꺼내 들려고 하자, 카를이 오른손을 들어 보이며 그녀의 말을 막았다.

"해밀턴 상원 의원과 CIA 국장 알렉스 오웬, 그리고 빅터 아스그리드까지의 연결 고리는 심증일 뿐입니다. 안 그렇습니까, 스티브?"

카를은 루나에게 시선을 고정한 채로 스티브에게 항의하듯 읊조렸다.

"누구나 알아볼 수 있는 심증이죠."

대답은 시선을 마주하고 있는 루나에게서 흘러나왔다. 그녀는 한 치의 물러섬도 없는 눈빛으로 카를을 바라보았다. 이 순간만큼은 루나의 눈길도 차갑게 얼어붙어 있었다.

"내가 하는 일을 적극적으로 돕겠다고 하지 않았나요?"

마리가 턱짓하자, 스티브와 윌슨이 회의실 밖으로 나갔다. 루나와 카를은 서로를 노려보며 마주 섰다.

"너를 사지로 모는 일을 돕겠다고 한 적은 없는데?"

루나는 여유로운 미소를 머금었다.

"미국 상원 정보 위원회가 왜 사지가 될 거라고 생각하죠? 그 사람들은 정보기관을 감독하고, 세금이 제대로 된 곳에 쓰이는지 판단하는 사람들이라고요. 우리는 그래서 활동에 관한 보고를 위해 그들을 만나는 거고요."

카를이 입술을 일자로 다물며 화를 삭이듯 어깻숨을 내쉬었다.

"루나."

경직된 그의 목소리는 툭 건들면 쩍 금이 갈 것만 같았다.

"너는 지금 스스로 미끼가 되기 위해 거기로 걸어 들어가는 거잖아. 나는 네 죽음을 파헤치기 위해 그들을 위협할 것처럼 경고를 흘렸어. 그런데 거기에 네가 나타나 버리면, 스티브와 맞췄던 작전 트랙상에서는."

이번에는 루나가 오른손을 들어 올리며 카를의 말을 막았다.

"스티브와 맞췄던 작전 트랙이라니."

루나가 카를에게 한 발짝 가까이 다가섰다. 숨 막힐 만큼 매혹적인 체취가 느껴질 정도로 가까운 거리였다.

"정보국 요원 다 됐네요? 혹시 스티브가 요원이 될 생각은 없냐고 묻지 않던가요?"

"한가롭게 말 돌릴 여유 없어."

카를이 창백하게 웃으며 루나를 노려보았다. 루나는 그에게 반 발짝 더 다가가 상체를 바짝 붙였다. 루나의 짙은 회색 실크 블라우스에 카를의 슈트 재킷 라펠이 닿았고, 숨결은 가슴 사이에 고였다.

"내가 지금 널 어떻게 하고 싶은지 알아?"

카를이 위협스러운 목소리로 물었다. 루나는 가라뜬 눈으로 그의 입술을 내려다보았다. 그가 루나의 인내하는 모습을 즐기는 것처럼, 루나는 그의 분노하는 모습에서 급작스러운 희열을 느꼈다.

내 걱정에 이렇게 열을 올리는 남자라니.

"어떻게 하고 싶은데요?"

루나는 입술이 닿을락 말락 한 거리에서 물었다.

"안가로 데려가 침대에 꽁꽁 묶어 놓고 볼기짝을 내려치고 싶어."

그가 꽉 다문 잇새로 저속한 말을 잘도 내뱉었다.

"카를, 안타깝게도 나는 스팽킹에는 관심이 없어요. 그런 거로 쾌락을 느끼는 변태도 아니고."

"설마 그럴 리가."

그가 코웃음을 치며 대꾸했다.

"그럼 내가 변태라는 뜻인가?"

루나가 엄지로 그의 아랫입술을 건드리며 물었다.

"내가 괴로워할수록 희열을 느끼는 변태 아닌가?"

전신에 열꽃이 피는 것처럼 열기가 확 올랐다. 루나의 긴장감을 감지한 카를이 입술을 허겁지겁 집어삼켰다. 너무 급하게 입을 벌린 채로 다가오는 바람에 치아까지 부딪혔다.

회의실 밖에는 두 사람의 싸움이 끝나기를 기다리는 눈치 빠른 사람들이 대기 중이었다. 회의실 문이 닫혀 있기는 했지만, 이런 곳에서 신음을 흘리고 싶지는 않았다. 루나는 안간힘을 다해 성적 열망이 차오르는 것을 내리눌렀다.

그와 함께하다 보니 감정의 경계가 모호해지기 시작했다. 분노가 욕구로 흐르고, 욕구가 유대감이 되고, 유대감이 불안함을 불러일으키기도 했다.

가까스로 입술이 떨어졌다. 그는 양손으로 루나의 뺨을 감싼 채 거칠어진 숨을 골랐다. 루나는 그의 슈트 재킷을 잡아 뜯을 것처럼 꽉 쥐고 있었다.

결국, 모든 감정은 하나로 귀결되었다.

서로를 향한 사랑과 애정으로.

"난 아직 준비가 덜 됐다고 생각해. 그들이 어떻게 움직일지 방향을 잡고 움직여야 해."

"카를, 그들이 방향을 잡고 나면 늦어요. 우리는 그들 뒤를 쫓는 격이 된다고요. 우리가 먼저 방향을 잡고 그들이 길을 잃게 만들어야 해요."

카를은 루나가 하는 말을 머리로는 이해했지만, 가슴으로는 용납할 수 없어서 미칠 노릇이었다.

"네가 위험해지는 건 원치 않는다고 분명히 말했어. 그리고 나는."

이런 일을 두고 그녀와 말다툼해야 하는 상황 자체가 싫었다.

"멀어질까 봐 두려워."

그녀가 약간은 울적한 눈빛으로 카를을 바라보았다.

"카를. 나도 두려워요. 그래서 이 일을 빨리 끝내고 싶어요. 내가 전면에 나서고 나면, 그들은 오히려 나를 못 건드려요. 정체를 완전히 드러냄으로써 안전을 확보하는 거예요. 미아 콴과 루나 송의 위치는 완전히 달라요. 알잖아요, 카를."

이해를 구하는 그녀의 눈빛이 슬퍼 보였다.

"나는 당신이 애타지 않게 애쓸 거라고 했잖아요. 그리고 전에 말했던 것처럼."

루나가 숨을 한 번 고르고는 말을 이었다.

"듀이의 생사가 확인되면 빅터에 관한 작전 트랙을 시작한다고 했잖아요. 이게 그 시작이에요."

그녀가 안타까울 정도로 안쓰러운 목소리로 읊조렸다.

"그런데 왜 울 것 같은 눈이지?"

그녀가 쓴웃음을 머금었다.

"당신이 슬픈 눈을 하고 있으니까. 꼭 당장이라도 우리가 헤어질 것 같은 얼굴을 하니까. 자꾸 우리 관계의 끝을 가늠하는 게 보이니까."

카를은 그녀의 얼굴을 감싸고 있던 손을 내려 작은 몸을 품에 꼭 끌어안았다.

"아니야, 루나. 절대로. 걱정이 돼서 그래."

그녀의 작은 손이 카를의 등허리를 부드럽게 쓸어내렸다. 그저 작은 손짓에도 마음이 평온해진다.

"그럼 나는 이제 어떻게 하면 되는 거지?"

카를은 최대한 자상하게 물으려고 노력했다.

"죽은 아내가 살아 돌아온 것에 감사하는 남편이 되면 되는 거죠. 단, 상원 정보 위원회 회의 내용은 그 안에 있는 사람들이 아니면 접근이 어려운 기밀이에요."

카를이 희미하게 웃었다.

"기뻐하되 너무 티 내지 말라는 소린가?"

"부인이 CIA 요원인데 죽었다가 살아 돌아왔다고 자랑만 하고 다니지 않으면 될 것 같아요."

카를은 언론의 주목을 받는 일이 잦은 인물이었다. 물론 언론이 통제되지 않는 것은 아니었지만, 그녀의 존재감은 카를로 하여금 늘 새로운 국면을 맞게 했다.

"참 복잡한 여자야."

"그래서 늘 새롭죠?"

깜찍한 질문을 던져 놓고 민망한지 머쓱한 표정을 짓는 게 귀여워서 이대로 캐피털 힐 안가의 침실로 직행하고 싶어진다.

"잡아먹고 싶다는 표정 짓지 말고요."

"오늘 나를 화나게 한 만큼 노력해야 할 거야."

"오늘 밤에도 일찍 잠들기는 글렀네요?"

루나가 빙그레 웃음 지었다. 다툼은 의미가 없었다. 하지만 긴장감은 여전히 두 사람 주위를 안개처럼 맴돌았다.

❖

"SIS와 비밀 작전을 벌이고 있다는 첩보를 입수했습니다. CIA 국장인 알렉스 오웬조차도 모르는 일이라고 하더군요. 스티브? 대체 무슨 짓을 꾸미고 있는 거죠?"

상원 정보위원회 임시회의, 성질 급한 해밀턴 의원은 얇은 입술을 악물며 샌님 같은 눈빛으로 스티브를 쏘아보았다.

"정치권과 가까운 거물 중 하나가 국가 안보를 위협하는 일을 벌이고 있다는 첩보를 받았습니다. 그는 헤즈볼라의 작전 사령관과 내통하고 있었고, 사익을 위해 미국의 평화에 해를 끼치는 일을 서슴지 않을 인물이 었습니다. 최근 캐피털 힐의 한 호텔에서 일어난 테러 사건의 유력한 배후로 생각되는 인물이기도 하고요."

스티브의 직접적인 언급에 놀랐는지 해밀턴의 눈빛이 약간 동요했다.

"증거는 하나도 제시하지 않고 소설만 쓰고 있는 것처럼 보이는데요?"

해밀턴은 스티브를 압박하려고 했다.

"살아 있는 증거를 보여 드리도록 하죠."

루나가 회의실 문을 열고 들어섰다. 좌중을 향해 예의를 갖춰 인사를 건넨 루나는 스티브의 옆에 섰다.

"누구지?"

해밀턴의 준열한 시선이 루나를 집요하게 훑었다. 그는 결혼식에서 루나의 얼굴을 보았을 터.

"CIA 공작관 루나 송입니다. 얼마 전까지 미아 콴으로 위장하여 생활했습니다. 국가 안보를 위협하는 인물에게 접근하기 위해 남편의 도움을 조금 받았는데, 결혼식에서 안타깝게 목숨을 잃을 뻔했죠."

루나는 해밀턴을 똑바로 응시하며 말을 이었다.

"도움을 받았다는 남편이?"

"카를하인츠 로젠쉴트입니다."

상원 의원들이 수군거리기 시작했다. 카를에게도 줄을 대려고 안간힘을 쓰던 해밀턴의 눈빛에 낭패감이 어렸다. 이미 카를이 도청 장치가 설치된 회의실에서 미끼를 흘리면서 빅터 아스그리드에게 선전포고를 한 상태였다. 하지만 루나가 죽었을 때와 살아 있을 때의 상황은 완전히 다르니까, 해밀턴이 당황할 수밖에.

"그럼 미국 국가 안보를 위협할 인물이 카를하인츠 로젠쉴트의 도움을 받으면 접근할 수 있는 인물이라는 의미인가?"

해밀턴이 아닌 민주당 상원 의원의 질문이었다.

"그렇습니다."

"그게 누구인지는 이 자리에서 밝힐 수 없고?"

민주당 의원을 향해 루나는 예의 바르게 대답했다.

"조국의 또 다른 전쟁을 바라는 무리의 배후라고만 말씀드리겠습니다. 최소한의 인원으로 진행되는 작전 트랙이므로 더 이상의 언급은 어렵습니다."

눈앞에 있는 의원들은 CIA의 예산을 책정하고, CIA 국장뿐 아니라 정보 공동체 총책임자인 국가 정보 국장(DNI)을 결정하는 인물들이기도 했다. 그런 사람들 앞에서 루나는 주눅 들지 않고 의견을 개진해 나갔다.

"우리한테 말을 못 하는 이유가, 혹시 우리 중에 의심 가는 인물이 있어선가?"

이번에는 공화당 쪽 의원의 질문이었다. 전쟁에 관해서는 중립적인 견해를 고수하는 인물이었다.

"그럴 수도 있고, 아닐 수도 있습니다."

루나는 애매한 대답으로 그들을 혼란에 빠뜨렸다. 해밀턴의 얼굴은 점점 사색이 되어 갔다.

"국장인 알렉스 오웬에게도 보고하지 않고, SIS와 내통하는 일 자체가 국가 반역 행위 아닌가? 자네들이 하는 말을 어떻게 다 믿으라는 거지?"

해밀턴이 오만하게 질문했다.

"SIS 이완 겔러의 도움을 받은 이유는 그가 러시아 쪽 정보에 정통한 인물이기 때문입니다."

"여기서 러시아 이야기가 왜 나와?"

해밀턴이 미간을 찌푸렸다.

"배후로 지목된 인물이 러시아로 극비리에 망명을 신청했습니다."

빅터 아스그리드가 망명을 신청한 일은 없었다. 도마뱀 같은 인간의 도움을 받아 더 높은 자리로 올라가기를 바랐던 해밀턴의 얼굴이 사색이 되었다.

SIS가 잡아들인 결혼식 테러 사건의 용의자, 살아 돌아온 루나 그리고 러시아 망명 소식까지.

촘촘하게 얽은 거미줄에 도마뱀이 어떻게 걸려드는지 지켜봐야 했다.

14. 친구

　하늘이 오랜만에 높고 깨끗했다. 빗금으로 내리던 세찬 빗줄기가 대기를 씻어 낸 것처럼 맑은 날이었다. 루나는 안가의 1층 테라스에 앉아서 높다란 벽돌로 쌓은 담 안에서 올려다보이는 하늘을 바라보았다.

　뜻하지 않은 망중한.

　마치 거센 폭풍우가 들이닥치기 직전처럼 평온한 오후였다.

　"무슨 생각해?"

　테이블 너머에 앉은 카를이 멍하니 하늘을 올려다보고 있는 루나를 향해 넌지시 물었다.

　"참, 한가롭단 생각."

　루나는 다리를 꼰 채로 발목을 까딱까딱 움직였다. 발끝에 걸린 살롱화가 한들한들 흔들렸다. 파란 하늘을 새하얗게 그어 놓은 비행운을 바라보며 루나는 이라크 바그다드로 날아가고 있는 마리를 떠올렸다.

이제 마리가 비행기에서 내리면 본격적으로 듀이를 구출해 내는 작전이 시작될 터였다. 그때까지는 잠잠할 것이다. 단, 빅터가 그 전에 연락을 해 오지 않는다는 전제하에.

"그래서 심심해?"

그는 대단한 놀이라도 해 줄 것처럼 흥미진진한 목소리로 물었다. 루나는 가늘게 뜬 눈으로 그를 바라보았다.

"심심하지는 않고."

루나는 팔짱을 끼며 절대로 여기서 분위기를 전환할 생각은 없다는 듯이 방어적으로 굴었다.

"왜 또 삐딱하게 나오실까?"

그가 멀찍이 떨어져 있던 라탄 의자를 루나의 곁으로 바짝 끌어오며 덧붙였다.

"나의 여신님께서."

"무슨 생각하는지 빤히 보여요."

루나는 경고하듯 읊조렸다.

"내가 무슨 생각을 하는지 어떻게 알지?"

그가 콧구멍을 살짝 벌름거리며 웃었다. 개구쟁이 같은 모습이 귀여워서 웃음이 새어 나올 것 같았지만, 루나는 가까스로 참아 냈다.

근엄한 표정으로 그를 나무라듯 말했다.

"여유만 있으면 붙어먹으려고 하잖아요. 여신은 무슨. 발정 난 한 쌍의 짐승이지."

눈을 슬쩍 감았는데도 그의 움직임이 느껴졌다. 그가 기다란 손가락에 루나의 머리카락을 돌돌 말며 장난을 쳤다.

"뭐 해요?"

루나는 시큰둥한 목소리로 물었다. 하지만 감각이 없는 머리카락 끝에서 열기가 스멀스멀 오르는 듯했다.

"최대한 자제하면서 꼬시는 중."

"허?"

저도 모르게 헛웃음이 나왔다. 무슨 뜻이냐고 되묻는 말이기도 했다.

"짐승처럼 덤빈다고 했으니까, 신사적으로 숙녀의 머리카락을 어루만지는 중?"

기가 막혀서 웃음이 터지고 말았다.

"이게 더 짐승 같은 거 알아요? 햇볕 아래서 털 골라 주는 것 같다고요."

루나가 키득키득 웃으며 그의 손에서 머리카락을 빼냈다.

"그럼 우리 문명 시대에 사는 지성인답게 해 볼까?"

그가 점잖은 목소리로 도깨비놀음을 시작하려고 했다. 그의 행동이 어디로 튈지 가늠이 되질 않았다.

"무슨 짓을 하려고 이래요?"

"아까는 무슨 생각하는지 빤히 보인다며. 지금은 왜 모르실까?"

루나는 그의 어두운 눈동자를 가만히 들여다보았다.

"모른 척하는 건가, 배울 만큼 배우신 분이."

"글쎄요. 내 배움이 부족한 건지 도통 모르겠네요."

시치미를 뚝 떼려고 내뱉은 말이었는데, 그는 루나가 걸려들었다고 생각했는지 눈을 반짝 빛냈다. 그의 눈동자가 이렇게 순수하게 빛나는 것은 또 처음 보는 것 같다. 루나는 검게 젖은 그의 눈동자에 홀려서 한참을 바라보았다.

"그럼 더 배움에 정진해야지. 늘 배우는 삶이 얼마나 중요한지는 우리

보다 먼저 살았던 인간들이 충분히 증명했고."

루나는 어디 더 해 보라는 듯이 턱 끝을 살짝 들어 올렸다.

"그러니 배워야지?"

그의 눈빛이 순간 음험하게 물들었다. 순식간에 입술이 맞물렸다. 밀어낼 틈도 없이 그의 단단한 팔에 허리를 붙잡힌 루나는 어느새 그의 허벅지 위에 앉아 있었다.

"으응."

오후의 햇살이 내리쬐는 정원에는 루나와 카를 외에 아무도 없었다. 벽돌로 쌓아 올린 높다란 담벼락과 벽 바깥쪽을 둘러싸고 있는 넓은 이파리의 플라타너스들은 외부의 시선을 완벽하게 차단했다. 안가로써 흠잡을 데 없는 구조였다. 그리고 연인이 밀어를 속삭이기에도 알맞은 장소였다.

그의 손이 티셔츠 밑단을 들치고 불쑥 들어와 브래지어를 밀어내며 가슴을 움켜잡았다. 바깥 공기가 셔츠 안으로 갑작스럽게 들어와서 소름이 오스스 돋아났다.

"으응, 카를. 점잖게 굴어요."

루나가 입술을 가까스로 떼며 그를 나무랐지만, 그는 멈출 생각이 없어 보였다. 카를은 근사한 미소를 머금은 채로 루나의 티셔츠 밑단을 걷어 올려서 그 안에 머리를 쑥 집어넣었다.

"카를!"

작게 비명을 질렀지만, 그는 마치 엄마 치마폭에 들어가 장난을 치는 어린아이처럼 티셔츠 안에 머리를 넣고 웃었다.

"흐읏!"

웃기만 하는 게 아니었다. 그는 브래지어 컵을 들어 올리고 가슴을 쭉 쭉 빨아 삼키기 시작했다.

"흐응."

갑자기 그의 수석 비서인 레이나, 경호책임자인 루터가 들이닥치면 어쩌나 싶어서 심장이 미치도록 빠르게 뛰었다.

"카를, 그만."

"걱정 마. 아무도 안 와."

루나의 속을 훤히 들여다보는 것처럼 그가 안심하라는 듯이 속삭였다. 티셔츠 안에서 울리는 목소리가 나름 귀엽기도 해서 루나는 애써 웃음을 참았다.

"가슴까지만."

루나는 앞니로 아랫입술을 꾹 말아 물며 말했다. 여기서 웃음이 터지거나 하면, 그가 끝까지 가 버릴 것만 같았다.

"아니."

그가 잽싸게 부정하고는 가슴을 세게 빨아 먹었다.

"흐응."

"엉엉 우는 데까지."

나무랄 새도 없이 커다랗고 뜨거운 손이 루나의 길고 넓은 플레어스커트 자락을 펼치며 허벅지 안쪽을 더듬거렸다. 그의 하체는 루나의 치마에 폭 파묻혀 버렸다. 그는 치맛자락 안에서 트레이닝팬츠 앞섶을 잡아 내렸다.

"훗. 콘돔은?"

루나가 피임 없이는 하지 않겠다는 듯이 묻자, 그가 티셔츠 안에서 머리를 불쑥 빼내고는 웃었다. 어디서 났는지, 그의 손에는 콘돔 하나가 들려 있었다.

"대체 그건 어디서 그렇게 솟아나는 거예요?"

"글쎄. 마당에서 자라나?"

그는 능청스럽게 되묻고는 치마 속으로 손을 집어넣어 한껏 발기한 물건에 능숙하게 얇은 막을 씌웠다.

팬티가 힘없이 옆으로 홱 젖혀졌고, 그가 좁다란 물길로 쑥 들어왔다.

"흐읍."

루나는 신음을 내지 않기 위해 숨을 급하게 들이마셨다. 그의 허벅지 위에 비스듬히 앉아 있어서 중심이 자꾸만 테이블 쪽으로 쏠렸다. 그가 발을 바짝 당기며 의자에 등을 깊숙이 기대앉았다. 그 덕에 루나의 몸이 테이블 반대 방향인 그의 몸 쪽으로 기울었다.

"아아!"

딱딱한 몸에 온전히 주저앉을수록 결합은 깊어졌다. 허리를 끌어안은 단단한 팔뚝에 기대자, 그의 다른 손이 가슴을 헤집고 들어왔다.

"아흐윽. 아아!"

몸이 들썩들썩 움직였다. 발끝에 달랑달랑 걸려 있던 살롱화가 잔디 위로 후드득 떨어졌다. 콧잔등에 송골송골 맺힌 땀방울이 플라타너스의 넓은 이파리를 간질이고 날아온 바람에 금세 말랐다.

"흐으읏."

살갗에서 배어나는 땀 위로 바람이 스칠 때마다 소름이 돋아났다. 하지만 치마 속 결합부는 흠뻑 젖어 스멀스멀 열기가 피어올랐다. 생경한 조화에 배꼽 아래가 파들파들 떨렸다.

"아흑."

루나는 그의 팔뚝을 움켜잡고 상체를 구부리며 신음을 죽이기 위해 애를 썼다.

"소리 질러도 돼. 아무도 안 들어."

루나는 고개를 세차게 내저으며 아랫입술을 꽉 말아 물었다. 키스로 신음을 삼켜 줄 만도 하건만 그는 루나의 눈가가 새빨개질 정도로 참는 모습을 지켜보기만 했다. 그의 입술을 머금으려고 다가가려는 시도조차 하지 못했다. 그를 더 자극했다가는 잔디밭에 다리를 벌리고 누워 울음을 터뜨리는 상황이 올 것만 같았다.

"루나."

그가 주문을 외듯 루나의 이름을 천천히 불렀다. 루나는 눈을 꼭 감은 채로 머릿속이 하얗게 탈색되는 것을 느꼈다. 턱 끝을 파르르 떨고 있는데, 그가 불쑥 몸을 일으켰다.

"카를!"

루나가 놀라서 그의 이름을 불렀지만, 이미 그녀의 몸은 테이블을 끌어안은 채로 엎어진 뒤였다.

"아아!"

뒤에서 치받고 들어오는 감각은 다리에 힘이 훅 풀릴 만큼 선명했다. 루나는 맨발로 잔디를 밟고 서서 엉덩이를 내민 채로 그를 받아들이고 있었다. 의자에 앉아서 허리를 들쳤던 게 성에 차지 않았었는지, 그는 루나의 엉덩이에서 찰박거리는 소리가 날 정도로 장골을 거세게 부딪쳐 왔다.

"아아!"

가슴이 차가운 테이블에 짓눌려 선득했다.

"하아."

그가 짙은 숨을 내쉬었고, 한계까지 부푼 페니스가 울컥거리는 게 느껴졌다. 루나는 제 체온으로 데운 테이블에 상체를 기댄 채 축 늘어졌다.

결합을 풀지 않은 채로 카를이 상체를 기울여 그녀의 목덜미에 입을 맞추었다.

"두고 봐요."

루나가 색색거리는 숨을 고르며 경고조로 내뱉었다.

"뭘?"

카를이 얄밉게 되물었다.

"변태 여신이 당신을 어떻게 괴롭혀 줄지."

"세상에서 제일 안 무서운 사람이 두고 보자는 사람이야."

그가 몸을 쑥 뒤로 빼며 스커트 자락을 내리고 루나의 몸을 끌어안았다. 루나는 가느스름하게 뜬 눈으로 그를 노려보았지만, 이미 웃음을 머금을락 말락 한 입가가 무너져 내리고 있었다.

"이번엔 겁을 좀 내야 할걸요?"

루나가 턱을 치켜들며 웃음을 참았다. 그가 손끝으로 루나의 콧잔등을 장난스럽게 튕긴 순간, 테이블 위에 놓여 있던 그의 전화가 시끄럽게 울어 댔다. 루나와 카를의 시선이 동시에 휴대전화 화면을 향했다. 화면을 채우고 있는 발신인의 이름은 빅터 아스그리드였다.

망중한이 끝나 가고 있었다.

"네. 아스그리드 씨."

카를은 반가운 목소리로 전화를 받았다. 그는 태연하게 페니스에서 콘돔을 잡아 빼며 전화를 받았다.

"내일 점심이요? 네, 별다른 일정은 없습니다."

빅터 아스그리드가 미끼를 물고 움직이기 시작한 상황, 이럴 때 그를 골려 주고 싶으니 루나는 미쳐도 단단히 미쳤다는 생각이 들었다.

루나는 보드라운 잔디밭에 무릎을 꿇고 앉았다. 그가 휘둥그레진 눈으로 루나를 내려다보았다. 그녀는 카를이 저지하기 전에 얼른 페니스의 기둥을 잡고 첨단을 입에 물었다.

두고 보자는 사람이 제일 안 무서운 거라며?

그의 낯빛이 하얗게 질렸다가 붉었다가 난리도 아니었다.

"네, 그럼 내일 뵙겠습니다."

빠르게 말을 내뱉은 그가 전화를 테이블 위에 내동댕이쳤다.

"이 겁 없는 변태가 진짜!"

카를이 순식간에 몸을 숙이며 루나를 어깨에 걸쳤다. 루나는 그의 어깨에 대롱대롱 매달린 채로 침실로 끌려갔다.

구둣발 소리가 대리석 바닥에 닿아 규칙적으로 낮게 울렸다. 빅터가 점심을 함께하자고 한 곳은 카를과 루나의 결혼식이 진행되었던 호텔에 자리한 이탈리안 비스트로.

로비를 가로질러 들어가자 카를을 알아본 직원들이 인사를 건넸다. 아직 공식적으로 루나의 생사가 알려진 것은 아니었기에, 그들은 하나같이 친절한 눈빛에 약간의 미안함과 안쓰러움을 담고 있었다.

"안녕하십니까, 로젠쉴트 씨."

엘리베이터에 가까워졌을 때, 누군가 급히 달려온 듯 숨을 고르며 인사를 건넸다.

"저는 처음 뵙는 분 같습니다만."

카를이 예의 바른 투로 인사를 건네자 그의 낯빛에 긴장감이 어린다. 곰같이 생긴 남자가 쩔쩔매는 모습을 보니 어쩐지 안쓰러웠다.

"저는 이 호텔 총지배인 라이더 베스티안입니다. 저희 호텔을 다시 찾아 주셔서 영광입니다. 일전의 불미스러웠던 일로 인해……. 그러니까 로 젠쉴트 씨의……."

마치 그는 루나의 위장 이름이었던 미아 콴이 볼드모트라도 되는 것처럼 입에 올리지 못하고 허둥거렸다.

"베스티안 씨."

카를은 부드럽지만 단호한 어조로 총지배인을 불렀다.

"빅터 아스그리드 씨께서는 도착하셨습니까?"

"아직 도착하지 않은 것으로 알고 있습니다."

카를은 그저 알겠다며 고개를 끄덕거렸다.

쥐새끼 같은 노인네.

그가 절대로 카를보다 느긋하게 움직일 리 없었다. 핀치에 몰린 그는 분명히 호텔 곳곳에 보는 눈과 듣는 귀를 숨겨 놓고 있을 것이다.

"혹시 수상쩍은 움직임은 없었습니까? 제가 사건 사고를 몰고 다닌다 는 말은 듣고 싶지 않아서요. 빅터 아스그리드 씨 같은 거물이 다치시는 일이 생기면 곤란하지 않겠습니까?"

카를의 질문에 총지배인은 고개를 세차게 내젓기까지 했다. 턱을 높이 들어 올린 그는 얼굴이 창백하다 못해 푸르죽죽했다.

"그날 이후 보안이 더욱 강화되었습니다. 절대 염려하시는 일이 없도 록 하겠습니다."

"그런다고 내 아내가 살아 돌아오지는 않을 텐데요?"

아직 루나의 생존 여부는 대외비였다. 카를은 앞으로 빅터를 만나거나 그를 겁주는 데, 라이더 베스티안이라는 이름을 가진 호텔 총지배인을 유용할 수 있을 거란 생각이 들었다.

카를이 덫을 놓은 줄도 모르고 총지배인은 덫에 발을 빠뜨린 채 웃었다.

"죄송합니다, 로젠쉴트 씨. 저희 보안이 미흡했던 점 사과드립니다."

폭탄을 설치했던 남자는 호텔 직원으로 분한 불법 체류자였다. 호텔 지배인의 사과는 당연하였다. 그들의 직원 관리에 구멍이 뚫려서 생긴 문제나 마찬가지니까.

"로젠쉴트 씨, 언제 귀한 시간을 잠시라도 내어 주신다면 저희가 보상 방안을 강구하여⋯⋯."

총지배인은 지금 로젠쉴트가에서 대규모 소송을 벌일까 봐 벌벌 떠는 눈치였다.

"필요하면 연락드리죠, 그럼."

엘리베이터 안에 올라탄 카를은 총지배인에게 고개를 까딱해 보였다. 문이 닫히기 직전 카를은 금방 생각이 난 듯, 문 사이로 손을 집어넣었다.

"베스티안 씨, 죄송하지만 빅터 아스그리드 씨가 오시면 이탈리안 비스트로가 아닌 310호 객실로 안내해 주시겠습니까?"

지배인은 알겠다며 고개를 끄덕거리고는 물러났다. 310호 객실은 스티브와 미리 이야기를 나누고 잡아 둔 객실이었다. 식사를 마친 뒤, 비밀스러운 거래라도 할 것처럼 빅터를 해당 객실로 끌어들일 작정이었다.

그런데 갑자기 나타난 총지배인 덕분에 일이 쉬워지고 있었다. 카를은 카펫이 깔린 긴 복도를 지나 웨스트 윙 코너에 있는 310호 안으로 들어섰다.

바로 옆방인 309호에는 만약의 사태를 대비해 로젠쉴트가의 경호 인력과 스티브 등이 대기 중이었다. 물론 루나는 안가에서 몸을 숨기고 있었다. 그녀는 변장해서라도 309호에서 한자리 차지하고 싶어 했지만, 카를이 막아섰다. 약삭빠른 노인네와 그녀가 가까이에 있는 꼴조차도 용납이 되지 않았다.

그들은 방 안에 설치된 카메라로 카를과 빅터를 지켜볼 예정이었다. 카를은 천장에 달린 카메라를 향해 손을 한 번 흔들었다.

곧바로 전화가 울리기 시작했다.

— 어떻게 된 거지?

휴대전화 너머에서 스티브의 목소리가 들려왔다.

"올라오는 길에 저에게 쩔쩔매는 사람을 하나 만났거든요. 빅터 아스그리드는 곧장 이 객실로 올 겁니다."

— 꼬리 자르기에 능한 노인네야.

"그런 노인네가 꼬리가 잘리기 전에 똥줄이 먼저 타고 있으니 여기 오지 않을 리 없습니다."

말이 끝나기가 무섭게 객실 초인종 소리가 울렸다. 카를은 성큼성큼 객실 문 앞으로 걸어갔다. 도어 스코프를 통해 보니, 문 앞에는 인자한 미소를 짓고 있는 노신사가 서 있었다.

구역질 나는 새끼.

카를은 얼굴에 장막을 드리운 듯 표정을 감춘 채로 문을 열었다.

"약속 장소를 갑자기 바꿔서 죄송합니다. 호텔에 도착하고 보니, 사람이 많은 곳에 가고 싶지가 않아서요."

카를은 무구한 눈빛으로 빅터를 바라보았다. 인자한 빅터의 가면이 슬쩍 흔들리는 게 보였다. 카를이 가소로워서 그러는 건지, 아니면 헷갈려서 그러는 건지.

스티브와 던진 미끼에서 카를은 테러의 막후와 전면전을 선포했다. 그리고 그녀는 여전히 죽은 사람처럼 포장되었다. 하지만 빅터는 살아 있는 미아 콴, 즉 CIA 요원 루나에 대한 정보를 이미 해밀턴 상원 의원을 통해 전해 들었을 터.

아마도 빅터는 카를이 루나의 생존 여부를 알고 있는지, 모르고 있는지 궁금할 것이다. 그리고 그걸 확인하기 위해 카를을 만나자고 했을 가능성이 컸다.

"그래, 그때 일은 참 안타깝게 됐어. 좋은 아가씨였는데 말이야."

카를은 빅터의 입에서 흘러나온 좋은 아가씨라는 말에 쓴웃음을 삼켰다. 빅터의 입장에서는 아내를 그리워하는 사내로 보일 테지만, 카를은 부아가 치미는 것을 간신히 참고 있는 중이었다.

두 사람은 작은 테이블을 두고 마주 앉았다.

"하지만 지나간 인연은 어서 잊는 게 좋아. 자네는 로젠쉴트가를 책임져야 하는 사람이지 않은가? 물심양면으로 챙겨 주는 안주인이 있어야 하지 않겠어?"

공식적으로 아내가 죽은 지 두 달도 채 되지 않은 카를에게 빅터는 능글맞게 다음 부인을 들이라고 하고 있었다. 일부러 카를의 속을 긁고 있는 게 분명했다.

"자네도 알지? 내 손녀딸 올가 말이야."

빅터 아스그리드의 부탁으로 블라우 로젠 돔에 왔던 정부 후보 중 한 명이었던 여자, 올가. 그녀는 카를의 얼굴조차 보지 못한 채 집으로 돌아가야만 했다.

"올가가 자네 코빼기도 보지 못했다고 상심이 컸어. 어떤가? 올가를 한번 만나 보는 게."

카를은 비정한 시선으로 빅터를 바라보았다. 여기서 빅터의 얕은수에 넘어갈 수는 없었다.

"마침 다음 주말에 외곽에 있는 유대교 회당에서 모임이 있어. 내가 자네를 손녀사위로 소개할 수 있다면 그림이 참 좋을 텐데 말이야."

빅터는 마치 제가 만든 왕국에 발을 들이려는 카를에게 신선한 데뷔 무대를 선사하겠다는 듯이 너그럽게 구는 척했다.

"상처한 지 얼마 안 됐습니다. 그런 결정은 너무 이르다고 생각합니다."

카를이 예의 바르게 대꾸했다.

"그럼, 그냥 유대교 회당에 한번 나오기나 해 보지. 우리 같은 늙은이들만 모인 곳이지만."

빅터는 은근히 세를 과시하듯 덧붙였다.

"노련하고, 지혜롭고, 다들 속이 깊은 사람들이야."

그러니 함부로 덤빌 생각을 하지 말라고 하는 것처럼 보였다.

"아스그리드 씨."

빅터가 할 말이 있으면 해 보라는 듯이 웃었다.

"사실."

이제 카를이 정면으로 그의 허세 어린 가면을 깨부술 차례였다.

"미아는 살아 있습니다."

빅터가 눈썹을 추켜올리며 당황스럽다는 듯이 어설픈 미소를 머금었다. 볼에 팬 주름이 깊은 노인의 경직된 모습은 세파를 한꺼번에 맞은 것처럼 급격히 피곤해 보였다.

"늙은이를 가지고 장난을 치면 못 써, 젊은 친구."

카를은 연한 미소를 머금은 채로 고개를 내저었다.

"미아 콴은 정보국 요원으로 잠시 신분을 숨기기 위해 로젠쉴트가에 잠입했던 겁니다."

가느다랗게 뜬 빅터의 눈매가 매서워졌다.

"그럼 자네가 그 맹랑한 여자한테 이용이라도 당했다는 뜻인가?"

카를은 입술이 얇게 맞물리도록 미소를 머금었다.

"글쎄요."

모호한 대답은 안 그래도 쭈글쭈글한 빅터의 피부를 바짝 말려 버릴 듯했다. 초조함이 그의 표정 주름 하나하나에서 세밀하게 묻어났다.

"정보국 요원은 무덤에 발 하나를 담그고 사는 사람들이라고 하지. 반송장이나 다름없는 치들에게 당한 건가?"

안쓰럽다는 듯이 깐보는 말투가 카를의 속을 긁어 의중을 떠보려는 눈치였다.

카를은 대답 없이 웃기만 했다. 유대계 네트워크를 거느린 노련한 인사라고 자부하는 빅터가 카를의 침묵 앞에 노심초사했다.

"그녀가 이라크에 갔을 때, 사고가 한 번 더 있었습니다."

빅터의 눈가 근육이 경직되는 게 확연하게 보였다. 그는 시선을 돌리지 못하고 카를을 바라보았다. 쥐새끼도 도망갈 구멍이 없으면 고양이를 무는 법이다. 카를은 그를 핀치의 핀치까지 몰아붙일 작정이었다.

그래야 카를을 무는 실수를 범할 테니까.

이번에는 결혼식 테러나, 이스마일 마히니의 납치 테러처럼 어설프게 끝내지 않을 것이다. 어떻게든 카를을 제거하려고 들지도 모른다. 뜻대로 되지 않는 젊은 놈의 머리를 날려 버리고 싶어서 혈안이 되어 있겠지.

"어떤 사고?"

"헤즈볼라 작전 사령관이 그녀를 공격했고, 그녀가 납치되었다가 풀려나는 일이 있었습니다."

생전 처음 듣는 이야기라는 듯이 빅터가 시치미를 뚝 떼고 놀란 척했다.

"저런!"

"이스마일 마히니."

카를은 이름을 천천히 읊조리고는 말을 덧붙여 나갔다.

"헤즈볼라의 최고 사령관 이하브 아부 아베드의 아들 하미드 모사드를, 저에게 구해 달라고 하셨죠?"

빅터가 고개를 천천히 끄덕거렸다. 그는 아직도 하미드 모사드와 헤즈볼라의 최고 사령관에게 관심이 지대한 듯 보였다.

"하미드 모사드를 제가 구해 오면."

빅터가 희미한 미소를 머금었다.

"제게 뭘 주시겠습니까?"

상황이 미묘하다는 생각이 들 것이다. 유대계 네트워크의 입지를 다져 준다며 하미드 모사드를 빼 오라고 부탁했을 때와는 다르다고 느껴지겠지.

빅터의 베팅에 따라, 늙은 도마뱀과 헤즈볼라의 관계 정도를 추론할 수 있을 것이다. 빅터는 주름진 입술을 꾹 다문 채로 생각에 잠겼다. 표정을 숨기려고 애를 쓰는 듯 보였지만, 교활한 눈빛이 언뜻 경직되는 게 포착되었다.

카를은 빅터가 입을 열 때까지 기다렸다. 호기롭게 먼저 만나자고 연락을 했지만, 카를의 대찬 제안 중 어디까지가 블러핑인지 고심하는 듯 빅터의 뺨이 창백했다.

"제가 너무 어려운 제안을 했나요?"

노인을 앞에 두고 무례를 범한 것처럼 말했지만, 카를은 턱을 치켜들며 다소 오만해 보이는 눈빛으로 빅터를 바라보았다.

"자네는 인내를 배워야겠어."

빅터가 걱정스럽다는 듯이 읊조렸다.

"잠시도 기다리지 못하는 비좁은 성정으로 내가 주는 것을 어떻게 감당하려고 그러나."

팔꿈치를 의자 팔걸이에 올리고, 명치 근처에서 주름이 자글자글한 양손은 맞잡은 빅터는 고개를 절레절레 내젓기까지 했다. 유치한 기 싸움을 걸어오는 걸 보니, 노인네 속이 타기는 꽤 타나 보다.

"그럼 안 받고 말죠, 뭐. 거래는 없었던 거로."

카를은 의자에서 천천히 몸을 일으켜 세웠다. 느슨하게 맞물린 입가에는 여유로운 미소가 고였다.

"내가 자네를 잘못 봤나 보군."

빅터의 얕은 화법에 카를은 미간을 슬쩍 찌푸렸다.

"판단을 쉽게 내리고 쉽게 뒤집는 걸 보니, 인내는 백수(白壽)가 되어도 깨우치기 어려운가 봅니다."

약이 바짝 오르는지 늙은 도마뱀의 뺨이 파르르 떨렸다. 대단한 묘책을 가진 사람처럼 손바닥을 비비며 눈을 치뜨는 꼴이 우습기 그지없다.

"그 아이를 데려오면, 내 자네를 아이작의 후계자로 인정하지."

대단한 아량이라도 베푸는 것처럼 빅터는 진한 미소를 머금었다. 그러면서 카를을 얕잡아 보는 눈빛은 숨기지 않았다.

"뜻대로 되지 않아서 기분이 상하셨습니까?"

카를이 정중하게, 그러나 고압적인 목소리로 물었다.

"꼭 죽은 왕의 유령을 보는 겁먹은 병사를 보는 느낌이라. 그런데 어쩌죠? 저는 죽느냐, 사느냐 고민하는 우유부단한 왕자님 스타일은 아니거든요."

햄릿을 비유한 표현에 빅터는 아랫입술이 파르르 떨리도록 분노를 집어삼켰다. 죽은 왕의 뒤를 이은 사람이라고 여겨야 할 자신을 고작 겁먹은 병사에 비유했으니 속이 와락 뒤집힌 모양이다.

"우린 함께해야 하고, 도와야 하는 하나의 민족이야."

유대인이 아닌 카를에게는 다소 와닿지 않는 말이었다.

"제가 동족이라고 하기엔 모호하지 않습니까? 그리고."

카를은 턱을 들어 올린 채 가라뜬 눈으로 빅터를 내려다보았다. 그의 시선 아래서 빅터는 불쾌한 기색을 숨기지 못했다. 카를은 느른한 목소리로 도발을 시작했다.

"저를 선친의 후계로 인정한다고 하는 걸 보니, 내세울 패가 정말 없나 봅니다? 내가 물려받은 것은 아스그리드 가문이 아닌, 로젠쉴트 가문인데 왜 당신의 인정을 받아야 하지?"

도통 이해를 못 하겠다는 듯이 천진하게 고개를 기울이기까지 했다.

"그거야."

"됐습니다."

빅터가 구구절절 말을 이으려는 것을 카를은 웃는 낯으로 끊어 냈다.

"선친께서는 이런 상황을 미리 내다보셨을 겁니다. 그래서 유대계와 상관없는 저에게 가문을 맡기셨겠죠. 같은 종에게 비열하게 흔들리지 말라는 의미로."

카를은 마지막 말에 또박또박 힘을 주었다.

"내 손녀딸을 내주겠다고 했을 텐데?"

빅터의 눈에 붉은 심지가 바짝 돋아났다. 카를은 슈트 팬츠 주머니에 손을 찔러 넣은 채로 뻐딱하게 맞받아쳤다.

"내 아내가 살아 있다고 말했을 텐데요? 조금 전 일을 기억 못 할 정도로 힘드시면, 그만 물러나시죠."

카를이 걱정스럽다는 듯이 미간을 찌푸렸다. 그러자 빅터가 한쪽 입꼬리만 치켜드는 음흉한 미소를 머금었다.

"글쎄. 인생이라는 게 언제, 어떻게 끝이 나게 될지 모르지 않나?"

빅터가 카를의 이성을 갉작갉작 긁어 댔다. 카를은 비에 젖은 휴지 조각처럼 힘 빠진 늙은이의 발악에 헛웃음을 지었다. 초라하기 짝이 없는 협박이었다. 하지만 빅터는 루나가 카를의 아킬레스건이라는 것을 알고 덤벼들 것이다.

"지금 저승문과 가장 가까운 사람을 따져 보자는 겁니까?"

카를은 수지타산이 맞지 않는 계산을 하고 있지 않으냐며 빅터를 타박하듯 읊조렸다.

"제가 장례식에 가게 된다면 슬픈 표정 한 번은 지어 드리죠, 그럼."

카를은 주름진 볼이 분노로 더욱 깊게 패는 것을 보며 돌아섰다.

"고귀한 아버지의 죽음이 헛되지 않도록 미국과의 무기 거래에 있어 우위에 설 수 있도록 해 주마."

노심초사하던 빅터가 드디어 미끼를 물었다.

"무슨 말씀이신지?"

카를은 못 알아듣겠다는 듯이 눈을 가늘게 뜨고 빅터를 바라보았다.

"해밀턴 의원을 우리가 미국의 꼭대기에 올려놓을 생각이야."

"그래서요?"

"백악관에 앉은 우리의 꼭두각시가 될 거야. 미국 내 자산 동결 문제 때문에 정부를 들이고 쇼를 했던 거 아니냐?"

빅터는 마치 손자를 앉혀 놓고 이야기를 하듯 자상한 어조로 덧붙였다.

"그 꼭두각시를 움직일 수 있는 손잡이를 너에게 주마."

두 사람의 대화를 지금 건너편에서 다 듣고 있을 터였다.

"하미드 모사드를 손에 넣으려는 목적은 정확히 뭡니까?"

카를은 다소 딱딱하게 굳은 사무적인 어조로 물었다. 빅터가 목 긁는 소리를 내며 웃기 시작했다.

"이즈마일 마히니가 일을 제대로 했어야 했어. 그럼, 지금 아마 그쪽이 뜻대로 움직이고 있었겠지."

"그쪽이라면?"

빅터가 웃음기 가신 얼굴로 대꾸했다.

"이하브 아부 아베드 말이다. 하미드 모사드의 친부."

카를은 경청하는 척 빅터를 무구한 눈으로 바라보았다.

"요즘 세상이 너무 조용해. 전쟁이니, 테러니……. 흥미로운 일이 없으니 할 일이 없지 않은가?"

끔찍한 말을 잘도 내뱉는 얇은 입술은 색이 죽어 거무죽죽했다.

"아, 참. 자네 결혼식 테러 사건 용의자가 영국에서 붙잡혔다지?"

빅터는 누군가에게 전해 들은 이야기처럼 모호한 목소리로 물었다. 카를은 대꾸하지 않았다. 마치 비밀을 들킨 것처럼 굴었다.

앞뒤가 맞지 않는 상황이기는 했다. 영국에서 용의자가 잡혔다는 이야기를 흘렸을 때, 루나는 이 세상 사람이 아닌 것처럼 굴었다. 하지만 빅터는 어디서부터 연극이고, 어디서부터 진실인지는 중요하지 않다는 듯이 제 뜻을 관철해 나갔다.

"그런 어설픈 테러로 무슨 이목을 끌 수 있겠어? 랭글리(CIA 본부를 일컬음)에 비행기를 한 대 처박으면 모를까."

빅터는 우스갯소리를 내뱉듯 가벼운 어조였지만, 진심도 섞여 있었다.

"그래서요?"

카를은 흥미가 동한 것처럼 긴장된 목소리로 물었다.

"왜, 랭글리가 영 마음에 안 들어?"

"랭글리가 혼란에 빠지면 내 아내를 곁에 묶어 두기 쉬워지겠죠."

카를은 사랑에 눈이 뒤집혀 그의 계획에 관심 있는 척 굴었다.

"하미드 모사드를 데려와. 그러면 헤즈볼라 최고사령관인 이하브 아부 아베드는 아들을 구하기 위해 무슨 짓이든 할 거야."

"그게 나하고 상관있는 일이 됩니까?"

"상관있는 일이 되고말고. 지금 백악관은 전쟁에 너무 물러 터졌어. 테러리스트들에게 더욱 강경하게 맞서야 한다고 외치는 해밀턴이 주목받게 되겠지. 아마 부통령까지 무사히 안착할 거야. 다음 대선을 노리게 될 거고. 물론 그 작자가 그런 그릇은 못 되지만, 이용하기는 좋은 놈이거든? 또 우리가 밀어주면 안 될 리가 있나?"

빅터는 이제 여유를 되찾은 듯 엷게 미소를 머금었다.

"전쟁이 터지면 무기 회사가 돈 버는 건 당연한 거고. 뒤로는 헤즈볼라의 최고사령관을 조종하면서 노란 먼지가 이는 동네도 손에 넣을 수 있는 게지."

늙은 도마뱀의 욕심은 정말이지 끝이 없었다.

"미소 데탕트(미국과 소련의 냉전 시대가 막을 내리고 긴장감이 완화된 것을 일컬음) 이후, 전쟁광인 미국은 적을 잃었어. 자네 나라도 억울하게 반으로 갈라지지 않았나? 조선의 한 독립 운동가가 그랬다지? 우리끼리는 싸우는 일이 없기를……이라고?"

감히 더러운 입으로 매헌 윤봉길 의사의 말을 빌려 오는 주둥이를 찢어 놓고 싶었다.

"그렇게 독립을 외쳤던 나라를 반으로 갈라놨어. 미국 놈들은 그런 놈들이야. 나라 잃은 슬픔과 흩어진 민족의 비극은 내가 너무 잘 이해하지."

빅터는 절대 정의라도 되는 것처럼 선한 눈빛으로 카를을 바라보았다.

"어떤가? 이놈들 혼꾸멍을 내 주고 싶은 생각 없어?"

테러와 전쟁을 통한 무고한 희생으로?

카를은 쓴 물을 삼키며 빅터를 빤히 바라보았다. 그러면서 빅터에게 설득당한 것처럼 양손을 들어 보이며 웃었다.

"하미드 모사드를 데려오면, 그 모든 게 가능하다는 이야기입니까?"

"그럼. 한반도의 정세를 자네가 손에 쥐고 흔들 수도 있는 거야. 큰일을 도모할 수도 있겠지."

빅터가 한국을 들먹일 거라고는 상상조차 하지 못했다. 그의 간사한 계략은 수가 얕으면서 매혹적이어서 더 우스웠다.

"곧 다시 연락하지."

내내 뭐 마려운 강아지처럼 굴던 빅터가 비스듬한 미소를 머금은 얼굴로 호텔 방을 나섰다.

빅터와 해밀턴의 관계성 증명은 충분했다. 그리고 절대로 빅터는 카를이 유리한 자리에 앉도록 두지 않을 것이다.

죽은 아이작 로젠쉴트에 대한 빅터 아스그리드의 열등감은 생각했던 것보다 훨씬 깊어 보였다. 아이작이 살아 있는 동안 늘 이인자에 불과했던 빅터, 그는 어쩌면 죽기 전에 로젠쉴트 가문의 몰락을 바라고 있는지도.

"함묵증?"

루나의 목소리가 낮게 가라앉았다. 마리는 무사히 이라크에 도착해서 구조팀과 함께 듀이를 구출해 냈다.

— 의사 말로는 그래. 현지 민간인들도 듀이가 말하는 걸 본 적이 없대. 그래서 다들 말을 못 한다고 생각했나 봐.

듀이의 상태는 생각했던 것과 전혀 다른 방향으로 심각했다.

"혹시 듀이를 바꿔 줄 수 있어?"

루나는 아랫입술을 꾹 말아 물며 수화기 너머에서 마리의 대답이 흘러나오기를 기다렸다.

— 잠깐만.

마리는 무어라 한참을 설명하고는 먼 곳에서 속삭였다.

— 루나, 듀이가 전화기를 들고 있어.

죄책감이 가슴을 갑갑하게 뒤덮다 못해 눈가를 푹 적셔 버렸다.

"듀이. 나야, 루나. 내가 널 구하러 갔어야 했는데, 미안해. 넌 언제나 날 지켜 줬는데……. 나는 너를 너무 늦게 알아차렸어. 미안해."

수화기 너머에서 짐승이 우는 것 같은 날카로운 음성이 들려왔다.

듀이는 미안하다고 말하려는 듯했다. 솜으로 틀어막아 놓은 것처럼 갑갑하게 흘러나오는 음성에서는 깊이를 알 수 없는 죄책감이 물큰 배어났다.

"듀이, 무사히 돌아와 줘. 응?"

루나는 두 눈을 꾹 감은 채, 심연으로 가라앉으려는 기분을 붙잡았다.

카를처럼 이성으로 듀이를 받아들였던 적은 없지만, 듀이는 루나에게 둘도 없는 동료이자 친구였다. 카를과는 다른 의미로 듀이는 루나에게 소중한 사람이었다. 그런 듀이가 여태껏 루나를 지키고 있었고, 이라크에서는 자신을 보호하려다 총상을 입고 납치까지 당했다. 물론 그 과정에서 루나 역시 힘든 시간을 보내기는 했지만.

부상이 회복될 수 없는 지경까지 이르렀으면 어쩌나 하는 걱정을 했었다. 그런데 지금은 그의 부상이 아닌 정신적 트라우마가 더 심각한 문제였다.

— 루나, 더 이상 통화는 어렵겠어. 가서 보자.

"응. 조심히 와."

마리에게 무사 귀환을 당부하며 통화를 마쳤다. 회의에 들어갔던 카를은 어느새 루나의 맞은편 소파에 앉아 있었다. 캐피털 힐 안가의 응접실에는 4m쯤 되는 대리석 테이블을 가운데 두고 푹신한 소파와 윙체어 등이 멋스럽게 배치되어 있었다.

카를은 루나의 맞은편 윙체어에 그림처럼 앉은 채로 그녀를 바라보았다.

"듀이는 무사히 구출되었다지?"

루나는 고개만 간신히 끄덕거렸다. '무사히' 라는 말이 어울리는지 모르겠다.

"험한 일을 좀 당했다고 들었어."

카를도 이미 듀이의 구출 소식을 전부 전해 들은 눈치였다.

CIA는 건드리지 않겠다더니. 궁지에 몰린 이스마일 마히니의 부하 중 일부가 듀이를 데리고 몹쓸 짓을 했다고. 폭력적인 가혹 행위와 함께 성적 고문도 있었을 거라는 게 정보인증을 받고 동행한 의사의 소견이었단다.

루나는 참혹한 기분을 가눌 수가 없었다. 모두 임무 중에 일어난 일이었지만, 듀이에게 갚을 수 없는 빚은 진 기분이다.

"루나."

카를이 나직한 목소리로 그녀를 상냥하게 불렀다. 그런데 그의 눈빛은 알 수 없는 분노로 부글거렸다.

"나는 너무 화가 나."

윙체어 팔걸이를 감싼 그의 손에는 뼈가 하얗게 불거질 만큼 힘이 들어가 있었다.

"왜 화가 나요?"

루나는 복잡한 감정은 지우고, 순수한 호기심이 담긴 어조의 질문을 던졌다.

"듀이가 당했던 일은 당신이 당할 수도 있는 일이었고, 듀이가 입은 상처는 당신이 입을 수도 있는 거였으니."

카를은 듀이의 고문과 트라우마에 루나를 대입하며 화가 난다고 했지만, 그 역시 듀이를 아끼는 사람 중 한 명이었다.

"어떻게 하고 싶어?"

마치 크리스마스 선물로 뭐가 받고 싶냐고 묻는 듯이 감미로운 목소리로 카를이 물었다. 루나는 그의 잘생긴 얼굴과 어우러진 다정한 미소를 가만히 바라보았다. 듀이의 상태를 전해 들은 우울한 상황. 그런데도 카를의 근사한 미소를 바라보고 있으니 마음이 정화되는 기분이다.

끔찍한 사건 사고는 내 일이 아닌 것처럼 멀게만 느껴졌고, 비열한 세상은 사라졌으며, 오직 그로 인해 아름다운 여운만이 남아 있는 듯했다.

"루나?"

그가 생각에 잠긴 루나를 일깨우듯 부드럽게 한 번 불렀다.

"법이고, 나발이고. 그냥 다 죽여 버렸으면 좋겠어요."

루나는 자신이 내뱉어 놓고도 아차 싶었다. 카를의 눈동자가 진심으로 진지해졌기 때문이다.

"카를? 설마 내가 원하는 대로 해 주려고 그런 질문을 한 건 아니죠?"

"정확해."

그는 붉고 도톰한 입술을 아름답게 움직여 환한 미소를 머금었다.

"카를, 그자들은 법의 심판을 받아야 해요. 모두가 그의 죄를 알기 전에는 죽이면 안 돼요. 철저한 응징을 받아야 해."

흥분해서 말이 점점 빨라지기 시작했다.

"감히 민간인 희생을 통한 테러와 전쟁으로 패권을 잡겠다고 헛소리를 퍼붓는 자를 그냥 쉽게 죽여 주겠다고요? 본보기로 만들어야죠. 인류를 위협에 빠뜨리면 어떻게 되는지 죗값을 제대로 치르게 해야 해요."

말을 마친 루나는 괜히 민망해졌다. 카를이 '누가 뭐라고 했나?' 하는 무구한 표정으로 루나를 바라보고 있었기 때문이다.

"루나, 너무 흥분하고 그러지 마."

카를이 미간을 찌푸리며 말했다. 루나와 뜻이 같다고 말하려는 줄 알았는데.

"또 네가 세워 버렸잖아."

왜 또 안 저러나 했지.

발아래 땅이 꺼지고, 하늘이 무너져도 '네가 겁먹으니까 안고 싶잖아.'를 시전할 남자다. 또 거기에 루나는 가슴이 두근거리니 둘 다 미친 게 분명하다.

"지금은 안 돼요."

루나는 딱 잘라 선을 그었다.

"나도 지금은 할 생각 없어."

"거짓말!"

눈을 가느스름하게 뜨고 카를을 노려보았다.

"했으면 좋겠나 본데?"

루나는 노려보는 눈에 힘을 주었다.

"그렇게 섹시하게 노려봐도 소용없어. 지금은 누굴 좀 소개해야 한다고."

카를이 대번에 낯빛을 바꾸었다. 공식적인 자리에서 쓰는 가면 같은 위엄이 어린 얼굴이었다.

"누구요?"

루나는 조금 긴장한 눈빛으로 그를 바라보았다.

"들어와요."

카를이 문밖을 향해 외치자, 두꺼운 나무 문이 둔하게 열렸다.

"세상에! 위니!"

결혼식 날 위니는 루나의 곁을 지키다가 큰 부상을 당했다. 다리 쪽 부상이어서 회복이 루나보다 더 느렸다고.

"이제 괜찮은 건가? 이렇게 나와도 돼요?"

"로젠쉴트 씨의 배려로 충분히 쉬고 복귀하게 되었어요. 다시 한 번 감사합니다, 로젠쉴트 씨."

카를이 미소를 머금은 채로 고개를 까딱거렸다. 위니는 복귀가 기쁜 듯했지만, 결혼식 테러 사건에 대한 죄책감을 지닌 표정이기도 했다.

"그리고 다시 모시게 되어 기쁩니다, 미아. 아니 루나."

실수가 민망한 듯 수줍게 웃는 위니의 얼굴을 보니 가슴이 먹먹해졌다.

"나는 다음 회의가 있어서."

카를은 은근슬쩍 자리를 비켜 주었다. 그는 응접실을 벗어나기 전 루나의 뺨에 가볍게 입을 맞추는 것도 잊지 않았다.

카를이 응접실을 빠져나가고 나자, 위니가 한없이 죄스러운 얼굴이 되었다.

"이번에는 불미스러운 사고가 없도록 유의하겠습니다."

루나는 위니를 너그러운 눈빛으로 바라보았다.

"위니, 내가 어떤 사람인지 들었나요?"

위니는 조심스럽게 고개를 끄덕거렸다.

"그럼 사과는 내가 하는 게 맞는 거 아닌가요? 나 때문에 일어난 사고나 마찬가지예요."

"아니에요, 루나! 절대 그런 말씀 마세요. 로젠쉴트 가문의 위치와 로젠쉴트 씨의 세력을 감안했을 때, 절대 루나 때문에 일어난 사고는 아닙니다. 단, 루나가 정보부 요원이었던 게 변수이기는 했지만요."

위니는 기민하고 똑똑한 데다 솔직해서 마음에 들었다. 수줍은 얼굴로 할 말은 꼭 하는 모습이 귀여울 따름이다.

"아무튼 앞으로 나도 잘 부탁해요. 사실 정보부 요원인 내가 민간 경호 인력에 둘러싸여 있는 게 좀 창피하지만…… 어쩌겠어요. 상황이 이런걸. 그리고 위니."

루나의 말끝이 낮게 가라앉자, 위니는 잔뜩 긴장한 얼굴로 그녀를 바라보았다.

"듀이가 지금 이라크에서 미국으로 오고 있는데, 따뜻한 마음을 가진 사람의 도움이 필요할 것 같아요. 내 친구를 도와줄 수 있겠어요?"

위니의 안색이 하얗게 질리는가 싶더니, 눈꺼풀이 빠르게 움직였다. 어느새 그녀의 눈가에 눈물이 그득 고였다. 위니는 눈물을 흘리지 않으려 눈을 부릅뜨고는 대답했다.

"물론이죠. 제가 할 수 있는 일이면 뭐든지요."

"고마워요, 위니."

루나는 어깨가 들썩거리도록 한숨을 한 번 내쉬었다. 폐 안쪽 깊은 곳까지 숨을 집어넣은 자신만만한 표정을 만들어 냈다.

"잠깐 외출해야 할 것 같은데, 괜찮겠어요?"

"네, 로젠쉴트 씨께 들었습니다."

카를은 오늘 유대교 회당에 방문하기로 되어 있었고, 루나는 하미드를 만나러 갈 예정이었다.

빅터는 하미드를 이용해 헤즈볼라의 테러를 촉발할 생각인 듯했다. 이제껏 하미드가 당한 일을 생각하면 안 될 일이지만, 그의 상태가 무고한 희생을 막을 만한 미끼가 될 수 있는지 확인이 필요했다.

루나는 연한 핑크색 니트에 물이 조금 빠진 통이 넓은 청바지를 입고 굽이 높은 스니커즈를 신었다. 마치 학생 때로 돌아간 것 같은 복장으로 하미드를 만나러 가려는데.

"그러고 가려고?"

위니와 함께 지하 주차장으로 향하는 엘리베이터 앞에 서 있는데, 턱시도를 차려입은 카를이 나타났다.

"당신은 그러고 가려고요?"

근사하게 차려입고 자신이 없는 장소로 향하는 그에게 심통을 부리고 싶어진다. 유치한 질투가 당연해지는 것을 보니, 내가 연애를 하긴 하나 보다.

"너무 깜찍하잖아."

그가 크롭 니트의 허리 부분을 손가락으로 간질이듯 어루만지며 웃었다.

"지금 청바지에 니트 쪼가리 입은 거로 트집 잡는 거예요?"

루나는 그의 검은색 실크 턱시도를 눈으로 한 번 훑은 뒤, 검은색 보우 타이를 은근한 손길로 어루만졌다.

그가 고개를 비스듬히 숙이며 귓바퀴에 숨결을 불어 넣듯 속삭였다.

"이따 밤엔 보우 타이를 목이 아닌 다른 데 묶어 놓을게."

'어디?'라고 묻는 듯한 시선으로 그를 바라보자, 그가 몸을 바짝 붙이며 루나의 허리를 당겨 안았다. 그의 왼쪽 골반 방향으로 길게 누운 단단한 형태가 고스란히 느껴졌다.

보우 타이를 맨 페니스라.

참 볼만하겠단 생각을 하며 루나는 그의 뺨에 입을 맞추었다.

"그리고 이런 옷은 벗겨 본 적이 없어서 자극적이라고."

청바지에 니트 쪼까리를 입은 모습에도 반응하는 남자라니. 기분이 괜히 들뜨기 시작한다.

"그럼, 이따가."

새침하게 인사를 건네고 엘리베이터에 올랐다. 닫혀 가는 문틈으로 보이는 그의 미소는 음란하기 짝이 없었다.

안가에서는 루나가 올라탄 차 외에 똑같은 차 네 대가 준비되었다. 만약 안가를 감시하는 세력이 있다면, 미행에 혼란을 주기 위한 방법이었다.

안가를 빠져나온 다섯 대의 동일한 차량은 포토맥 에비뉴를 달리다가 각각 다른 방향으로 흩어졌다. 루나와 위니, 경호 인력 등 일곱 명이 오른 차는 욘 필립 수사 브릿지를 건너 하미드 모사드가 숨어 있는 안가로 향했다.

나머지 네 대의 차에도 로젠쉴트의 경호 부대가 탑승해 있었고, 그들은 안가 주변을 비규칙적인 루트대로 돌며 만일의 사태에 대비할 예정이다.

하미드의 안가는 랜들 하이랜즈의 아파트에 자리했다. 안가 문을 열고 들어가자, 집 안이 조용했다.

"해리?"

혹시나 모를 사태에 대비해 루나는 그의 위장 이름을 불렀다. 부엌 쪽에서 발걸음 소리가 들려왔다.

"반가워, 루나. 오랜만이네?"

그런데 루나에게 인사를 건네는 사람은 전혀 다른 인물이었다. 루나는 긴장된 시선으로 그 사람이 하는 행동을 지켜보았다.

"뉴스 봤어? 큰일 난 것 같던데."

그 사람이 TV 리모컨을 들고 전원 버튼을 누르자, 공중에서 찍은 것 같은 화면이 긴급 뉴스를 통해 송출되고 있었다.

『본 유대교 회당은 백악관과 불과 1마일(1.6km) 떨어진 곳에 자리해 있습니다. 폭탄 조끼를 두른 테러범은 현재 자신이 CIA에 매수되었다고 주장하고 있으며, 신분 회복을 조건으로 건물 안에서 인질극을 벌이는 중입니다.』

"카를도 오늘 저기 갔다지?"

심장이 너무 빠르게 뛰어서 흉부가 꽉 조였다. 가느다란 손가락이 리모컨을 꾹 누르자 TV 볼륨이 더욱 높아졌다. 심장이 뛰는 소리도 발작하듯 커졌다.

『지금 이곳에는 유대계 주요 인사들이 모여 있으며, 명단을 확보 중이라고 합니다.』

쾅, 하고 묵직한 폭발음이 울렸다. 기자는 파편을 피해 몸을 웅크렸고, 카메라가 마구잡이로 흔들렸다. 화면 속 세상이 금세 잿빛으로 물들었다.

『방금 회당 측면에서 폭발이 일어났습니다. 다시 말씀드립니다. 지금 회당 측면에서 폭발이 일어났습니다.』

전신이 부들부들 떨렸다. 지금 당장 그가 있는 곳으로 가야겠다는 생각밖에는 들지 않았다. 급히 돌아선 순간, 매끈한 이마에 동그란 금속 물질이 닿았다.

"어딜 가려고?"

그렇게 묻는 사람은 예화였다. 런던에서 쑤싱을 처리했을 때, 예화에 대한 소식은 듣지 못했었다.

"아직 우리 인연이 끝나지 않았나 보네?"

루나는 놀라지 않은 척 미소를 머금으며 물었다.

"이 정도면 엄청 친해졌어야 했는데, 아직 우린 좀 서먹서먹하지?"

예화가 장단을 맞추며 웃었다. 그동안 너무 많은 사건들이 일어났기에, 예화는 잠시 잊힌 존재였다. 분명 완벽하게 치장하고 집을 나설 때는 보이지 않았던 실밥 하나가 툭 튀어나온 기분.

혹시 예화도 빅터 아스그리드와 닿아 있는 걸까?

그건 아닌 것 같았다. 그랬다면 빅터는 예화를 진작 이용했을 터.

그럼 예화가 국안부(중국의 정보기관)쪽인가?

카를을 만나기 전까지 쑤싱이 국안부의 인사일 거라는 예상을 했었다. 그러면서 예화에게선 묘한 동족 의식이 일었다. 단 루나가 차가운 정의라면, 예화는 뜨거운 불의라고 여겼다. 그래서 루나는 예화를 별로 좋아하지 않았다.

왜 그렇게 예화가 신경이 쓰였는지, 이제 감이 잡히기 시작했다. 그녀는 조선족 연락책 출신도 아니고, 일본 극우 단체에 포섭되어 카를에게 접근했던 아스카 아이리도 아니다.

분명 국안부 요원일 터.

루나는 입술을 비스듬히 추켜올리며 물었다. 긴장감이 공기 중으로 파르르 나부꼈다.

"전쟁을 좋아하는 나라를 위해서 사는 거, 조금 지치지 않아?"

미국이 서방에서 전쟁에 미친 나라라면, 중국은 동방에서 전쟁에 미쳐 있는 나라였다. 세력을 펼치기 위해 남의 나라 역사도 제 것으로 만들고, 댐 건설로 강물의 흐름을 조절해 주변국을 위협하고, 철도 건설로 교통을 장악해 자치구 주민들을 포섭하고.

"홍콩 시민들한테 너무 가혹하게 구는 거 아닌가?"

루나가 덧붙인 질문에 예화는 미동조차 하지 않았다.

"베트남 전쟁에서 진 걸 아직도 억울해한다는 미국 좀생이들이 감히 대국의 마음을 헤아릴 수 있겠어?"

기 싸움에 말려든 예화가 발끈하는 실수를 저질렀다.

"쑤싱에게는 왜 접근했지?"

"확실했거든."

중국 국안부에서는 빅터 아스그리드와 비슷한 이유로 로젠쉴트 가문에 접근하려고 했나 보다. 아니면 CIA와 같은 이유인지도.

로젠쉴트의 흠집을 잡아 이용하거나, 혹은 그에게 잘 보여 세계의 흐름을 손에 쥐고 싶어 했겠지.

아마도 국안부에서는 쑤싱이 로젠쉴트 가문의 수장이 될 거라고 예상했나 보다. 그런데 그들의 예상이 빗나갔으니.

"쑤싱 대신 카를이 그 자리에 올라서 실망이 컸겠어."

루나는 안타깝다는 듯이 미간을 찌푸렸다. 총구는 여전히 이마에 닿아 있었다.

"그래서 카를의 정부 자리를 노렸을 텐데…… 어쩌나, 미안하게 됐네?"

예화는 루나의 눈동자를 빤히 바라보며 얼굴을 굳혔다. 미세하게 떨리는 입술을 보니 자존심이 조금 상한 눈치다.

정보국 요원으로? 아니면 여자 대 여자로?

"하미드 모사드가 여기 있는 줄 어떻게 알았어? 꼭꼭 숨겨 놓았었는데."

"어릴 때부터 하미드와 알고 지냈다지? 친구에 대해 얼마나 안다고 생각해?"

루나는 어깨를 한 번 으쓱였다.

"루나 송. 잘난 체하지 마. 너는 아무것도 몰라."

"그렇게 경고하는 사람치고 대단한 걸 알고 있는 사람을 못 봤는데?"

"포레스트빌의 안가에 도청기를 설치한 사람은 하미드 모사드야."

예상하지 못한 바는 아니었지만, 조금 충격적이기는 했다. 하지만 루나는 그게 어쨌느냐는 눈빛으로 예화를 바라보았다.

"빅터 아스그리드의 사주를 받고 설치했지. 그런데 말이야. 하미드는 아직 유아기적 피해의식에 사로잡혀 있거든. 부모가 자신을 버렸다는 이유로 그 친구는 아무도 믿지 않아."

예화의 목소리가 느른해졌다. 그녀는 이제 자신이 주도권을 잡은 것처럼 굴었다.

"그래서 그 불쌍한 아이를 꼬드겨서 폭탄 조끼를 입힌 게 너라는 건가?"

"내가 왜?"

예화는 시치미를 뚝 떼며 가소롭다는 듯이 웃었다.

"카를은 한국 출신이야. 세계 패권을 좌우할 수 있는 막강한 권력과 자본력을 가진 자가 한반도에서 나왔어. 당연히 중국에 위협이 되겠지? 게다가 중국이 손에 넣을 수 있을 거라고 생각했던 가문이었는데, 얼마나 약이 올랐겠어, 안 그래?"

루나는 이런 이야기를 굳이 입 밖으로 내뱉어야 알아듣겠냐는 듯이 한심한 눈빛으로 예화를 바라보았다.

"그래, 그래서 오늘 로젠쉴트는 죽을 거야. 저 회당에서 안쓰러운 얼굴로 울고 있는 하미드 모사드를 발견하고 나면, 착한 그는 하미드를 설득하려고 들겠지. 어쩌면 동류라고 생각할지도 모르겠어. 둘 다 친부모에 대한 트라우마가 있잖아?"

"예화. 함부로 말하지 않았으면 좋겠는데? 예쁜 얼굴 망가지고 싶지 않으면."

루나가 경고조로 읊조리자 예화는 권총을 바로 쥐었다.

"누가 할 소릴……!"

비아냥거리는 말이 채 끝나기도 전에 루나는 총을 쥐고 있는 예화의 손목을 꺾으며 잡아당겼다. 탁, 하는 소리와 함께 권총은 마룻바닥으로 떨어졌다.

잽싸게 몸을 날려 다시 총을 집어 들려는 예화의 머리통을 발로 걷어찼다.

예화가 한 손으로 머리를 감싸며 끙끙거렸다.

"이런 어쩌나. 헤어스타일이 망가졌네. 미안."

루나는 조용히 지껄이며 예화의 배를 발로 한 번 더 가격했다. 그 순간 예화가 몸을 웅크리며 루나의 발목을 잡아당겨 바닥에 넘어뜨렸다. 가슴과 어깨에 마구 발길질하며 루나가 몸을 비틀어 일어난 순간, 예화가 총을 집어 들었다. 루나 역시 허리춤에 찔러 넣어 두었던 총으로 예화를 겨누었다.

마룻바닥에 몸을 반쯤 기대 누운 두 여자는 서로를 겨눈 채로 노려보 았다.

"카를하인츠는 오늘 죽어. 그러니 너도 함께 가야 하지 않겠어? 친구 하미드도 혼자 보내긴 불쌍하잖아. 아, 연인과 친구를 저승길에 손잡고 보낼 생각인가?"

예화는 겁도 없이 잘도 떠들어 댔다.

"쓸데없이 말이 많은 걸 보니, 꽤 긴장했나 보네. 왜, 본부에 끌려가서 욕먹을 걸 생각하니까 걱정돼? 아, 너희 나라는 그냥 총살인가?"

"입조심해!"

예화가 소리를 버럭 지르며 다가오려고 했다.

"예화, 액션 영화 본 적 없어? 이렇게 간 볼 때는 서로 공격하는 거 아 니야. 그건 국룰이야. 슈퍼히어로가 변신할 때 공격하는 빌런 본 적 있 어?"

루나가 킬킬 웃으며 여유를 부렸다. 잠깐 마주했지만 예화는 예민하 고, 지기 싫어했으며, 자존심이 강했다.

나랑 참 비슷하네.

그래서 다루기가 더 쉬웠다.

"쑤싱을 사랑했나 봐?"

혹시나 하는 마음에 던져 본 말이었는데, 예화의 눈이 삽시간에 휘둥 그레졌다.

"너와 나의 다른 점이 뭔지 알아?"

예화 역시 루나와 자신이 동류라는 점을 인지하고 있는 듯했다. 예화 는 별로 궁금하지 않다는 듯이 입술을 실룩거렸지만, 그녀의 눈동자만큼은 호기심으로 빛났다.

"남자 보는 눈. 나는 있고, 너는 없는 거."

그러자 예화가 기가 막힌다는 듯이 웃었다.

"루나, 넌 절대 빅터 아스그리드를 못 잡아."

"글쎄. 내가 잡는 걸 네가 보지 못하게 될 수도 있겠지. 너는 곧 형장의 이슬로 사라질 테니까."

"이 미친년이!"

예화가 욕지거리를 퍼부으며 몸을 일으키려는데, 총이 발사되었다.

마룻바닥에 붉은 피가 흥건히 고이기 시작했다. 비릿한 피 냄새는 언제 맡아도 역했지만, 오늘은 특히 금속성을 띤 냄새가 지독했다.

"대화가 즐거워 보였는데, 미안."

고개를 돌린 곳에 서 있는 남자를 본 순간, 루나는 하마터면 눈두덩이를 손으로 비빌 뻔했다. 전혀 예상치 못한 인물이 눈앞에 총을 들고 서 있었다.

"조이!"

마리의 남편이자, 수개월 전 죽은 것으로 위장된 요원 조이가 서 있었다.

"쏠 거면 빨리 쏘지, 왜 내가 나서게 만들어?"

조이는 피곤한 웃음을 머금고 있었지만, 건강해 보였다.

어깨에 총을 맞은 예화는 안간힘을 다해 다시 총을 집으려고 했다. 루나는 얼른 자리에서 일어나 그녀가 갖고 있던 총을 집어 들었다.

"예화를 쫓고 있었던 거야?"

루나의 질문에 조이는 고개를 한 번 끄덕거렸다. 해밀턴 상원 의원을 비롯한 전쟁 신봉자들에게 들키지 않기 위해 스티브는 작전 트랙을 점처럼 배치하며 노출을 막으려고 각고의 노력을 해 왔나 보다.

"예화가 누군가와 비밀리에 접촉하는 것 같기는 했는데, 그게 하미드 모사드인 줄은 몰랐어. 그쪽 작전은 나한테 공유되지 않았으니까."

외부에 들키지 않으려고 만들어 놓은 정보 통제가 내부의 소통 부재로 이어졌다. 하지만 이 정도로 정보가 새어 나가지 않은 것을 보면 잘한 일이었다.

"예화는 빅터를 통해 하미드의 소식을 들은 건가?"

"아니, 중국 국안부는 이라크를 통해 하미드 모사드의 소식을 들었어. 그래서 예화가 빅터에게 접근했고, 나도 하미드가 도청기를 설치한 곳이 포레스트빌 안가였다는 건 오늘 알게 된 거야."

빅터, 미국의 전쟁 신봉자들, 그리고 중국 국안부에 이르기까지 카를 하인츠의 존재가 눈엣가시였나 보다. 적의 적은 친구라는 말을 증명이라도 하듯, 어울리지 않는 인사들이 로젠쉴트 가문을 대적하기 위해 똘똘 뭉쳤다. 그리고 그들은 쉽게 부서질 수 있는 연합이기도 했다.

"지금 유대교 회당에 폭탄 조끼를 입고 들어간 사람이 진짜 하미드야?"

루나의 질문에 조이는 잠시 망설였다.

"그런 것 같아."

예화의 뒤를 쫓기만 했던 조이는 하미드와의 관계성과 테러 계획을 알아차릴 수 없었다며 낭패감 어린 얼굴을 했다.

"지금도 늦지 않았어, 조이. 일단 예화는 FBI 쪽에 넘기고 바로 유대교 회당으로."

"마리는?"

조이는 희미한 미소를 머금은 눈빛으로 루나를 바라보았다.

"지금 이라크에서 듀이를 데리고 오고 있어."

알겠다며 고개를 끄덕이는 조이의 얼굴에 은은한 애정이 묻어났다.

연인에 관한 진중한 애정을 지닌 표정은 어딘지 모르게 다들 비슷했다. 행복감이 어린 그 눈빛과 미소는 찬란히 아름다웠다.

그의 미소를 다시 보고 싶다. 지금 당장 그의 건강한 웃음소리를 듣고 싶다.

그가 이라크까지 달려왔던 것처럼, 이제 루나가 카를을 구해야 할 차례였다.

❖

백악관과 미 의회 의사당에서 각각 동쪽과 북쪽으로 1마일씩 직선으로 선을 그으면 맞닿는 곳에 유대교 회당이 있었다. 말했다시피 미합중국의 대통령이 기거하는 백악관과 의원들이 모이는 의회 의사당 건물과 근거리에 있는 곳.

발 빠른 보도를 위해 취재진들이 몰려들었고, 법무부 소속의 FBI 대테러 전담팀을 비롯해 국토안보부 소속의 정보분석국(I&A), 중앙정보부(CIA) 등 주요 요원들이 한자리에 모여 있었다.

루나와 조이는 검은색 모자를 푹 눌러쓴 채로 CIA 신분증을 들어 보이며 안쪽으로 진입했다. 두 사람 다 공식적으로는 사망 처리가 되어 있었고, 숨어서 지내고 있는 상태였다. 하지만 원래 정보부 요원은 있는 듯, 없는 듯한 사람들이었고, CIA 신분증은 국가에서 보증하는 신원이었기에 그들을 의심하는 사람은 없었다.

"알렉시스."

루나는 FBI 요원들을 진두지휘하고 있는 남자 중 한 명의 곁으로 조심스럽게 다가갔다. 알렉시스는 ISI(파키스탄 정보부)의 하쉬 클레인을 잡아들일 때, 루나의 덕을 본 FBI 요원이기도 했다.

알렉시스는 가느다랗게 뜬 눈으로 사태를 가늠하듯 루나를 바라보았다. 아무리 소속된 정부 부처가 다르다고 한들, 알렉시스도 루나의 사망 소식을 접했을 게 분명했다.

알렉시스가 내 장례식 참석 명단에 있었던가?

"루나?"

그가 목소리를 낮추며 루나의 이름을 읊조렸다.

"그래, 나야."

루나는 바짝 다가가며 들릴락 말락 한 목소리로 대꾸했다.

"정말 못 말리는 집단이라니까. 좋게 보려야 볼 수가 없어."

알렉시스는 죽었다가 살아온 루나를 보며 CIA를 탓하듯 낮게 읊조렸다.

"지금 안에 몇 명이나 있는 거지?"

루나의 질문에 알렉시스는 급하게 마련된 하얀 천막 안으로 그녀와 조이를 데리고 들어갔다. 천막 안에는 긴급 대책 본부가 마련되어 있었다. 다들 제 할 일을 하면서도 알렉시스를 흘끗거렸다.

"혹시 이번 일에 대해 알고 있는 거 있어?"

알렉시스의 목소리에는 확신이 가득했다. 그리고 루나를 미심쩍은 눈빛으로 바라보고 있었다.

"안에 내 남편이 있어."

루나의 대꾸에 알렉시스는 허탈하게 웃었다.

"루나, 넌 정말이지."

이해할 수 없는 종자를 바라보듯이 알렉시스의 표정은 마뜩잖았다. 굵직한 사건에 나타나서 안에 남편 있다는 그럴듯한 거짓말로 사건 진행을 좌우하려는 CIA의 거짓말이라고 생각하나 보다.

2004년 정보개혁법 제정 이전부터 CIA와 FBI의 알력 싸움은 유명했다.

국내 발생 테러 사건의 경우 FBI 담당이었지만, CIA에서 힘들게 쫓던 용의자가 그런 사건에 끼어 있으면 공조는 불가피했다. 그러나 성과를 올리기 위해 공조를 꺼리고, 서로 핏대를 세우며 고깝게 구는 경우가 대부분이었다.

따라서 FBI의 알렉시스는 CIA 소속인 루나의 등장이 달갑지 않은 눈치였다.

"그리고 폭탄 조끼를 입고 있는 인물은 아마 내 친구일 거야."

루나는 폭탄을 던지듯 비밀스럽게 읊조렸다.

"누구라고?"

아까와는 사뭇 다른 어조로 알렉시스가 되물었다.

"안에 인질로 잡혀 있는 사람은 내 남편 카를하인츠 로젠쉴트고, 폭탄 조끼를 입은 사람은 내 친구고, 테러범이 말하는 미국 정부가 자신을 속였다고 하는 거. 그 미국 정부 관련 인물이 나야."

알렉시스는 하얀 천막의 천장을 올려다보며 한숨을 내쉬었다. 그 순간 펑, 하는 소리와 함께 건물 잔해가 후드득 무너지는 소리가 울렸다.

알렉시스와 조이, 루나가 천막 밖으로 황급히 뛰어나왔다. 뿌연 연기가 동심원을 그리며 퍼져나갔다. 눈앞이 매캐했고, 기침이 절로 터져 나왔다.

"회당 첨탑이 폭파되었습니다."

"1차 인질 협상은? 1분 후에 내보낸다고 했잖아."

알렉시스의 물음에 FBI 요원이 천천히 고개를 내저었다.

"내가 들어갈게."

루나는 알렉시스의 곁으로 바짝 다가서며 읊조렸다.

"상부의 승인이 떨어져야 해."

"아니. 상부의 승인을 기다릴 시간이 없어. 내가 책임질게."

"루나!"

알렉시스의 눈동자가 마구잡이로 흔들렸다. 빠른 시간 안에 그를 설득하고 회당 안으로 들어가야 했다.

"상원 정보 위원회의 해밀턴 의원을 알아?"

"대충."

알렉시스가 고개를 살짝 끄덕였다. 순간적으로 미간을 찡그리는 것을 보니 그도 해밀턴 의원을 탐탁지 않게 생각하는 눈치였다.

"말하자면 복잡한데…… 한마디로 정리하면, 전쟁을 바라는 이들이 꾸민 짓이야. 그러니까 회당이 폭파되거나, 무고한 인명 피해가 발생하는 일은 막아야 해."

"더 해 봐."

알렉시스는 지금 회당으로 루나를 집어넣어야 하는 당위성이 부족하다는 듯이 말했다.

"카를하인츠 로젠쉴트는 세계 패권을 뒤흔들 수 있는 인물이야. 유대계 거물인 빅터 아스그리드가 경계하는 인물이기도 하고. 아스그리드와 해밀턴 의원, 그리고 현 CIA 국장은 전쟁을 부추기는 진영에 있지? 카를은 그 반대야."

"그래서 이 테러가 로젠쉴트를 죽이기 위한 작전이다?"

"그렇기도 하고, 전쟁을 촉발하기 위한 장치지. 저 안에, 폭탄 조끼를 입은 하미드 모사드는 헤즈볼라 최고 사령관의 친아들이야."

알렉시스는 뿌연 하늘을 올려다보며 이마를 한 번 짚었다.

"나는 이래서 CIA랑 얽히는 게 싫어. 일이 한도 끝도 없이 복잡해진다니까."

자로 잰 듯 딱 떨어지는 사건을 좋아하는 알렉시스에게 지금의 테러 사건은 참으로 마음에 들지 않는 일일 터.

"내가 책임질게, 전부. 그러니까 날 들여보내 줘. 절대 위에서 내 잠입을 승인할 리 없어. 위에서는 본 테러가 성공하길 바랄 테니까. 그래야 전쟁의 구실이 될 테고. 알지? 대선에 이 테러가 어떤 영향을 미치게 될 것 같아?"

지금은 알렉시스를 설득하는 게 가장 큰 난제였다.

"무고한 시민이 죽어 나가는 전쟁이 일어나길 바라? 미국이 또 그런 짓을 저지르는 걸 지켜만 볼 거야?"

"그럼 이 일을 꾸민 자들이 윗선이라는 거야?"

"그건 좀 복잡해. 빅터와 해밀턴 그리고 중국 국안부가 얽혀 있어."

알렉시스는 한참 동안 숨을 참았다가 겨우 내뱉으며 고개를 끄덕거렸다.

"들어가 봐."

일이 틀어지면 알렉시스에게도 책임이 전가될 것이다. 그는 무엇이든 감내할 각오가 되어 있다는 듯이 비장한 얼굴이었다.

루나가 고맙다며 고개를 끄덕거리고는 FBI가 입혀 주는 방탄 슈트를 몸에 걸쳤다.

"그리고 알렉시스, 빅터 아스그리드의 신변을 확보해 줘. 어디로 도망치지 않도록."

단호한 당부에 알렉시스는 고개를 끄덕거렸다. FBI의 안내에 따라 회당 지하로 향했다. 좁은 나무문을 밀고 들어가자, 건물 안은 매캐한 연기로 가득했다.

루나는 물에 적신 손수건으로 입을 가린 뒤, 홀로 1층 본 예배당으로 향하는 계단을 올랐다.

"누구야!"

탁하게 가라앉은 목소리는 하미드의 것이었다. 루나는 모퉁이를 천천히 돌아서며 예배당 무대 위에 올라서 있는 하미드를 바라보았다.

"하미드?"

예배당 안에는 검은색 복면을 쓰고 기관총을 들고 있는 무리가 대략 열 명. 하미드는 그들을 진두지휘하는 위치에 서서 폭탄 조끼를 입고 있었다. 하지만 하미드의 표정은 우두머리답지 않게 겁에 질린 채였다.

"네가 여길 들어오면 어떡해!"

하미드가 못마땅하다는 듯이 소리를 질러댔다.

"내가 너를 구해 왔으니까, 끝까지 책임져야 하는 건 당연한 거잖아."

루나는 티 나지 않게 주위를 살펴보았다. 근사하게 옷을 차려입은 유대계 주요 인사들이 고개를 숙이고 머리를 감싼 채로 예배당 의자 앞에 옹기종기 모여 앉아 있었다.

그런데 그들 무리 중 카를의 모습은 보이지 않았다. 가슴이 뒤틀리는 듯한 통증이 일었다.

설마…….

루나는 하미드를 자극하지 않기 위해 조심스러운 눈빛으로 그를 바라보았다.

"왜. 남편이 어디 있나 궁금한가 보네?"

하미드의 얼굴에 비겁한 미소가 어지럽게 일었다.

"응. 나는 내 남편이 무사한지 궁금해."

예배당이 떠나가라 비웃는 하미드의 목소리는 더 이상 기억 속 선한 친구의 것이 아니었다.

"너도 똑같아. 내 친아버지와 다를 게 없어. 내 양부모도 그랬고. 결국, 다들 날 이용하려고밖에 들지 않았어! 너는 내 걱정이 돼서 이라크까지 날 구하러 온 게 아니야! 안 그래?"

"아니, 하미드. 나는 네가 테러리스트가 되지 않았다는 것을 증명하기 위해 CIA가 되었어. 내가 정보부 요원으로 일했던 목적은 오직 그거 하나였어."

"거짓말 좀 작작해!"

하미드가 천장을 향해 총을 쏘아 올렸다. 뒤이어 쿵 하는 소리와 함께 회당 어딘가가 무너져 내리는 소리가 들렸다. 예배당 안으로 먼지바람이 훅 밀려들었다.

"네 남편은 어디에 있을까? 처음 무너뜨린 예배당 서쪽, 아니면 첨탑? 아니면 방금 무너진 동쪽?"

루나는 연한 미소를 머금으며 대꾸했다.

"무사한 거 알아. 그 사람을 나한테 보여 줘."

"왜 그렇게 확신에 차 있지?"

하미드는 광기 어린 눈빛을 희번덕거렸다.

"나는 네가 무사히 살아 있을 거라는 희망 역시 버린 적 없으니까. 네가 절대 나쁜 짓을 저지를 리 없다고 믿었으니까."

믿었다는 말 한마디에 하미드의 시선이 조금 흔들렸다.

루나는 높은 단상 위에 서 있는 하미드를 올려다보며 조금씩 가까이

다가갔다.

"그리고 나는 지금도 너를 믿어. 친구인 내가 사랑하는 사람을 네가 해치지 않았다는 걸."

"그럼 뭐가 두려워서 그런 방탄 슈트를 입고 들어왔어?"

비웃는 눈빛 앞에서 루나는 검은색 방탄 슈트를 벗어 던졌다.

"이걸 안 입으면 안에 들어갈 수 없다고 FBI가 난리를 쳐서."

루나는 자신이 원해서 입은 게 아니라는 듯이 강조하듯 말했다.

"나는 무기도 없어, 하미드."

"겁도 없네?"

"내가 원하는 건 내가 사랑하는 사람과 무고한 시민이 다치지 않는 것뿐이야. 미국이 널 배신했다고 했지? 그럼 미국 정보부 요원인 날 인질로 삼아. 다른 사람은 풀어 줘."

루나의 설득에 하미드는 잠시 망설였다.

"우린 무사히 여길 빠져나갈 수 있을 거야. 그리고 약속했던 보호 프로그램 안에서 네가 살 수 있도록 내가 도와줄게."

"폭탄 조끼 두르고 있는 테러리스트한테 너무 후한 거 아닌가?"

"대신 하미드."

루나는 마른침을 한 번 삼키고는 말을 이었다.

"카를이 무사하다는 걸 보여 줘."

순간 하미드의 눈빛이 흔들렸다. 그가 무사할 거라고 생각하면서도 루나의 가슴이 조금씩 무너져 내리는 듯했다.

15. 나의 모든 것

루나가 가까이 다가갈수록 하미드의 얼굴은 차츰 굳어졌다. 그의 표정
이 어두워질수록 루나는 늪에 발을 담근 것처럼 절망이 밀려들었다.

"하미드?"

카를의 안부를 묻듯 친구의 이름을 부르는 목소리 끝이 조금 떨렸다.
하미드는 그 순간을 놓치지 않았다.

"루나, 넌 어릴 때부터 항상 확신에 차 있었어. 내가 파키스탄 부모 밑
에서 자랐다는 이유로 테러리스트라고 놀림받을 때마다, 너는 의심 없는
목소리로 말했었어."

루나는 과거를 회상하며 아련한 표정에 잠겨 있는 하미드를 가만히 응
시했다.

"나는 내 눈앞에 있는 너를 믿어, 하미드. 너는 선하고 좋은 내 친구
야."

오래전 어느 날을 더듬어 보던 하미드의 아득한 시선이 순간 날카롭게 빛났다.

"그런데 지금은 어때, 친구? 아직도 내가 선하고 좋은 친구라고 믿어? 여기 네 눈앞에 있는 내 모습은 어떻지?"

하미드의 어조는 호전적이었지만, 그의 목소리는 오랜 시간 외로움에 시달려 고독했다.

"너는 여전히 좋은 사람이야, 하미드."

"미치겠네, 정말! 너 지금 내가 입고 있는 게 뭔지 모르겠어? 나는 폭탄을 몸에 두르고 네 남편을 숨겼어. 그런데 내가 좋은 사람이라고? 머리가 어떻게 된 거 아냐?"

하미드는 기가 막힌다는 듯이 제자리에서 서성거렸다. 루나는 그의 시선에서 벗어난 틈을 타 얼른 단상 위로 올라갔다. 발걸음 소리가 가까이에서 들린 탓인지, 하미드가 얼른 고개를 들고 루나를 향해 시선을 움직였다.

"더 가까이 다가오지 마."

루나는 하미드가 입고 있는 폭탄 조끼를 기민하게 살폈다. 눈에 보이는 곳에는 폭발을 촉발하는 기폭 장치가 없었다. 그리고 그의 가슴팍에 있는 타이머도 꺼진 상태였다.

만약 기폭 장치가 하미드에게 없다면?

입안이 말라서 버석거렸다. 모래알이 굴러다니는 것처럼 목구멍이 꺼끌꺼끌해서 마른침을 삼키는 것조차 버거웠다.

"하미드. 기폭 장치를 나한테 넘겨."

하미드는 어깨를 한 번 으쓱거리고는 모호하게 웃었다. 마치 '기폭 장치'라는 말을 못 알아들은 어린아이처럼 무구한 얼굴이어서 당황스러웠다.

"하미드, 어서."

하미드가 무어라 말을 하려고 입술을 동그랗게 모으려는 순간이었다.

"이걸 찾고 있나?"

연기처럼 탁한 목소리, 물을 주지 않아 말라비틀어진 이파리 같은 어조.

빅터 아스그리드였다.

루나의 처연한 시선이 단상 아래에 있는 빅터에게 향했다.

"반기는 눈빛은 아니네. 내가 직접 나설 거라고는 생각하지 못했나 보지?"

루나는 흔들림 없는 시선으로 빅터를 쏘아보았다.

"빅터, 당신이 어떻게 우리를!"

예배당에 모인 무리 사이에서 원성이 터져 나왔다. 그들의 시선도 빅터의 손에 들린 손바닥만 한 리모컨에 집중되었다.

"꽤 불안했나 보네요, 아스그리드 씨."

루나는 만면에 미소를 머금으며 말했다.

"자네도 지금 꽤 불안해 보여, 루나. 남편이 어디 있는지 궁금한가?"

루나는 그의 수에 휘말리지 않으려 미동조차 하지 않았다. 빅터가 고개를 까딱거리자 기관총을 들고 서 있던 무리 중 한 명이 움직였다. 남자가 회당 안쪽 공간에서 휠체어를 밀고 등장했다. 명치끝에서 숨이 턱 막혔다. 휠체어 위에는 카를이 정신을 잃은 채 쓰러져 있었다.

심장이 빠르게 뛰기 시작했다. 당장 그에게 달려가 맥박이 뛰고, 숨을 쉬는지 확인해야만 했다.

"움직이지 마."

빅터는 비열한 웃음을 클클 흘리며 말을 이었다.

"한 발짝만 더 움직이면 이 폭탄이 터질 거야. 아, 맞다. 아까 하미드에게 기폭 장치를 달라고 징징거렸었나?"

빅터가 단상 가까이 다가오는가 싶더니, 루나의 발치에 기폭 장치를 내려놓았다.

"주워."

루나는 작은 리모컨을 한 번 흘끗 내려다보고는 말했다.

"겁도 없이 이걸 나한테 넘긴 건가? 지금 내 남편이 숨을 쉬지 않는다면, 우린 다 같이 죽는 거야."

빅터가 검은 복면을 드리운 사내에게 턱짓하자, 그가 휠체어를 밀며 단상 위로 올라왔다.

허벅지 위에 가지런히 올라가 있던 카를의 오른손이 허공으로 툭 떨어졌다. 맥없이 흔들리는 손목을 응시하는데 심장이 나락으로 추락하는 듯했다.

"확인해 봐. 네 남편 숨이 아직 붙어 있나, 안 붙어 있나."

루나가 리모컨을 무시한 채 걸음을 옮기려고 했다.

"아니, 기폭 장치부터 들어."

카를이 앉아 있는 휠체어 뒤에 선 남자가 기관총을 루나에게 겨누었다. 루나는 빅터에게 눈을 맞춘 채로 무릎을 굽혀 리모컨을 집어 들었다.

"이제 됐지?"

루나는 제가 듣기에도 퍽 시건방진 투로 빅터에게 물었다. 빅터는 흡족하다는 듯이 고개를 끄덕거렸다. 마침내 빅터에게서 눈을 뗀 루나는 얼른 카를의 상태를 살폈다.

그의 긴 속눈썹은 광대 위에 깊은 그림자를 드리웠고, 우뚝한 콧날 아래로 더운 숨결이 규칙적으로 흘러나왔다.

다행이다.

그는 아직 살아 있었다.

"꼭 동화 속 주인공 같구만. 슬리핑 뷰티 말이야."

빅터의 말마따나 깊은 잠에 빠진 카를의 모습은 현실과 동떨어져 보일 만큼 아름다웠다.

"그런데 동화 속에서 잠자는 숲속의 공주가 몇 년 만에 깨어났더라? 10년? 100년? 저주가 몇 년 동안이나 계속되었지?"

빅터의 말에는 뼈가 있을 게 분명했다. 카를이 그냥 잠이 든 게 아니라는 의미와 같았다.

"빅터 아스그리드."

루나는 나직한 목소리로 비열한 이름을 읊조렸다. 순간 루나의 손에 들린 기폭 장치에서 '삑' 하고 날카로운 전자음이 울렸다. 동시에 하미드의 가슴팍에 있는 타이머가 움직이기 시작했다.

타이머가 가리키고 있는 시간은 59분 59초, 58초…….

"아무것도 하지 않았는데, 기폭 장치가 반응했잖아. 그럼 놀라야지."

"사람 체온에 반응하는 기폭 장치인가? 원초적인 기기네. 내가 손을 떼면 폭탄이 바로 터지겠네?"

"지나치게 똑똑한 년이야."

빅터는 검은색 가죽 장갑을 끼고 있었기에 기폭 장치가 반응하지 않았을 터. 루나의 손에 닿은 순간 체온에 반응한 장치가 움직이기 시작한 것이었다.

앞으로 59분, 시간은 충분하다. 루나는 곁눈질로 반투명한 유리 돔 위에 경찰특공대가 소리 없이 자리를 잡는 모습을 포착했다.

"자, 이제 어떡해야 할까? 연인은 잠들어서 언제 깨어날지 모르고, 친구는 폭탄 조끼를 입고 곁에 서 있어."

빅터는 곤경에 빠진 루나를 바라보며 재미있다는 듯이 너털웃음을 터뜨렸다.

"뭐야? 아스카 아이리! 그 여자가 분명히 폭탄은 터지지 않는다고 했어! 겁만 주면 된다고 했잖아!"

불쌍한 하미드. 그는 혼이 나간 듯 혼자 떠들어 댔다.

"루나, 자네 친구는 여전히 사태 파악이 되지 않는 모양이야."

빅터가 천천히 돌아섰다.

"이제 우리 또 볼 일은 없지 싶네."

"거기 서."

루나가 날 선 목소리로 읊조렸다. 빅터가 천천히 고개를 돌려 루나를 바라보았다.

"아까 한 말, 무슨 뜻이지?"

빅터는 무슨 소린지 못 알아듣겠다는 듯이 눈을 가늘게 떴다. 유리창을 통해 들어온 오후의 햇살이 야속하리만큼 아름답게 회당 안을 비추었다.

"공주의 저주 말이야."

빅터의 주름진 얼굴에 짓궂은 미소가 떠올랐다.

"글쎄. 그건 스스로 알아내야 하지 않을까?"

펑, 하는 소리와 함께 빅터의 몸이 쓰러졌다. 기관총을 들고 있던 사내들이 일제히 루나를 겨누었다. 루나는 소매 춤에 감추었던 권총으로 빅터의 오른쪽 종아리를 명중시켰다.

"한 발짝만 움직여 봐. 우린 여기서 다 같이 죽는 거야."

루나는 총과 기폭 장치를 모두에게 보여 주듯 들어 보였다.

"다시 한 번 물을게, 빅터. 공주의 저주가 무슨 뜻이지?"

빅터가 사내들에게 움직이지 말라며 신호했다.

"아무튼, 독한 계집애야. 옆에서 폭탄이 터질락 말락 하는데도 겁을 먹지 않으니."

"어서 말해!"

루나는 천장을 향해 총을 한 발 더 쏘아 올렸다. 잔해가 후드득 떨어졌고, 모여 있던 사람들이 머리를 손으로 감싸며 비명을 질러 댔다.

"하미드, 아까 카를에게 주사를 얼마나 놓았지?"

주사?

루나의 흔들리는 시선이 하미드를 향했다.

"전부."

"전부? 저런. 나는 분명히 1cc만 주사하라고 했는데……."

하미드가 겁에 질린 표정으로 루나를 바라보았다. 루나는 잡아먹을 듯한 눈빛으로 하미드를 쏘아보았다.

"바늘이 스치기만 해도 잠이 드는 약이야. 뭐라더라? 황허강에서만 사는 물고기의 독을 채취해서 만들었다지? 1cc만 맞아도 일주일은 너끈히 잠들어. 그런데 10cc를 주사했으니, 이거 원."

"아스카 아이리가 전부 맞히라고 했어! 그래야 덩치 큰 카를이 잠들 거라고!"

"그년이 카를을 죽이려고 작정을 했구만. 그리고 하미드, 그 여자는 일본인 아스카 아이리가 아니야. 널 고향에 데려다줄 수도 없고. 그 여자는 중국인 예화야."

빅터는 종아리에서 피를 질질 흘리면서도 잘도 떠들어 댔다. 루나는 잘게 부서진 이성을 끌어모아 하미드의 멱살을 잡고 끌어당겼다. 모두의 시선이 루나에게 향했다.

"카를을 지켜."

폭탄 조끼를 입은 하미드를 향해 총질할 미친놈은 없기를 바라며, 루나는 하미드를 카를의 방패로 삼았다. 그리고는 재빨리 빅터의 오른쪽 어깨를 향해 총을 쐈다.

세 번째 총성.

밖에 있는 사람들에게 보내는 신호였다. 와장창 유리가 깨지는 소리가 들려옴과 동시에 무장한 병력이 회당 안으로 밀려들어 왔다.

복면을 쓴 무리와 총격전이 시작되었고, 사방에서 파편이 튀었다. 루나는 리모컨을 손에 꼭 쥔 채로 카를의 뒤에 서 있던 남자의 머리통을 날려 버렸다. 마음 같아서는 하미드의 머리도 날려 버리고 싶었지만, 카를을 살리기 위해서는 하미드가 정확히 어디에 무슨 주사를 놓았는지 알아야 했다.

아까의 기세는 어디 가고 멍청하게 눈물을 줄줄 흘리고 있는 하미드를 밀친 뒤, 카를을 끌어안았다. 그의 몸은 아직 따뜻했다. 뺨을 스치는 그의 숨결은 여전히 감미로웠다.

"루나."

무장한 조이와 알렉시스가 다가왔다. 인질들이 회당 밖으로 이동하고 있었고, 빅터와 일당들은 체포되는 중이었다.

"카를을 병원으로 옮겨 줘."

차가운 눈물이 뺨을 적셨다.

"그리고 내 손에 기폭 장치가 있어."

하미드의 가슴팍에 있는 타이머에 남은 시간은 48분. 우주인처럼 방탄

복을 입은 폭탄 제거반이 회당 안으로 장엄하게 걸어 들어오는 동안, 몸이 축 늘어진 카를은 들것에 실려 나갔다.

제발, 우리 모두 무사하기를.

눈물범벅이 된 하미드가 단상 바닥에 철퍼덕 주저앉았다.

"반경 1마일 이내, 대피령이 떨어졌어. 백악관과 캐피털 힐까지 전부."

알렉시스의 설명에 루나는 고개를 한 번 주억거렸다.

"카를은?"

냉철한 목소리를 내려 노력했지만, 목구멍이 물기로 꽉 막혀 있었다.

"지금 조지 워싱턴 대학병원으로 후송 중이야."

조이는 루나의 어깨를 두어 번 두드리며 위로를 건네려 애썼다. 하지만 그 어떤 말과 행동으로도 위로가 되지 않을 만큼 상황이 절망적이었다.

"제가 리모컨에서 손을 떼면 어떻게 되죠?"

루나는 하미드 쪽으로 시선조차 주지 않으며, 폭탄 제거반을 향해 물었다.

"바로 기폭 장치가 작동해 폭탄이 터지게 될 겁니다."

"체온과 비슷한 물건으로 감싸는 건요?"

조이가 눈을 가느스름하게 뜨며 대안을 제시했지만.

"체온만으로 반응하지는 않았을 겁니다. 일정 악력도 작용해야 할 거고요."

루나는 한숨을 집어삼키고는 조이를 향해 웃었다.

"조이, 이제 나가 줘."

"아니야, 루나. 나도 여기 있을게."

고집을 부리는 조이를 향해 루나는 고개를 내저었다.

"마리가 널 기다리고 있어. 이라크에서 돌아오자마자 널 찾을 거야."

조이의 눈가에 순식간에 말간 눈물이 고였다. 조이는 아무 말 없이 루나의 이마에 입을 한 번 맞춘 뒤, 회당 밖으로 무거운 걸음을 옮겼다. 알렉시스도 폭탄 제거반의 안내에 따라 밖으로 향했다.

루나와 하미드를 둘러싸고 두꺼운 방호벽이 세워졌다. 하미드의 가슴팍에 달린 타이머가 13분을 남겨 놓을 때까지, 아무런 진전이 없었다.

"10분 이내로 들어가면, 우리도 모두 철수할 겁니다."

인명 피해를 줄이기 위한 최소한의 희생. 그 희생자 안에 루나와 하미드가 있었다.

루나는 폭탄 제거반 통신 담당관이 건네는 블루투스 리시버를 귀에 꽂았다. 혹시 모를 상황에 대비해 루나가 폭탄 해체 작업을 이어 가기로 했다.

9분 59초, 58초.

사람들이 방호벽을 세워 둔 채로 회당 밖으로 이동했다.

— 잘 들립니까, 루나.

"네, 들려요."

루나는 최대한 침착한 목소리로 대꾸했다. 폭탄 제거가 사탕 까먹듯 쉬운 일은 아니라지만, 마지막의 마지막까지 내몰리게 될 줄은 몰랐다. 루나는 눈을 꼭 감고 천천히 심호흡했다. 정신을 잃은 채 들것에 실려 나가던 카를의 모습이 눈에 선했다.

입이라도 한번 맞출걸.

수만 번 입을 맞추고, 셀 수 없이 많이 서로를 안았지만, 그 감각이 하나도 기억이 나질 않아서 억울했다.

카를, 나의 모든 것.

그를 다시 볼 수 없을지도 모른다는 나약한 생각이 들자, 눈시울이 왈칵 뜨거워졌다. 루나는 정신을 바짝 차려야 한다고 생각하며 눈을 부릅떴다.

"루나…… 미안해……."

바보 같은 하미드. 뺨 위로 눈물을 줄줄 흘리며 아이처럼 울고 있는 하미드의 모습이 안쓰러웠다.

카를과 하미드. 두 사람 모두 친부모로 인한 트라우마를 가졌지만, 삶의 방향은 판이했다.

"하미드."

"응."

하미드가 손등으로 눈물을 훔치며 고개를 끄덕거렸다.

"여기서 나가면 아마 너는 벌을 받게 될 거야."

"응."

"내가 널 돕는 건…… 이제 한계인 것 같아."

루나는 천천히 말을 건네며 블루투스 리시버에 귀를 기울였다.

— 타이머 아래에 선이 몇 개가 있죠?

"전부 다섯 개가 있어요. 빨간색 두 개, 파란색 두 개, 초록색 하나. 각각 두 개씩 있는 빨간색과 파란색 중 하나씩은 페이크인 것 같아요. 피복 안에서 느껴지는 선의 질감이 달라요."

— 아까 준 카메라로 선을 비춰 볼래요? 하나씩 제거해 봅시다.

루나는 클립형 카메라를 윗도리에 달고 각도를 조절했다.

"하미드. 나는 내 평생의 친구인 네가 테러리스트가 되지 않았다는 걸 증명하기 위해 CIA가 되었어."

빨간색? 파란색?

루나는 피복에 감싸인 선 두 개를 가늠하며 말을 이어 나갔다.

"만약 여기서 무사히 나가게 된다면 말이야."

루나는 목구멍을 타고 울컥 넘어오려는 뜨거운 기운을 간신히 집어삼 켰다. 그러고는 하미드의 젖은 눈을 똑바로 바라보았다.

"더는 너를 증명하기 위해 시간을 낭비하지 않을 거야."

또각, 소리와 함께 파란색 전선 하나가 잘려 나갔다. 타이머 속 시간은 여전히 줄어들고 있었다.

"루나. 나를 포기하는 거야?"

하미드의 눈동자가 불안하게 흔들렸다.

"그러지 마, 루나. 내가 잘못했어! 응?"

"아니, 하미드."

루나는 두 번째로 자를 전선을 고르기 위해 검지와 엄지를 신중하게 움직였다.

"나는 앞으로 내 인생을 살 거야. 하미드 너도 네 인생을 살아."

또각, 두 번째 전선이 잘렸다. 타이머가 시끄러운 소리를 내며 시간이 2배속으로 줄기 시작했다. 이대로 죽을지도 모른다는 두려움이 엄습했지 만, 어쩐지 마음이 평온해지기 시작했다.

"하미드, 나는 누구의 삶을 증명하기 위한 삶이 아닌, 이제 나를 위한 삶을 살 거야. 내가 행복해질 수 있는 삶. 그러니 하미드, 너도 과거에 얽 매여 있지 말고, 너를 위한 현재를 살아."

이대로 화염에 휩싸일지도 모른다는 재앙 같은 생각과 기적처럼 폭탄 이 멈추면 제일 먼저 카를에게 달려가리라는 희망이 공존했다.

"루나, 희망이 얼마나 무서운 놈인지 알아? 온갖 재앙과 함께 판도라의 상자에 갇혀 있던 놈이 희망이야. 재앙처럼 무서운 게 바로 희망이라고."

선을 마저 자르려는데, 하미드가 처음 제 진심을 털어놓으려는 듯했다. 루나는 잠시 그를 기다려 주었다.

시간은 이제 2분도 채 남지 않았다.

"여기서 나가면 앞으로 나를 위한 삶을 살라고? 그건 재앙 같은 희망이야. 내 아버지는 헤즈볼라의 최고사령관이고, 나는 멍청하게 폭탄 조끼를 두 번이나 입었던 테러리스트야! 희망 같은 건 고문이야. 차라리 여기서 죽어 버렸으면 좋겠어."

루나는 초록색 선을 잡아 들었다.

— 그 선은 아닐 것 같은데요, 루나.

블루투스 리시버 너머에서 폭탄 전문가의 우려 섞인 목소리가 들려왔다.

"하미드, 너는 언제나 누군가에게 인정받기를 바랐지? 너뿐만 아니라 사람은 누구나 그래. 인정받기를 바라는 욕구가 있어. 나도 어쩌면 그런 욕구 때문에 CIA가 돼서 너를 증명하려고 했는지도 몰라."

루나 역시 저도 모르게 진심을 털어놓고 있었다.

"하지만 하미드. 우리 여기서 나가면 우리의 삶을 살자. 누가 인정해 주는 삶을 바라지 말고, 내가 행복해지는 삶 말이야. 누군가의 아들, 어디 소속의 누가 아니라, 스스로 행복을 위해 살자. 응? 다른 사람들이 인정해 주지 않아도, 나만 만족하면 그만인, 내가 주체가 되는 삶."

루나는 어쩌면 스스로를 설득하고 있는 것인지도 모른다고 생각했다.

"그래도 체포는 피할 수 없어. 알지, 하미드?"

"여기서 너랑 둘이 살이 터져서 죽는 것보다는 낫지, 뭐."

"지금 그걸 농담이라고 하는 거야?"

루나는 이제야 조금 정신을 차린 것 같은 하미드를 장난스럽게 나무라며 초록색 선을 잘랐다.

또각, 대지의 생명과도 같은 초록색이 전원 선이었나 보다. 선이 잘려 나감과 동시에 붉은색 숫자가 깜빡거리며 멈췄다.

"루나!"

하미드가 루나를 조심스럽게 끌어안으며 울음을 터뜨렸다. 루나는 하미드의 뒷머리를 쓰다듬으며 달래 주었다.

"넌 정말…… 놀라운 애야. 내가 만약 그때 너를 떠나지 않았더라면……."

친부를 찾아 떠났던 과거를 후회하는 듯했지만, 하미드는 이내 아랍어로 감사 기도를 올렸다.

이윽고 폭탄 제거반 일부와 FBI 요원을 위시한 알렉시스가 회당 안으로 들이닥쳤다. 체포당하는 순간, 하미드의 얼굴은 그저 처연하기만 했다.

루나는 복잡한 심경으로 회당을 나섰다. 어느새 사위는 어둑어둑해져 있었다.

모든 게 끝이 났다. 빅터 아스그리드가 테러 현장에서 붙잡혔고, 하미드 역시 체포되었다.

"병원으로 갈 거지?"

조이의 질문에 루나는 고개를 끄덕거렸다.

「종일 고장 난 나침반 바늘이 된 기분이었어요. 방향을 잃어버린 기분이었거든요. 유주희 씨가 겨우 하루 연락이 안 됐을 뿐인데. 자석이 가진 자기

력(磁氣力)처럼 주희 씨가 날 끌어당기는 힘이 차곡차곡 쌓여서, 여기 있는 바늘은 늘 유주희 씨가 있는 곳으로만 향한다고요.」

그가 이형이었던 시절, 왼쪽 가슴에 손을 얹고 했던 말이 귓가에 선연했다. 그때 그 심박동까지 손바닥에서 생생하게 되살아났다.

루나는 그때 이형의 기분을 이제야 알 것 같았다.

고장 난 나침반이 된 기분.

스스로를 위한 삶을 살라고 하미드를 설득했지만, 루나는 카를을 떼어놓고 제 삶의 방향성을 잡을 수가 없었다.

길을 잃은 것처럼 막막했다.

"아직 로젠쉴트 씨께서 살아 계시기 때문에 후계 문제를 다룰 시기는 아닙니다. 대신 루나 로젠쉴트 양이 로젠쉴트 씨의 대리인 역할을 수행해 주셔야 합니다."

카를의 수석 비서인 레이의 말에 루나는 고개조차 끄덕이지 못했다. 그저 일주일째 미동도 없이 침대에 누워 있는 카를의 창백한 얼굴을 바라만 보았다.

"카를이 곧 깨어날 거예요."

재앙과 희망은 한곳에 담겨 있었다는 하미드의 말이 자꾸 귓전을 맴돌았다.

"루나, 벌써 일주일이 지났습니다. 로젠쉴트 씨가 결정하셔야 하는 일을 더는 유보할 수 없습니다."

긴 속눈썹이 만들어 낸 그림자가 야속했다.

내가 당신의 역할을 대신할 수 있을까?

루나는 그의 마른 입술을 엄지로 한 번 부드럽게 어루만진 뒤 입을 맞추었다. 수시로 입을 맞추어도 그의 입술은 자꾸만 하얗게 말랐다. 그 모습을 마주할 때마다 생명력이 빠져나가는 신호 같아서 루나의 심장도 함께 말라비틀어졌다.

어떻게 하면 당신이 깨어나서 내가 해 놓은 일을 보고 감탄할까?

하미드에게 했던 말들은 다 거짓말이었나?

루나는 카를이 깨어나서 자신을 바라볼 시선을 가늠하느라 가슴이 죄였다.

아니지. 카를이 나고, 내가 카를이니까. 그래서 카를이 없는 인생은 상상도 할 수 없으니까.

루나는 크게 숨을 들이마시고는 입을 뗐다.

"뭐부터 하면 될까요?"

질문을 던진 순간, 루나의 휴대전화가 울리기 시작했다. 루나는 레이에게 양해를 구하고 전화부터 응대했다. 발신인은 스티브였다.

"네, 스티브. 내 사표는 아직 수리 안 됐나 보죠?"

— 루나, 잠깐 만나야 할 것 같아.

스티브의 목소리에서 기분 나쁜 기시감이 느껴졌다.

"무슨 일 있어요?"

— 마리와 듀이가 이라크에서 납치됐어.

"무슨 소릴 하는 거예요? 마리랑 듀이는 지난주에 바그다드에서 출발한 거 아니었어요?"

루나의 목소리가 갑작스럽게 튀어올랐다. 곁에 레이가 서 있는 것도 의식하지 못하고, 자리를 박차고 일어난 그녀는 불안한 마음도 감추지 못하고 제자리에서 서성거렸다.

— 이야기할 겨를이 없었어.

"이제 와서 그럴 여유가 생겼고요?"

루나는 분노를 억누르며 빠르게 되물었다. 아무리 자신이 사표를 제출한 상태라고 해도, 카를이 일주일째 정신을 차리지 못하고 있다고 해도.

마리와 듀이의 피랍 사실을 일주일이 지난 지금에서야 털어놓는 스티브가 원망스러워서 목덜미가 뻐근해질 정도였다.

마리는 파견지마다 함께했던 동료였고, 듀이는…… 듀이는 수년 동안 루나의 생명을 지켜 준 사람이었다. 듀이가 리커버리 요원이었기에 임무에 충실했던 것뿐이라고 말할 수도 있지만, 그렇지 않다는 것을 루나는 잘 알고 있었다.

— 마리와 듀이를 데리고 있는 쪽에서 협상을 제시해 왔어.

피랍 일주일이 지난 지금에서야 스티브가 루나에게 연락한 이유가 여기에 있는 듯했다. 스티브는 잠시 머뭇거리는 듯하다가 조심스럽지만 단호한 어조로 덧붙였다.

— 지금 좀 만나야 할 것 같은데, 내가 병원으로 갈까?

루나는 병상에 누워 있는 카를을 가만히 내려다보았다. 어제 면도를 했는데, 그의 날렵한 턱선을 따라 푸르스름한 수염이 돋아나고 있었다.

이따 면도를 다시 해 줘야겠네.

루나는 속으로 생각하며 목소리를 냈다.

"로비는 보는 사람이 많으니, 병실로 와 줘요. 병실에도 의료진이 수시로 다녀가기는 하지만, 비교적 한산하니까요."

루나의 대꾸에 레이는 미간을 살짝 찡그렸다. 통화를 마친 루나가 다시 레이에게 시선을 돌렸을 때, 그는 감쪽같이 표정을 숨긴 뒤였다.

하지만 레이는 제 의견까지 숨기지는 않았다.

"루나, 노선을 분명히 했으면 합니다."

레이는 뼛속까지 로젠쉴트 가문에 충성하는 인물이었다. 그는 카를에게도 뼈 있는 충고를 아끼지 않았었다. 카를에게 루나와 듀이의 모호한 관계를 밝히고, 멀리할 것을 직언했던 적도 있다고 들었다.

"레이."

루나는 나직하고 분명한 음성으로 그의 이름을 불렀다. 짧은 부름에 무게가 실리자, 레이의 낯이 살짝 경직되었다.

"새로운 일의 시작도 중요하지만, 내가 맡았던 일의 마무리를 확실히 하는 것도 중요해요. 끝맺음을 허술하게 하는 것만큼 어리석게 일을 망치는 방법은 또 없을 겁니다."

레이는 신중하게 고개를 끄덕거렸다.

"마리 양과 듀이의 피랍 사건에 대해서는 어떻게 대처할 생각이십니까?"

"일단 스티브의 말을 들어 봐야겠죠. 아직 나는 공식적으로 CIA 요원이에요. 해밀턴 상원 의원의 의원직 박탈과 빅터의 재판 등 여러 절차가 아직 남아 있어요. 내 증언이 필요할 수도 있고요. 알죠? 나는 카를을 다치게 하지 않아요."

루나는 눈을 꼭 감고 누워 있는 카를을 바라보며 조용히 읊조렸다.

"결정하시는 대로 따르려고 노력하겠지만, 저는 로젠쉴트 가문을 비호하는 입장에서 로젠쉴트 부인의 뜻에 반하는 의견을 낼 수도 있는 점 미리 양해 바랍니다."

레이가 깍듯이 예의를 차렸다. 허수아비처럼 시키는 대로 움직이고,

울고불고 정신 못 차리는 경우보다는 낫다고 생각하나 보다. 루나에 대한 레이의 은근한 고평가는 그녀를 카를처럼 정중히 대하는 태도에서 고스란히 묻어났다.

스티브와 통화를 마치고 30분쯤 지났을까?

병실에 피곤한 얼굴을 한 스티브가 나타났다.

"오랜만이야, 루나."

"그런 인사 새삼스럽네요."

루나는 의례적인 미소를 머금으며 스티브를 맞았다.

두 사람은 환자용 침대에서 열 발자국 정도 떨어진 소파 세트에 마주 앉았다. 병실 밖에 한산한 휴게 공간도 있기는 했지만, 카를의 곁에서 떠나고 싶지 않아서 루나는 병실 안에서 이야기를 나눌 것을 요구했다.

"마리와 듀이를 데리고 있는 쪽에서 협상을 제시해 왔다면, 그들이 누군지도 파악된 건가요?"

거두절미하고 루나는 본론을 꺼내 들었다. 스티브는 눈썹을 들썩이며 초조한 듯 양 손바닥을 허벅지 위에 문질러 댔다.

"애석하게도."

루나는 짐작 가는 인물이 딱 하나 있었다.

"이하브 아부 아베드가 움직였어."

짐작이 딱 들어맞았다. 과격파의 움직임을 피해 아들에게 가짜 폭탄 조끼를 입혀서 무리 밖으로 내보낸 사람이었다. 그런데 바깥세상도 아들 하미드에게는 호락호락하지 않았다.

"미국에서 하미드가 불리한 재판을 받을 것 같으니, 아들을 구하겠다고 나선 거군요."

스티브는 고개를 끄덕거렸다.

"마리와 듀이를 하미드와 맞교환하길 바라는 건가요? 다른 헤즈볼라 포로들은요?"

"딱 하미드 모사드만 원하고 있어."

정말이지 눈물겨운 부정이 아닐 수 없다. 이럴 거면 애초에 갓난아이를 다른 사람의 품에 안기지 말 것이지, 그 아이가 자라나는 동안 끊임없이 정체성을 의심하며 헷갈리게 하지 말 것이지, 하미드가 제 발로 헤즈볼라에 걸어 들어갔을 때 피신시키지나 말 것이지.

친구인 하미드 모사드의 불운한 인생사를 떠올리자 목구멍이 꽉 막혀왔다.

"하미드에게."

루나는 탁한 음성을 한 번 가다듬고는 말을 이었다.

"선택권이 있나요?"

스티브는 다소 놀란 듯한 표정으로 루나를 바라보았다. CIA 요원 두 명의 목숨이 달려 있는 일이었다. 게다가 마리와 듀이의 문제였다.

"무슨 말을 하는 건가, 루나?"

"교환 장소까지 데리고 간다고 치죠. 그런데 거기서 만약 하미드가 아버지에게 가기 싫다고 하면 어떻게 되는 건가요? 미국은 자국민인 하미드를 거둬들일 생각이 있는지 묻는 거예요."

"루나, 포로 교환의 기본 원칙은 맞교환이야. 그 누구도 포로의 의견 때문에 자국민을 포기하지 않아."

"하미드도 미국인이잖아요."

루나의 질문에 스티브는 약간 패닉에 빠진 것처럼 보였다.

"나도 내가 이런 생각을 하는 게 이상하다는 거 알아요. 하지만 뭔가 석연치 않아서 그래요."

이유를 알 수 없는 불안감이 연기처럼 피어올랐다. 이제껏 이하브 아부 아베드는 평화를 견지하는 위치에 서 있는 것처럼 보였다.

목숨 걸고 내보낸 아들을 다시 불러들인다? 과격파였던 작전 사령관 이즈마일 마히니가 이라크 내 테러 사건으로 인해 이라크 감옥에 갇혀 있기 때문인가?

"스티브."

마침내 결론을 내린 루나가 의미심장한 눈빛으로 스티브를 바라봤다. 스티브는 루나가 내뱉을 말을 짐작하고 있는 눈치였다.

"내가 하미드와 동행할게요. 그리고 이번 작전은 내 마지막 임무가 될 겁니다."

스티브는 더 이상 루나를 CIA에 붙잡아 둘 수 없다고 생각했는지, 아득한 표정으로 고개를 끄덕거렸다.

루나는 카를이 누운 곳으로 처연히 눈길을 돌렸다.

다녀올게요, 카를.

아주 잠시만 당신 곁을 비울게. 그리고 다녀온 뒤에는 영원토록 당신의 곁에 머물게.

루나는 가슴 깊이 다짐하며 뜨거워지려는 눈시울을 애써 단속했다.

온 지구가 이상 기온으로 인해 열병을 앓고 있었다. 이라크의 수도 바그다드도 예외는 아니었다. 섭씨 50도를 웃도는 맹렬한 더위에 비행기에서 내리자마자 숨이 턱 막혔다.

루나와 하미드는 친구끼리 여행을 온 것처럼 꾸며졌지만, 하미드는 지옥문을 두드리기 직전의 얼굴을 하고 있었다.

"루나, 설마 우리 둘이 온 거야?"

루나는 다정한 미소를 머금으며 하미드를 바라보았다.

"그럴 리가 없잖아. 곳곳에 요원들이 숨어 있어. 나이 든 베테랑 요원부터 신입 요원까지. 만일의 사태에 대비해 저격수도 배치되어 있고."

입꼬리에 감긴 미소를 바라보는 하미드의 눈동자에는 괴로움이 가득했다.

"내가 원망스럽지 않아?"

하미드는 숨죽여 물었다. 하미드가 놓은 주사 때문에 카를은 이제껏 깨어나지 못하고 있었다. 혈액을 채취해 각종 검사를 이어 가고 있지만, 해독제를 하루아침에 만들어 낼 수는 없는 노릇이었다. 단, 전염성이 없는 바이러스라는 게 다행이라면 다행이었다.

아니지, 차라리 그의 곁에서 함께 잠들었으면 이 모든 일을 겪지 않아도 돼서 편안했을까?

루나는 복잡한 심경으로 하미드를 바라보고 싶지 않아서 시선을 멀리 두었다. 두 사람은 바그다드 주재 미국 대사관에서 준비한 차를 타고 곧장 포로 교환 장소로 향했다.

바그다드 인근, 그린존(치안이 안정된 지역)과 레드존(위험구역)의 경계에 있는 비포장도로가 포로 맞교환 장소였다. 건조한 고온의 날씨 때문에 모래 먼지조차 살갗을 태울 듯 덤벼들었다.

약 150m를 사이에 두고 양측이 마주 섰다. 보이지 않는 곳에서 드론 사격기가 대기 중이었고, 무인 정찰기도 쉴 새 없이 주변을 탐색 중이었다. 서로 군 병력을 동원하지 말자는 약속을 했지만, 그런 약속을 지키는 우매한 짓은 하지 않았다. 유사시에 공격을 감행할 수 있는 부대가 근거리에서 대기했다.

하루 먼저 이라크에 도착한 스티브가 손목에 있는 시계를 확인한 뒤, 왼손을 들어 손짓했다. 그리니치 표준시 +3시간, 바그다드 현지 시각 오후 2시에 포로 맞교환이 진행되었다.

"루나."

하미드가 손을 바들바들 떨며 루나의 팔뚝을 움켜잡았다.

"100m 지점까지 내가 같이 갈 거야. 그 후로는 저쪽에서 널 데리고 갈 거고."

루나는 안심하라는 듯이 하미드를 다독였다. 그의 굴곡진 인생이 어두운 눈동자에 얼비치는 듯했다.

둘은 손을 맞잡고 천천히 걷기 시작했다. 마치 낯선 교실 문으로 향하던 어린아이가 된 기분이다.

"루나."

"응."

"너와 함께했던 시간은 항상 즐거웠어. 너를 떠나고 나서 나는 홀로 서고 싶었나 봐."

"세상이 참 호락호락하지 않았네."

재판을 받고, 그에 합당한 벌을 받고, 심리 치료도 받은 뒤, 하미드가 안정되기를 바랐다. 다시는 제가 바라지 않는 무서운 일에 끼어드는 멍청한 짓을 저지르지 않기를 바랐다. 어릴 적의 추억이 주마등처럼 스쳤다. 추억은 절대 사라지지 않는다지만, 색이 바랠 수도 있다는 것을 루나는 하미드를 통해 깨달았다.

멀지 않은 곳에서 초췌한 모습의 듀이를 부축해 오는 마리의 모습이 보였다. 곁에는 군인이 한 명 서 있었다.

"하미드, 우리 또 보자."

루나는 작별 인사 같지 않은 인사를 건네며 웃었다. 마리와 듀이, 그리고 하미드가 교차하듯 지나쳤다. 군인의 곁에 서서 힘없이 걷는 하미드의 뒷모습을 바라보던 루나는 이내 마리와 함께 듀이를 부축했다.

"듀이, 몰골이 이게 뭐야? 잘생긴 얼굴은 어디 갔어?"

아직 함묵증이 낫지 않았는지, 그는 묵묵부답이었다. 그리고 듀이의 대답 대신 울린 것은 고요한 모래바람을 깨부수는 듯한 끔찍한 총성이었다. 대기하고 있던 방탄 차량이 미끄러지듯 달려와 세 사람 뒤를 막아섰다. 루나는 마리와 함께 듀이를 먼저 뒷좌석에 태우고 차에 올랐다. 머뭇거릴 새 없이 차가 출발했다.

차에 오른 세 사람 중 부상자는 없었다. 지직거리는 소리와 함께 무전 소리가 들려왔다.

『하미드가 쓰러졌다.』

대기 장소에서 지켜보고 있던 스티브의 목소리였다.

"그게 무슨 소리예요?"

루나는 흥분한 목소리로 다급히 되물었다. 등줄기를 타고 영혼이 빠져나가듯 식은땀이 주룩 흘러내렸다.

"설마 우리 쪽에서 공격한 건 아니죠? 이러려고 하미드를 데리고 온 거였어요?"

화가 머리끝까지 치솟아서 어질어질했지만, 시야는 이상하리만큼 또렷해졌다.

『총성은 저쪽에서 울렸어. 누가 쐈는지는 아직 확인되지 않았고.』

"차 세워."

루나가 낮은 소리로 읊조렸다.

『루나! 그대로 돌아와. 이건 명령이야.』

스티브가 무전기 너머에서 소리를 쳐 댔다.

"차 세우라고!"

루나는 운전석으로 손을 뻗어 핸들을 꺾어 버렸다.

"내 마지막 임무는 맞교환까지였어요. 날 명령 불복종으로 처넣기라도 할 건가요?"

소리를 내지른 루나는 차 문을 열고 비포장도로 위에 내려섰다.

"출발해. 하미드의 생사를 확인하고 따라갈 테니까."

루나가 고집스럽게 읊조리자, 녹슨 쇳조각을 긁는 듯한 목소리가 이어 졌다.

"루나……."

함묵증 때문에 그동안 입을 꾹 다물고 있었던 듀이의 음성이었다. 루 나는 휘둥그렇게 뜬 눈으로 듀이를 바라보았다.

"듀이?"

듀이는 목을 가다듬으려는 듯 헛기침을 여러 번 했다.

"더 이상 총성이 울리지 않는 걸 보면, 저들 타깃은 하미드였다는 뜻이 겠지?"

듀이 역시 루나와 같은 생각을 하고 있었다. 루나는 살짝 고개를 끄덕 였다.

"10분 안에 여기로 돌아와. 스티브는 내가 설득할 테니까."

희미한 미소를 머금는 듀이의 눈동자에 전과 같은 생기가 돌기 시작했 다. 서서히 일어나는 생명력을 헤아려 보려는 듯 루나는 여러 번 눈을 깜 빡거렸다.

때로 눈에 보이지 않는 에너지 같은 것이 느껴질 때가 있다. 지척에서 친구가 총에 맞았는데도 모든 게 제자리로 돌아갈 것만 같은 긍정적인 예감이 드는 아이러니함이라니.

루나는 차 문을 닫고 반대편을 향해 성큼성큼 걷기 시작했다. 그린존(안전구역)을 등지고 레드존(위험지역)으로 걸음을 옮기고 있는데도 위험하다는 생각조차 들지 않았다.

그새 그들은 총에 맞은 하미드를 옮겨 갔는지, 노란 모래 위에 검은 핏자국이 선연했다.

"앗살람프 알레이쿰(평화가 당신에게 있기를), 이하브 아부 아베드."

루나는 정중히 예의를 갖추어 인사를 건넸다. 머리끝까지 화가 치솟았지만, 홀로 적진에 와서 왜 하미드를 죽였느냐고 물불 못 가리고 질러 버릴 만큼 어리석지는 않았다.

우아한 그녀의 시선 끝에 검은색 천으로 덮어 놓은 하미드의 발끝이 보였다.

"알레이쿰 살람(당신에게도 평화가 있기를), 루나."

미동조차 하지 않는 발끝을 바라보던 루나의 시선이 다시 이하브 아부 아베드에게 향했다.

"저를 알고 계시는군요."

"아들의 가장 친한 친구였다지."

인자한 아버지의 표본이라도 되는 양, 남자는 자상하게 웃었다. 그는 테가 가느다란 동그란 안경을 쓰고 있었고, 티 없이 깨끗한 흰색 드레스 셔츠와 팬츠는 헤즈볼라의 최고사령관이라기보다 종교인처럼 보였다.

"네, 어릴 적부터 오랜 시간을 함께했죠."

루나는 목구멍을 타고 울컥 올라오려는 뜨거운 물기를 집어삼키며 대꾸했다.

"이유를 여쭤도 될까요?"

"글쎄. 내가 입양아를 들인 것도 아니고, 포로를 맞교환했을 뿐인데. 사후 처리에 관한 이야기까지 CIA와 해야 하는 건가?"

그는 냉철한 눈빛으로 루나를 샅샅이 훑어보았다.

"이런 말이 실례가 될 수도 있겠지만, 당신보다 오랜 시간 하미드를 지켜본 친구로서 묻는 겁니다. 제 친구를 죽인 이유가 뭐죠?"

아들을 죽인 아비에게 대체 어떤 이유가 있을까.

그는 잠시 고민하는 듯 미간을 살짝 구겼다. 노란 먼지가 이는 지평선을 바라보는 눈동자는 아득하기만 했다.

"나는 18억 이슬람의 평화를 위해 아들을 알라게 바쳤을 뿐이네."

헤즈볼라 최고사령관의 미국인 아들. 외부로 피신시켰음에도 그는 테러 용의자가 되어 돌아왔다. 평화 노선을 잡으려고 하는 이하브 아부 아베드에게 하미드는 골칫거리가 되었을 터.

"그렇다고 이렇게 할 필요까지는."

루나는 안타까운 하미드의 삶이 애석해서 목이 메었다.

"누군가 아들 녀석의 죽음을 슬퍼해 주니 다행이네."

루나는 한숨을 몰아쉬며 울음을 삼켰다. 오랜 시간 계속되어 온 이념과 종교적 갈등. 그로 인한 싸움 속에서 하미드는 피해자이며, 가해자였고, 테러분자이면서, 희생양이 되었다. 지금 겪는 갈등을 한 인간으로 표현한다면 하미드가 될 수 있지 않을까.

"친구에게 마지막 인사를 건네도 될까요?"

루나의 부탁에 그는 고개를 살짝 끄덕거렸다.

만약 죽지 않고 오랜 세월을 살아남았다면, 하미드는 저런 얼굴로 늙어 갔겠지. 그러면서 우리는 또다시 총부리를 겨누게 되었을지도.

검은 천을 들치자 눈을 뜬 채로 죽어 있는 하미드의 얼굴이 드러났다. 루나는 마른 손을 허벅지에 문질러 모래 먼지를 닦은 뒤, 하미드의 눈을 감겨 주었다.

마치 기나긴 전쟁이 종식되고 포성이 멈춘 것처럼 고요했다.

루나는 자리에서 천천히 일어나 이하브 아부 아베드에게 눈짓으로 인사를 건네고는 돌아섰다.

지독한 모래바람 때문에 눈가가 따끔거렸다.

❖

마리는 두 손으로 입을 가린 채, 안가 마당에 우뚝 멈춰 섰다. 그녀의 어깨가 바들바들 떨렸다.

"이 나쁜 새끼야!"

버럭 소리를 지른 마리가 한달음에 조이에게 달려갔다. 퍽 소리와 함께 조이의 고개가 휙 돌아갔다. 조이는 턱주가리를 얻어터지고도 웃음을 감추지 못했다.

"암튼 과격해."

아래턱을 어루만지며 조이가 읊조렸다. 루나만큼이나 강심장을 지닌 마리였지만, 죽은 줄로만 알았던 남편 조이를 마주한 순간 그녀는 엉엉 울음을 터뜨렸다. 물론 쉴 새 없이 쌍욕을 퍼붓는 것도 잊지 않았다.

조이가 마리의 입술에 가만히 입을 맞추자, 마리의 어깨가 바짝 굳는가 싶더니 이내 너른 품 안에 허물어졌다.

"구경할 만한 싸움은 끝난 것 같네."

루나는 애써 웃으며 고개를 돌렸다. 연인의 애틋한 키스를 보고 있으려니, 당연히 카를이 떠올랐고 속이 상했다.

"해독제는 아직인가?"

듀이는 미국으로 돌아온 뒤 몰라볼 정도로 좋아졌다. 성적 고문 등 끔찍한 가혹 행위를 당했다고 했지만, 그는 자신과의 싸움에서 꿋꿋이 버티는 중이었다.

"응, 아직."

루나는 희미한 미소를 머금으며 웃었다.

"정신도 못 차리는 놈 뭐가 좋다고 그래. 그냥 나랑 살자."

듀이의 위로는 이런 식이다. 루나의 기분을 풀어 주려는 듯 가볍게 던진 말에 루나는 눈을 흘겼다.

"됐거든. 위니한테는 연락해 봤어?"

어려운 숙제를 받은 학생처럼 듀이의 얼굴이 삼시간에 굳어 버렸다. 이러니 루나에게는 장난이고, 위니에게는 진심인 게 티가 난다.

이라크에서 돌아온 이후 위니의 연락처를 알려 주었지만, 듀이는 일부러 그녀를 피하는 듯했다. 가혹 행위로 인한 트라우마가 듀이를 위축시켰고, 연인과 나눌 만한 기억은 아니라고 생각하는 거겠지.

"나중에."

씁쓸한 듀이의 표정을 마주하니 더는 말을 이을 수 없었다.

안가 앞에서 듀이와 헤어진 루나는 곧장 병원으로 향했다. 카를은 루나가 이라크에 다녀온 이후에도 줄곧 병상을 지켰다.

병실 안으로 들어서자 레이가 기다리고 있었다는 듯이 자리에서 벌떡 일어났다.

"카를은요?"

레이는 특별한 변화가 없다는 듯이 그저 입술을 가늘게 맞물리며 연한 웃음을 머금었다. 루나는 여전히 야속하게 눈을 꼭 감고 있는 카를의 마른 입가에 입을 한 번 맞추었다.

"나 왔어요. 이제 알은체 좀 해 주지?"

대답 없는 카를을 뒤로하고 소파 상석에 앉은 루나는 곁에 선 레이를 올려다보며 엄중한 목소리를 냈다.

"자, 이제 그때 하던 이야기를 마저 해 볼까요?"

"로젠쉴트 부인 성격이 로젠쉴트 씨만큼이나 급하신 것 같군요."

오늘따라 실없는 농담까지 해 대는 레이를 루나는 빤히 바라보았다.

분명 뭔가 석연치 않은 구석이 있는데.

"SIS(영국 정보부)와 SVR(러시아 대외 정보부) 쪽의 연락이 있었습니다. 세크레툼에 보관 중인 자료 중 연한이 도래한 데이터에 대한 완전한 파기를 요청하는 연락이었습니다."

루나는 레이가 들고 있는 태블릿 PC를 달라며 손을 뻗어 까딱거렸다.

"아, 리스트는 여기 없습니다. 원칙대로 점자 인쇄물로 전달드릴 예정입니다."

그가 침대에 누워서 점자로 된 리스트를 살피던 때가 떠올랐다. 마치 그 시절이 전생의 기억처럼 멀게만 느껴졌다.

"알았어요. 준비되면 알려 줘요. 그리고 다음."

루나는 다음 보고를 이어서 하라며 고개를 까딱거렸다.

"블라우 로젠 돔에서는 크리스마스에 성대한 파티를 열곤 했습니다. 파티는 보통 일주일 정도 지속하였고, 1월 2일 저녁에 끝이 납니다. 매일 초대되는 인사가 다르고, 1월 2일 저녁에는 가문 내부 사람들만 모여서 연례 계획을 수립하고 정비하는 것으로 끝이 납니다."

루나는 레이가 내민 지난 5년간의 파티 사진과 자료를 살폈다. 관자놀이가 지끈지끈할 만큼 골치가 아파 왔다.

"이걸 올해도 해야 한다는 거죠?"

"기본적인 세팅은 작년과 동일하게 준비할 예정입니다만, 아무래도 로젠쉴트 부인께서 계시니까……."

가문의 안주인답게 파티를 책임지라는 의미였다.

"차라리 총질을 하는 게 낫지, 이게 뭔."

혼잣말처럼 중얼거린 말에 레이가 조용히 대꾸했다.

"그럼, 자료 살펴보고 계시면 다시 오겠습니다. 저는 급히 연락해야 할 곳이 있어서요."

"다녀와요."

루나는 레이를 바라보지 않은 채 손을 휙휙 흔들었다. 복잡한 수치와 화려한 사진들이 눈앞에 어지럽게 펼쳐졌다. 마음먹고 하자면 못할 것도 없지만, 카를이 누워 있는 상황에서 이런 파티를 굳이 열어야 하는지 의문이었다.

루나는 카를이 누운 침상으로 천천히 시선을 돌렸다.

순간 시공간이 멈춘 것처럼 꼼짝도 할 수가 없었다. 심장이 흉곽 안에서 한계까지 팽창하면서 묵직하게 뛰어 댔다.

"안녕? 나의 여신님."

살짝 열린 창문 틈으로 햇살이 실린 바람이 불어왔다. 손질하지 않은 그의 앞머리가 바람에 흔들렸다. 이마를 간질이는 머리카락이 귀찮은지, 그가 커다란 손으로 쓸어 넘겨 버렸다.

모든 게 그림 같았다. 그림처럼 아름답고, 현실감도 없었다.

"카를."

루나는 자신이 꿈을 꾸고 있는 건 아닐까 의심하며 그의 이름을 불렀다. 너무 아무렇지 않게 앉아 있는 그의 모습은 마치 간절한 바람과 환상이 빚어낸 허구처럼 느껴질 정도다.

"음?"

그는 입술을 떼지 않은 채 눈썹을 치켜들며 부드럽게 대꾸했다. 루나는 급히 숨을 들이쉬고, 자잘하게 내뱉었다. 심장이 너무 뛰어 대서 몸통이 흔들리는 듯한 착각이 인다.

"로젠쉴트 가문은 유대계 아닌가요?"

고작 내뱉은 질문이 이런 거다. 그는 당연한 질문을 하느냐며 고개를 끄덕였다.

"맞지."

"근데 무슨 크리스마스 파티를 해요?"

루나는 미간을 찡그리며 되물었다. 카를의 입가에 마침내 매혹적인 미소가 드리웠다.

"로젠쉴트 부인께서 레이한테 연말 파티에 관한 숙제를 받았나 보네?"

그가 내뱉은 로젠쉴트 부인이라는 호칭을 듣자마자 루나의 양 볼이 새빨갛게 달아올랐다. 심장은 아까와는 다른 분위기로 두근거렸다.

카를이 깨어나면 제일 먼저 어떤 말을 건네는 게 좋을지 셀 수 없이 많이 상상했었다. 사랑한다고, 기다렸다고, 목소리가 많이 듣고 싶었다고, 나를 만지는 손길이 그리웠다고.

그런데 낭만과는 다른 대화가 툭 튀어나오고 말았다.

"아이작이 유대인이 아닌 나에게 가문을 물려준 걸 보면 모르겠어?"

카를이 고개를 비스듬히 기울이며 물었다. 아이작은 모두에게 괴짜라고 불렸지만, 그는 난사람이었다. 인종, 종파, 신념이 갖는 모든 차이가 불화의 원인이 된다는 것을 알고 있었던 아이작은 입양아에게 가문을 맡기고, 평화를 견지하라는 뜻을 계승했다.

"루나?"

카를이 의문을 던지듯 그녀의 이름을 불렀다. 루나는 여전히 소파에 앉아서 미동도 하지 않고 굳어 있었다.

"잘 모르겠으면, 이리 와 봐. 자세히 설명해 줄게."

그의 음성은 배 속이 녹아내릴 만큼 감미로웠다. 루나는 태블릿 PC를 테이블 위에 올려 두고 홀린 듯 자리에서 일어났다. 카를은 환자용 침대로 다가가는 그녀에게서 한시도 눈을 떼지 않았다. 마치 생전 처음 마주하는 아름다운 피조물에 홀린 것처럼 넋이 나간 눈빛이기도 했다.

"루나."

마침내 지척까지 다가가자, 그가 등받이를 세운 침대에 기대고 있던 상체를 세우며 그녀의 몸을 당겨 안았다.

"흐음."

복잡한 감정이 숨결과 함께 잇새로 흘러나왔다. 일주일 넘게 병상에 누워 있었으면서도 그의 팔뚝은 여전히 단단하고 강했다. 루나는 그 힘에 이끌려 그의 허벅지 위에 부드러운 엉덩이를 올리고 앉았다.

카를이 내뱉는 더운 숨결이 목덜미에 닿았다. 그는 예민한 목 안쪽 살갗에 입술을 묻은 채 중얼거렸다.

"아이작이 원했던 건 다름에서 오는 차별이 아니라, 경계를 허무는 화합이었어."

뜨뜻하게 달아오른 손이 루나의 잘록한 허리를 부드럽게 어루만졌다. 블라우스 위로 척추의 옴폭하고 긴 골을 쓰다듬는 손길은 애틋하면서도 야했다.

"근데 이런 말 들어 봤어?"

카를이 대뜸 심각한 목소리로 물었다.

"무슨 말이요?"

되묻는 말끝이 조금 떨렸다. 척추뼈를 하나하나 세듯 더듬던 그의 손이 지금은 굴곡진 엉덩이를 쓸고 있었다.

"수신제가치국평천하."

루나는 미간을 찌푸리며 목을 뒤로 빼고 그를 바라보았다.

"몸과 마음을 닦고, 집안을 정돈하고, 나라를 다스리고, 천하를 평한다."

갑자기 생뚱맞은 소리를 해 대는 카를을 루나는 의심 어린 눈초리로 바라보았다.

이 남자가 누워 있는 동안 머리가 어떻게 된 건가? 아, 긴 잠에서 깨어났으니 의사부터 불렀어야 했는데.

루나는 그의 품에서 벗어나려 다리를 버둥거렸다. 허공에서 움직이는 다리가 귀엽다는 듯이 그가 피식 웃었다.

"뭐 하게?"

"의료진을 불러야죠. 당신이 깨어났는데."

루나가 얼른 대답하고는 몸을 일으키려고 다시 버둥거리는데, 뒷덜미가 커다란 손에 붙잡혔다. 그가 고개를 비스듬히 기울이는가 싶더니 입술이 콱 물렸다.

"으음."

갑작스러운 키스에 놀란 나머지 여과 없는 신음이 흘러나왔다. 그리고 입안에서는 상쾌한 민트 맛이 가득 느껴졌다.

응? 치약 맛?

루나는 온 힘을 다해 그의 가슴을 밀어냈다. 손바닥이 맞닿은 그의 심장이 쿵쿵 뛰고 있었다. 루나는 의심 가득한 시선으로 그를 바라보았다.

"언제부터……."

깨어 있었느냐는 질문을 하려고 했는데.

"오늘 아침."

카를의 대꾸가 더 빨랐다. 그의 손가락 끝이 왼쪽 뺨을 그리듯 쓸고 내려와 턱 끝을 움켜잡았다.

"당연히 네가 곁에 있을 줄 알았는데."

그는 못마땅하다는 듯이 덧붙였다.

"듀이를 만나러 갔다고 하잖아?"

불만 가득한 카를의 목소리가 낮게 가라앉았다.

정말 융통성이라고는 눈곱만큼도 없는 수석 비서 레이먼드 님, 아주 지당하신 보고를 하셨나 보다.

"듀이를 만나러 간 게 아니라, 마리와 조이가 다시 만나서 그걸 보러 갔던 거예요. 둘이 부둥켜안고 우는데, 내가 얼마나 부러웠는지 알아요? 당신 품이 얼마나 그리웠는지 알기나 해?"

루나는 이제껏 참고 있던 눈물이 왈칵 치솟는 걸 느꼈다. 아이처럼 엉엉 울고 싶을 정도로 억울함이 밀려들었다.

"그래. 나는 깨어나자마자 이런 소리를 듣고 싶었거든. 근데 당신은 연말 파티에 관한 이의 제기부터 했지?"

루나는 아랫입술을 한 번 말아 물었다가 놓고는 읊조렸다.

"너무 꿈같았으니까. 당신이 앉아서 날 보고 있는 게 믿기지 않아서. 준비했던 말을 몽땅 까먹어 버렸다고."

손등으로 눈물을 한 번 훔친 루나는 그를 사정없이 노려보았다.

"깨어났으면 제일 먼저 나한테 연락해 줘야 하는 거 아녜요?"

"다른 남자 만나러 갔다는 여자한테?"

"레이, 가만 안 둬!"

루나가 씩씩거리자, 카를이 그녀의 흘러내린 옆머리를 귀 뒤로 넘겨주고는 버릇처럼 귓불을 어루만졌다.

"내가 일주일 넘게 잠들어 있었다는 말을 듣고 나서 궁금해졌어. 내가 깨어나면 네가 어떤 표정을 지을까."

"그래서 궁금증이 해결됐어요?"

루나는 뾰로통한 목소리로 되물었다. 그는 대답 없이 웃기만 했다. 오랜만에 마주하는 생기 어린 그의 미소는 근사했다.

"근데 몸은 괜찮은 거예요? 아침에 깨어난 거면 의사는 만난 거죠? 뭐래요?"

"빨리도 묻는다."

나무라듯 말하는 카를의 어조에는 애정이 담뿍 묻어났다.

"너무 아무렇지 않아서 신기한 정도? 평생 모자랐던 잠을 한꺼번에 자고 일어나서 개운한 기분?"

그는 루나의 허리를 바짝 당겨 안았다. 단단한 가슴에 루나의 오른쪽 어깨가 닿았다.

"수신."

"뭐요?"

"모자란 잠을 보충하며 심신을 갈고 닦았으니까. 이제 '제가'를 해야지."

그의 목소리가 점점 은밀해지고 있는 것을 루나는 본능적으로 느꼈다. 아니나 다를까, 그의 눈초리는 분명한 욕구가 어려 붉었다.

"가정이 화목하지 않으면 바깥을 다스리는 일은 당연히 어려워져. 아이작이 말한 화합이니, 평화니. 그런 건 가정이 평안해야 가능한 일이라고."

당연한 이야기지만 야하게 들리는 건 기분 탓일까?

"로젠쉴트 부인."

목 안쪽에 휘감기는 열기 어린 숨결이 실린 음성은 발끝이 오므라들 만큼 낮았다.

"흐으."

더운 숨결이 잇새로 속절없이 흘러나왔다. 블라우스 밑단이 바지춤에서 빠져나가자마자, 기다란 손가락이 갈비뼈를 타고 올랐다.

"조금 말랐네."

식음을 전폐한 정도까지는 아니었지만, 그가 깨어나지 못하는 동안 루나는 간신히 생활이 가능한 정도만 먹었다.

손끝이 브래지어 컵을 들어 올림과 동시에 등 뒤에서 호크가 훅 풀렸다. 상체의 압박감이 사라지자마자, 가슴이 그의 손에 뭉근하게 감겼다.

"가슴은 여전히 크고."

짓궂은 말을 내뱉는데도 얄밉지가 않다. 오히려 매혹적인 말을 더 해 줬으면 좋겠다 싶을 정도로 가슴이 따끔따끔 달아올랐다.

"더 해 봐요."

루나는 그의 목에 팔을 감으며, 턱을 내리고는 치뜬 눈으로 그를 바라보았다. 그가 활짝 웃으며 루나의 콧잔등에 우뚝한 코끝을 맞댔다.

"네 몸이 너무 야해서, 여기가 어딘지도 잊어버리겠어."

"나도 환자복이 이렇게 섹시한 옷인 줄은 몰랐어요. 벗기기 쉬워 보이네요?"

루나가 그의 옆구리에 묶인 환자복 끈을 은근슬쩍 건드리며 말했다.

"일주일 넘게 고여 있던 걸 빼내려면 꽤 오래 걸릴 것 같은데."

카를이 목을 옆으로 비스듬히 기울이며 덧붙였다.

"괜찮겠어?"

루나의 가녀린 어깨가 절로 움츠러들었다. 기폭 장치를 손에 들고 빅터에게 총을 쏴 대고, 하미드를 죽인 헤즈볼라 최고사령관과 독대했던 그 패기는 어디로 간 건지.

호흡이 떨리고, 심장이 전율했다. 그저 사랑에 목이 말라서 안달하는 여자가 있을 뿐이었다.

"카를."

루나는 그의 입가에 가만히 입을 맞추었다. 작고 통통한 입술이 쭉 빨려 들어가는 따뜻한 감각이 좋았다. 그의 코끝에서 풍기는 숨 내음도 달콤했다. 입안이 벌어지고 두꺼운 혀가 밀려들어 왔다. 입 가장 안쪽 연하고 예민한 살점을 간질일 때마다 목구멍에서 신음이 솟구쳤다.

루나는 그의 목을 끌어안은 팔에 힘을 주었다.

"으응."

그의 엄지는 딱딱하게 굳은 유두를 둥글리듯 어루만지고 있었다. 발산하지 못한 열기가 몸에 차곡차곡 쌓이기 시작했다.

여기서 폭발하면 어떻게 감당해야 할지 모르겠단 생각과 될 대로 되겠지, 라는 대범한 안일함이 공존했다. 카를의 품에 있기에, 자신이 루나이기에 가능한 일이었다. 두 사람이 함께하면 이제 불가능한 일은 없을 듯했다.

"실례합니다, 로젠쉴트 씨."

흠흠, 하고 목을 가다듬는 소리가 들려왔다. 루나가 얼른 그의 품에서 빠져나가려고 했지만, 카를은 가두듯 루나를 끌어안았다. 두 사람의 덩치가 차가 큰 탓에 카를이 힘을 쓰면 루나는 속절없이 가만히 있어야 했다.

"이제 퇴원하셔도 됩니다."

의사는 두 사람을 제대로 바라보지도 못하고 천장에 시선을 고정한 채 읊조렸다. 간단한 퇴원 소식을 전한 의사가 나가고 나자, 대단하신 수석 비서 레이가 병실로 돌아왔다.

"레이!"

루나는 그를 나무라듯 으르렁거렸지만, 카를의 거대한 품에 안긴 그녀는 마치 짱알거리는 한 마리의 말티즈 같았다. 그 모습이 스스로도 우스울 것 같다는 생각이 들려는 찰나, 레이 역시 웃음을 참는 듯한 표정으로 입을 열었다.

"로젠쉴트 씨, 이제 퇴원하셔도 좋다고 합니다. 두 분 급하신 용무는 안가에서 마저 하시는 편이……."

"그러지, 레이."

카를이 만면에 미소를 머금은 채로 대꾸했다. 그의 눈빛이 음흉하게 빛나는 것은 루나만이 알아차릴 수 있었다.

"아아, 카를."

침실 안은 두 사람이 내뱉은 더운 숨결로 가득했다. 불에 구운 마시멜로처럼 끈적끈적하고 달콤한 공기를 앓는 소리가 끊임없이 갈라놓았다. 카를은 루나를 테이블 위에 눕히고 새하얀 허벅지 사이에 얼굴을 묻고 있었다. 이미 수차례 침대 위에서 몸을 섞은 터라 그녀의 밀부는 치덕치덕 젖어 있었다.

"카를, 그만! 하아."

루나는 연한 살점을 집어삼킬 듯이 빨아들이는 그의 머리카락을 움켜잡기 위해 상체를 슬쩍 들어 올렸다. 등허리에 딱딱한 대리석 테이블이 배겼다. 아까 테이블 위에 엎은 물이 등을 흥건히 적셔서 미끄럽기까지 했다.

"제발, 카를."

루나는 끝내 몸을 가누지 못하고 테이블 위에 도로 누워 버렸다.

높은 천장에는 천사들이 나팔을 불고 있는 그림이 그려져 있었고, 그 옆으로는 금빛 테가 둘려 있었다. 나팔 부는 천사들의 한가운데에는 젊고 아름다운 부부가 갓난아이를 안고 주변의 축하를 받는 모습이 섬세하게 표현되어 있었다.

갑자기 문득 든 생각이 입 밖으로 무작정 튀어나올 줄은 꿈에도 몰랐다.

"아이 갖고 싶어."

아래를 짓이길 듯이 빨아들이던 움직임이 뚝 멈췄다. 그가 고개를 쳐들고 루나를 멍한 눈빛으로 바라보고 있었다.

"뭐?"

그는 못 들어서 되묻는 게 아닌 얼굴이었다. 루나가 내뱉은 말을 재차 확인하고 싶어 하는 간절함이 밴 표정이라고 해야 할까.

"아이 갖고 싶다고."

그가 한 번도 가져 보지 못했던 평범한 가정을 이루고 싶다. 세계의 민주적 평화니, 선의와 정의니 하는 것들은 집어치우고.

아이가 걸음마를 떼면 손뼉을 치고, 젖니가 나오면 종일 들여다보고, 맘마라고 어설프게 발음하는 아이를 보며 우리가 천재를 낳은 것 같다고 호들갑을 떨고.

지극히 평범하지만, 아름다운 삶을 그와 나누고 싶었다.

"나는 싫은데."

그런데 그의 대답은 뜻밖이었다. 예전에 루나가 불안한 모습을 보였을 때, 제 아이를 가지라며 몰아붙였던 그였다. 당연히 아이를 반길 거라고 생각했다.

"싫어? 왜 싫어?"

루나가 상체를 단번에 들어 올리며 물었다. 몸이 쑥 미끄러지자 그가 루나의 다리 사이를 벌려서 허리에 감고는 그녀의 예쁜 엉덩이를 받쳐 안았다. 루나는 자연스럽게 그의 어깨에 팔을 올리고 단단한 몸에 매달렸다.

카를은 당연한 수순인 듯 침대로 걸음을 옮기며 대꾸했다.

"당연한 걸 물어? 이제 겨우 둘이 있게 됐는데. 왜 애로 테러를 하려고 하지?"

"뭐요? 테러?"

푹신한 침구에 등이 닿았다.

"어떻게 끔찍한 테러와 아이를 동일시할 수 있어요?"

카를이 루나의 보드라운 목덜미에 입술을 묻었다. 살결을 빨아들이는 움직임은 성실하고 야했다.

"흐읏."

말다툼을 하고 있는 상황이라고 해도 신음까지 숨길 필요는 없었다. 총부리를 겨누고 이념 대립을 하는 건 아니니까.

하지만 부부 사이에 자녀 문제는 그만큼 중요한 것이기도 하지 않은가?

"테러지. 생각해 봐. 임신하는 순간부터 나는 네 몸을 경계해야 한다고."

"성교육 안 받았어요? 조심해서 하면 된다고요."

"그러니까 꼭 폭탄이 터지면 어쩌나 노심초사하는 것처럼 조심해야 한다는 거잖아. 이렇게 못 하고."

그가 다리 사이를 거세게 비집고 들어왔다.

"하읏!"

단숨에 허리를 쳐올리는 통에 배 속이 울렁, 움직였다.

"그래도 카를."

루나가 그를 달래듯 불렀다. 발갛게 익은 볼, 붉게 젖은 눈동자로 애원하면 그는 세상 전부를 루나의 발아래 놓아 줄 것처럼 굴었다.

"아무리 그래도 아이는 안 돼."

카를은 단호하게 고개를 한 번 내젓고는 허리를 뒤로 뺐다가 한계까지 박아 넣었다.

"아아!"

루나는 등허리를 구부리며 목을 젖혔다. 쾌감에 솟구친 눈물이 눈꼬리를 타고 흘러내려 귓바퀴를 예민하게 적셨다.

"으으응."

이미 여러 번 달아올랐던 몸은 한계를 모르고 뜨거워졌다. 허벅지 안쪽이 덜덜 떨리고, 머릿속은 어질어질했다. 아무것도 느껴지지 않는 것처럼 무감각했다가, 순식간에 쾌감이 한곳으로 집중되기를 반복했다. 그가 빠져나갈 때는 야속한 기분마저 들어서 몸을 있는 힘껏 오므리고 붙잡고 싶어졌다.

"카를."

루나는 그의 이름을 부르짖으며 눈을 질끈 감았다. 아니, 저절로 감겼다는 게 맞는 표현일 것이다.

얇은 눈꺼풀 너머로 빛이 산란하는 게 보였다. 기폭 장치를 사정없이 자극한 듯 몸이 폭발하는 느낌은 귀가 먹먹할 정도였다. 짧은 신음조차 흘러나오지 않았다. 숨이 콱 막혀서 이대로 죽을 것만 같았다.

천지 분간이 되지 않는 순간에도 몸 안 깊은 곳에서 그가 팽창하는 게 느껴졌다. 뜨거운 정액은 실리콘 막에 감싸인 채 태내로 스며들지 못했다.

아쉬운 마음이 들어서 한숨이 흘러나왔다.

"루나."

숨결이 묻은 입술에 그가 가만히 입을 맞추었다.

"나랑 같이 뭘 해 주겠다고 약속하면."

그는 루나의 몸에 여전히 제 몸을 묻고 있었다.

"알았어. 약속할게요."

그가 연한 미소를 머금으며 웃었다. 그의 아름다운 얼굴에 홀린 나머지, 루나는 자신이 약점을 잡혔다는 사실을 인지하지 못했다.

"카를, 진짜 유치한 거 알아요? 어떻게 애를 갖고 거래를 해요? 그것도!"

"싫으면 말고."

아침부터 이상한 계약서를 하나 내밀어서 살펴봤더니, 애들 장난도 아니고.

섹스에 관한 조항들이 여러 개 적혀 있었다. 체위와 장소를 꼼꼼히 정리해 놓은 목록을 보고 루나는 혀를 내둘렀다.

"그러니까 이걸 다 해 주면 애를 갖는 걸 생각해 보겠다고?"

카를은 선심을 쓰듯 고개를 끄덕거렸다.

눈 덮인 산장에서, 비 내리는 호수 근처 텐트에서, 문 닫은 박물관 전시실에서……. CIA 본부 랭글리 회의실에서? 이건 좀 끌린다. 원래 이런 건 금기된 장소에 더 자극받는 법이니까……. 아니, 이게 아니라.

루나는 얼른 고개를 흔들어 쓸데없는 생각을 털어 냈다.

"이게 설마 다 가능하다고 생각하는 건 아니죠?"

카를이 한쪽 입꼬리를 올리며 자신만만하게 웃었다.

"내 이름이 뭐지?"

시건방진 질문에 루나는 기가 막히다는 듯이 대꾸해 줬다.

"카를하인츠 로젠쉴트시죠."

"불가능의 반의어이기도 하지."

루나는 미처 몰랐던 사실을 깨달은 것처럼 대꾸했다.

"지당하시네요. 대단해요, 아주."

"그래서 안 할 건가?"

"생각 좀 해 보고요."

루나는 금방이라도 붙어먹을 듯이 열기를 품은 그의 눈빛에 주눅이 들어서 은근히 시선을 피해 버리고 말았다.

말렸다. 완벽하게 말려들었다.

그냥 자연스럽게 아이가 생겼을 때, 낳았으면 될 것을. 왜 아이가 갖고 싶다고 해서는.

"이제 그만 일어나지. 가야 할 곳이 있어."

그는 검은색 슈트 재킷을 여미며 자리에서 일어났다. 연한 노란색 넥타이는 그의 얼굴을 산뜻하고 부드럽게 만들었다. 루나는 그의 타이 색에 맞춘 연노란색 블라우스에 하얀색 플리츠스커트를 입었다.

"어디 가는 건데요?"

"가 보면 알아."

카를은 끝까지 말을 해 주지 않을 생각인 듯했다.

결국, 아무런 정보도 얻지 못한 채 차에 올랐다. 여전히 도사리고 있을지도 모르는 위험에 대비해 똑같은 차량 다섯 대가 안가에서 한꺼번에 출발했다.

혹시 모를 미행을 차단하고자 도로를 어지럽게 돌아다닌 차는 어퍼 셰비 헤이츠로 들어섰다. 루나는 아랫입술을 말아 물며 슬쩍 얼굴을 찡그렸다.

혹시나 했는데.

차는 루나의 본가 앞에서 정차하고야 말았다.

"카를."

루나의 가족은 아직 그녀의 생사를 알지 못했다. 그러는 편이 좋다고 판단했기에 알리지 않고 있었다.

"이제 가족을 만날 때가 됐잖아?"

용기가 나질 않았다. 부모님은 CIA 요원으로 활동하는 루나를 자랑스러워하시면서도 세상 궂은일에 전부 나서고자 하는 딸을 못마땅해하기도 했었다.

잠깐 집에 들렀다가 파견지로 돌아갈 때마다, 부모님은 눈물을 숨기고 시선을 피했었다. 휴가를 맞아 집에 들르면 딸의 무사안일에 안도의 한숨을 내쉬는 부모님의 얼굴에 주름살이 하나씩 늘어 있었다.

솔직히 말하면, 차마 죽었다가 살아 돌아왔다는 말을 전하기가 힘들었다. 너무 큰 잘못을 저질러 어떻게 해야 할지 모르는 아이가 된 기분이었다. 이래서 부모 눈에는 팔순 노인이 돼도 아이처럼 보인다고 하는 걸까.

"너무 무서우면 내 뒤에 숨어도 되고."

카를은 루나의 속마음을 꿰뚫어 본 듯이 읊조렸다. 루나는 저도 모르게 고개를 끄덕거렸다.

"집 안에 테러리스트라도 숨겨 놓을 걸 그랬나? 그럼 좀 쉬웠을까?"

"카를!"

잔뜩 겁먹은 루나를 놀리는 그가 얄밉기는커녕 고마웠다. 가족은 루나가 가슴 깊이 묻어 두었던 꼭 해결해야 할 문제였다.

카를이 먼저 차에서 내려섰다. 루나는 그의 말마따나 커다란 덩치 뒤에 숨듯이 그를 따랐다. 카를은 마치 여러 번 집에 들락거렸던 것처럼 뒷마당으로 향했다.

"실례합니다."

"어? 진짜 오셨네요!"

유나가 그를 반기는 목소리가 들려왔다.

"엄마, 아빠. 내가 말했었죠? 언니한테 매일 꽃 갖다 두던."

"아, 반가워요. 추도식에 오려고 했는데, 일 때문에 못 왔다고 했죠?"

엄마의 목소리가 깊게 잠겼다. 딸의 죽음을 원통해하는 듯 가시지 않은 슬픔이 밴 목소리였다.

"네, 선물을 준비하는 일 때문에 시간이 좀 걸렸습니다."

등 뒤에서 듣는 그의 목소리는 무척이나 근사했다.

"아, 맞다! 그때 언니 앞에서 선물 갖고 오겠다고 했었죠?"

유나가 애써 밝은 목소리를 내며 물었다.

"한동안 언니한테 꽃이 없어서 무슨 일 생긴 줄 알았어요."

눈물기가 살짝 밴 동생의 목소리가 들려오자, 죄스러움에 고개를 들기가 힘들었다.

"매일같이 내 딸 챙겨 줘서 고마워요. 앉아요. 유나가 손님이 온다고 해서 기다리고 있었어요. 아직 점심 전이죠?"

"네, 그런데."

그는 특유의 말버릇처럼 말끝을 길게 끌었다.

"선물부터 받으시죠."

심장이 입 밖으로 튀어나올 것처럼 힘차게 박동하는 순간, 그가 옆으로 비켜섰다. 루나는 걱정했던 것과 달리 능청스럽게 입을 열었다.

"짜잔. 저 왔어요, 엄마. 아빠."

엄마는 손에 들고 있던 보타니컬 무늬의 냅킨을 떨어뜨렸고, 아빠는 바비큐 집게를 잔디 위에 아무렇게나 내려놓았다.

"안녕, 유나야."

이쯤 되면 능청도 옮는 건가 싶다. 마치 그가 긴 잠에서 깨어나 인사를 건넸던 것처럼, 루나는 자연스럽게 동생의 이름을 불렀다.

"송루나! 너 진짜 뒤지려고!"

"내가 말했던가요? 유나가 입이 좀 걸어요."

루나가 카를을 향해 읊조리는 사이 가족들이 한달음에 달려와 그녀를 끌어안았다.

식사를 하며 복잡한 이야기 중에 할 수 있는 것만 간추려 가족에게 전했다.

"그러니까 이쪽이 내 사위다?"

아빠가 엄중하게 내뱉고는 카를을 샅샅이 살폈다.

"이름이 카를하인츠 로젠쉴트?"

엄마는 그렇게 말하고는 식탁 위에 오른 로젠쉴트 브랜드의 와인 라벨을 바라보았다.

"네, 맞습니다."

"송루나는 어릴 때부터 사람 놀라게 하는 재주가 기통찼지. 난 대체 어떡하라고, 이런 형부를 데려와?"

형부라는 부름이 듣기 좋다는 듯이 카를은 바보처럼 웃어 댔다.

그래, 너는 남자 보는 눈이 없기는 하지. 하쉬 같은 놈한테 꼬여서는.

루나는 동생을 혼내 주고 싶은 걸 가까스로 참으며 입을 다물었다.

"더 먹어요. 한식 찬을 잘 먹네."

엄마는 파김치를 그의 앞으로 밀어주며 웃었다.

"그러니까 CIA는 그만뒀다?"

아빠의 질문에 루나는 고개를 끄덕거렸다.

"듣던 중 반가운 소린데, 남자 때문에 네가 하던 일을 그만두는 건."

아빠가 반기를 들고 나섰다.

"내 행복을 위해 그만둔 거지, 남자 때문에 그만둔 건 아녜요. 공부를 더 해서 테러 심리학을 가르치는 교수가 될 거예요."

루나의 계획은 카를도 처음 듣는 것이었다. 그녀는 뭐든 결정을 내리고 나면 말하는 습관이 있었다. 그냥 받아들이는 수밖에.

"자네, 아내가 이렇게 위험한 사람이어도 괜찮은가?"

"별수 없죠, 뭐."

아빠와 그는 마치 짜기라도 한 것처럼 농담을 주고받았다.

"내가 얘 데리고 사느라 그동안 아주 힘들었어. 이제 자네가 한번 당해 봐. 혹시 2009년산 로젠쉴트 와인도 가지고 있나? 그 한정판으로 나온 거 말이야. 2009년에 포도 농사가 잘되어서 맛이 기가 막힌다지? 구하려고 해도 구할 수가 있어야지."

와인 애호가인 아버지는 와인 이야기를 꺼내며 그를 은근히 집 안으로 불러들였다.

"대박. 우리 집 완전 슈퍼볼 당첨된 거나 다름없어. 형부가 로젠쉴트라니!"

유나는 엄지를 치켜들며 웃었고, 엄마는 못 말리겠다는 듯이 고개를 내저었다.

겁을 먹었던 게 무색하리만큼 가족의 품은 안온했다. 그럴수록 이런 가족을 갖지 못한 카를이 안쓰럽고, 괜히 미안했다.

집으로 돌아오는 차 안, 카를은 여느 때보다 밝은 눈빛으로 차창 밖을 바라보았다.

"카를."

"누굴 닮았나 했더니, 고집은 모친을 닮고, 무모함은 부친을 닮으시고?"

"우리 엄마, 아빠한테 다 이를 거예요."

"부모 없는 사람 서러워서 살겠나?"

그는 루나가 미안한 표정도 짓지 못하도록 모든 것을 초월한 얼굴이었다.

"나한테 괜히 미안해하지 마. 나는 그럼 내가 가진 걸, 당신이 가지지 못했다고 해서 미안해해야 하나?"

카를은 모든 면에서 루나보다 많이 가졌는지도 모른다.

"그런 건 아니고."

그는 신중하게 말을 이었다.

"서로 부족한 부분을 채우고 보듬으며 살면 되는 거지. 당신의 가족이

내 가족이 되고, 내가 가진 세상이 당신의 것이 되듯이."

따뜻한 손이 뺨에 닿았다. 입술이 맞물리고 부드럽게 입안이 엉켰다.

평범하고 따뜻한 삶은 이제부터 시작이다.

외전

하루하루가 지겹도록 똑같았다. 아침에 일어나서 체력 단련을 위해 운동을 하고, 학교 연구실로 향해 그날의 업무를 소화하고 집에 돌아오면 어머니의 전화가 걸려왔다.

— 오늘도 아무 소식 없니? 그 노인네는 어떻게 그 나이 먹고도 그렇게 팔팔하다니?

반복되는 일과 속에서도 매너리즘은 허락되지 않았다. 이형은 대꾸 없이 수화기 너머에서 들려오는 소리를 가만히 흘려보냈다.

— 네가 눈 밖에 나는 짓이라도 한 거 아니야?

이형은 매끈한 입가에 조소를 물었다. 아이작 로젠쉴트의 눈 밖에 나는 짓을 끊임없이 저지르고 있는 사람이 대체 누구냐고 되묻고 싶어진다.

"청원 공장 건은 해결됐어요?"

귀가 얇고, 허세 부리기 좋아하는 친모와 친부는 터무니없는 신사업

투자에 하루가 멀다고 돈을 들이부었다. 물론 그 돈의 원천은 로젠쉴트 가문이었다. 모친은 로젠쉴트 가문에 돈을 요구할 때마다, 하나밖에 없는 아들과 서먹한 관계가 가슴 아프다며 눈물을 터뜨린다고 했다.

이형은 로젠쉴트 가문에 입양된 후로도 줄곧 친부모 아래서 자랐지만, 일반적인 형태의 화목하고 친밀한 가족의 모습을 취했던 적은 단 한 번도 없었다.

— 그걸 이제야 묻니? 내가 정말 속상해서. 노인네 돈을 줄 거면 좀 한꺼번에 주지. 줄 때마다 찔끔찔끔.

수십억에 달하는 사업 자금을 몇 번이고 받아냈으면서도 모친은 돈이 적다며 불평을 해 댔다.

— 그 노인네 후계 정할 생각은 있는 거래? 왜 아직도 아무 말이 없어. 너 정말 아무 소리도 못 들었니? 밉보여서 나가리 된 거 아냐? 내가 너를 어떻게 키웠는데.

수화기 너머에서 들려오는 한탄에 이골이 날 법도 하건만.

— 정신 못 차리고, 여자 꼬이게 하지 말고. 그것만큼 멍청하게 인생 꼬라박는 짓도 없어. 내가 네 아버지만 안 만났어도.

들을 때마다 가슴을 슬쩍 베어 내는 레퍼토리가 슬슬 끝나가고 있었다.

— 아무튼, 무슨 일 있으면 연락하고. 국으로 얌전히 살아.

모친은 하나밖에 없는 아들의 일과나 건강, 안위 따위는 전혀 궁금해하지 않는다. 저녁은 잘 챙겨 먹었는지, 어디 아픈 데는 없는지. 그런 질문은 평생 들어 본 일이 없었다.

[선배, 소개팅 잊은 거 아니지?]

모친과의 통화를 마치자마자 메시지가 한 통 들어왔다. 연구실 후배

영실이 소개팅에 나가라고 했던 날이 오늘이었든가. 하도 성화여서 마지 못해 고개를 끄덕이기는 했지만, 별로 내키지 않는 자리였다.

[그게 오늘이었나?]

메시지를 보내자마자 휴대전화가 울리기 시작했다.

— 뭐야? 그게 오늘이냐니!

전화를 받자마자 목청 좋은 영실이 소리를 빽 질러 댔다.

— 아직 안 늦었어. 얼른 나가. 선배랑 딱이라니까. 안 나가면 후회한 다?

영실이 소개팅 이야기를 처음 꺼낸 것은 보름 전쯤이었다. 누굴 소개 해 달라고 바짓가랑이 붙들고 늘어진 것도 아닌데.

「진짜 이뻐. 야리야리한데 강단 있어 보이고. 토익 강사래.」

영실의 말에 주변에 있던 동기가 먼저 입을 열었다.

「얘는 여자한테 관심 없다니까. 소개팅시켜 달라고 한 건 나였잖아. 날 소 개해 줘야지. 어?」

「오빠하고는 그림이 안 돼. 여자가 너무 아까워.」

「그럼, 안이형 이 자식하고는 그림이 돼?」

동기가 고깝다는 듯이 이형을 아래위로 훑어보았다. 이형은 아메리카 노를 홀짝거리며 관심 없다는 듯이 고개를 돌려버렸다.

「드물게 그림이 돼. 둘이 같이 서 있는 모습 상상만 해도 흐뭇할 정도로.」

영실은 마치 상상 연애에 빠진 소녀라도 된 양 얼굴을 붉혔었다.

— 얼른 나가라고! 내가 선배 얘기를 얼마나 좋게 해 놨는데. 안 나갈 거 아니지?

이형은 한숨을 한 번 내쉬었다. 어머니의 전화를 받고 바람이라도 쐬러 근처 공원에 산책이라도 나갈까 생각 중이었는데.

"알았어. 지금 나갈게."

잊고 있던 소개팅 자리에 나가게 생겼다.

대강의 생김을 영실로부터 전해 들은 이형은 바 안을 한번 훑어보았다. 검은색 오피스 슈트를 입은 여자가 바 테이블 스툴에 비스듬히 앉아 있는 모습이 눈에 들어온다.

여자는 영실이 말했던 것처럼 한눈에 들어오는 외양이었다.

"유주희 씨?"

조용히 이름을 부르자, 여자의 시선이 천천히 이쪽으로 움직였다.

"안이형 씨?"

그녀의 얼굴에 은은한 미소가 걸렸다. 속쌍꺼풀 진 마름모형 눈매, 왼쪽으로 아주 미세하게 틀어진 오똑한 콧날과 붉고 도톰한 입술이 묘한 조화를 이루는 매력적인 얼굴이다.

"앉아도 됩니까?"

여자가 느릿하지만 단호하게 고개를 끄덕거렸다. 그녀에게선 뭐라 설명할 수 없는 경계선이 희미하게 느껴졌다. 마치 온몸으로 다가오지 말라는 기운을 풍기는 것 같으면서도, 미소는 상냥했고 눈빛은 천연덕스러웠다.

"저녁은 드셨죠?"

저녁 9시, 식사를 하지 않았다고 하기엔 늦은 시각이었다. 상대가 별로면 그냥 자리를 파하고 들어가기에도 좋을 적당히 늦은 시각. 이형은 약속 시간을 늦게 잡은 여자의 의도를 조금은 알 것 같아서 미소를 머금은 채로 물었다.

"먹었죠, 늦었는데."

군더더기 없는 산뜻한 대답 끝에 싱그러운 미소가 따라붙었다. 늘 갑갑하기만 했던 가슴에 살랑 바람이 일었다. 그녀는 이내 시선을 거두고는 물잔을 만지작거렸다. 그녀가 엄지손가락으로 물잔에 맺힌 물방울을 스윽 문질렀다. 작은 손길이 마치 가슴 어딘가를 손 댄 것처럼 기분이 이상하다.

"솔직히 나는."

충동적으로 입을 열었다. 초조함에 말끝이 길게 늘어졌다. 이형은 저도 모르게 바 테이블 위를 기다란 손가락으로 톡톡톡 두드리며 말을 이었다.

"박영실한테 등 떠밀려서 이 자리에 나왔거든요? 기분 상하시지 않게 말씀드리고 일찍 들어갈 생각이었고요."

그 입 좀 닥쳐 줄래?

이형은 개소리를 지껄이는 입을 꾹 다물고 싶었지만, 뜻대로 되지 않았다. 이성에게 호감을 드러내 본 적이 없을 뿐 아니라, 호감을 느껴 본 적도 없으니 이런 말을 건네는 게 처음인 탓이다.

"그런데."

그녀가 결이 가지런한 눈썹을 치뜨며 이형을 바라보았다. 어리숙한 솔직함이 통한 것인지 그녀는 순수한 의문이 어린 눈빛으로 이형을 바라보고 있었다.

"나오길 잘했다는 생각이 드네요."

그녀의 까만 눈동자에 어린 무구함에 응원이라도 받은 듯 말이 잘도 흘러나왔다. 속내를 알 수 없는 은은한 미소만 머금고 있던 그녀의 입술에 진한 미소가 물렸다.

"일찍 들어가고 싶지도 않고요."

목이 타들어 가는 듯했다. 스스로 듣기에도 '일찍 들어가고 싶지 않다'는 말에는 수줍음이 여과 없이 묻어났다.

내가 이렇게 이성 간의 교류에 솔직한 사람이었던가?

감정을 여과 없이 내뱉고 있었지만, 이형은 그녀가 혹시 기분 나빠 하고 있는 것은 아닌지 기민하게 살피며 예의에 어긋나는 언행은 삼가기 위해 애썼다.

"한잔할래요?"

물잔을 만지작거리는 그녀의 손가락 끝이 내내 신경 쓰였다. 물 한 잔을 놓고 그녀를 붙들고 있을 수는 없다는 생각에 가까스로 건넨 말끝은 그녀의 손끝에서 이지러지는 물방울만큼이나 힘없이 떨렸다. 마른침이 힘겹게 넘어가서 목이 길게 빠지는 착각마저 들었다.

"그러죠."

마침내 흘러나온 그녀의 대답에 기분이 이상하게 들떠 버렸다. 이형은 바텐더에게 맥주를 한 잔 주문했고, 그녀도 똑같은 술을 요청했다.

"학원에서 토익 강사로 일한다고요?"

그녀는 가만가만 고개를 끄덕거렸다. 눈꺼풀을 내리깐 채로 기다란 속눈썹을 살랑거리는 모습에서 눈을 뗄 수가 없다.

"영실 씨랑 같은 연구실에 계시다고요?"

그녀는 맥주를 건넨 바텐더에게 생긋 웃어 보이고는 이내 다시 이형에게 눈길을 돌렸다. 그녀의 얼굴에 머물던 바텐더의 끈적한 시선이 이형과 마주쳤다. 이형은 저도 모르게 바텐더를 향해 얼굴을 굳혔다.

"이형 씨?"

부드러운 그녀의 목소리가 이형을 일깨웠다. 그녀에게 눈길 한 번 주었을 뿐인 바텐더에 살심이 이는 기이한 경험이었다.

"네, 같은 연구실에 있어요."

"아인슈타인의 상대성 이론을 간단하게 설명해 주실 수 있으세요?"

그녀가 호기심 가득한 어조로 물으며 눈을 동그랗게 떴다. 몇 초간 이형은 어디서부터 말문을 열어야 할지 고민했다. 이형의 눈동자를 깊이 들여다보고 있던 그녀가 웃음을 터뜨린 건 우주의 근본적인 속성에 관해 입을 열려는 순간이었다.

"물리학 정말 좋아하시나 봐요."

당신보다는 덜.

만난 지 15분도 안 된 여자에게 시답잖은 고백을 건네고 싱거운 남자가 되고 싶지는 않았지만, 심장이 왜 이렇게 세차게 뛰는 건지.

"네, 좋아합니다."

물리학을 좋아하기만 해서 전공으로 선택한 것은 아니었다. 무기회사인 로젠쉴트의 수장이 되려면 물리학을 전공하는 게 어떻겠냐는 모친의 종용을 받은 것일 뿐이다. 이제껏 무기력하다면 무기력하고, 순하다고 하면 순하게 살아왔다. 로젠쉴트가에서 입양아의 의견을 존중한다고는 하지만 스스로 의견을 드러내는 일은 드물었다.

로젠쉴트가의 후계 결정은 누구보다도 이형이 바라는 일이었다. 그래야 모친의 집착도 끝이 날 테니까.

만약 이형이 후계로 결정되면 모친은 아들을 내주었다는 이유로 로젠쉴트 가문에서 막대한 배상금을 받게 될 것이다. 만약 후계가 되지 못한다고 해도, 모친은 다른 주머니를 차게 될 터.

수십 년간 이어져 온 집착이 하루속히 끝나기를 바랄 뿐이었다.

그리고 그 이후의 삶은……

맥주를 시원하게 들이켜는 여자의 옆모습을 가만히 바라보았다. 그녀가 눈동자만 굴려서 이형을 흘깃거렸다. 눈이 마주친 순간 웃음이 나왔다.

"왜요?"

그녀는 잔을 내려놓으며 웃음의 의미를 물었다.

"아닙니다."

이형은 특별한 뜻을 둔 것은 아니라며 맥주잔을 만지작거렸다.

"우리가 주문한 게 독일 맥주였나요?"

그녀는 바닥을 거의 다 드러낸 잔을 가리키며 물었다. 이형은 그렇다며 고개를 끄덕거렸다. 그녀와 맥주에 관한 시답잖은 이야기를 이어갔다. 지극히 개인적인 것은 묻지 않아서 서로 접점을 발견하지 못한 사이임에도 편안했다.

맥주 두 잔을 마시고 바를 나서는 길.

"집까지 모셔다드릴게요."

"아니에요. 여기서 멀지 않아요."

은은한 미소를 머금은 거절이 기분 나쁘지는 않았다. 다음을 기약해야 하는데, 어떻게 말을 꺼내야 할지 몰라서 난감해진다. 이상한 두근거림을 동반한 누군가와 함께하고 싶은 열망은 생전 처음 느끼는 생경한 것이었다.

"커피 좋아하세요?"

❖

밤의 공기는 계절마다 다른 분위기를 풍긴다. 특히 꽃망울이 터지기 시작한 봄의 새까만 밤은 어딘지 모르게 들뜬 인상을 준다.

하지만 이제껏 살면서 봄밤의 정취를 낭만적이라고 여길 만큼 감상에 젖었던 적은 없었다. 향기가 그득한 목련 나무 아래였다. 봄을 가장 먼저 알리는 꽃나무 아래를 지나며, 그녀는 연한 웃음기를 물고 속삭였다.

"커피가 참 맛있네요."

"그렇죠?"

바에서의 첫 만남 이후 일주일이 지났다. 커피 좋아하느냐는 질문을 어렵게 던졌던 이형은 지난 일주일을 어떻게 지냈는지 모를 만큼 약간 정신이 나가 있었다. 학원 일이 많은 시기라며 한가해지면 만나자던 그녀의 연락을 무작정 기다린 탓이었다.

마치 주인의 명령을 기다리는 대형견이 된 것처럼 이형은 휴대전화를 자주 들여다보기만 했다. 그러다 오늘 오전, 그녀의 연락을 받고 심장이 얼마나 뛰어대던지.

"여기서 커피 자주 드세요?"

학교와 이형의 아파트 사이에 있는 카페는 드물게 빈 투 컵(Bean to Cup) 시스템을 갖추고 있는 유기농 공정 무역 커피 전문점이었다. 물론 커피 맛이 좋은 것도 당연했다.

"네, 아침마다 연구실 가기 전에 들르는 곳이에요."

묵직하게 불어온 바람에 그녀의 머리카락이 나부꼈다. 그윽한 커피 향과 꽃 내음, 그리고 생전 맡아 보지 못한 달콤한 냄새가 묘하게 뒤섞여 바람에 실려 왔다. 이형은 자신보다 한 뼘쯤 작은 그녀의 머리를 흘깃거렸다. 연약하게 흩날리는 머리카락 사이로 손가락을 넣어 보고 싶은 충동이 무겁게 일어나서 당황스러울 정도다.

"집도 여기서 가까운가 보네요?"

"네."

여지없이 뛰어대는 가슴을 단속하느라 단답형의 대답을 내놓자, 그녀는 사적인 질문이 실례라고 느꼈는지 더는 묻지 않았다.

은근한 거리감, 야단스럽게 캐묻지 않고 타인의 사적인 영역을 존중하는 듯한 그녀의 태도가 마음에 들었다. 아직 그녀에게 복잡한 삶을 털어놓고 싶은 생각은 없다. 어쩌면 영영 말하지 않게 될지도.

"어?"

그녀가 오른쪽 손바닥을 하늘을 향해 활짝 펼쳤다. 동시에 이형도 고개를 살짝 꺾어 하늘을 올려다보았다. 묵직한 바람이 심상치 않다고 생각했는데, 갑자기 빗방울이 떨어지기 시작했다. 이형은 얼른 입고 있던 맥코트를 벗어서 그녀의 머리 위에 씌웠다. 그녀는 약간 놀란 듯 어깨를 움찔거렸다.

"뛸까요?"

이형의 얼굴이 상기 되었다. 제 코트를 뒤집어쓴 여자는 말도 못 하게 귀여웠다. 그녀가 두 눈을 반짝 빛내며 고개를 끄덕거렸다. 이형은 그녀의 어깨를 붙들고 뛰기 시작했다. 빗줄기는 자비 없이 굵어졌고, 두 사람은 쫄딱 젖은 상태로 아파트 입구에 도착했다.

"여기가?"

공동현관 입구에 선 그녀가 휘둥그렇게 뜬 눈으로 주위를 둘러보았다.

이형은 약간은 민망해져서 그녀와 눈을 맞출 수가 없었다.

"일부러 그런 건 아닌데요. 제가 버릇처럼 집으로 와 버렸네요."

그녀의 뺨에 붙은 젖은 머리카락을 떼어 주고 싶은 충동을 참아내며 대꾸했다. 이제껏 살면서 누구도 집에 들였던 적이 없었는데.

"다른 뜻이 있는 건 아니고요. 올라가셔서 젖은 옷이라도 말리고 가시겠어요?"

이형은 저속한 의도는 없다는 듯이 정중히 물었다. 차가운 빗물에 젖은 탓인지 그녀의 붉은 입술 새로 하얀 입김이 새어 나왔다. 투명한 볼도 아까보다 훨씬 더 발갛게 도드라졌다. 왼쪽 심장에서 시작된 작은 박동이 가슴 전체로 무자비하게 퍼져 나갔다.

그녀가 젖은 옷을 내려다보며 한숨지었다. 잿빛 재킷 안에 입은 하얀 블라우스가 물기를 머금고 살갗에 찰싹 달라붙어 있었다. 이형은 목 끝까지 차오른 열기를 견뎌 내려 억지로 헛기침을 한번 내뱉고는 시선을 옮겼다.

저속한 의도는 없다고?

속으로 자문한 이형은 갑자기 단전 아래로 열기가 확 모여서 당황스러웠다.

"그래도 될까요?"

"그럼요."

이형은 아무렇지 않은 척 건조하게 대꾸했다. 몸에서 김이 나는 것은 아닐까, 하는 우려가 될 정도로 신열이 끊임없이 끓어오르고 있었다.

타인에 대한 객관적인 호의를 베푸는 것처럼 그녀와 함께 집으로 들어섰다.

"그럼 실례하겠습니다."

예의를 갖춘 그녀의 말끝도 어쩐지 조심스럽게 떨렸다. 이형은 얼른 공용 욕실에 들어가 커다란 배스 타월을 꺼내 왔다. 거실에 어색하게 서 있는 그녀의 몸을 타월로 감싸려고 했을 뿐인데, 힘 조절을 잘못한 탓에 그녀의 몸을 품으로 쭉 잡아당긴 꼴이 되어 버렸다.

"엄마야."

그녀가 놀란 소리를 낸 순간, 비에 젖은 그녀의 발이 대리석 바닥에서 쭉 미끄러졌다. 이형은 얼른 두 팔로 그녀의 등허리를 받쳐 안았다. 젖은 블라우스가 마찬가지로 젖은 드레스 셔츠에 맞닿았다.

심장이 목구멍에서 뛰는 것처럼 팔딱거렸다. 그녀가 까만 눈을 동그랗게 뜬 채로 이형을 올려다보고 있었다.

"가까이서 보니까."

그녀의 숨결이 코끝을 간질간질하게 건드릴 정도까지 와 닿았다.

"더 잘생기셨네요."

품에 안긴 여자가 위험한 줄도 모르고 너무 예쁘게 웃었다. 그녀의 입가에 머무는 미소에서 달콤한 맛이 날 것 같았다. 이형은 천천히 고개를 내려 그녀의 입술을 살짝 머금었다. 그녀의 몸이 빳빳하게 굳는 게 느껴졌다.

분위기가 이게 아닌데 실수했나 싶어서 고개를 들었다. 그녀가 눈을 감은 채로 더운 숨을 내쉬고 있었다.

"이게, 끝이에요?"

당돌하게 묻는 그녀의 목소리 끝이 파르르 떨렸다.

"아니요."

이형은 다시 한 번 입술을 붙이기 전 물었다.

"어디까지 해도 됩니까?"

그녀가 대단히 흥미로운 질문을 받았다는 듯이 눈동자를 도로록 굴렸다.

"글쎄요. 해 봐야 알 것 같은데요?"

그리 대답하는 여자의 얼굴이 너무도 귀여워서 이형은 하마터면 그녀의 등허리를 받치고 있는 팔에서 힘이 빠질 뻔했다. 이번에는 아까보다 더 느릿하게 입술을 겹쳤다. 윗입술과 아랫입술을 천천히 빨고 혀로 그녀의 입술 사이를 할짝거렸다. 꾹 다물렸던 부드러운 틈이 조심스럽게 벌어졌다.

"으응."

혀가 부드럽게 엉키자 그녀가 앓는 소리를 내며 이형의 가슴팍에 달라붙은 젖은 셔츠를 꽉 움켜잡았다.

"하아."

잠시 입술이 떨어졌다. 열기로 데워진 숨이 흐르고 입술은 더욱 깊게 맞물렸다. 이형은 저도 모르게 그녀를 소파로 밀어붙이고 있었다.

그녀의 종아리에 소파 아랫부분이 닿았고, 그녀의 몸이 뒤로 넘어가는 게 느껴졌다. 이형은 가만히 눈을 떠 그녀를 내려다보았다. 예쁜 눈꼬리가 붉게 젖어 있었다. 마치 무언가에 취한 듯 그녀를 품에서 떼어 놓기가 힘들었다.

"어때요?"

더 해도 되느냐는 물음을 하고 있었다. 그녀가 슬쩍 고개를 끄덕거렸다. 하지만 붉게 달아오른 눈빛에는 긴가민가한 두려움이 어려 있는 것도 같았다. 이형은 그녀를 소파에 앉히고 상체를 숙여 입을 맞추었다. 마음 같아서는 젖은 블라우스를 헤집고 풍만한 그녀의 가슴을 만지고 싶어서 손끝이 저릴 정도였다.

"으음. 하아."

여리게 앓는 소리와 더운 숨이 뒤섞였다. 이형의 입술이 그녀의 목덜미에 닿았을 때였다.

"제가 너무."

그녀가 다급한 목소리로 속삭였다. 이형은 살갗에서 입술을 살짝 떼어낸 채로 멈칫했다.

"너무 빨리 이형 씨 개인적인 영역에 들어온 거 아닌가요?"

아랫입술을 지그시 말아 무는 게 시선 끝에 걸렸다. 입술이 얼얼할 정도로 키스를 나누었는데도 그녀가 내비치는 공손한 거리감은 지독하게 매력적이다. 또 아까 그녀의 눈빛에 어렸던 긴가민가한 두려움의 정체는 육체와 이성적 거리가 따로 노는 괴리감에서 오는 듯했다.

"주희 씨는 앞으로."

이형이 열기로 탁해진 목소리로 덧붙였다.

"얼마든지 그래도 돼요."

그녀에게서 느껴지는 다정하고 친절한 간격, 절대로 그녀가 이형의 지극히 사적이고 어두운 이면까지 함부로 침투하지는 않을 거라는 확신이 들었다. 신체 접촉에는 대범하게 굴면서도 깊게 파고들지 말라는 듯이 경계하는 그녀의 눈빛은 위험한 세상을 홀로 떠도는 길고양이처럼 도도했다.

입술은 또다시 깊게 맞물렸다. 이형은 그녀의 어깨를 끌어안은 채로 오래도록 말랑말랑한 입안을 어르고 달랬다.

"으으음. 음."

가쁜 숨결이 뺨을 타고 흘렀다. 그녀는 이형의 팔뚝을 움켜잡은 채로 혀를 얽고 헐떡거렸다.

"하아."

가까스로 입술을 뗀 이형은 반듯한 이마를 그녀의 어깨 위에 얹고 숨을 골랐다. 머릿속이 순식간에 탈색된 것처럼 아무런 생각도 나지 않았다.

더 가까이 닿고 싶다. 그녀를 품에 안고 싶다는 열망이 기이할 정도로 빠르게 끓어올랐다. 이형이 고개만 슬쩍 돌려 그녀의 목덜미에 입술을 가져다 댔다.

"좀."

그녀가 깊은 한숨을 내쉬며 운을 뗐다. 그녀의 목덜미에 이형의 입술이 닿을 때마다 그녀가 다급해지는 것 같았다.

"좀?"

이형은 그녀가 한 말을 탁한 목소리로 그대로 되물었다.

"씻고 싶은데요. 종일 일하고 왔는데, 비까지 맞아서……. 이 상태로는 못 하겠어요."

그녀는 사랑스러운 목소리로 조용히 읊조렸다. 이형은 단숨에 상체를 들어 올렸다. 그러고는 공용 욕실로 그녀를 안내했다.

그녀는 대단한 에스코트라도 받은 것처럼 웃는 낯으로 고개를 까딱거리고는 욕실 문을 닫았다. 이형은 얼른 침실에 달린 욕실로 향했다. 빠르게 샤워를 마친 뒤, 드레스룸 서랍 깊은 곳에 넣어 두었던 콘돔을 꺼냈다.

로젠쉴트 가문에서는 별의별 참견을 다 했고, 여자를 만나는 것은 좋지만 후계가 결정될 때까지 아이를 갖는 무책임한 짓은 저지르지 말라며 피임 용품까지 챙겨 주었다. 쓸 일이 없었기에 서랍에 처박아 둔 물건을 이형은 성물이라도 되는 양 집어 들었다.

오래 걸릴 거라고 예상은 했지만, 그녀는 10분 만에 샤워를 마친 이형

보다 세 배는 더 오래 씻는 것 같았다.

시간이 이렇게 초조하게 흐를 수가 없었다. 이형은 태어나서 처음으로 시간의 물리적 한계를 절감하는 중이었다. 1초가 흐르는데, 왜 1초만큼의 시간이 걸려야 하는 건지. 더 빨리 흐를 수는 없는지.

마침내 욕실에서 물소리가 멈췄다. 이형은 잽싸게 부엌으로 가 마치 느긋하게 따뜻한 차를 준비하고 있었던 것처럼 처연하게 굴었다.

"안이형 씨?"

욕실 문이 빠끔히 열리는 소리가 집 안을 묵직하게 울리는가 싶더니, 그녀가 이형을 부르는 소리가 들려왔다.

"네."

이형은 아무렇지 않다는 듯이 나직하게 대답했다.

"제가 입을 옷이 마땅치 않은데요."

이형은 하마터면 팔팔 끓는 물이 담긴 전기 포트를 발등 위로 떨어뜨릴 뻔했다. 그녀가 실오라기 하나도 걸치지 않은 채로 김이 서린 욕실 안에 서 있을 거라고 생각하니 전신이 감전이라도 된 듯 떨렸다. 이형은 표 나지 않게 목을 한번 가다듬고는 대꾸했다.

"잠시만요."

얼른 드레스 룸으로 달려가 검은색 드레스 셔츠 하나와 한 번도 입지 않고 정리해 둔 새 속옷을 하나 꺼냈다. 이 정도면 되나, 싶은 의문이 들면서도 이형은 어느새 공용 욕실로 걸음을 옮기고 있었다.

"이거면 될까요?"

그녀가 욕실 밖으로 손을 내밀어 이형이 건넨 옷을 받아 들었다. 달칵, 하는 소리와 함께 문이 닫혔다. 심장이 걷잡을 수 없이 빠르게 뛰었다.

이형이 다시 부엌으로 향하려는데, 등 뒤에서 욕실 문이 열리는 둔중한 소리가 들려왔다.

"이건."

샤워를 한 탓인지 젖은 듯 느껴지는 그녀의 목소리를 들으며 천천히 돌아섰다.

"차마 못 입겠더라고요."

그녀의 손에 이형의 속옷이 들려있었다. 그녀는 지금 검은색 드레스 셔츠 한 장만을 걸치고 있다는 의미였다.

이형은 제 드로즈를 들고 있는 그녀의 손끝에서 그녀의 얼굴로 천천히 시선을 옮겼다.

"한 번도 안 입은 건데요?"

그녀가 못 참겠다는 듯이 웃음을 터뜨리고는, 실례라고 생각했는지 얼른 표정을 단속했다. 그녀의 젖은 머리카락에서는 물방울이 똑똑 떨어지고 있었다.

달랑 드레스 셔츠 한 장만 입고 있는 여자는 완벽해 보였다. 신화 속 미의 여신의 현신이라고 해도 믿길 만큼 아름답고 매혹적이었다. 똑같은 보디 용품을 썼는데도 그녀의 달콤한 체취와 섞인 향은 이형의 후각을 뭉근하게 자극했다.

"그런 의미가 아니고요."

그녀는 눈꺼풀을 슬쩍 내리깐 채로 대꾸했다. 이형은 그녀가 내민 드로즈를 그제야 받아 들며 머쓱하게 웃었다.

"내가 이형 씨 속옷을 입는 건……."

겨우 두 번 만났을 뿐이지만, 그녀의 성격은 시원시원하고 대범한 편에 속하는 듯했다. 해야 할 말을 부드럽고 재치 있게 내뱉는 재주도 탁월했다.

"어릴 때 빨대를 같이 쓰면 간접 키스라고 난리를 치곤 했거든요. 그럼 제가 이형 씨 속옷을 입으면 그건 간접 섹스가 되는 건가요?"

그녀가 짓궂은 웃음기를 숨기려고 애쓰는 얼굴로 진지하게 물었다.

"네?"

이형은 장난인 줄 알면서도 귓불까지 발갛게 달아오르고 말았다. 그녀는 야한 농담을 깜찍하게 내뱉으며 사람을 꼼짝 못 하게 하는 재주도 있었다.

"뭐든 간접은 별로 안 좋아해서."

그녀가 한쪽 입술 끝에 발칙한 웃음기를 물었다. 이형은 더운 숨을 자잘하게 내뱉으며 물었다.

"그럼 직접적인 걸 더 좋아한다는 의미네요?"

굳이 대답을 들을 필요는 없어 보였다. 그리고 그녀의 대답을 들으며 더 이상의 말장난을 지속할 수 없을 만큼 몸은 한계에 다다랐다.

성큼 다가서 그녀의 허리를 커다란 손으로 부드럽게 움켜쥐었다. 고개를 내리자 그녀가 눈을 가라뜨며 이형의 입술을 바라보았다. 입술이 부드럽게 맞닿았다. 이형은 그녀의 입술을 핥을 새도 없이 안으로 파고들었다.

"으응."

그녀의 가느다란 팔이 이형의 목에 둘린 순간, 이형은 무릎을 굽히며 매끄러운 허벅지를 받쳐 안았다.

"하아."

입술이 가까스로 떨어졌다. 이마를 맞댄 채로 덥고 벅찬 숨이 뒤섞였다. 이형은 침대에 그녀를 눕히고 이마 위에 흘러내린 머리카락을 뒤로 넘기며 잠시 숨을 골랐다. 아슬아슬하게 올라간 드레스 셔츠 아래로 그녀의 하얀 다리가 쭉 뻗어 있었다.

가느다란 다리의 보드라운 살갗을 손바닥으로 조심스럽게 쓸어 올리자, 그녀가 낮게 숨을 내쉬었다. 이형은 굳이 껴입은 니트와 티셔츠를 벗어서 침대 아래로 떨어뜨렸다. 그녀가 눈썹을 들썩이며 연한 미소를 머금었다.

"그 눈동자, 한번 핥아 봐도 됩니까?"

이형이 상체를 숙이며 물었다. 그녀가 눈살을 찌푸리며 되물었다.

"뭘 핥아요?"

"단맛이 날 것 같아서."

앞머리가 흐트러진 이마에 입을 맞추고, 내려진 눈꺼풀 위로 입술을 옮겨갔다.

"으응."

기다란 속눈썹을 혀끝으로 들치고 눈을 슬쩍 핥자, 대범하게 굴던 그녀가 움찔하는 게 느껴졌다. 제 밑에 누워서 어쩔 줄 몰라 하는 여자의 모습이 이렇게 자극적일 줄은 미처 몰랐다. 손을 내려 그녀가 입고 있는 드레스 셔츠의 단추를 풀어 내려갔다. 단추는 놀랍게도 드문드문 잠겨 있었다.

"단추를 잠그다 말았네요?"

"굳이 힘들게 할 필요는 없으니까요."

그녀의 솔직한 말투에 수줍은 웃음기가 배어났다. 이형은 미소가 물린 그녀의 입술을 집어삼켰다. 입안으로 쭉 빨려 들어오는 말캉한 입술을 깨물고, 헤집으며 드레스 셔츠를 완전히 벗겨 버렸다.

가슴을 물큰 움켜잡았다. 그녀의 젖은 블라우스를 처음 발견했을 때부터 손에 넣고 싶었던 부드러운 살덩이가 유연하게 이지러졌다.

"으응."

그녀는 신음을 흘리며 발가락 끝으로 이형의 허리춤을 더듬었다. 간질간질한 감각이 등줄기를 타고 목덜미까지 타고 올랐다. 이형은 그녀의 발끝을 잡고, 매끄러운 다리를 허리에 감았다. 바지와 드로즈를 동시에 내려 버리고는 몸을 바짝 밀어붙였다.

통통한 허벅지 안쪽에 무섭도록 일어난 남성이 비벼졌다. 부드럽지만 날카로운 자극이 가장 예민한 곳을 끊임없이 건드렸다.

"으으응."

그녀가 내는 앓는 소리가 듣기 좋았다. 이형은 그녀의 입술을 빨고 핥던 입술을 내려 목 안쪽에 입을 맞춘 뒤 꼿꼿하게 올라선 가슴을 물어 삼켰다.

"흐음."

아직 물기가 다 가시지 않은 짧은 머리카락 사이로 그녀의 얇은 손가락이 파고들었다. 목덜미에 머물던 전율이 두피를 간질간질 타고 올랐다.

"하아."

이형은 입안 가득 물고 있던 가슴 위로 더운 숨을 흘렸다. 분홍빛이던 젖꽃판과 유두가 새빨갛게 물들어 번들거렸다. 고개를 들어 받은 숨을 내뱉는 그녀를 바라보았다. 그녀의 눈꼬리도 가슴 끝처럼 물들어 있었다. 그녀의 젖은 눈가를 바라보며 손을 내려 물길을 더듬었다.

"으응."

예쁘게 찌푸린 미간에 단숨에 열기가 고인다. 이형은 더는 시간을 끌 수 없을 것 같아서 단번에 몸을 일으켜 앉았다. 단단하게 올라붙은 성기에 콘돔을 씌우고, 곧바로 몸을 내렸다.

살갗과 살갗이 맞닿았다. 더욱 뜨거운 열기를 발산하는 쪽은 이형이었고, 그래서 그녀의 피부는 조금 서늘하게 느껴졌다. 서로 다른 온도를 지닌 몸이 얽히기 시작했다. 이형은 그녀의 검은 눈동자를 내려다보며 입구에 물건을 비벼 댔다. 애액이 주르륵 흘러내려 손에도 묻어났다.

허리를 슬쩍 움직여 좁은 틈새를 파고들었다.

"하아."

선단에서 시작된 압박감은 이형의 몸을 통째로 집어삼키려는 것처럼 굴었다. 이형은 그녀의 입술을 입에 물고 양껏 빨아들였다.

"으응."

그녀가 신음을 내뱉는 순간, 안 그래도 좁은 내벽이 바짝 좁아졌다.

"하아."

힘겹게 반을 밀어 넣자, 그녀의 몸이 위로 밀려 올라갔다. 좁아도 너무 좁아서 화가 치밀 정도였다. 성기를 반을 물린 채로 이형이 속삭였다.

"힘 좀 풀었으면 좋겠는데요?"

그녀가 약간은 당황한 눈빛으로 이형을 바라보았다. 간접 섹스가 어쩌고 떠들며 관계에 익숙한 듯 보였던 여자의 모습이 아니었다. 무구한 빛이 스민 그녀의 눈빛은 그대로 사랑스러웠다. 이형은 본능적으로 좁은 물길을 드나들었던 남자가 한 명도 없었음을 깨달았다.

"문을 두드린 사람이 내가 처음인가 보네요."

이형은 정중한 어조로 물었지만, 색기에 가라앉은 음성은 탁했다. 그녀는 수줍게 웃으며 이형의 목을 끌어안으려 했다.

"그럼, 실례하겠습니다."

또 정중히 인사하며 허리를 깊숙이 쳐올렸다.

"흐응."

그녀가 앓는 소리를 내며 눈을 질끈 감았다. 예민한 살갗을 완전히 집어삼킬 듯 조여 오는 압박감에 이형도 밭은 숨을 내뱉었다. 하마터면 생전 입 밖으로 낼 일 없는 욕설을 지껄일 뻔했다.

심장이 터질 듯이 뛰어 댔다.

완전한 소유, 태어나서 한 번도 느껴 보지 못했던 생경한 감각은 낯설지만, 기분 좋은 포만감과 만족감을 안겨 주었다.

이형은 팔꿈치로 그녀의 어깨 위쪽 매트리스를 짚었다. 그러고는 두 손으로 그녀의 이마와 머리를 감싸고 여린 표정을 살폈다. 열기가 고인 미간, 눈물이 맺힌 눈꼬리, 붉게 변한 두 뺨, 더운 숨을 내뱉는 마른 입술을 내려다보며 천천히 허리를 움직였다.

"아아."

그녀의 신음에도 예민하게 귀를 기울였다. 자신이 움직일 때마다 그녀가 어떻게 반응하는지 관찰하며, 이형은 그녀의 성적 취향 하나하나를 제 것으로 만들어 갔다.

"흐으응, 이형 씨! 으음. 아아!"

신음을 내뱉으며 어깨를 옹송그리는 그녀의 사랑스러운 모습은 심장을 무자비하게 자극했다.

"하아."

앓는 소리가 이형의 목울대에서도 여과 없이 흘러나왔다. 목덜미를 끌어안는 손길은 부드러웠지만, 힘이 들어가 있었다. 세상을 홀로 떠다니던 부유물 같았던 삶을 붙잡아 줄 사람이 생긴 것 같았다. 심장은 터질 것처럼 뛰어 대는데, 가슴은 평온하게 가라앉는 기이한 밤이었다.

"좋아하는 음악은요?"

"최신곡보다는 오래된 노래요."

이형은 그녀의 입가에 묻은 아이스크림을 엄지로 닦아 혀로 핥았다. 그런 모습을 지그시 바라보던 그녀의 눈가에 웃음이 물렸다.

"얼마나 오래된 노래요?"

"글쎄요."

"나는 어디선가 들어본 듯한 노래가 좋더라고요. 그래서 나도 오래된 노래가 좋아요."

이형은 그녀의 대답에 빙긋이 웃었다.

"혹시 이 노래 알아요?"

이형은 음원 사이트에서 오래전 발매된 음악 하나를 골랐다. 가방에서 줄이 긴 이어폰을 꺼내 한쪽을 그녀의 귀에 꽂아 주었다.

"오래된 걸 좋아하는 건 노래만이 아닌가 봐요?"

그녀는 낡은 이어폰을 가리키며 미소 지었다. 그 미소는 시대를 따라가지 못하는 듯 보이는 버릇에 대한 섣부른 나무람이 아닌, 친근한 호기심의 표현이었다.

"선 없는 이어폰은 못 믿겠어요. 갑자기 블루투스 연결이 끊겨서 소리가 밖으로 새어 나오면 어떡해요?"

이형은 노래를 재생하려다 말고 대꾸했다. 그러자 그녀가 이형에게 얼굴을 바짝 들이대며 목소리를 낮춰 물었다.

"아, 블루투스 연결이 갑자기 끊겨서 밖으로 새어 나오면 좀 곤란한 걸 듣기도 하나 보죠?"

야한 농담을 건네는 그녀의 표정은 이번에도 진지했다. 이형은 빠르게 눈을 굴려 아이스크림 가게 안을 살핀 뒤, 그녀의 입술에 쪽 소리가 나도록 입을 맞췄다.

"갑자기?"

그녀가 키스의 이유를 물으며 눈을 동그랗게 떴다.

"예쁜 말 골라서 할 때마다 하려고요."

이형이 뻔뻔하게 속삭이자, 그녀가 장난스러운 웃음기를 가득 물었다. 그녀의 기분 좋은 웃음을 바라보며 음악을 틀었다. 하나씩 나누어 낀 이어폰은 마치 두 사람을 연결해 주는 설화 속 붉은 실처럼 느껴졌다.

『I maybe wrong, but I think you're wonderful』

내가 틀렸을지도 모르겠지만, 내 생각에 당신은 멋진 것 같아요.

엘라 피츠제럴드의 끈적거리는 목소리가 한쪽 귓가를 가득 울렸다. 그녀는 턱을 괸 채로 이형을 바라보았다. 지그시 바라보는 눈길에는 애정이 가득했다. 이형이 잠시 한눈을 판 사이 그녀가 이형의 입술에 쪽 소리가 나도록 입을 맞췄다.

"갑자기?"

이형은 그녀가 했던 물음을 그대로 되돌려 주었다.

"나는 내가 하고 싶을 때마다 하려고요."

기분 좋은 웃음이 터져 나왔다.

하고 싶을 때.

이형은 그녀가 한 말을 가만히 속으로 되씹었다. 그의 인생에 있어서 '해야 할 때'만 있었을 뿐, '하고 싶을 때'는 존재하지 않았다.

사람은 자신이 갖지 못한 면을 지닌 사람에게 끌린다고들 한다. 이형은 그녀에게 속절없이 빠져드는 것을 느꼈다. 그렇다고 그녀가 이형과 정반대의 기질만을 골라 가진 사람이라고 볼 수는 없었다.

벌써 몇 번이나 몸을 섞었는데도, 그녀는 적당한 거리감을 두며 예의를 차렸다. 육체적 친밀감을 빌미로 지독하게 사적인 영역에 함부로 침범하려 드는 무례를 범하지도 않았다. 그건 이형도 마찬가지였다.

서로 좋아하는 것, 싫어하는 것에 대해, 하다못해 맑게 갠 봄 하늘을 바라보며 시답잖은 이야기를 나누는 것도 즐거웠다.

하찮은 일이 완벽한 인생을 만든다고 했던 어떤 이의 말이 가슴 절절하게 와닿았다. 그렇다고 그녀의 존재감이 하찮다는 의미는 아니었다. 그녀는 더없이 소중한 존재로 가슴 속에 자리매김하고 있었다.

늘 조건이 맞는 상수를 공식에 넣고, 답이 정해져 있는 삶을 살아왔다. 그녀는 이형이 선택한 유일한 변수였고, 가장 소중한 값어치였다. 만약 신이 기회를 주어 세상에서 가장 유일한 선택을 할 수 있다면, 이형은 주저 없이 그녀를 선택할 것이다.

그녀와 만나는 시간이 늘어갈수록 확신은 신념이 되어 갔고, 로젠쉴트 가문의 후계 자리는 아득히 먼 타인의 일처럼 느껴졌다.

"자석이 가진 자기력(磁氣力)처럼 주희 씨가 날 끌어당기는 힘이 차곡차곡 쌓여서, 여기 있는 바늘은 늘 유주희 씨가 있는 곳으로만 향한다고요"

심장 위에 그녀의 손을 얹고 고백했었다. 한 번도 자신이 가야 할 길을 희망차게 바라보지 못했던 이형에게 그녀는 새로운 삶의 방향성을 제시해 주는 듯했다.

꿈꿔 오지 못했던 모든 것을 가능하게 해 줄 수 있을 것만 같은 느낌. 서로를 진심으로 생각해 주는 이들이 함께 가꾸어 가는 삶에 대한 진지한 고민도 가끔 해 보았다. 그녀와 결혼을 하고, 아이를 낳고, 아주 평범한 사람들처럼 세상을 살아가는 미래를 상상해 본 적도 있었다.

하지만 그녀는 '그냥'이라는 사랑에 대한 무책임한 단어 하나로 이형과 헤어졌다.

그녀가 떠남과 동시에 삶은 격랑을 맞은 것처럼 환란 속에 빠져들었다. 로젠쉴트 가문의 후계가 되고 다시 그녀를 맞닥뜨렸을 때, 이형은 다짐했다.

그녀가 무슨 이름으로 불리든, 그녀는 자신의 여자라고.

그 결심은 지금도 변하지 않았다. 아마 평생을 살아도 변하지 않을 유일한 마음일 것이다.

이형, 아니 이제 카를하인츠 로젠쉴트로 이름이 바뀐 남자가 마주 앉은 여자를 물끄러미 바라보았다. 그녀는 이제 유주희도 루나 송도 아닌 카를의 아내 루나 로젠쉴트였다.

"나는 에일 한 병이랑, 생굴 요리 먹을래요. 당신은?"

그녀는 1980년대에 유행하던 레트로 팝아트가 그려진 메뉴판을 테이블 위에 내려놓으며 물었다. 웃음기를 머금은 까만 눈동자가 카를을 향하자, 그의 입가에도 부드러운 웃음이 물렸다.

"나는 흑맥주 한 병이랑 당신이 고르려다가 만 거."

약간은 들뜨고 낮은 목소리가 카를에게서 흘러나왔다. 카를은 세상에서 가장 좋은 것뿐 아니라, 그녀가 고르지 못하고 갈팡질팡하다가 아쉽게 버린 선택지까지도 그녀의 품에 안겨 주고 싶었다.

"에일 한 병, 흑맥주 한 병, 생굴 요리 한 접시, 그리고 피시 앤 칩스 하나 주세요."

그녀는 웨이터를 향해 예의 전형적인 미소를 건네고는 주문을 마쳤다. 카를은 팔을 뻗어 그녀의 어깨를 가슴팍으로 당겨 안았다.

두 사람은 푹신한 야외 소파에 나란히 앉아 있었다. 그녀는 빼는 구석 없이 카를의 품에 폭 안겼다. 앞에 놓인 기다란 대리석 테이블 가운데에서는 직사각형 모양의 유리 박스에 들어 있는 에탄올 난로의 불길이 멋스럽게 타올랐다.

이제 4월 초, 해가 바뀌고 봄이 되었어도 런던 템즈 강변의 바람은 서늘했다. 이따금 호화로운 불빛으로 장식된 유람선이 타워 브릿지 아래로 지나갔다.

"그거 알아요? 나는 어른이 될 때까지 저 다리 이름이 런던 브릿지인 줄 알았어요."

밤이 되어 빨갛고 파란 불빛이 휘황하게 빛나는 다리를 바라보며 그녀는 어린 시절을 회상하는 목소리로 경쾌하게 떠들었다.

"나도."

빅토리아 스타일의 교각과 두 개의 고딕 양식 탑이 우뚝 솟아 있는 다리는 영국의 국회의사당 건물과 함께 교과서 표지로 심심찮게 등장했었다. 런던의 랜드마크 중 하나인 터라 흔히들 그 다리의 이름이 런던 브릿지일 거라고 착각하곤 한다.

"실제로 런던 브릿지는 참 심심하게 생겼더라고요."

그녀는 약간은 실망했다는 투로 읊조렸다.

"올드 런던 브릿지처럼 다시 멋지게 지으라고 할까?"

나지막한 물음에 그녀가 상체를 급히 일으켜 세웠다. 왼쪽 가슴을 온전히 차지하고 있던 그녀의 몸이 떨어져 나가자 횡한 바람이 불었다.

"진심이에요?"

고개를 모로 돌린 그녀가 미간을 살짝 찌푸린 채로 물었다.

"응. 나는 단 한 번도 너한테 진심이 아닌 적 없었어."

카를은 그녀의 미간을 엄지로 살근살근 문지르며 대꾸했다. 그녀의 양 볼이 금세 붉게 물들었다. 새침하게 눈을 한 번 흘긴 그녀가 입을 삐죽거리며 과장되게 떠들어 댔다.

"복스홀 크로스 건물부터 핑크색으로 칠해 주시죠, 로젠쉴트 씨."

영국식 악센트를 흉내내며 도도하게 턱을 치켜드는 모습에 카를은 장난기가 발동했다.

"그럴까요, 부인? 핑크색에도 종류가 많은데, 어떤 핑크를 원하죠?"

카를은 그녀의 허리를 세게 당겨 안았다. 그녀의 한쪽 다리가 자연스레 카를의 허벅지와 겹쳐졌다.

"글쎄요. 그건 페인트 회사에서 알아서 할 일이죠."

카를은 여전히 꼿꼿하게 장난질을 해 대는 그녀의 귓불을 살짝 물었다. 그녀가 당황스러운지 흠, 하고 목을 가다듬었다. 그녀의 두 뺨은 더욱 발갛게 물들었다.

당신이 수줍어서 붉히는 뺨만큼이나 예쁜 핑크색으로 칠할까, 하는 질문이 떠올랐다. 하지만 열댓 살 먹은 어린 애도 아니고, 좀 더 어른스러운 질문을 해야 하지 않겠는가.

카를은 그녀의 귓가에 대고 따스한 숨결을 먼저 불어 넣었다. 그녀가 어깨를 옹송그리며 단단한 가슴팍으로 상체를 기울였다.

"위쪽에 있는 꽃판 색이 좋을까, 아니면 아래쪽에 있는 젖은 핑크색이 좋을까."

귓불 옆으로 소름이 하르르 돋아나는 모습이 눈에 들어왔다. 부드러운 솜털이 일어나는 모습을 보고 있는 것만으로도 카를은 전신에 전율이 이는 듯했다.

"카를."

그녀가 나무라듯 그의 이름을 불렀다. 수줍게 달뜬 목소리로 색기를 너울거리며 꾸짖는 투로 이름을 부를 때마다, 카를은 그녀를 깔아 눕히고 싶은 충동에 휩싸였다.

"꼭 여기서 맥주를 마셔야겠어?"

카를이 낮게 끓는 목소리로 물었다. 타워 브릿지가 보이는 야외 바에서 맥주를 마시는 것은 그녀가 CIA를 은퇴하고 적어 두었던 버킷 리스트 중 하나였다.

"꼭 한 병 다 마시고 올라가야겠어요."

그녀는 눈을 부릅뜨며 또박또박 대꾸했다. 카를이 한껏 달아오른 것을 알아차린 그녀는 그를 안달 나게 하려고 작정한 듯 보였다. 카를은 그녀의 등허리를 감싸 안은 채로 리듬을 타듯 손가락으로 두드렸다.

겨우 손가락으로 등줄기를 두드렸을 뿐인데, 그녀가 어깨를 귀밑까지 올리며 바짝 긴장하는 게 눈에 들어왔다.

"점잖게 굴어요, 로젠쉴트 씨."

"너무하네. 내가 뭘 했다고?"

카를은 억울한 눈빛으로 그녀를 바라보았다.

"지금 이 손."

"이 손은 지금 나쁜 짓을 하나도 하지 않았어. 단지 음악에 손가락 장단을 맞추고 있을 뿐이잖아?"

커다란 스피커에서는 빌리 아일리시의 노래가 흘러나오고 있었다.

"그럼 계속 그렇게 얌전히 있는 거예요. 알겠죠?"

예쁜 미소를 머금은 그녀가 카를의 허벅지 위에 겹치고 있던 왼쪽 다리를 은근히 움직였다. 그녀의 무릎 옆쪽이 반쯤 선 물건을 슬쩍 스쳤다.

"로젠쉴트 부인, 체통을 지키시죠."

카를은 불량한 어조로 그녀에게 경고했다.

"어머, 미안해요. 오늘 내셔널 갤러리에서 너무 오래 걸었더니, 다리가 좀 아파서."

그녀가 일부러 다리를 쭉 뻗으며 카를의 허벅지 사이를 은근하게 눌렀다.

"루나."

카를이 그녀의 이름을 조용히 불렀다.

"우리가 밤새도록 여기 있을 건 아니잖아? 뒷일을 감당하려면 적당히 해야지."

그녀가 난처하다는 듯이 웃었다.

"나는 세상에서 '적당히' 라는 말이 제일 어렵더라고요. 사람마다 '적당히' 의 기준이 다르잖아요? 나는 지금 적당히 하고 있는데?"

카를은 한숨을 집어삼키며 눈을 지그시 감았다. 그녀가 은근한 압박을 해 오며 요염한 웃음을 물기 시작했을 때부터 물건이 빳빳하게 치솟긴 채로 아프도록 맥동했다.

이윽고 맥주와 요리가 나왔다. 속이 탄 카를은 웨이터가 잔에 따라 준 맥주를 단숨에 들이켰다. 그녀는 예쁜 미소를 머금으며 카를의 입가에 묻은 맥주 거품을 혀로 핥는 여유까지 부렸다. 카를은 붉은 날이 선 눈빛으로 그녀를 노려보다시피 했다.

"무서워서 맥주 마시다가 체하겠네."

그녀가 맥주를 들이켜며 곁눈질로 카를을 흘긋거렸다. 카를은 팔을 넓게 벌려 소파 등받이 위에 올렸다. 갑작스럽게 붙어 있던 상체가 떨어진 탓인지 그녀가 의문스러운 눈빛으로 카를을 바라보았다.

"느긋하게 마시라고. 얼마든지 기다려 줄 테니까."

당장 여기서 그녀의 스커트를 들치고 싶은 지경이었지만, 카를은 도리어 여유를 부렸다. 극과 극은 묘하게 더 자극적이고, 더 잘 통하는 법이다.

그녀는 반쯤 마신 맥주 컵을 내려놓고는 주변을 경계하는 고양이처럼 눈빛을 빛냈다.

"좀 피곤하네요."

느른하게 기지개를 켠 그녀가 고개를 이리저리 돌리며 목을 풀었다.

"피곤할 만도 하지. 그렇게 돌아다녔는데. 올라갈까?"

오늘 종일 런던 시내 관광에 열을 올린 그녀였다. 카를은 색기를 싹 지운 미소를 지으며 먼저 자리에서 일어나 그녀에게 정중하게 손을 내밀었다. 신사적인 에스코트를 하겠다는 듯이 굴자, 그녀가 작은 손을 카를의 커다란 손 위에 겹치며 웃었다.

아슬아슬한 성적 긴장감이 손끝에서부터 감질이 나도록 천천히 퍼져나갔다.

새벽녘 문득 눈을 떴을 때, 그녀는 창가 테라스에 앉아 있었다. 로젠쉴트 가문의 상징인 장미 내음이 어스름한 대기를 화려하게 불들인 초여름이었다.

기척을 크게 내지도 않았는데, 그녀가 침대에 우두커니 앉아 있는 카를에게 시선을 돌렸다. 카를은 몸을 일으켜 나이트가운을 걸치고 테라스로 나갔다.

"왜 안 자고."

구름 한 점 지나지 않는지, 하늘은 맑은 파랑으로 개이고 있었다. 어둠을 밀어내는 새벽빛의 기운은 가슴을 뭉근하게 뛰게 했다.

"자다가 잠깐 깼어요. 물 한 잔 마시고 다시 자려고 했는데, 바깥 공기가 너무 좋아서."

어스름한 어둠이 걷히는 것은 하늘뿐만이 아니었다. 그녀의 표정에서 옅어지는 그늘의 찌꺼기가 느껴졌다. 카를은 의자를 끌어다 그녀와 마주 앉았다. 실크 나이트가운 위에 오른 작은 손을 잡았다. 차가운 온도를 느낀 순간, 등줄기를 타고 불안한 소름이 끼친다.

"안 좋은 꿈이라도 꾼 거야?"

조심스럽고 다정한 물음에 그녀는 흐리게 웃으며 고개를 내저었다.

그녀는 CIA를 그만두고 난 뒤, 안식년을 갖는 중이었다. 아직 공부를 시작도 안 했는데도, 그녀를 교수로 초빙하고 싶다는 대학들이 앞다퉈 나타났다. 정치권과 각종 NGO에서도 그녀에게 함께 일을 하고 싶다고 연락을 해 왔지만, 그녀는 모든 제안을 마다했다.

일종의 번 아웃인가?

그녀는 하미드 모사드를 위해 CIA가 되었고, 끝내 하미드는 죽음으로 그녀에게 상처가 되었다. 아무렇지 않은 척하지만, 그녀는 성인이 된 후로 가졌던 삶의 가장 큰 목적과 이유를 잃은 거였다.

카를에게 루나는 삶의 전부였다. 그건 확언할 수 있는 진실이었다. 하지만 인생 전부를 사랑만으로 채울 수는 없다는 것, 씁쓸하고도 당연한 삶의 대원칙이다. 카를은 루나의 뺨 위에 흩어진 머리카락을 조심스럽게 모아서 귀 뒤로 넘겨 주었다. 귓가에 손끝이 살짝 닿았을 뿐인데 그녀의 속눈썹이 파르르 떨렸다.

갑자기 서러워서 눈물이라도 흘리려는 건가?

그녀에 대한 카를의 집중력은 언제나 놀라울 정도로 빠르고 높았다.

"왜 그래?"

나지막하고 다정한 목소리로 물었다.

"좀."

그녀의 입술 끝이 파르르 떨렸다. 떨리는 아랫입술을 말아 무는 그녀의 눈가에 물기가 어린다.

"허전한 것 같기도 하고."

카를은 미동도 없이 그녀를 바라보기만 했다. 번 아웃이 닥쳐서 힘들어하는 그녀 앞에서 내쉬는 숨조차도 조심스러웠다.

"미안해요. 괜한 얘기 해서. 걱정 말아요. 항상 외국에 나오면 눈코 뜰 새 없이 바쁘기만 했는데, 여기선 그렇지 않으니까. 차라리 바로 일을 할 걸 그랬나 봐요. 괜히 쉰다고 해서⋯⋯. 일은 그만둔 것도, 당신을 따라 스위스에 온 것도 내가 선택한 길이고⋯⋯. 내가 자초한 일이니까 이러면 안 되는데. 당신 앞에서 허전하다는 말이나 하고."

그녀가 울먹거렸다.

"아니야, 아니야."

카를은 고개를 홰홰 내저으며 자상하게 덧붙였다.

"당신이 힘들어하면 당연히 내가 들어 줘야지. 누가 들어 줘?"

그녀가 손가락 등으로 눈가에 눈물을 훔쳤다.

"어떻게 허전한지 말해 줄 수 있어?"

그녀는 천천히 고개를 내저었다.

"그냥."

물기 어린 목소리가 짠했다. '그냥'이라는 말이 얼마나 파급력이 큰 무서운 말인지, 그녀는 모를 것이다. 그녀는 '그냥'이라는 말로 카를을 떠났던 적도 있었다.

"들어갈까요? 좀 추운데."

새벽 공기가 제법 서늘했다. 카를은 그녀를 안아 들고 침대로 향했다.

침대에 나란히 몸을 눕히자, 그녀는 버릇처럼 카를의 넉넉한 품을 파고들었다.

"하고 싶어."

그녀가 조용조용한 목소리로 속삭였다. 카를은 얼른 나이트가운과 속옷을 벗고 그녀의 실크 잠옷 끈을 잡아 풀었다.

입을 맞추는데 그녀의 뺨에서 물기가 느껴졌다. 가슴이 짜르르 아팠다.

"으응."

그녀가 여리게 신음하며 카를의 어깨를 감싸 안았다.

"안아 줘요."

이제껏 한 번도 말하지 않았을 뿐 적잖이 힘들었는지 그녀가 어리광을 부렸다. 카를은 그녀의 등허리 밑으로 팔을 넣어 꽉 끌어안았다. 매끈한 다리가 카를의 허리를 감쌌다.

카를은 침대 옆 협탁 서랍에 넣어둔 콘돔을 집으려 손을 뻗었다.

"으응."

그녀가 신음하며 두 다리로 카를의 몸을 옥죄었다.

"하아."

카를은 저도 모르게 더운 숨을 내뱉었다.

"떨어지기 싫어."

잠시도 몸을 떼고 싶지 않다는 듯이 그녀가 잘게 떨었다. 카를은 묵직하게 단단해진 몸으로 그녀의 좁은 살점을 파고들었다.

"으응."

얇은 막 하나도 없이 촘촘하게 맞닿은 살갗에서 느껴지는 예민한 감각에 눈꺼풀이 저절로 내려앉았다.

"으응. 아아. 아!"

카를은 쉴 새 없이 허리를 움직였다. 그녀가 느끼는 고독을 물리적으로 채우기라도 할 것처럼 부지런히 몸을 썼다. 그녀의 작은 몸은 카를의 품 안에서 여지없이 흔들렸다.

"흐으읏. 아아! 으읏!"

앓는 소리조차도 귀해서 카를은 그녀의 입술을 조심스럽게 물었다. 입 안으로 그녀의 더운 숨과 함께 신음을 흘러들었다. 어르고 달래듯 젖은 살을 핥고, 혀를 비볐다.

"으음."

그녀가 카를의 혀를 입에 문 채로 연신 빨아들였다. 작은 손이 카를의 어깨를 거머쥐었다. 단단한 몸에 매달리다시피 한 그녀는 골반을 들썩이며 몸을 한껏 조였다.

"으으응."

입술이 가까스로 떨어졌다.

"카를."

그녀가 카를을 앓듯이 불렀다.

"루나."

카를은 그녀가 앓고 있는 허전함에 대꾸하듯 이름을 불렀다. 그녀가 신음도 내지 못하고 몸을 파르르 떨었다. 물건을 꽉 물고 있는 좁은 물길도 격랑을 일으키듯 했다.

"흐음."

카를은 낮게 신음하며 파정했다. 뜨거운 살점으로 오롯이 사정하는 감각은 몸에 힘이 다 풀려 버릴 정도로 자극적이었다.

"하아. 무거워."

그녀가 한숨과 함께 내뱉은 말에 카를은 얼른 몸을 일으켜 세웠다. 몸을 쑥 빼내자 그녀가 아쉬운 듯한 얼굴로 돌아누웠다. 카를은 그녀의 등 뒤에 누워서 데워진 몸을 바짝 끌어안았다. 한 번 사정했지만, 젖은 성기는 또다시 팽팽하게 부풀어 올랐다.

카를이 그녀의 골반을 더듬거렸다.

"또?"

그녀가 약간은 졸린 목소리로 물었다.

"아니."

카를은 그렇게 대답하면서도 단단해진 물건을 흥건히 젖은 입구에 들이밀었다.

"으응."

잔열이 가시지 않은 그녀의 몸은 금세 다시 반응하며 페니스를 빈틈없이 감쌌다.

"허전하지 않게 해 줄게."

카를은 매트리스 쪽으로 흘러내린 그녀의 가슴을 어루만지며 말을 이었다.

"이렇게 자자."

그녀의 따뜻한 몸 안에 제 몸을 묻은 채로 카를은 눈을 감았다.

"이렇게 하고 어떻게 자?"

그녀가 골반을 앞으로 빼려고 했다. 카를은 신음을 삼키며 그녀의 귓불을 입에 물었다. 자연스럽게 허리가 움직거렸다.

"으응."

부드러운 엉덩이가 카를의 골반에 세차게 부딪쳤다.

"아흑."

가슴을 어루만지던 손으로 그녀의 턱을 당겨 입술을 물었다. 열이 오른 입술은 아까보다 훨씬 더 부드러웠다.

"으응!"

한번 절정에 올랐던 그녀의 몸은 금세 다시 열기에 휩싸였지만, 카를은 그녀가 울부짖을 때까지 몸을 써야 했다.

"하아."

그녀의 목덜미에 얼굴을 묻고 파정하자, 그녀가 어깨를 잘게 떨며 밭은 숨을 연신 내뱉었다. 카를은 성기를 빼내지 않은 채, 두 팔로 그녀의 몸을 옥죄듯 안았다. 두 사람의 몸이 포개 놓은 젖은 숟가락처럼 빈틈없이 겹쳤다. 그녀는 카를에게 물러나라고 말할 힘도 없는지 그대로 잠이 들었다.

그녀의 허전함을 얼마만큼은 채울 수 있기를.

카를은 어딘가 있을지도 모르는 신에게 진심을 다해 빌었다. 그녀를 만나기 전까지 카를은 신의 존재를 믿지 않았다. 하지만 인생 단 하나의 선택이었던 그녀를 얻게 된 순간부터 카를은 어딘가에 신이 있을지도 모른다고 여겼다.

까무룩 눈이 감겼다. 창을 통해 들어오는 햇살만큼이나 따뜻한 잠자리였다.

어떻게 내게 너란 기적이 온 걸까.

카를은 그녀를 떠올릴 때마다 수만 번 그렇게 생각했었다. 그런데 품에 안긴 아이를 보자, 또 다른 기적이 일어났음을 실감했다.

아이는 기가 막힐 정도로 카를과 닮은 모습이었다.

"날 닮았네."

카를이 감격스러운 목소리로 읊조렸다.

"나도 보여 줘요."

이제 막 출산했다고는 믿어지지 않을 정도로 생생한 그녀의 목소리였다. 카를은 눈가에 가득 차오른 눈물을 흘리지 않으려 눈을 여러 번 깜빡이고는 그녀에게 다가갔다.

"고생했어. 너무 고생 많았어. 당신이 기적을 낳았어."

카를은 생각나는 대로 감격을 읊조리며 그녀의 품에 아기를 안겨 주었다.

"세상에! 내가 카를하인츠 로젠쉴트를 낳았네?"

그녀는 카를과 똑같이 생긴 아들을 품에 안고 혀를 내둘렀다.

"어떻게 애가 태어나자마자 아빠 얼굴일 수가 있지?"

신기하다는 듯이 묻는 그녀의 입가에는 웃음이 활짝 물려 있었다.

"내 아들인데 당연하지."

루나는 뿌듯한 눈빛으로 자신을 바라보고 있는 카를을 바라보며 읊조렸다.

"내가 낳았는데도? 어떻게 나는 이렇게 하나도 안 닮을 수가 있지?"

그날 새벽, 루나는 작정하고 카를의 마음을 건드렸다. 루나는 쉬면서 아이를 낳고, 어느 정도 키워 놓고 난 뒤 공부를 시작할 계획이었다. 그런데 남편이라는 작자는 아이를 갖는 데 도통 관심이 없었다.

굳이 아이가 있어야겠느냐고, 부부 사이를 테러하는 존재는 만들지 말자고 말하는 그를 설득하기란 쉽지 않았다.

그래서 허전한 척, 외로운 척 굴었다. 그는 여지없이 루나가 하자는 대로 움직였다. 피임을 하지 않고 몸에 성기를 꽂아 넣은 채로 자기까지 했던 그날 새벽, 루나의 계획대로 아이가 생기고 말았다.

임신 사실을 알렸을 때, 낭패감과 공포감이 동시에 어린 눈빛으로 어설프게 입으로만 웃던 그의 표정이 아직도 눈에 선하다. 그런데 자기와 똑같이 생긴 아들을 본 순간, 눈물을 참으며 기적을 낳았다고 말하는 남자는 이미 아들과 사랑에 폭 빠진 듯 보였다.

"커 가면서 당신도 닮아 갈 거야."

그가 루나의 이마에 부드럽게 입을 맞추었다. 루나는 의사의 안내에 따라 조심스럽게 아이에게 젖을 물렸다. 살겠다고 입을 오물거리며 힘차게 젖을 빠는 아이의 모습을 바라보는데 조금 얼떨떨했다.

"내가 정말 애를 낳았나 봐."

스무 시간 가까운 진통을 해 놓고도 실감이 나지 않았다.

"응, 당신이 기적을 낳았어."

남편의 달뜬 얼굴에서 미소가 떠나지 않았다. 부부가 되었다는 느낌도 신기했지만, 부모가 된 기분은 또 달랐다. 그의 말마따나 기적 같은 일이었다.

"미라빌리스!"

아이는 까르륵 소리 지르며 달려 나갔다. 카를은 단숨에 아이를 잡을 수 있으면서도 걸음을 늦추며 아이와 놀아 주기에 여념이 없었다.

루나는 강의 자료를 정리하기 위해 노트북을 두드리다가 말고, 두 부자를 사랑스러운 눈빛으로 바라보았다. 로잔공과대학에서 정보 심리학 강의를 맡은 루나는 요즘 눈코 뜰 새 없이 바빴다. 육아는 카를이 도맡아 한다고 해도 과언이 아니었다.

그는 블라우 로젠 돔의 집무실에서 일하며, 아이를 돌보는 일까지 능숙하게 해냈다.

"엄마!"

아이가 한달음에 달려와 안락의자에 앉아서 노트북 자판을 두드리는 루나의 옆에 섰다.

"응, 미라."

라틴어로 기적이라는 뜻의 미라빌리스가 아이의 이름이 되었다.

"떤물!"

아이가 선물이라며 노트북 자판 위에 올려놓은 것은 작은 청개구리였다.

"아악!"

루나는 비명을 지르며 자리에서 벌떡 일어났다.

"왜 그래?"

카를이 놀라서 달려왔다.

"개구리! 개구리!"

루나가 진저리를 치며 소리를 질러 댔다. 아이는 그런 엄마의 모습이 우스운지 깔깔거리며 웃어 댔다. 카를은 루나의 털끝이라도 다칠까 봐 늘 노심초사하는데, 그 아들놈은 엄마를 괴롭히는 걸 타고난 듯 보였다.

"미라빌리스!"

루나가 빽 소리를 질렀다.

"엄마, 무서워요."

미라가 카를의 다리 뒤로 몸을 숨겼다.

"많이 놀랐어?"

카를이 입가에 웃음을 문 채로 다가왔다. 루나가 기겁하는 모습이 귀엽다는 눈빛이다.

"미라빌리스! 이런 식으로 엄마를 놀라게 하는 장난은 앞으로 정말 곤란해!"

미라가 카를의 다리 사이로 고개를 빠끔히 내밀었다. 카를은 마치 개다리춤을 추는 것 같은 엉거주춤한 자세가 되었다 .

루나는 웃음을 삼키며 볼이 발갛게 달아오른 아이에게 눈높이를 맞추었다.

"그냥 개구리일 뿐인데?"

한국 나이로 세 살이 된 미라는 굉장히 영특하고 말이 빨랐다. 한국어, 영어, 독일어, 프랑스어를 한꺼번에 깨우치는 중이었다.

"그냥, 이라는 말이 얼마나 무서운 건지 알아? 미라는 아무렇지 않을지도 모르지만, 엄마는 개구리를 두려워한다고."

루나가 조심스럽게 설명하자, 미라가 볼을 빵빵하게 불리고 입을 삐쭉 내밀었다. 엄마한테 치는 장난이 세상에서 제일 즐거운 아이인데, 그걸 못 하게 하니 심술이 나 보다.

"약속해, 미라. 앞으로 이런 장난은 치지 않겠다고."

미라는 어쩔 수 없다는 듯이 고개를 끄덕거리는 시늉을 했다. 루나는 아이의 부드러운 머리카락을 쓸어 넘기며 덧붙였다.

"엄마가 놀라면, 엄마 배 속에 있는 미라 동생도 놀란단 말이야."

"응, 동생?"

미라가 놀란 토끼처럼 고개를 쳐들고 눈을 반짝거리며 물었다.

"뭐라고? 누가 놀라?"

카를이 미라와 같은 눈빛으로 루나를 내려다보았다.

"그냥 그렇게 됐네."

루나가 빙그레 웃으며 카를을 향해 대꾸했다.

"그냥이라는 말은 정말 세상에서 가장 신비스러운 단어구나."

카를은 웃음을 가득 머금으며 오른쪽 팔로 미라를 안아들었다. 그러고는 왼쪽 팔로 루나를 당겨 안아서 그녀의 입술에 가볍게 입을 맞췄다.

포근한 햇살이 이제 네 식구가 될 세 사람을 부드럽게 감쌌다.

삶은 그냥 그런 일이 될 수도, 기적이 될 수도 있다. 삶을 통째로 기적으로 채울 수는 없겠지만, 나쁜 일은 '그냥' 그랬던 일로 넘기고, 좋은 일은 기적과 같은 일로 받아들인다면 사는 일이 조금은 수월해진다.

조그만 기쁨도 기적으로 여기고 흠뻑 즐거워하기를.

세상이 주는 아픔 앞에서 쉬이 무너지지 않기를.

하루만큼의 낭만을 견고하게 쌓아 올린 행복이 내내 충만하게 이어지기를.

루나와 카를, 그리고 미라는 서로를 바라보며 세상을 다 가진 듯 입가에 웃음을 물었다.

『우아한 독종』 완결

등장인물 관계도

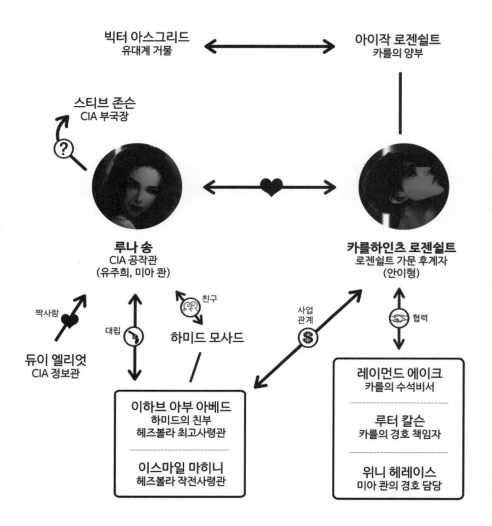

빅터 아스그리드
유대계 거물

아이작 로젠쉴트
카를의 양부

스티브 존슨
CIA 부국장

루나 송
CIA 공작관
(유주희, 미아 콴)

카를하인츠 로젠쉴트
로젠쉴트 가문 후계자
(안이형)

짝사랑

듀이 엘리엇
CIA 정보관

대립

친구

하미드 모사드

사업
관계

레이먼드 에이크
카를의 수석비서

협력

이하브 아부 아베드
하미드의 친부
헤즈볼라 최고사령관

이스마일 마히니
헤즈볼라 작전사령관

루터 칼슨
카를의 경호 책임자

위니 헤레이스
미아 콴의 경호 담당

♣ 기타 등장인물
· 하쉬 클레인 : 파키스탄 정보부 소속 요원
· 아흐메드 알리이 : 이라크 대테러부대 장군, 정보부 관계자
· 이완 겔러 : 영국 정보부 간부
· 제레미 해밀턴 : 미 상원의원, 상원정보위원회 소속

작가 후기

　전쟁과 테러, 이념과 종교, 민족과 국가의 대립은 절대 선에 대한 의심을 품게 한다. 선과 악의 편에 서는 것은 인간이 만들어 낸 가치에 의해 재단된다. 이쪽에선 선인 것이, 저쪽에선 악이 될 수도 있는 법이다.

　인간이 저지르는 수만 가지 일 중에 가장 큰 의심을 품게 하고, 잔인하게 재단되는 일이 사랑이 아닐까 싶다. 그러면서도 전쟁과 테러, 이념과 종교, 민족과 국가의 대립까지 넘어설 수 있는 게 사랑이다.

　처음 글을 구상할 당시 사랑을 주제로 한 로맨스 소설이 목표였다. 당연했다. 로맨스 소설을 쓰는 로맨스 소설 작가로 활동하고 있으니 말이다.

　하지만 글에 대한 생각이 깊어지고, 사건을 얽어 나가면서 역사적 부채감이 가슴 한구석에 무겁게 자리했다.

　세상에서 유일하게 한 민족이 이념 차로 대립하는 땅 위에 살고 있기 때문일까?

사랑을 주제 삼은 글이지만, 부채감을 덜어 낼 만한 의미를 새기지 못한 것에 아쉬움이 남는다.

언젠가부터 나는 작가 후기에 작품 속 안타고니스트와 프로타고니스트, 즉 이야기를 끌어가는 절대 악과 선에 대해 논했다. 하지만 이야기를 마무리 짓고 난 뒤, 이 작품에서는 절대 악도 절대 선도 없다는 결론을 내렸다.

시간이 흐름에 따라 역사는 재편되고, 평가는 재고된다.

그리고 글을 쓰다 보면 쓰기 능력은 눈곱만큼이라도 성장하기 마련이다.

내가 조금 더 나은 작가가 되어 있을 때, 이제는 감당할 수 있는 시기가 왔다는 생각이 들 때, 역사적 부채감을 표현할 수 있으며, 과거의 수많은 희생을 가치 있게 그릴 수 있는 글을 쓸 수 있으면 좋겠다.

어렵고 긴 글을 끝까지 함께해 주신 독자님들께 감사드립니다.

예쁜 책으로 만들어 주신 예원북스 박수희 실장님, 주승아 담당자님께도 감사 인사 전합니다.

2020년 가을
요안나 드림